뜬구름

浮雲

하야시 후미코 지음 / 이상복·최은경 옮김

이성이 만물의 근거이고 그리고 만물이 이성이라고 한다면

만약 이성을 버리고 이성을 증오하는 것이 가장 큰 불행이라고 한다면……

ー세스토프ー

최근 몇 년 사이에 일본 근대문학에 있어서도 여성작가에 대한 관심어린 시선과 연구가 활발해졌다. 지금껏 남성작가의 빛에 가려서 제대로 주목받지 못했던 여성작가들이 이제야 비로소 정당한 평가를 받을 수 있게 된 것이다. 그에 앞서, 일본문학 전공자로서 여성문학가들의 활약과 흔적을 간과하고 방관해온 부분도 자성해야 할 몫이라 생각한다. 여기에 소개하는 하야시 후미코의 『뜬구름』은 그러한 반성과 책임의 한 권이다.

작가 하야시 후미코(林芙美子, 1903~1951)는 그 누구보다도 치열한 삶을 살다간 여성작가이다. 일본에서는 그녀의 삶을 주제로 한 드라마와 영화가 제작되기도 하는 등 일본 쇼와昭和를 대표하는 작가로서 그 자리를 굳건히 하고 있다.

하야시 후미코에게 있어서 문학은 외롭고 가난했던 시절의 도피처이자 안식처였고, 또한 자기표현의 수단이었다. 하야시는 길지 않은 생애 속에 다수의 작품을 남겼는데, 그중에서 장편『뜬구름』은 작가 만년의 작품으로 1940년대 패전 하의 일본을 배경으로 하고 있다.

황폐한 환경 속에서의 인간들의 고된 생활상이 적나라하게 묘사되어 있으며, 남녀의 여과되지 않은 거침없는 심리와 사랑 표현이 너무나 사실적으로 그려져 있다. 아울러 시대적인 혼란 속에서 적응하지 못하고 자살을 기도하려는 주인공, 그의 내면세계의 솔직한 표현 또한 작가 하야시 후미코가 가지는 서술의 힘일 것이다.

『뜬구름』을 읽어 내려가는 동안, 자신도 모르는 사이에 주인공과 동조되어 가는 것을 발견할지도 모른다. 혹은, 자신이 처한 현실과 비교하여 갑자기 다가오는 낯선 감정에 당혹스러울지도 모를 일이다.

하야시 후미코는 우리 스스로 형용하기 어려운 묘한 운명과 인간의 내면을 사실적이고 감칠맛 나는 문체로 엮어가고 있다. 우리가 살고 있는 현재와 동떨어진 시대 배경 속에 그려

진 작품이지만 전혀 지루하거나 어색하지 않게 읽히는 것이야
말로 명작이 가지는 매력일 것이다.

이제 하야시 후미코라는 여성 작가가 풀어내는 능숙한 이
야기를 기대해도 좋을 것이다.

끝으로 소설 『뜬구름』이 일본 근대를 당당히 살다간 작가
하야시 후미코와, 그녀의 업적을 재평가할 수 있는 계기가 되
었으면 하는 바람이다.

일러두기

*하야시 후미코의 영화화된 작품의 간략한 소개를 부록으로 실어두었다.

*맺는말에 작가 소개, 작품의 간략한 해설, 선행 논문, 작가의 주요 작품 등을 실어
 하야시 후미코와 『뜬구름』의 이해를 도우려고 했다.

*원문을 그대로 살려야 할 부분에는 역자주를 달았다.

*원문의 고유명사는 '한글 외래어 표기법'에 따랐다.

*원문의 일본식 연도는 서력으로 표기했다.

1

가능하면 새벽에 도착하는 기차를 타려고 사흘 동안 있던 수용소를 나와 일부러 쓰루가敦賀[1]에서 하루 종일 빈둥거렸다. 60명 정도 되는 수용소의 여자들과 헤어진 유키코는 세관의 창고 근처의 손님이 거의 없는 잡화점 겸 휴식처인 가게에서 오래간만에 고향에서 쓰던 것과 같은 다다미에 누워 뒹굴 수가 있었다.

숙소의 사람들은 친절하게 목욕물을 데워주었다. 목욕물을 이용하는 사람이 적어 자주 갈지 않아 혼탁했지만, 오래도록

---

1) 후쿠이현(福井県) 남부 쓰루가만(敦賀湾)에 접한 항구도시.

배를 타고 온 유키코에게는 그런 물이라도 따뜻해서 기분이 좋았다. 목욕탕 안의 거무스레하게 그을린 창가에 와 닿는 진눈깨비 섞인 비는 매우 고독한 유키코의 마음속에서 수많은 감상을 불러일으켰다.

바람도 불었다. 지저분한 유리 창문을 열고 비를 뿌리고 있는 은회색 하늘을 바라다보았다. 오래간만에 보는 고향의 하늘같아서 유키코는 숨을 죽이고 그 창 너머 하늘 아래로 보이는 경치에 넋을 잃었다. 작은 타원형의 욕조 가장자리에 양손을 얹었다. 왼쪽 팔에 있는 지렁이같이 부어오른 꽤 커다란 칼자국에 유키코는 소름이 끼쳤다. 그 자국, 그 칼자국에 따뜻한 물을 부으며 유키코는 여러 가지 그리운 추억을 떠올렸다. 오늘부터는 어쩔 수 없는 숨 막힐 듯한 생활의 연속이 될 것을 각오하지 않을 수 없었다. 따분했다. 적절한 때를 놓치고 나면 무료해진다고 생각하며 유키코는 낡은 수건으로 천천히 몸을 씻었다.

낡고 좁은 목욕탕 안에서 몸을 씻고 있다는 것이 믿기지 않았다. 살갗을 찌르는 차가운 바람이 창문을 통해 들어왔다. 오랫동안 이러한 차가운 바람의 촉감을 몰랐던 유키코는 계절의 변화를 느꼈다. 목욕탕에서 나와 방으로 돌아와서 불그스름한 다다미 바닥에 앉아 작은 화롯불에 불을 피웠다.

화로 옆의 쟁반에는 작은 그릇 가득 락교2)가 있다. 김이 모락모락 나는 알루미늄 주전자를 가져와서 차를 다렸다. 유키코는 락교를 입에 가득 넣었다. 문밖의 복도에서 두서너 명의 여자가 소곤거리며 방 안으로 들어가는 소리가 들렸다. 유키코는 귀를 쫑긋 세웠다. 후스마3)의 옆방에서는 같은 배에 탔던 몇몇 게이샤의 목소리가 들렸다.

"하지만 돌아가기만 하면 돼. 일본에 도착한 이상 내 몸이야."

"너무 추워서 몸이 움츠러들어. 나, 겨울 준비를 전혀 하지 않아서 지금부터가 걱정이야."

대단치도 않은 일로 뭐가 그리 즐거운지 킥킥거리며 웃고 있었다. 유키코는 하릴없이 침대에 누워 잠깐 멍하니 있자니, 금세 맥이 풀리고 울적해져서 어쩔 줄을 몰랐다. 게다가 옆방의 시끄러운 소리는 끊이지 않았다. 끈직이는 낡은 시트였지만 막 목욕을 끝내고 누워 있는 것은 기분이 좋았다. 하지만 지금부터 또 긴 기차 여행을 할 것을 생각하니 걱정이 되었다. 부모님의 얼굴을 보는 것도 지금으로서는 내키지 않는 일이었다.

유키코는 이대로 바로 도쿄로 나가 도미오카富岡를 만날까

---

2) 락교 : 중국 원산의 백합과의 다년초.
3) 후스마(襖 ふすま) : 일본 다다미방의 칸막이로 쓰이는 도구의 하나로, 목제로 된 틀 양면에 종이 혹은 천을 바른 것. 맹장지.

하는 생각도 해 보았다. 도미오카는 운 좋게 5월에 하이퐁을 출발했다. 먼저 돌아가서 모든 준비를 하고 기다리겠다고 약속했지만, 일본에 도착해서 실제로 이 추운 바람에 부딪혀보니 그것은 우라시마 다로[4]와 용녀의 약속과 같은 것으로, 두 사람이 우연히 마주치는 것 외에 정확히 확신할 수 있는 방법이 없었다. 배가 도착하자 도미오카가 있는 곳으로 전보를 쳤다.

숙소에서 3일 동안 지내며 조사가 끝나면, 배에 탄 사람들은 제각기 고향으로 떠난다. 그 3일 동안 도미오카로부터는 답장도 오지 않았다. 유키코는 입장이 바뀌었어도 그랬을 것이라며 하는 수 없이 포기했다. 한숨 잤지만 아직 시간은 그다지 지나지 않았다. 창밖이 어두워지자 방 안에 불이 켜졌다. 옆방에서는 식사를 하는 모양이었다. 유키코도 배가 고팠다.

머리맡에 놓인 배낭을 끌어당겨 배에서 나눠준 도시락을 꺼냈다. 갈색의 작은 상자 속에 4개비의 카멜 담배와 휴지, 마른 빵, 분말 스프, 돼지고기와 감자 통조림 등이 들어 있었다. 그 속에서 초콜릿을 꺼내 유키코는 배를 땅에 대고 누운 채 먹었다. 조금도 맛이 없었다.

---

4) 우라시마 다로(浦島太郎) : 일본 각지에 있는 용궁 전설의 하나, 또는 일본 옛날 이야기의 하나로 그 주인공의 이름이다. 일본 전설 속의 인물. 거북이를 살려준 주인공이 절대 상자를 열지 말라는 약속을 어기고 여는 순간 노인이 되었다고 함.

도손 항의 누르스름한 바다색이 그리워졌다. 유키코는 도손 곶의 흰 등대와 혼도 섬에 펼쳐진 녹음도 생애 다시 볼 수 없을 거라고 생각했다. 배에서의 강한 인상을 가슴에 새기려는 듯이 그 광경을 떠올리며 눈을 감았지만, 그런 이국땅의 경치도 곧바로 색이 바래져 기억해내는 것도 귀찮아졌다. 옆방의 여자들은 밤 기차로 출발을 하려는지 식사가 끝나자 숙소의 안주인에게 돈을 지불했다. 유키코는 시끄러운 옆방의 이야기를 들으면서 분말 스프를 따뜻한 물에 타 마셨다. 남은 락교도 먹었다. 이윽고 여자들은 "신세를 졌습니다."라며 여주인장을 뒤로하고 시끄럽게 복도를 지나갔다. 여자들의 목소리를 듣자 저 여자들도 모두 고향으로 돌아가는 것이겠지 하는 마음이 들었다.

유키코가 배에서 들은 바에 의하면 게이샤들은 프놈펜의 요리점에서 2년 계약으로 있었다고 한다. 게이샤라고 해도 군부대에서 불러들인 위안부이다. ─하이퐁의 수용소에 모인 여자들 중에는 간호부와 타이피스트, 사무원과 같은 여자들도 있었지만 대부분이 위안부였다. 일본 여자가 이렇게도 많이 와 있었던 것일까 라는 생각이 들 정도로 위안부는 도시에서 하이퐁으로 모여들었다. ─고다 유키코幸田ゆき子는 다랏트와 도유란 사이에 있는 파스퇴르의 기나원 재배 시험소의 타이피스트로서 일했다.

1943년 가을, 다랏트에 도착한 것이다. 이곳은 해발 고도 1600m 정도로 기온도 최고 25도, 최저 6도 정도인 고원지대이기 때문인지 대단히 살기 좋은 곳이었다. 찻집을 경영하고 있는 프랑스인도 많았다. 맑은 고원高原의 하늘 아래에서 감미로운 프랑스어를 듣는 것이 유키코는 신기했다.

유키코는 갑자기 도미오카에게 편지를 쓰려고 마음먹었다. 어떤 것을 쓰면 좋을지는 생각하지 못했지만 써내려가는 동안 어쩐지 마음이 정리되는 것 같았다. 도미오카와 같은 땅에 도착했다고 생각하니 하이퐁의 수용소에서 불안해하며 허무적이었던 기분도 조금씩 회복되는 것 같았다. 유키코는 가게 아이에게 부탁하여 편지지와 봉투를 사오게 했다.

2

유키코는 마음을 바꿔 바로 도쿄로 가서 이바伊庭를 방문해 보기로 했다. 질투만 하지 않는다면 도미오카를 만날 때까지 우선 이바의 집에서 신세를 져도 좋았다. 싫은 기억밖에 없지만 어쩔 수 없었다. 시즈오카静岡에 아무 소식도 전하지 않았기 때문에 자신이 돌아오는 것을 기다리고 있을 리도 없었다. ─새벽 기차로 유키코는 쓰루가를 출발했다. 배로 함께 온 남자도 두 사람 정도 있었다. 어두운 플랫폼에서 유키코는 일부리 그 남자들로부터 멀리 떨어져 다음 열차를 탔다. 너무 혼잡해서 플랫폼의 사람들은 대부분 창문을 통해 열차를 탔다. 유키코도 창문으로 승차할 수밖에 없었다.

왠지 슌칸5)처럼 주눅이 든 기분이었다. 남방南方에서 돌아왔기 때문에 겨울 준비가 전혀 되어 있지 않은 유키코를 주위 사람들이 힐끗힐끗 훔쳐보았다. 유키코는 기대 선 채 너무 패전의 형상을 하고 있다고 생각하며 주위를 둘러보았다. 어두워서인지 사람들의 얼굴에서는 생기 있는 혈색을 찾아볼 수 없었다. 저항 없는 얼굴이 좁은 열차 안에 겹쳐져 있다. 노예를 실은 열차 같다는 기분도 들었다. 또 유키코는 그런 얼굴에서 조금씩 불안한 느낌도 받았다. 일본은 어떻게 되어가는 것일까……. 큰 환송의 물결 속에 보낸 병사의 얼굴은 지금 어디에서도 찾아볼 수 없었다. 어두운 차창 밖으로 보이는 산하山河에도 피곤한 흔적이 스며든 형상만이 쭉 이어졌다. 도쿄에 도착한 것은 다음 날 밤이었다. 비가 왔다. 시나가와品川에서 내리자 철도의 플랫폼 앞에 댄스홀의 뒤 창문이 보였고 어두운 등불 아래에서 몇 쌍인가가 춤을 추는 모습이 보였다. 내리는 보슬비 속에 구슬픈 재즈곡이 흘렀다. 유키코는 추위에 떨면서 벼랑 위에 있는 댄스홀의 창을 올려다보았다. 반짝이는 흰 모자를 쓴 키가 큰 헌병 두 사람이 홀 구석에 서 있었다. 홀

---

5) 슌칸(俊寬) : 1145년~1179년, 헤이안 말기 승려.

은 조금 흥청거리는 사람들로 붐볐다. 재즈 음악을 듣고 있자니 긴장된 마음도 느슨해져 될 대로 되라는 식의 기분도 들었다. 그 덕택에 다음 날 아침부터는 어떻게 살아갈까 하는 막연한 두려움을 잠시 잊을 수 있었다. 홀에 무리지어 있던 사람들은 대부분이 배낭을 등에 지고 있었다. 때때로 붉은 입술연지를 바른 여자가 외국인의 손을 잡고 계단을 내려왔다. 유키코는 신기한 듯이 그 화려한 여자를 물끄러미 쳐다보았다. 옛날의 도쿄 모습이 송두리째 변한 것이다. 유키코가 세이부센西武線의 사기노미야鷺の宮에서 내렸을 때, 그것이 마지막 전차였다. 건널목을 건너서 전에 본 적이 있는 발전소 쪽으로 가는 넓은 길을 걷는데, 젊은 여자 세 사람이 빗속을 빠르게 걸어 유키코를 앞질러 갔다. 세 사람 모두 화려한 천으로 얼굴을 가리고 긴 외투의 깃을 세우고 있었다.

"오늘 요코하마까지 환송했어. 어차피 상대방에게는 부인도 있다지… 하지만 인간이란 순간적인 동물이라, 그래도 괜찮을까… 친구를 소개해주었는데도 왠지 이상해. 자신의 여자에게 친구를 억지로 떠맡기다니 일본인은 알 수 없어……."

"어머, 하지만 상관없지 않아? 어차피 헤어지면 두 번 다시 그 사람과 만날 수 없어. 생각을 바꿔. 나라면 이젠 확실히 그 사람을 잊어버리겠어. 어차피, 아쓰기6)로 다니는 것도 곤란하

---

6) 아쓰기(厚木) : 가나가와 현의 시(市).

고 어려울 테니 앞으로 슬슬 일을 찾아볼 거야……."

유키코는 발걸음을 재촉하여 활기찬 여자들의 뒤에 따라붙었다. 목소리가 큰 여자들이 하는 얘기에 일본도 이런 식으로 변했구나, 하는 묘한 기분이 들었다.

이윽고 여자들은 우체통이 있는 곳에서 오른쪽으로 돌아서 가버렸다. 유키코는 완전히 젖은 생쥐 모습이 되어 지쳐 있었다. 이 주변은 남방으로 떠날 때와 조금도 변하지 않았다. 호소가와細川라고 하는 산파의 간판을 왼쪽으로 돌아 두 번째의 막다른 좁은 골목에 이바의 집이 있다. 자신의 이 비참한 모습을 본다면 모두 놀랄 것임에 틀림없다. 유키코는 문 앞의 어두운 가로등 밑에 서서 옷매무새를 가다듬었다. 머리와 어깨도 완전히 젖었다. 너무 초라했다. 벨을 누르자 인도차이나에 다녀온 일이 거짓말같이 느껴졌다. 헌관 유리문에 비치는 가로등으로 인해 커다란 그림자가 나타났다. 누군가 바로 봉당7)으로 내려온 것 같았다. 유키코는 심장이 두근거렸다. 남자의 그림자였지만 이바는 아니었다.

"누구세요?

"유키코입니다……."

"유키코? 어느 유키코 씨입니까?"

"인도차이나에서 돌아온 고다 유키코幸田ゆきこ예요."

---

7) 봉당 : 안방과 건넌방 사이의 마루를 놓을 자리에 흙바닥을 그대로 둔 곳.

"아……. 누구를 찾으십니까?"

"이바 스기오伊庭杉夫 씨 계신가요?"

"이바 씨 말입니까? 그 사람은 아직 시골에서 돌아오지 않았습니다."

그 그림자의 남자는 이윽고 귀찮은 듯이 문을 열어주었다. 물에 빠진 생쥐 모습에 외투도 입지 않고 배낭을 짊어진 젊은 여자를, 잠옷을 입은 남자는 깜짝 놀란 듯한 모습으로 바라보았다.

"이바의 친척인데 오늘 돌아왔어요……."

"자, 안으로 들어오세요. 이바 씨는 3년 정도 전부터 시즈오카에 가 계십니다만."

"그럼, 여기는 완전히 정리한 것인가요?"

"아니오. 이바 씨를 대신해서 관리하고 있습니다. 이바 씨의 물건도 다 있습니다."

둘의 이야기를 들은 그 남자의 부인이 아기를 안고 현관으로 나왔다. 유키코는 인도차이나에서 돌아온 사정을 이야기했다. 이바와 그 남자와의 사이는 집 문제로 분쟁이 있는 모양으로 그다지 반가운 표정은 아니었지만, 그래도 여기는 추우니까 객실로 올라오라고 했다.

쓰루가의 숙소에서 김밥을 한 끼 먹었을 뿐 제대로 먹지도 마시지도 못한 기차 여행이었기 때문에 유키코는 몸이 공중에 둥둥 떠 있는 듯한 느낌이 들었다. 복도에 놓인 재봉틀에 부딪히며 객실로 들어갔다. 이바 일가가 침실로 사용해오던 다다미 6장의 방에는, 무게로 인해 다다미가 움푹 들어갈 정도로 많은 짐이 쌓여 있었다. 부인은 인도차이나에서 돌아왔다는 얘기에 동정이 갔는지 차와 말린 감자를 내왔다. 40세 정도로 보이는 남자는 몸집이 크고 군인 같았다. 부인은 몸집이 작고 흰 얼굴에는 주근깨가 있었으며, 웃으면 예쁜 보조개가 생겼다.

그날 밤 이불을 두 채 빌려서 이바의 짐이 쌓여 있는 좁은 곳에서 유키코는 하룻밤 묵기로 했다. 유키코는 배낭에서 레이숀[8])을 두 상자 꺼내 부인에게 선물로 주었다.

방으로 들어와서 그 꾸려진 짐을 손가락으로 찔러보았지만 두꺼운 나무로 포장되어 있어서 속에 뭐가 들었는지 전혀 알 수 없었다. 부인은 연말까지는 이바가 상경할 계획이라 2층 방은 비워두었다고 말했다. 가족이 여섯 사람이기 때문에 지금으로서는 어느 방을 비울 건지가 문제지만, 자신들은 공습 때 전력을 다해 이 집을 지켜왔기 때문에 급히 비워달라고 하면 갈 곳도 없고 그런 일은 있을 수도 없다고 말했다. 유키코는 언제까지나 시골 생활을 할 수는 없는 일가가 빨리 짐을 보내온 심정을 알 수 있었다. 모두 태연한 척하고 있는 것에 오

---

8) 레이숀 : 전투용 식량.

히려 유키코는 맥 빠지는 듯한 기분도 들었다.

3

고다 유키코가 인도차이나의 다랏트에 도착한 것은 쇼와 18(1943)년 11월 중반이 지나서였다. 농림성의 시게키茂木 기사 일행과 함께 4명의 타이피스트가 먼저 하이퐁에 도착했다. ―시게키 기사는 인도차이나의 임업 조사로 군에서 파견되어 같은 농림성에서 근무하는 타이피스트를 모아 각각의 부서로 한 사람씩 보내는 일을 했다. 5명 정도의 지원자 중에는 고다 유키코도 일행으로 가담해 있었다. ―병원선으로 하이퐁에 도착하자 군 자동차로 하노이로 나와 하노이에서 세 사람의 타이피스트를 일할 곳으로 보냈다.

고다 유키코는 고원의 다랏트로 정해졌고, 다른 한 사람인 시노노이 하루코篠井春子는 사이공으로 직장을 얻었다. 가장 불리한 일을 맡은 사람은 고다 유키코였다. 수수하고 얼른 눈에 띄지 않는 몸매가 그러한 곳에 가게 했는지도 모른다. 얼굴에 비해 눈이 작고 피부가 흰 여자였는데, 애교도 없고 어딘가 쓸쓸해 보이는 표정이라 사람의 눈에 띄지 않았다.

군의 증명서에 붙은 그녀의 사진은 나이보다 늙어 보여 스물둘이라고는 생각되지 않았다. 흰 깃이 붙은 옷이 조금 어울릴 뿐, 무엇을 입어도 언제나 같은 복장인 듯한 여자였다. 사이공으로 갈 시노노이 하루코는 다섯 사람 중에서도 가장 미인으로, 언뜻 보면 이향란9)을 닮았기 때문에, 고다 유키코와 같은 존재는 누구에게도 주목받지 못했다. ―두 대의 자동차로 일행은 하노이를 출발했다. 단노아, 후우키, 빙을 달려 첫날밤은 빙에서 묵었다. 하노이에서 남부 인도 시내인 빙까지 자동차로 350km를 달려 빙의 그랜드 호텔에 숙박했다. 도로의 야산에는 들불의 흔적으로 검은 연기가 피어올랐다. 어떤 곳에는 누른 연기를 뿜으며 타는 임야도 있었다. 유동油桐과 소나무의 조림 지대가 거의 대부분으로, 가도 가도 숲 속 지대뿐이라 시노노이 하루코는 몇 번이나 큰 한숨을 쉬며 억지로 마음을 가다듬어 보았다.

유키코는 익숙하지 않은 긴 여행으로 몹시 시쳤나. 난노아라고 하는 곳을 나와 길게 이어진 해질녘의 거리를 자동차는 꽤 속도를 내어 달렸지만, 빙에 가까이 왔을 때는 이미 어두워져서 사방으로 커다란 나방이 날아다녔다. 자동차의 헤드라이트에 밝게 비친 길 쪽으로는 종잇조각이 흩어지는 듯한 모습으로 흰 곤충이 무리를 지어 다가왔다.

---

9) 이향란(李香蘭) : 본명은 야마구치 요시코(山口淑子 1920년 2월 12일~)로 만주의 탄광촌에서 태어나 중국에서 자라났다. 국제적 배우이자 가수로 전전(戰前)에는 이향란(李香蘭, 리코란)이란 예명으로 활동했고, 전후에는 본명 야마구치 요시코로 활약했다. 본적은 사가현(佐賀県)으로 알려져 있다.

호텔 왼쪽에는 운하라도 있는 것인지 물에 반사되어 울리는 베트남인 선장의 목소리가 들렸다. 식용 개구리가 시끄럽게 울었다. 빈로와 비르마넴의 초목 속에 자동차를 두고 일행은 호텔방으로 안내되었다. 운하가 보였다. 시노노이 하루코와 고다 유키코는 계단 아래의 깨끗한 방으로 안내되었다.

하루코는 창문을 열었다. 운하의 물소리가 들렸다.

주황색의 등이 켜진 탁자에는 두 사람의 빈약한 트렁크가 나란히 놓였다. 분홍색 꽃 모양의 벽지와 부드러운 연한 하늘색 모포가 깔려 있는 더블 침대는 프랑스인의 취미답게 자못 청결하고 귀여웠다. 전쟁으로 인해 일본에서 오랫동안 가난한 생활을 했던 두 사람에게 있어서 이곳은 마치 동화속의 세계와 같았다. 세수를 하고 식당에서 늦은 저녁을 먹고 있는데, 팔에 흰 완장을 두른 헌병이 일부러 두 여자의 신분증명서를 보러 오기도 했다. 젊은 헌병에게는 일본 여자가 신기했는지. ─그날 밤 유키코와 하루코는 좀처럼 잠이 오지 않았다.

일본을 출발할 때는 조금 추웠지만 하이퐁, 하노이, 단노아로 남하하여 옴에 따라 갑자기 계절은 다시 여름으로 되돌아갔다. 부드럽고 탄력 있는 침대에 누워 있자니 좀처럼 잠이 오지 않았다. 굵은 저음의 샤미센 소리라도 듣는 듯한, 식용 개구리가 뚝뚝 낙숫물 소리처럼 언제까지나 두 사람의 귓전에서 떠나지 않았다. 도쿄를 출발할 때 이바 집에서 있었던 일과 친구들과의 작별인사, 육군성에서의 분주하게 주사를 맞던 날들이 주마등처럼 떠올랐다. 유키코는 인도차이나까지 올 것이라고는 꿈에도 생각하지 못했던 운명이 스스로도 이상하게 여겨졌다.

이바 스기오伊庭杉夫는 형부인 이바 교타로伊庭鏡太郎의 남동생으로, 스기오에게는 부인과 아이도 있었다. 도쿄에 사는 유일한 친척이었기 때문에 유키코는 시즈오카 여학교를 졸업하자마자 바로 이바 스기오의 집에서 살며 간다神田의 타이피스트 학교에 다녔다.

스기오는 보험 회사의 인사과에 근무하는 성실한 남자라는 평판이 있었지만, 유키코가 기숙하고 정확히 일주일째 되는 어느 날 밤 스기오는 유키코를 범했다. 가정부의 방인 석 장나나비방에서 유키코는 사고 있있다. 왠지 잠이 오지 않는 빔이라, 스기오가 부엌에 물을 마시러 나오는 소리를 유키코는 잠자코 듣고 있었다. 그가 잽싸게 가정부 방의 방문을 열었다. 유키코는 그것을 희미하게 듣고 있었다. 그 문은 다시 조용하게 닫히고 다다미를 밟는 소리가 났다. 무겁게 압박해오는 남자의 체중에 가슴이 눌려 유키코는 깜짝 놀라 어둠 속에서 눈을 떴다. 가죽 냄새가 났다. 스기오가 뭔가 작은 소리로 말했지만, 유키코는 알아들을 수 없었다. 이불 속으로 피부가 거친 남자의 다리가 다가와서 처음에 유키코는 소리를 지르려고 했다. 하지만 소리를 질러도 소용이 없다는 것을 안 유키코는 몸을 움츠리고 가만히 있었다.

그날 밤의 일이 있은 후로 유키코는 스기오의 부인인 마사코真佐子에게 고개를 들 수 없는 기분이었지만, 유키코는 밤이 되면 스기오가 오는 것이 왠지 기다려졌다. 스기오는 올 때마다 손수건을 유키코의 입속에 쑤셔 넣었다.

미인이고 지혜로운 부인인 마사코를 버려두고 별로 눈에 띄지도 않는 자신과 같은 여자에게 어째서 스기오가 이런 심한 욕정을 보이는 것인지, 유키코는 이해가 되지 않았다.

유키코는 3년을 이바의 집에서 지냈다. 그 사이 타이피스트 학교를 졸업하고 농림성에서 근무하게 되었다. 마사코는 스기오와 유키코의 정사에 대해서는 전혀 알지 못하는 모양이었다. 가끔 마사코가 아이들을 데리고 요코하마의 친정으로 가면 스기오는 일찍이 침대에 누워서 유키코를 부르기도 했다. 유키코는 잠자코 스기오의 뜻에 따를 수밖에 없었다.

장래에 대한 애기도 없었고, 마치 창녀를 다루는 듯한 태도였다. 유키코가 인도차이나행의 결심을 굳힌 것도 이런 불륜으로부터 벗어나고 싶다는 마음에서였다. 인도차이나행이 결정 나기 전까지는 이바 부인에게도 시즈오카의 어머니에게도 형제에게도 이 사실을 밝히지 않았다. 마침내 인도차이나행이 정해지자, 유키코는 부모와 이바 부인에게 사실을 밝혔다. 스기오는 그다지 얼굴색이 변하지 않았다. 유키코는 의외로 냉담한 표정인 스기오를 훔쳐보고 마음속에 울분이 치밀어 모멸감을 느꼈지만, 자신이 이바의 집을 나옴에 따라 이바의 마음속에 굵은 못을 박는 듯한 고소한 기분도 들었다. 마사코에 대해서도 유키코는 오히려 증오감을 갖게 되었다.

"요즘 유키코 씨는 부쩍 몸이 불은 것 같네요. 빨리 시집을 가야겠어요."

때때로 마사코는 농담처럼 비꼬듯이 말했다. 스기오는 유키코가 드디어 이삼 일 후에 인도차이나로 출발한다는 이야기를 듣고 약과 핸드백, 속옷 등을 사서 준비해주었다. 유키코는 스기오에게 그런 것을 받는 것이 분해서 견딜 수 없었다. 마사코는 마사코대로 유키코에 대한 스기오의 그러한 마음 씀씀이가 못마땅해 반발심을 사시는 모양이었다.

4

유키코는 새벽녘이 되어 스기오의 꿈을 꾸었다. 멀리 떠나온 탓인지 묘하게 사람의 온기가 그리워졌고, 수렁에 빠진 듯이 쓸쓸해졌다. 지금까지 오면서 일본으로 돌아가고 싶다는 마음은 들지 않았다. 손수건으로 입을 누를 때, 숨 가쁜 스기오의 숨결이 귀에 쟁쟁했던 게 잊혀지지 않았다. 싫다고 계속 생각했던 스기오가 이렇게 먼 곳에 와서 갑자기 그리워지는 것이 이상했다. 유키코는 스기오와의 정사만을 상상하고 있었다. 스기오는 분명 외로울 것이다. 그 사람과 그다지 많은 말을 주고받지는 않았지만, 인도차이나로 출발하는 날까지 두 사람의 관계는 계속되었다. 3년이나 밀접한 관계가 지속되었는데도, 어떻게 임신이 되지 않았을까……. 그 3년 동안에 마사코는 남자아이를 낳았다.

유키코는 여러 가지 많은 기억이 되살아나 참을 수 없게 되어 갑자기 일어났다. 베란다로 통하는 유리문을 열자 바로 눈앞에서 운하가 빛났다. 비르마넴의 큰 나무가 운하를 따라 가로수를 이루고, 신기한 작은 새들이 소란스럽게 지저귀었다. 안개가 자욱한 운하 위로 베트남인의 작은 배가 몇 척 다녔다. 돌로 만든 베란다에 기대 아침 바람을 쐬고 있자니, 뭐라 말할 수 없는 기분이 되었다. 유키코는 지구상에 이런 꿈같은 나라도 있구나 하며 작은 새가 지저귀는 것을 듣거나, 운하의 물 위를 멍하니 바라보았다. 제비도 무리를 지어 날아갔다. 하이퐁의 혼탁한 바다색을 경계로 하여, 모두 허공의 저편으로 사라져갔다. 지금부터 어떤 인생이 기다리고 있을지, 유키코는 예측할 수 없었다.

이른 아침 식사가 끝나자 일행은 또 자동차를 타고 남부 인도차이나의 옛 도읍인 유에 쪽으로 출발했다. 마황나무10)의 가로수 길 사이의 운하를 따라 서 있는 뜸집에서는 느긋하게 밥 짓는 연기가 올라왔다. 넓은 식민 도로植民道路를 황금색 칠을 한 시트로앵이 씽씽 아스팔트 도로에 달라붙는 듯한 소리를 내면서 달렸다.

빙은 인구수가 2만5천 정도로 북부 베트남에서도 꽤 중요한 도시라고 일행 중의 한 남자가 말했다. 이윽고 식민 도로는 고원의 라우스로 들어가는 길에서 두 갈래로 나뉘어졌다. 가끔 들불이 오른쪽의 숲 속에서 연기를 뿜어냈다. 넓은 산림 지대 속에서 유에로의 식민 도로를 한참 달리자, 겨우 주변에 아침햇살이 비치며 날이 새기 시작했다. 햇빛이 비치며 공기가 완전히 건조해지자 하늘이 높고 상쾌한 여름 경치가 펼쳐졌다.

두 번째 날은 유에에서 머물렀다. 여기서도 일행은 그랜드 호텔에 여장을 풀었다. 일본의 병사가 많이 주둔하고 있었다. 호텔 앞으로는 넓은 유에강이 흘렀다. 크레만소 다리가 가까웠다. 유키코는 이런 곳까지 일본군이 진군해 있는 것이 믿기지 않았다. 무리하게 일본군이 밀어닥친 듯한 기분이 들었다. 지금까지는 지나치게 운이 좋았다고 생각했다. 하지만 그것도 잠시였다. 유키코는 지금 이대로 오랫동안 이 보물 창고를 점

---

10) 마황(麻黃)나무 : 마황과의 상록관목. 높이 36~70m 줄기에 뚜렷한 마디가 있고 작은 비늘 모양의 잎이 마주남.

령하고 있을지 어떨지를 생각하고 있을 겨를도 없었다. 자동차가 달리는 대로 몸을 맡길 수밖에 없었다. 단순한 기분으로 여행을 했다.

이곳에서 보는 일본병사의 모습은 빈약했다. 몸에 잘 맞지 않는 옷을 입고 큰 머리에 전투 모자를 쓴 모습은 미개지에서 온 병사 같았다.

거리를 오가는 베트남인과 때때로 지나가는 프랑스인의 모습은 거리의 배경과 잘 어울렸다. 화교의 거리도 문화적이었다. 도심 속 거리의 녹나무 가로수는 멋지게 아침 햇살이 비치자 금색 가루를 품어내는 새잎을 싹틔웠다. 빨간 벽돌의 왕성王城 주변에서 젊은 베트남인 여학생이 얼룩덜룩한 양말을 신고 축구를 하는 모습을 유키코는 신기하게 바라보았다. 강 주변의 놀이터에는 화염목과 칸나 꽃이 피었다. 강은 황색으로 혼탁했고, 물의 양도 많아 비린내 나는 강바람이 아침 거리로 불어제쳤다.

여행 때문인지, 일행은 7명 정도였지만 꽤 자유롭게 해방된 기분이었다. 광산반鑛山班의 세야라는 노인은 하노이에서부터 계속 여자들과 같이 타고 왔는데, 시노노이 하루코의 곁에 앉는 습관이 들어 있었다. 일부러 하루코의 어깨와 무릎에 몸을 부딪치거나 땀으로 범벅이 된 것도 개의치 않고 뻔뻔스럽게 음란한 이야기를 했다.

사이공은 작은 파리라고 불릴 정도로 아름다운 도시라고 들었기 때문에 유키코는 시노노이 하루코에게 질투심이 생겼다. 자신도 이런 아름다운 도시에서 일하고 싶었다. 정해져 버린 것이니 어쩔 수 없지만, 그러한 명령이 여자에게 있어서는 외모에 달렸다는 것을 유키코는 잘 알고 있었다. 다랏트라는, 들어본 적도 없는 고원의 안쪽 깊숙한 곳에서 평범하게 근무해야 할 운명이라는 것이 유키코에게는 어쩐지 정감이 가지 않았다. 젊은 여자에게 평범이라는 것만큼 괴로운 것은 없다. 아무튼 1년은 반드시 근무해야 한다는 것도 마음에 큰 부담이 되었다.

도쿄를 출발할 때 스기오는 인도차이나가 좋은 곳이면 나도 불러달라며, 본국의 전쟁 상황에서 해방되고 싶다고 농담 삼아 말했지만, 스기오도 보험 회사 따위를 그만두고 지원해서라도 인도차이나에 가보고 싶다고 생각했다.

유에에서 하룻밤을 지내고 해변의 쓰훈역에서 일행은 사이공 행의 기차를 탔다. 2등차는 좁고 귀여운 차였지만 의외로 화려한 설비가 갖추어져 있었다. 소파와 작은 탁자가 있었고 작은 선풍기가 시종 바쁘게 실내를 돌았다.

방 옆에는 샤워기도 설치되어 있어 자동차 여행보다 훨씬 쾌적했다. 커피를 주문하자 마치 꽃병과 같은 깊은 찻잔을 베트남인 보이가 가지고 왔다. 여기에서 처음으로 유키코는 시노노이 하루코와 둘이서 방을 쓸 수 있게 되었다. 기차는 요동이 심했다. 커피 찻잔을 꽃병과 같이 만든 것도 이 흔들림 때문이라고 생각했다. 자동차 여행과 마찬가지로 모래 섞인 먼지가 어디선가 불어와서 두 사람 모두 문을 닫았다. 아무리 사치스러운 시설의 열차라도 누른 모래 먼지가 불어 닥치는 것은 감당할 수 없었다.

하루코는 몇 시간 사이에 어떻게 구했는지 비단 양말을 신고 멋진 고무밑창 구두를 신고 있었다. 그리고 기차를 탈 때부터 신경이 쓰였던, 향이 좋은 향수를 뿌리고 있었다. 유키코는 비참하게 패한 기분이 들었다. 학교에 다닐 때 입던 서지 교복을 고쳐 만든 바지에, 발끝이 불퉁한 때탄 검은 구두를 신은 것에 화가 났다. 오랜 여행으로 감색 바지는 꽤 더러워졌다. 하루코의 화장이 진한 것을 질투하듯이 바라보면서 유키코가 말했다.

"시노노이 씨는 사이공에 있게 되어 행복하겠어요."

"아니, 좋은 곳인지 나쁜 곳인지는 가보지 않으면 알 수 없어요. 고다 씨야말로 규방원規邦園이라니, 대단한 지식인이네요. 당신은 공부하는 사람이니까 프랑스어도 베트남어도 금방 잘할 수 있을 거예요. 제일 좋은 곳이지 않아요? 나는 그렇게 생각해요. 시원하고 좋은 곳이라고."

유키코는 하루코가 마음의 여유를 가지고 위로해주는 것이라는 것을 잘 알고 있었다.

"하지만 사람이 많이 없는 곳이라 쓸쓸해요. 첫째로, 함께 고생해온 당신들과 헤어져 아무도 모르는 산중으로 가야한다니, 쓸쓸해요. 심심할 것 같아요……."

가도 가도 끝이 없는 산야山野를 기차는 심하게 요동치며 달렸다. 사이공에 도착한 것은 밤이었다.

5

유키코는 이러한 여행에 익숙하지 않은 탓인지 매우 피곤했다. 어떤 때는 하루 종일 몇 번이나 열이 날 때도 있었다. 사이공에서는 5일 정도 지냈다. 여기서 다시 군으로 수속을 밟는 데는 시간이 꽤 걸렸지만, 혼자서 거리 구경을 할 수 있는 여유는 허락되지 않았다. 사이공에서는 군이 지정한 여관으로, 하이퐁을 나온 이후 처음으로 격이 낮은 여관에 머물게 되었다. 4일째 되는 날 시노노이 하루코는 군보도부에서 근무하는 나카토中渡라는 남자가 데려가 근무처의 숙사로 바꿨다.

유키코 일행이 머무는 여관은 이전에는 화교의 주택이었던 것 같았다. 장식이 아무것도 없는 텅 빈 각방에는 접는 식의 침대가 있을 뿐이었다. 베트남 여자 두 사람이 방청소를 하며 돌아다녔다. 시게키 기사와 구루이 기사, 세야와 유키코가 함께 다랏트로 출발하는 일행이었기 때문에 식당에서는 언제나 이들끼리 한쪽 구석에 모였다. 회반죽을 바른 푸른 벽에 섬세한 큰 지도가 붙어 있었고 자단으로 된 키가 큰 탁자가 3개 정도 나열되어 있었다. 각각의 용무로 머물고 있는 무리가 여기에서 식사를 한다. 식당으로 올 때의 표정은 언제나 물이 흐르는 것처럼 변해 갔다. 이합집산의 시끄러운 식당에서, 창가의 서늘한 곳에 언제나 변함없는 얼굴의 한 사람이 있었다.

갑자기 유키코는 그 남자에게 주의를 기울였다. 그는 식사 중에도 언제나 신문을 보거나 책을 읽었다. 별로 동료가 있는 것 같지도 않았고 거기에 앉아 있는 시간도, 장소도 판에 박은 듯 똑같았다. 피부색은 검푸르고 머리카락도 치렁치렁 하며 긴 얼굴형으로, 죽 책을 읽고 있는 옆얼굴은 죽은 사람과 같이 생기가 없는 표정을 하고 있었다. 밤이 되면, 어디선가 돌아와서 아무도 없는 식당에서 위스키 병을 앞에 두고 술을 마셨다. 생크스킨의 반소매 셔츠에, 갈색 바지를 입은 것이 유키코가 보기에는 베트남인처럼 보였다. 유키코는 열이 있었기 때문에 때때로 식당으로 냉수를 가지러 갔는데, 그 남자는 식당 의자에 무릎을 세우고 거만하게 걸터앉아서 몇 시간이나 술을 마셨다. 유키코가 식당에 들어가도 별로 신경 쓰지 않고 천천히 고독을 즐기는 듯한, 종잡을 수 없는 모습으로 술을 마셨다.

이 숙사 근처에는 밤에도 혼잡하게 레코드나 라디오를 틀어놓고 있는 화교의 음식점이 줄지어 있었다. 바람결에 멀리서 희미하게 식당 안으로 '아버지여, 당신은 강했다'라는 일본 곡 등이 흘러나왔다. 식당 구석에서 약을 먹던 유키코는 갑자기 그 곡에 매료되었다. 아무 생각 없이 술을 마시고 있는 남자와 이야기하고 싶어졌다. 모험적인 기분이 들었다. 유키코는 남자라는 것은 전부 스기오와 같은 성향을 갖고 있는 듯하여, 객지라는 이유로 누구의 소개도 없이 이야기를 걸어도 상관이 없지 않을까 하는 생각으로 거기에 흩어져 있는 일본 신문 등을 천천히 읽기도 했다.

남자는 개의치 않고 태연하게 책을 보면서 술을 마셨다. 술을 마시자 피부에 취기가 돌았다. 흰 반소매 아래로 드러난 근육 있는 팔이 유키코의 눈에 들어왔다. 서른네다섯이나 되었을까. 이름도 직업도 모른 채로 헤어질 사람이라 생각하니 유키코는 혼자 자는 좁은 침대에 누워서도 그 남자의 일이 시종 뇌리에서 떠나지 않았다.

5일째에 다랏트로 가는 트럭 편이 있다고 해서 유키코는 시게키 기사 일행을 따라 또 여행 준비를 했다. —사이공은 옛날 쿠메르족의 이름을 붙여서 플레이 노콜이라고 부른다. 숲 속의 도시라는 의미이다. 트럭 위에서 보니 사이공의 대로에는 큰 나무 가로수가 쭉 이어졌고, 그 나무 아래의 매끈매끈한 아스팔트 대로를 삼륜차를 닮은 씨크로가 곤충처럼 달렸다. 번

화한 카치나 길의 타마린도 도로의 가로수 아래에 파란색 옷을 입은 인도차이나 어린아이가 놀고 있는 것 등은 그림을 보는 것 같았다. 타마린도에는 배와 같은 과일이 주렁주렁 열려 있어 마치 정원 풍경을 연상케 했다. 넓은 도로의 큰 나무 가로수 밑을 유유히 왕래하고 있는 베트남인과 화교의 복장은, 빈약한 일본 복장을 한 유키코에게는 신기하기만 했다. 갑자기 하루코가 부러워졌다. 이런 아름다운 도시에 머무른다는 그 자체만으로도 질투심이 생겼다.

햇빛이 비치는 울창한 가로수 밑을 일본 병사가 걸었다. 병사는 일본이라는 고향과 군대의 배경도 느낄 수 없을 정도로 고독하고 불안하게 무리지어 걸었다. 걷는다고 하는 것보다는 거기에 버려졌다고 하는 쪽이 나을지도 모른다. 트럭 위에 있는 일행들도 오랜 여행에 지친 탓인지 꾀죄죄한 불쌍한 얼굴을 하고 있었다. 유키코는 자신 또한 이 사람들과 같다고 생각했다. 아무런 자랑거리도 없었다. 일용 노동자의 딸이 된 듯한 슬픔이 마음속을 스쳐 지나갔다. 유키코는 본국으로 돌아가고 싶었다. 다랏트가 어떠한 곳이든 이제 아무래도 좋았다. 사람이 그리웠고, 혼자서 다랏트의 고원 속에서 살 수는 없다는 기분이 들었다. 시노노이 하루코와 헤어진 광산반의 세야는 태도를 싹 바꾸어 유키코 쪽으로 생글생글 웃는 얼굴을 돌렸다.

"기운이 없구나. 용기를 내자. 어느 곳에 가든 일본의 병사가 있어. 아무것도 걱정할 필요 없단다. 단 한 사람의 일본 여성으로서 책임은 중대해. 황군皇軍과 함께 일하지 않으면 안돼. 그렇지 않을까……."

6

다랏트까지 앞으로 16km로 프랜이라는 부락을 휘감고 돌아 비탈진 경사로 된 란비안의 구불구불한 드라이브 길을 트럭은 붕붕 신음하면서 올랐다. 저녁이 되자 때때로 도로 연변의 숲에서 흰 공작이 휙 날아와서 일행을 놀라게 했다.

저녁 안개가 짙게 깔린 고원에는 벗나무 가로수가 곳곳에 있어 트럭이 스쳐 지나쳤다. 단구段丘로 되어 있는 숲 속에는, 별 장식의 화려한 건물이 곳곳에 보였다. 분홍색의 꽃이 만발한 별장도 있었고, 테니스 코트의 주변에 함수초가 심어진 곳도 있었다. 금색 꽃이 핀 함수초 나무의 어렴풋한 냄새가 곁을 지나는 트럭에 풍겼다. 유키코는 아리송한 기분이었다. 숲 속의 도시 사이공에 비할 수 없는 것을 이 고원의 웅대함 속에서 느꼈다. 삼각의 사초 삿갓을 쓴 베트남 여성이 멜대를 메고 트럭에게 길을 양보해주기도 했다.

고원의 다랏트의 거리는 유키코의 눈에는 하늘에 비치는 신기루처럼 보였다. 람핀산을 배경으로 하여 호수를 앞에 둔 다랏트의 단구의 거리는 유키코의 불안과 공상을 송두리째 뒤집어엎었다. 옛날에 시의 주재부였다는 흰 벽으로 된 건물의 정원으로 트럭이 들어갔다. 정원의 중앙에는 일본 국기가 높이 게양되어 있었다. 지방 산림 사무소라고 적힌 새로운 간판이 박혀 있었다. 그 밑에 작고 검게 베트남어와 불어로 글자를 적은 판도 달려 있었다. 호수가 보이는 응접실에서 일행은 사무 소장인 마키타牧田 씨를 만났다. 유키코는 여기에서 당분간 일하기로 되어 있어 베트남인 여종업원의 안내를 받아 자신에게 주어진 방으로 갔다. 이층의 가장 구석진 방으로, 호수와 거리는 보이지 않았지만, 북쪽 창에서는 란비안의 산이 보였다. 정원에는 부겐빌레아 꽃이 피었고 흰 개가 잔디에서 뛰놀았다. 유키코는 긴 여행 끝에 겨우 자신의 방에 들어온 것이다. 티크 나무로 된 방바닥에는 깔개도 없었지만 그것이 오히려 더 시원했다. 어디에서 운반되어온 것인지 조잡한 침대에 키가 큰 책상과 의자가 하나, 흰 페인트칠이 된 좁은 장롱이 어두운 방의 조화를 깨고 있었다. 둥지를 찾은 작은 새가 저녁의 황혼 속에서 지저귀었다.

시게키 기사와 세야는 다랏트의 일급 호텔인 란비안 호텔로 마키타 씨의 자동차들 타고 되돌아갔다. 마키타 기사는 돗토리의 임야국을 거쳐 농림성으로 들어온 인물로서 키가 작고 뚱뚱한 40세 정도의 남자였다. 쇼와 17년(1942년) 말에 군무원으로 취임해 왔다. 부하는 네 명 정도 있지만 전부 제각기 산의 분담구分擔区를 시찰 나간 모양으로, 베트남인 통역 두 사람과 임무관林務官 한 사람, 혼혈아인 여자 사무원 한 사람이 있었다. ─유키코는 몹시 피곤했다. 란비안 호텔로 일행과 함께 저녁 식사 안내를 받았지만, 마음이 내키지 않아 가고 싶지 않았다. 침대의 모포 위에 뒹굴고 있으니 트럭의 진동이 아직 계속되는 것 같아 고막을 누르는 것처럼 머리가 무거워졌다. 곤히 잠들고 싶었다. 눈을 감자 매미 울음소리와 같은 산림의 살랑거림이 귓가에서 사라지지 않았다. 장롱의 페인트 냄새가 코를 찔렀다.

그날 밤 유키코는 베트남 여자가 만들어준 일본 음식을 넓은 식당에서 혼자 먹었다. 중앙에는 바위와 같은 벽난로가 있었고 입구 가까운 곳에 피아노가 한 대 빛나고 있있다. 빳빳하게 풀을 먹인 테이블보의 흰 천에 손을 내려놓자, 황색의 손이 베트남인 종업원의 손보다도 더러운 느낌이 들었다. 유리의 핑거볼에 부겐빌레아 꽃이 떠 있다. 소시지와 같은 검붉은 어묵과 두부국이 유키코는 신기했다. 여종업원의 나이는 벌써 서른이 넘었을 것 같았지만 눈은 아름다운 여자였다. 이마가 벗겨지고 윤곽이 뚜렷하지 않은 얼굴에 파우더를 바른 듯한 화장을 했고, 금속으로 된 둥근 푸른색의 귀고리를 달았다. 그녀는 더듬더듬 일본어를 조금 할 수 있었다. 방충망을 내린 넓은 창에 흰 나방 무리가 붙어 있었다.

식사가 끝날 무렵 갑자기 앞 정원 쪽에서 자동차 엔진 소리가 났다. 마키타 소장이 돌아왔나 생각했지만, 그러기엔 너무 이른 것 같아서 귀를 기울였다. 여자 종업원이 달려나가 감미로운 목소리로 봉쥬아라며 정원 입구로 불렀다. 이윽고 남자와 무엇인가 소곤소곤 얘기하는 소리와 발자국 소리가 났고, 식당으로 들어온 사람은 사이공의 숙소에서 만난 유키코의 주의를 끈 그 남자였다. 키가 큰 남자는 성큼성큼 식당으로 걸어 들어와서는 유키코를 보는 순간 놀라며, 가볍게 눈인사를 하고 다시 서둘러 복도로 나갔다.

유키코의 식사가 끝나고 나서도 여종업원은 식당으로 돌아오지 않았다. 유키코는 상기되어 그 남자에게 답례를 했지만, 방을 나간 채 다시 돌아올 것 같지 않아 초조해졌다. 지금까지 죽은 듯이 조용했던 마음속이 급히 불을 붙인 듯 애절해지는 것을 느꼈다. 당황하여 살금살금 걸어 방으로 돌아와 유키코는 장롱에 붙은 거울을 바라보고 립스틱을 진하게 발랐다. 머리를 올리고 파우더를 바르고, 다시 서둘러 식당으로 돌아갔지만, 방충망을 두드리는 흰 모기의 바쁜 날갯짓 소리만 날 뿐 넓은 식당 안은 매우 고요했다. 잠시 뒤 여종업원이 커피를 가지고 와서 두고는 바로 사라졌다. 아무리 기다려도 남자는 끝내 식당으로 나오지 않았다.

유키코는 정신이 나간 듯한 기분으로 방으로 되돌아왔다. 넓은 계단을 누군가가 오르고 있었다. 유키코는 심한 동요를 느끼며 문에 귀를 기울였다. 유키코는 무슨 소리가 들리자 다시 식당으로 내려갔다. 거리낌 없이 피아노 뚜껑을 열고 여학생 때 자주 쳤던 해변의 노래를, 한 손으로 퐁퐁퐁 건반을 두드려 보았다. 벽에는 산림에 대한 통계 같은 것이 유리 액자 속에 들어 있었다. 카챠송이라든지 메루쿠시송, 요우, 카시, 쿠리캉 등의 표본 지도를 더듬어가다 보니 유키코는 이제야 먼 곳에 온 듯한 기분이 들었다. 아무도 식당에 오지 않았기 때문에 유키코는 정원으로 나가 보았다. 별이 총총 빛났고 고무풍선을 띄운 듯한 투명한 밤바람이 유키코의 면 포플린의 무거운 스커트를 날렸다. 어디에선지 모르게 향기로운 꽃 냄새가 났다. 골목길 쪽에서 봉쥬라고 인사를 하는 여자 목소리가 들렸다. 얕은 구름이 별을 피해 빠져나가고 있었다. 호수는 보이지 않았다. 방으로 돌아와 창문에 기대어 잠깐 있으니 복도의 어딘가에서 전화벨이 심하게 울렸고, 그리고 나서 바로 마키타 소장의 자동차가 돌아온 모양이었다. 갑자기 복도에 여러 남자들의 웃음 소리가 시끄럽게 들렸다.

7

새벽녘에 부는 산바람에서 유키코는 솔숲을 스치는 바람 소리를 들었다. 아침잠에서 깨어 그 남자와 넓은 잔디에서 테니스를 치는 꿈을 꾸었다. 그리워서 다시 그 꿈을 떠올려보려고 했지만 소용없었다. 또 바로 여기를 떠날 사람이겠지… 그렇다고 해도 같은 건물 안에서 두 번이나 마주친 인연을 유키코는 즐겁게 생각했다. 아침이 되어 정성들여 화장을 하고 하찮은 것이었지만 흰 면으로 만든 원피스를 입고 식당으로 내려가니 마키타 씨와 그 남자가 방충망을 연 넓은 창가에서 커피를 마시고 있었다. 혈색이 좋은 마키타 씨는 싱글벙글 웃으며 아침 인사를 했지만, 그 남자는 유키코에게 눈길 한 번 주지 않았다. 창 쪽으로 가서 부자연스럽게 걸터앉아 호수를 보았다. 인간미가 없는 표정, 관심 없다는 식의 태도를 보이는 일종의 포즈가 유키코에게는 중학생과 같은 완고함으로 보였다.

"어떻습니까? 고다 씨. 이쪽으로 오세요. 일정이 길어서 피곤하시지요? 사이공에서는 도미오카 군과 같은 숙소였다지요?"

유키코가 그 남자 쪽을 불안한 듯이 보았기 때문에 마키타 씨가 작은 목소리로 남자에게 말했다.

"자네, 고다 씨야. 여기에서 당분간 타이프 일을 도와줄 사람이야. 반년 정도 파스퇴르쪽으로 돌다 왔어……."

남자는 비로소 고다 유키코 쪽으로 몸을 돌렸다. 그래도 여전히 앉은 자세였다.

"저는 도미오카입니다."

"뭐야, 처음이야? 서로 소개를 한 줄 알았는데. 이쪽은 도미오카 겐고富岡謙吾 군. 역시 본성本省에서 왔고, 3개월 정도 전에 보르네오에서 옮겨왔어요. 일본 여자는 거의 없으니까 인기가 많아도 하는 수 없겠지. 여기는 고다 씨 혼자야."

유키코는 가죽 소파에서 멀리 떨어져 앉았다. 어젯밤 호텔 로비에서 세야가 유키코에 대해 수수한 여자라서 오히려 일하기에는 좋을 것이라고 말했다.

사이공에 두고 온 하루코라는 여자는 미인이기 때문에 문제를 일으키지 않을까 걱정이라고 했지만, 이렇게 멀리서 보는 고다 유키코의 모습은 세야가 말한 만큼 수수한 여자로만은 보이지 않았다.

보통 여자들과는 달리 파마를 하지 않은 것도 마음에 들었다. 무엇보다 조신하다. 스커트 밑에 반듯하게 모은 다리의 통통한 살집이 고국의 네리마무11)같아 우스웠다. 다다미와 후

---

11) 네리마 무(練馬大根) : 도쿄의 네리마에서 품종 개량을 한 데서 유래. 여자의 굵은 다리를 놀려 이르는 말. 무 다리.

스마를 생각하게 하는 그리움으로, 부드러운 어깨와 피부가 맑은 목덜미에서 동족의 친분을 느낄 수 있었다. 좁은 이마도 여종업원 니우보다는 훨씬 볼품이 있었다. 혼혈아인 마리처럼 육각 안경을 쓰지 않은 것도 마음에 들었다. 일본의 젊은 여자가 먼 곳의 고원까지 와준 것은 마키타 씨에게는 꿈만 같은 일이었다. 옛날에는 해외로 온 여자에 대해 그다지 좋은 감정을 가지지 않았지만, 고다 유키코는 마키타 씨에게 의외로 인상이 좋았다.

세야가 말한 정도의 여자가 아닌 것이 마키타 씨를 행복하게 했다. 커다란 탁자 위에는 칸나 꽃이 꽂혀 있다. 마키타 씨는 매우 기분 좋게 도미오카와 전문적인 얘기를 나누었다. 유키코는 넋을 잃고 밝은 창 쪽을 보았지만, 마음은 종잡을 수 없었다. 도미오카는 담배를 피우면서 양팔을 의자 위에 얹고 뒷머리를 기댔다. 왼팔의 검은 문자판 시계에서 붉은 초침이 움직였다. 다림질을 한 갈색 방서복防暑服을 입고 시원해 보이는 플라스틱 유리가 끼워진 좁은 벨트를 했다. 면도를 한 목덜미가 파랗게 보였다.

이윽고 식당의 벨이 울렸다. 마키타를 앞세우고 유키코가 도미오카의 뒤를 따라 식당으로 들어섰다. 흰 테이블보 위에 흰색과 보라색의 신기한 꽃이 유리 화분에 꽂혀 있었고, 양은의 붉은 용기에 두부가 든 된장국이 나왔다. 구운 계란과 보리

새우 젓갈도 연이어 나왔다. 유키코는 도미오카와 나란히 마키타 씨 앞에 앉았다. 호텔에 묵고 있는 시게키, 세야, 구로이黑井 등은 아직 사무소에 얼굴을 보이지 않았다. 천장에 매달려 있는 선풍기가 삐걱삐걱 시끄러운 소리를 냈다. 마키타 씨는 된장국을 들이키면서 유키코에게 말을 걸었다.

"고국은 점점 살기 어려워지는 것 같지만 여기는 극락 같아요."

극락이라고 해도 유키코는 일찍이 이런 생활에 젖어보지 못했으므로, 극락 이상의 것을 느끼며 오히려 불안해졌다. 주인이 없는 부잣집 저택에 들어앉아 있는 듯이 불안하여 공허함이 밀려왔다.

때때로 도미오카는 사이공의 농림 연구소 얘기랑 산림국의 인도차이나 국장에 대한 일본의 난폭한 방식에 대해 비난을 했다.

첫째로, 빈약한 일본인이 콘티넨탈 호텔 등에 턱 버티고 있다는 이야기 등, 마키타 씨도 작은 소리로 맞장구를 치면서 저런 큰 호텔을 병참兵站 숙소 등으로 군인이 마구 뒤적거려 놓는 것은 점령 정책으로서도 오히려 반감을 불러일으키는 것은 아닌가 하고 말했다.

"우리들은 행복해. 군의 목적이야 어찌되었든 우리들은 자신의 직분에 따라 산림을 지키면 되니까. 충분히 축복받은 일이라 그것에 감사하고 있어.”

도미오카는 10일 정도 사이공에서 지내고 가스용 목판에 관한 연구를 위해 루소에 있는 농림 연구소로 간다. 도미오카는 빵을 먹다가 갑자기 손을 뻗어 버터 접시를 끌어당긴 고다 유키코의 손을 보았다. 살결이 부드러운 일본 여자의 손을 신기한 듯이 보았다.

아름답고 부드러운 손이라고 생각했다.

솜털도 나 있었다.

“사오 일 정도 란한에 가 있고 싶습니다. 죽근콘크리트[12] 연구를 한번 보고 오려고 합니다. 가노加野 군이 땔감목의 중간 작업에 대한 것을 상세하게 적어 보내주었습니다만, 보셨습니까? 목탄 자동차도 상당히 알려졌습니다. 이제 내륙에서도 목탄 자동차로 점점 바뀌어가고 있는 것 같습니다만, 이쪽이 더 빠르게 진행되고 있습니다. 가노 군이 쓴 것을 한번 보시지 않겠습니까. 뜨랑봄의 연구소에 가서 가노 군을 만나서 해 보고 싶습니다.”

도미오카는 갑자기 그런 말을 하고 먼저 응접실로 돌아갔다.

“꽤 이상한 사람이네요.”

---

12) 죽근(竹根) 콘크리트 : 1920년대~40년, 제2차 세계 대전 전후 쇼와 초기부터 20년경에 걸쳐 철강재가 부족했던 시기에 건축구조재로 사용되었다.

마음대로 방을 나가버린 도미오카를 보며 유키코는 무심코 마키타 씨에게 그런 말을 했다.

"바람과 같은 사람이지요. 하지만 꽤 정이 많은 사람입니다. 3일에 한 번은 반드시 부인에게 편지를 쓰지요. 나는 도저히 흉내 낼 수 없어요. 책임감이 강한 남자로 한 번 마음을 먹으면 틀림없는 녀석이지요."

3일에 한 번 부인에게 편지를 쓴다는 말이 왠지 쿵 하고 유키코의 가슴을 때렸다.

8

이튿째 저녁, 마키타 씨는 급히 사이공에서 프놈펜까지 업무상의 용무로 출장을 가게 되었다. 마침 돌아가야 했던 세야 노인과 두 사람의 일행도 같이 트럭으로 출발했다. 시게키와 구로이는 베트남인의 통역 안내를 받으며 담당하는 구로 시찰을 나갔다. 남은 사람은 도미오카와 유키코 뿐이었다. 도미오카는 2층 중앙의 동쪽에 있는 제일 좋은 방에 묵었다. 제일 좋은 방이라고 해도 청결한 병실 같은 방이었다. 3일마다 부인에게 편지를 쓰는 도미오카에 대해 유키코는 이상하게 흥미가 없어졌다. 식당에 있어도 도미오카는 "안녕하세요."라든지 "저"라고 말할 뿐으로, 타이핑 일은 마리 쪽으로 돌리는 듯했다.

타이피스트인 마리는 일에 싫증이 나면 식당으로 와서 피아노를 치고는 했다. 그 음색은 고원인 탓도 있겠지만, 손놀림도 꽤 훌륭했다. 유키코는 곡목은 모르지만 때때로 그 음악이 듣고 싶어졌다. 도미오카도 음악을 좋아해서 일하는 책상에서 멍하니 피아노 소리에 귀를 기울였다.

마리는 스물네다섯 정도의 나이였지만 안경 때문인지 더 늙어 보였다. 그녀는 엄격한 가정의 딸이라고 했다. 산양과 같은 멋진 다리에는 언제나 네이비블루 타이즈와 흰 구두를 신었다. 허리의 선이 확 살아난 뒷모습을 보면 청초한 아름다움이 느껴졌다. 머리는 밝은 적갈색으로, 자연스러운 웨이브의 단발보다 조금 긴 머리가 어깨에서 무겁게 흔들렸다. 아무 특기도 없는 유키코는 마리의 피아노 소리를 들을 때마다 인종적인 빈약함을 느꼈다. 마리는 영어도, 불어도, 베트남어도 능숙했고 일도 잘했다. 왠지 이 먼 인도차이나의 고원은 유키코와 같은 무능한 여자가 올 자리가 아닌 것 같다는 생각이 들기도 했다. 그러면서도 유키코의 일은 일본어 타이프를 치는 일이나 비밀스러운 서류를 만드는 일이라 중요할지도 모른다고 스스로를 위로했다.

마키타 씨가 급히 여행을 떠났기 때문에 란한행은 보류되었는데 5일 정도 지난 어느 날 뜨랑봄에서 가노 히사지로加野

久次郎가 불쑥 베트남인 조수를 한 사람 데리고 다랏트로 돌아왔다. 가노는 돌아오자마자 사무실의 고다 유키코를 보고 깜짝 놀란 표정으로 얼굴을 붉혔다. 도미오카의 소개로 가노와 유키코는 서로 인사를 했다. 매사에 신중하게 처리할 것 같은 냉철한 청년으로, 바로 도미오카와 의자를 맞대고 일 이야기를 시작했다.

"뭐야, 조금은 오래 있을 수 있는 거야?"

"너무 설사를 해서 그다지 몸 상태가 좋지 않고, 게다가 다랏트의 문명도 그리웠어. 도미오카 씨가 돌아올 거라고는 생각지도 못했어."

긴 애기 뒤에 두 사람은 이런 말을 하고 여종업원에게 커피를 시켰다. 너무나 그리워한 사이인 듯했다. 가노는 도미오카보다 젊어 보였다. 남사치고는 피부색도 희고 몸집도 작았다. 감색 넥타이에 흰 바지를 입었으며 스포츠 선수와 같은 경쾌함이 있었다. 몸과는 반대로 눈에는 겁을 먹은 듯 상대의 얼굴을 바로 정면으로 보지 못하는 연약함이 있었다.

저녁, 식당에서 오래간만에 떠들썩한 식사가 시작되었다. 아페리티프[13]로 도미오카가 사이공에서 들고 온 흰 포도주를 땄다. 유키코에게도 권했다.

"고다 씨는 지바千葉에서 왔어?"

---

13) 아페리티프 : 식욕을 돋우기 위해 식사 전에 마시는 술.

술에 취한 탓인지 말수가 적은 도미오카가 문득 유키코에게 이렇게 말을 걸었다.

"어머, 아니에요. 무슨 실례의 말씀을."

"아, 그래? 지바 출신이라고 생각했는데, 그럼 어디야?"

"도쿄예요."

"도쿄? 거짓말. 도쿄 태생에 고다 씨와 같은 사람은 없어. 그렇다면 가쓰시카葛飾, 욧키四ッ木 주변이야?"

"농담이 심하시군요."

모멸감을 느낀 유키코는 불끈 화가 났다.

가노가 차마 볼 수 없어 말을 꺼냈다.

"도미오카 씨는 무례한 독설가니까 신경 쓰지 말아요. 이게 이 사람 병이니까."

"그래, 도쿄구나. 에돗코[14]는 설마 아니겠지. 고다 씨는 나이가 몇 살이야?"

"몇 살처럼 보여요?"

"스물네다섯?"

"어머, 저 이래봬도 스물둘이에요. 정말 이상한 분이군요, 도미오카 씨는."

"아, 그래? 스물두 살? 여자가 스물네다섯 살로 보인다는 것은 영리하다는 말이야. 젊어 보이고 싶다는 것은 어리석은

---

14) 에돗코(江戶ッ子) : 도쿄 태생 사람, 도쿄 토박이를 일컫는 말.

일이야.”

도미오카는 이번에는 코안도로コアントロウ의 병을 꺼내 마개를 땄다. 가노는 같은 도쿄 농고를 나온 선배인 도미오카와 야스나가安永 교수의 주선으로 인도차이나에 산림업의 연구원으로 부임해온 것이었다. 도미오카도 가노도 문학을 좋아했다. 도미오카는 톨스토이 풍이었고 가노는 나쓰메 소세키夏目漱石 신봉자이자 무사노고지 사네아쓰武者小路実篤의 심취자이기도 했다.

“멀리 인도차이나의 다랏트로 온 고다 여사를 위해 건배.”

가노가 그렇게 말하고 유키코 앞으로 술잔을 내밀었다. 유키코는 눈물을 머금었다. 저항하고 싶은 기분이었다. 도미오카는 취한 눈으로 유키코의 눈물을 머금은 반짝반짝 빛나는 눈빛을 보았나. 그 눈동사 속에는 이상한 바릭이 있었다. 여사의 눈 속에도 때때로 이런 광채가 있다고 생각했다. 이유를 알 수 없어 도미오카는 코안도로를 단숨에 들이켰다. 유키코는 견딜 수 없어 살며시 의자에서 일어나 방을 나왔다. 이층의 자기 방으로 올라가기에는 밤하늘이 너무 아름다웠다. 유키코는 밤이슬에 빛나는 넓은 길을 내려다보다가 그 길을 내려와서 목적지 없이 걸었다.

“마음이 상해 나가버렸어.”

이렇게 말하며 가노는 유키코를 찾아 2층까지 쫓아가서 방문을 두드렸지만 대답이 없었다. 열쇠가 채워져 있지 않았기 때문에 손잡이를 돌렸다. 불 켜진 방의 침대 위에 여학생이 입는 검은 팬츠가 놓여 있었다. 가노는 잠시 그곳에 서 있었다. 식당으로 돌아와서도 가노는 그 검은 팬츠가 눈에 어른거렸다.

"내숭떠는 여자가 아닐까?"

도미오카는 내뱉듯이 말했다. 가노는 밖으로 나간 유키코를 찾으러 가고 싶은 기분이었다.

"미야케 구니코三宅邦子라는 여배우를 닮지 않았어?"

가노가 말했다.

"그런 사람 몰라. 젊은 여자가 이런 곳까지 온 게 이상해."

"의외로 고리타분하군. 나는 다랏트가 너무 좋아졌어."

"고다 유키코는 가노와 어울리지 않아."

가노는 코안도로를 술잔에 따르면서 핏대가 선 눈으로 천장의 움직이지 않는 선풍기의 흰 프로펠러를 쳐다보았다. 도미오카는 나른한 듯이 철망의 창틀에 발을 올리고 의자 등에 머리를 기댔다.

"언제까지 이런 생활이 계속될까."

한숨을 쉬며 도미오카가 말했다.

"이길 것이라고는 생각하지 않아."

가노는 의아한 얼굴로 도미오카를 쳐다보았다.

"사이공에서 그런 식으로 생각을 했어. 장담할 수는 없지만. 내년 봄쯤이면 끝나지 않을까?"

"고국의 상황은 전혀 모르겠지만 그런 기분이 들어. 뭔가 알고 있는 것 있어?"

"절대로 이기지 못할 거야. 그것뿐이야."

"과연 그럴까? 나는 괜찮다고 믿어. 일본의 해군은 어때?"

"대책은 있겠지. 전과戰果가 매일 올라오고 있으니."

가노는 검은 팬츠가 눈에서 사라지지 않아 선풍기의 스위치를 콘센트에 꽂으러 갔다. 흰 프로펠러가 나사만 빙빙 돌아가는 것을 보고 있는 사이에, 갑자기 위잉위잉 거리기 시작했다. 책상 위의 꽃이 바람에 강하게 휘날렸다.

9

고다 유키코는 시간이 한참 지나도 돌아오지 않았다. 도미오카는 선풍기 바람을 쐬며 의자의 등에 머리를 기댄 채 잠들었다. 가노는 선풍기를 멈췄다. 그리고 조용히 식당을 나와 유키코를 찾으러 문밖으로 나와 보았다. 벚나무가 울창한 검은 가로수 주변에서 해오라기가 울었다. 젖어서 갑자기 움직일 수 없는 듯한 하늘이었다. 불빛이 가로수 사이에서 반짝였다.

산림 사업소의 바로 밑쪽에는 한동안 사람이 살지 않은 것처럼 보이는 화교 별장 풍의 울퉁불퉁한 건물이 있었다. 정원은 황폐했지만 남양 장미라고 하는 것이 눈처럼 작은 꽃을 피우고 있었다. 울타리 안에서 희미하게 노래 소리가 들렸다. 일본 노래였다. 아, 그 속에 유키코가 있었다. 가노는 잔디 쪽으로 들어갔다. 벌레가 날아다녔다. 유키코가 나무 벤치에 등을 뒤로 젖히고 앉아서 노래를 부르고 있었다. 유키코는 가노를 알아채지 못했다. 노래를 멈추고 어두운 정원 속에서 희미하게 일어섰다.

"어찌된 거예요? 화났어요?"

"아무것도 아니에요."

"안 돌아가요? 밤이슬은 몸에 좋지 않아요. 이런 곳에서 모기에라도 물리면 위험해요."

"나중에 혼자 돌아가겠어요."

"그 녀석은, 사람은 좋은데 독설가야. 한편으로는 신경쇠약일지도 모르겠어요."

가노는 유키코의 어깨에 손을 올렸다. 얇은 천을 통해 느껴지는 의외로 부드러운 여자의 육체에 전신이 뜨겁게 달아올랐다. 술에 취한 탓인지 자제할 수 없을 정도로 괴로워진 가노는 유키코의 부드러운 어깨를 두세 번 뜨거운 손으로 잡았다. 유키코는 휙 하고 가노의 손을 뿌리쳤지만 유키코 자신도 자제할 수 없을 정도로 괴로워졌다. 본능적으로 독설가인 도미오카에게 심하게 부딪쳐보고 싶은 반항의 기운이 용솟음쳤다. 이런 흰 피부의 남자에게는 조금도 흥미가 없었다. 유키코는 잠자코 일어섰다. 가노는 다시 한 번 조심스럽게 유키코의 곁으로 다가왔다. 멀리서 호텔행의 자동차 엔진 소리가 희미하게 들리며 왕래하고 있었다.

오늘 뜨랑봄에서 돌아와 유키코에게 끌려가는 기분, 이것은 욕정 때문일까, 이러한 생각이 잠시 가노의 머리를 스쳐지나갔지만, 현재로서는 이 여자를 얻을 기회가 달리 없는 듯한 기분이 들었다. 가노는 다시 한 번 유키코의 몸에 기대보았다. 유키코는 반짝반짝 빛나는 눈동자로 가노를 응시했다. 밤기운 사이로 무성한 잡초와 꽃향기가 났다. 때때로 풀벌레 소리가 들렸다.

"기노 씨, 지는 본국에서 아무것도 할 수 없어 여기로 지망해 온 거예요. 가노 씨도 알고 있겠지요? 이 전쟁 속에서 젊은 여자가 매일 목숨을 바칠 정신으로 어떻게 살아가고 있는지. 나는 일시적인 기분으로 이런 먼 곳까지 온 것이 아니에요. 어딘가로 흘러가고 싶었던 거예요. ─그러니 도미오카 씨에게 그런 짓궂은 말을 듣고 마음 아파할 필요는 없겠지요. 세 사람 모두 일본인입니다. 가쓰시카든 욧키든 부질없는 참견이에요. 살아가기 힘들어 여기에 온 사람을 높은 곳에서 비웃다니, 실례예요."

갑자기 유키코가 큰 소리로 말했다. 가노는 걱정스러운 마음으로 짐승과 같이 빛나는 유키코의 눈을 응시했다. 삶이 힘들어 여기로 온 것이라는 말을 들으니 고국에 있을 때의 유키코의 배경을 짐작할 수 있었다.

"도미오카가 술에 취해서 그래요."

가노는 그렇게 말하고 대담하게도 유키코의 두 팔을 양손으로 꽉 쥐었다.

"싫어요! 가노 씨도 술에 취했어요. 저는 달라요."

유키코가 강하게 말했다. 눈을 감았지만 그다지 가노의 손을 뿌리치지도 않았다. 단숨에 뜨거운 가노의 입술이 뺨에 와 닿았다. 그 순간 유키코가 얼굴을 돌렸다. 가노의 입술이 유키코의 뺨에 닿는 순간 당황하여 피해버렸다.

"어이, 가노 군!"

길 쪽에서 가노를 부르는 도미오카의 목소리가 들렸다.

"당신은 나중에 돌아와요."

가노는 작은 목소리로 유키코에게 말하고는 재빠르게 총총걸음으로 풀숲을 헤치고 도로 쪽으로 나갔다. 도미오카는 조용히 풀 속에서 나온 가노에게 갑자기 불쾌감을 느꼈다. 가노는 변명을 하지도 않고 잠자코 도미오카와 보조를 맞춰 걸으며 상대의 불쾌한 감정을 느끼면서 사무실 쪽으로 되돌아왔다. 밤공기는 서늘했다. 밤 서리로 인해 구두가 아스팔트에 미끄러질 것 같았다.

"고국에는 이제 눈이 오겠지."

도미오카는 선하품을 한 뒤 갑자기 말했다.

"아아 돌아가고 싶다. 한 번이라도 좋으니까 돌아가고 싶다."

가노는 괴롭게 흘러온 것이라는 유키코의 말에 골똘해졌다. 갑자기 그 말이 가슴에 메여 대답도 하지 못했다.

"고다 유키코, 엄청 화났겠지?"

도미오카는 아무 생각 없이 담배를 꺼내 긴 끈이 달린 라이터를 손가락으로 두들기면서 말했다.

"그래, 화나 있어."

"그래?"

"괜찮은 아가씨야."

"그래… 괜찮은 아가씨? 정말 아가씨일까……."

"아가씨야. 심하게 당했어."

오히려 지금 자백해두는 쪽이 좋을 것 같아 가노는 정직하게 고백했다. 도미오카는 담배를 피우면서 잠자코 걸었다.

"자네는 고향에서 좋아하는 사람 없었어?"

"없지도 않았지만."

"흠."

가노는 굽어진 길에서 뒤를 되돌아보았지만 유키코의 모습은 내리막길에서는 보이지 않았다.

"어이, 내일 후이몬까지 자동차로 낚시하러 가지 않을래?"

도미오카의 취미는 낚시였다. 후이몬 부근에는 네 개의 비폭飛瀑이 있었다. 도미오카에게 후이몬은 낯익은 장소였다. 하지만 가노는 낚시 갈 기분이 들지 않았다. 그런 마음의 여유가 없었다. 오랜만에 산속에서 돌아왔기 때문이었다. 인간이 보고 싶다는 애절한 감정이 가슴속에 들끓어 여기까지 돌아온 것이었다. 도미오카를 만난 일도 기뻤지만, 뜻밖에 일어난 고다 유키코와의 만남에 들불과 같은 불꽃이 일었다. 검은 팬츠를 본 순간 느낀, 다리가 얼어붙는 듯한 감정은 현재의 가노에게 있어 어쩔 수 없는 것이었다. 가노는 대답도 하지 못한 채 후 하고 개를 부를 때와 같이 휘파람을 불었다. 차고 쪽에서 희미하게 개가 짖어댔다.

"마키타 씨는 잘 해내고 있어. 사이공과 프놈펜에서는 오래간만의 오아시스겠네."

"흠."

"도미오카, 사이공에서 재미있는 일 없었어?"

"재미있는 일이 있었을 리가 없지."

"그래? …그렇지도 않겠지?"

"자네도 뜨랑봄으로 돌아갈 때까지, 한번 사이공에 가서 말끔히 정리하고 돌아와."

"사이공 말인가. 오랫동안 가보지 못했어."

가노는 사이공 따위는 어떻게 되도 좋았다. 오늘 밤 별 주변에서 본 유키코의 짐승과 같이 반짝이는 눈을 잊을 수가 없었다. 어떻게 해서라도 이야기해 보고 싶었다. 그리고 그 쓸쓸함을 위로해주고 싶었다. 조금 밤바람을 쐰 탓인지 아까의 심장의 두근거림은 멈췄다. 자신의 성급한 난폭함이 후회되었다. 일시적인 기분으로 여기까지 흘러온 것은 아니라고 울먹이며 말하던 것을 생각하면 자신도 느끼는 바가 있었다. 군대에 들어가는 것보다 낫다. 그 말은 잊고 있던 오래된 상처를 건드린 것 같은 고통이었다. 아카바네赤羽의 공병대에 소집되어 남경南京 공략에 갔을 때의, 그 우울한 전쟁이 뇌리를 스쳐 지나갔다. 무슨 호수였는지, 어두운 밤 배 안에 여자를 숨겨 들어와, 황급히 놀았던 생각이 가노에게 실루엣처럼 떠올랐다.

<h2 style="text-align:center">10</h2>

도미오카는 재미도 없었기 때문에 식당 앞에서 가노와 헤어져 바로 2층으로 올라갔다. 야광 시계를 보니 11시가 넘었다. 방에 들어와 보니 여종업원인 니우가 도미오카의 세탁물을 정리하여 서랍에 넣고 있었다. 도미오카는 느릿한 동작으

로 정리를 하고 있는 니우의 모습에서 말할 수 없는 쓸쓸함이 보여, 뒤 계단을 통해 표본실 쪽으로 내려갔다. 표본실에 불을 켜고 둥근 나무 의자에 걸터앉았다. 진열된 마른 표본들을 대충 보다가 무엇 때문에 이런 곳에 하릴없이 걸터앉아 있는 것인지 스스로도 알 수 없게 되었다.

방으로 돌아가서 오래간만에 아내에게 편지를 쓰려고 생각했다. 사이공 여행으로 인해 10일 정도 고국에 소식을 전하지 못했다. 밀려오는 쓸쓸함을 아내에게만은 말하고 싶어졌다. 모든 것이 모자란 궁핍한 고국에서 말할 수 없는 고통을 혼자서 견디며 생활하고 있을 아내의 모습이 생생하게 떠올랐다. 사이공에서 산 미첼의 입술연지와 화장분을 수일 내에 인편으로 고향으로 보내고 싶단 말도 덧붙여 쓰고 싶었다. 목이 말랐기 때문에 표본실을 나와 식당으로 갔다. 가노가 아직 식당에 남아서 코안도로를 마시고 있었다.

"고다 여사는 돌아왔어?"

"돌아와서 자기 방으로 갔어."

도미오카는 물을 마시고 다시 천천히 2층으로 올라갔다. 방에는 이제 니우는 없었다. 도미오카는 방에 열쇠를 채우고 침대 위로 뒹굴었다. 스프링이 내는 삐걱삐걱 하는 소리를 들으면서 천장의 흐릿한 유리 전등을 멍하니 바라보았다. 마음속에 오가는 것은 아무것도 없었다. 물과 같은 쓸쓸함만이, 젖은 수건처럼 이마를 무겁게 짓눌러 왔다. 옆으로 드러눕자 부인에게 편지를 쓰는 것도 매우 귀찮아졌다. 이윽고 도미오카는 황색 잠옷으로 갈아입었다. 정성을 담아 세탁하여 깨끗하게 다림질한 잠옷을… 니우의 정성이 가련했다. 모포를 걷고 시트에 편하게 누웠다. ─식당의 문이 삐걱거리고 천천히 2층으로 올라오는 가노의 발소리가 들렸다. 가노 녀석하곤, 갑자기 그렇게 마음속으로 중얼거렸다. 고다 유키코의 훌쩍훌쩍 우는 소리가 어쩐지 부인인 구니코를 닮은 것 같았다. 첫 번째로, 말의 뉘앙스가 닮았다는 묘한 발견이 도미오카의 마음을 울렸다. 같은 인종의 남녀에게만 통하는 말씨랑 생활의 버릇 등이 여기에서 고다 유키코에 의해 나타났기 때문이었다. ─가노는 오늘 밤 좀처럼 잠을 잘 수 없을 것이라 생각하며 도미오카는 문득 미소 지었다. 이윽고 옆방에서는 난폭하게 의사를 끌어당기거나 양복 옷장을 열어 제치거나 하며 안절부절못하는 가노의 마음이 전해졌다.

도미오카는 잠을 잘 수 없었다. 표본실의 전등을 끄는 일을 잊은 듯한 느낌이 들어 다시 어슬렁어슬렁 일어나서 복도로 내려갔다. 계단 밑으로 내려오자 니우가 푸른빛 실내복을 입고 표본실의 입구에 서 있었다.

"전등불 끄는 것을 잊어서 다시 내려온 거야."

도미오카가 베트남어로 속삭이듯이 말했다.

"저도 전등을 끄러 온 거예요."

니우는 그렇게 말하고 긴 잠옷의 소매를 앞으로 여미는 듯한 모습으로 발돋움을 하여 스스로 벽의 스위치를 껐다. 도미오카는 무겁게 부딪혀오는 여자의 몸을 끌어안았다. 니우가 뭔가 말하려고 했기 때문에 도미오카는 당황하여 니우의 입술에 키스를 했다. 오랜 키스를 한 뒤 몸집이 작은 여자를 벽에 세우듯이 하고 2층으로 올라갔다. 니우가 희미하게 웃는 소리를 낸 듯한 기분이 들었다. 도미오카는 동상의 단주로團十郞와 같이 눈을 부릅뜨고 2층 계단을 올라 천천히 방으로 들어갔다.

조용한 밤이다.

바람이 부는 날은 산울림과 같은 소나무의 신음 소리가 났지만 오늘 밤은 들리지 않았다. 도미오카는 소나무의 산림을 그려보았다. 마미송馬尾松의 송이와 같이 긴 잎의 메르쿠시 소나무의 댑싸리와 같은 형상, 캇챠의 담백한 색채, 작은 깃발과 같이 찢어진 가지 형상 등이 계속 눈동자에 나타났다가 사라졌다. ―남쪽 보루네오의 산림에서 메르쿠시 소나무를 찾아서 걷던 때의 산야의 추억이 또 눈에 떠올랐다. 반자루마신의 거리에서 본 사쓰키 노부코五月信子의 위문 연극 등이 그리워졌다. 공연했던 것은 '때의 씨신氏神'이었던가. 바다와 같이 넓은 누렇게 탁한 강 가득히, 히야신스를 닮은 많은 수초의 흐름에 도미오카는 놀랐다.

식물은 그 지방에서 난 것이 아니면 잘 자라지 않는다. 지금도 여기 다랏트의 산림 사무소 정원에 심어진 일본 삼나무杉의 성장이 좋지 않은 것을 도미오카는 민족의 다름도, 또 식물과 같은 것이라고 생각해 보았다. 식물은 그 민족의 토지에 따라 뿌리를 내리는 것은 아닐까 하는 묘한 생각을 하기 시작했다.─다랏트 부근의 메르쿠시 소나무의 분포 도면에서 메르쿠시 소나무가 3만5천 헥타르라고 말한 것을 보면 현지 사정을 잘 모르는 일본인 산림관이 도대체 어떤 식으로 남의 나라의 토지 숫자를 터득할 수 있었던 것일까… 줄기의 모양, 나뭇결이 양호하다고 말하고 대삼림의 메르쿠시 소나무를 다른 나라에 팔려고 한다. 긴 세월이 걸려 자란 인간의 보물을 혼란에 빠드리러 온 자신들은 이국인에 지나지 않은 것은 아닐까… 도대체 이처럼 웅대한 산림을 일본인이 어떻게 처리할 것인지… 인간의 마음은 자유다. 도미오카는 졸리면서도 종잡을 수 없는 어릴 때의 일이 생각나 잠을 잘 수 없었다.

도미오카는 전등불을 껐다.

전등을 끄자마자 옆방의 가노가 문을 열고 천천히 발소리를 내며 계단을 내려갔다. 설마 하는 묘한 생각을 부정하면서 도미오카는 귀를 쫑긋 세웠다. 조금 뒤 깊은 우물에 물방울이 이는 듯한 소리가 나고 식당의 피아노가 퐁퐁 울렸다.

오랫동안 계속된 산속의 금욕 생활이 가노를 몸부림치게 하는 것이라고 생각하며 도미오카는 주의를 집중시켰다. 머리를 조용히 베개에 파묻었다. 아까 니우와 비밀리에 키스한 자신이 싫어져서 갑자기 화가 치밀어 올랐다. 가노도 자신도 사랑이 아닌 것을 그리워하고 있는 것이다. 두 사람 모두 고향에 있을 때의 왕성한 기질을 잃어버리고 있다. 다랏트의 고원으로 이식되어 메말라버린 일본의 삼나무와 같은 모양이다. 자신들은 어쩔 수 없이 남양 멍청이란 말이 도미오카의 목구멍까지 치밀어 올랐다.

11

"봉쥬르."

마리의 부드러운 아침 인사가 아래층 층계참에서 들렸다. 도미오카는 무거운 머리를 베개에서 들어올려 손목시계를 보았다. 9시를 가리키고 있다. 벌써 시간이 이렇게 되었나 하고 천천히 일어나서, 도미오카는 잠시 침대에서 담배를 피웠다. 지끈지끈 머리가 아팠다. 어떻게 하면 좋을까. 조금도 몸을 움직일 수 없었다. 모든 것이 멍해졌다. 작은 새가 귀엽게 지저귀었다. 천천히 창문을 열자 맑은 공원 하늘과 녹음이 서로 위아래로 반사되는 듯해 상쾌해 보였다. 차가워 보이는 빛나는 보라색의 옷을 입은 니우가 넓은 정원 구석의 화단에 서 있었다. 도미오카는 피곤함을 모르는 여자의 건강함이 밉기도 했다. 긴 키스를 한 뒤 곤충과도 같은 웃음소리를 낸 니우의 태도가 도미오카에게는 이상하게 느껴졌다. 기지개를 켜고 천천히 침대에 걸터앉았다. 몸을 움직이는 일조차 무의미하다는 것을 느꼈다.

도미오카는 세수를 하러 세면장으로 가는 길에 가노의 문을 두드려보았다. 대답이 없었다. 문손잡이에 손을 대자 니스 냄새를 풍기며 문이 활짝 열렸다. 창은 열려 있었고 바닥에는 옷을 벗어놓은 채, 껍질을 벗긴 계란과 같이 푸른빛이 도는 매끌매끌한 피부의 가노는 얼룩덜룩한 줄무늬 모양의 팬츠 하나만 입고 반나체로 침대에 엎드려 자고 있었다. 입은 벌린 채 때때로 통에 물을 담듯이 코를 끌았다. 천지무정天地無情의 모습이었다. 도미오카는 가노의 차가운 어깨를 세게 흔들어 깨웠다. 가노는 느릿하고 둔탁하게 눈을 떴다. 어젯밤의 치정 때문인지 눈에는 핏발이 섰고 초점이 모아지지 않는 모습이었다.

도미오카는 그대로 세면장에 가서 차가운 물로 샤워를 했다. 아침이 된 것이다. 아무 일도 없지 않은가… 어젯밤의 이상한 기운은 흔적도 없이 사라져 버렸다. 큰 수건으로 몸을 감고 급하게 2층으로 뛰어오를 기운이 생겼다. 다림질을 한 흰 반소매의 윗옷에 개버딘의 녹색 긴바지를 입고 거울 앞에서 귀찮은 듯이 수염을 깎았다. 커피향이 2층까지 올라왔다. 교회의 종소리가 들리기 시작했다. 몸단장이 끝나고 식당으로 내려가자 창가에서 고다 유키코가 혼자 식사를 하고 있었다.

"안녕하세요……."

유키코는 울어서 퉁퉁 부은 눈으로 도미오카의 인사에 미소를 지을 뿐이었다. 도미오카는 유키코의 상냥한 표정에 겸연쩍어졌다. 그대로 화난 듯이 자기의 좌석으로 가서 재빠르게 식사를 시작했다. 식사를 나르는 니우도 완전히 다른 사람이 되어 있었다. 불상과 같이 표정 없는 얼굴로 커피와 토스트를 가져왔다. 사무소 쪽에서는 마리가 치는 타이프 소리가 시끄럽게 들렸다.

식사를 끝낸 도미오카는 갑자기 4km 정도 떨어진 만킹에 가고 싶어졌다. 베트남 왕의 능묘 부근인 산림 순시 주재소까지 혼자서 외출했다. 기분이 우울할 때는 낚시하러 가는 것보다 오히려 산림을 상대로 자문자답하는 편이 쾌적했다.

다랏트의 부락에는 크고 작은 모양의 제재소가 있다. 도미오카는 끼익 하고 귀청을 찢는 듯한 무너지는 수목의 비명을 들으면서 경사가 심한 구부러진 찻길을 묵묵히 걸었다. 길을 따라 나 있는 거대한 씨노키와 오브리카스토 나기와 캇챠 소나무 숲에서 산록 활엽수림이 가지를 꼬고 잎을 모아 아침의 태양을 울창하게 비추었다. 하늘빛은 개간한 숲 속에서 강처럼 푸르게 흘렀다. 사람이 걸어오는 인기척에 도미오카는 급히 뒤를 돌아보았다. 예상 외로 고다 유키코가 흰 스커트를 나부끼면서 종종 걸음으로 걸어오고 있었다. 도미오카는 자신의 눈을 의심했다. 멈춰 섰다. 유키코는 숨을 헐떡이면서 가까이 왔다.

“어찌 된 일입니까?”

“저 오늘 무슨 일을 하면 되지요?”

“일?”

“예······.”

“가노 군은?”

“너무 곤하게 잠들어 계셔서요.”

베드님인 임무관이 있지만, 온 지 일마 안 되는 유키코는 말을 알아들을 수 없었다.

“마키타 씨가 뭔가 오늘 할 일을 말해주지 않았어요?”

“아니오. 아무 말도 없었어요······.”

두 사람은 자연스럽게 만킹 쪽으로 걸음을 옮겼다. 도미오카는 말없이 걸었다. 유키코도 도미오카의 뒤를 잠자코 따랐다. 때때로 트럭이 지나갔다. 운전을 하는 병사가 일본인 여자를 보고 깜짝 놀란 표정으로 지나갔다. 유키코는 도미오카로부터 일부러 떨어져서 걸었다.

"어떻게 하면 되지요?"

도미오카가 계속 말을 하지 않았기 때문에, 다시 한 번 작게 물어보았다. 도미오카는 천천히 뒤돌아보면서 화난 듯이 말했다.

"이 앞에 베트남 왕의 묘가 있어요. 구경하면 어때요?"

도미오카는 큰 걸음으로 걸었다. 유키코는 도미오카가 친절하게 구는 것인지 어떤 것인지 전혀 알 수가 없었기에 뒷모습을 보며 비겁하다고 생각했다. 도미오카는 헬멧을 손에 들고 흔들었다. 소리가 나지 않는 러버솔의 구두가 좋아보였다. 유키코는 사이공에서 어렵게 싼 흰 구두를 사서 지금도 그것을 신고 있었다.

도로가 두 갈래로 나누어졌다. 좁은 인도 쪽으로 들어가니 언제부턴가 도미오카의 걸음걸이가 늦어져 유키코와 어깨를 나란히 할 정도가 되었다. 유키코는 자동차도로는 군의 자동차가 지나가기 때문에 저렇게 성큼성큼 걸었던 것이라고 생각했다.

"어젯밤엔 화났어요?"

"어머, 무슨 말씀이세요……."

"가노가 고다 씨가 나를 아주 싫어한다고 말했어요."

"예, 그렇게 대답해버렸지요."

도미오카는 헬멧을 쓰고 허리에 찬 작은 가방에서 식림植林

지도를 꺼내 그것을 펼치면서 걸었다. 숲 속의 산비둘기가 가까이에서 울기 시작했다. 흰 지도에 햇빛이 반사되자 도미오카는 생각이 난 듯이 주머니에서 얇고 붉은 선글라스를 꺼내 높은 코에 걸쳤다. 지도는 갑자기 연붉은색으로 보였다. 하늘의 좁은 틈새로부터 고원의 강한 햇빛이 반짝반짝 도로에 비쳤다. 도미오카는 일본 여자와 걷자니 어쩐지 주위를 의식하게 되었다. 고향의 습관이 먼 곳까지 와서도 도미오카의 일본인 근성을 두렵게 하는 것이었다.

12

이렇게 걷는 것이 이상한 듯한 기분이 들었지만 아무튼 사방에는 보기 드문 거목의 상록 활엽수가 울창하게 덮여 있었다. 달디 단 진득진득한 화분에 둘러싸여 있는 듯한 기분에 사로잡혀, 두 사람 모두 말없이 걷는 것이 괴로웠다. 비행기가 숲 위에서 모습은 보이지 않고 윙윙 소리를 내며 날아갔다. 능묘 근처는 원생림으로 덮여 있었고 캇챠 소나무와 죽백나무가 군데군데 원생림 속에 섞여서 자라고 있었다. 이 원생림을 빠져나오면 12.3헥타르의 캇챠 소나무의 인공 파종조림 지대였다. 그 주변의 민가에서는 숯을 굽는 부뚜막도 보였다.

유키코는 너무 걸어 지쳤다. 어젯밤에 잠을 못 잔 탓인지 걸으니 숨이 끊어질 듯이 등이 욱신욱신 하고 아팠다. 하지만 때때로 심호흡을 할 때면 바보처럼 가슴속이 끊임없이 쓸쓸한 공기로 팽창되어왔다. 그 때문에 유키코는 산림 지대에는 조금도 흥미가 생기지 않았다. 단지 도미오카의 키가 큰 뒷모습에 마음을 빼앗길 뿐이었다. 좀 더 가까워지고 싶다는 고독한 감미로움으로 걷고 있었다. 환상적인 감정이 유키코를 고독으로 포장시켜버렸다. 도미오카가 언제 뒤돌아보더라도 타국에와 있는 여자의 쓸쓸함을 능숙하게 보일 애수哀愁의 베일을 유키코는 죽 뒤집어쓰고 있었다. 그 베일 속에서 유키코는 혼자서 흥분하며 안타깝게 한숨을 쉬었다.

도미오카가 뒤돌아보았다.

"피곤하죠?"

"예."

"저는 반나절에 12km 정도는 걸을 수 있어요. 숲 속에서는 아무리 걸어도 의외로 피곤하지 않고, 이렇게 걷고 나면 밤에 잠도 잘 오지요."

"저, 가노 씨는 쭉 여기에 계실 건가요?"

"아직, 당분간은 있을지도 몰라요."

"저, 가노 씨는 별로예요."

"왜요? 거칠게 나오기 때문인가요?"

"어젯밤에는 술에 심하게 취해 있었어요. 무서웠어요."

도미오카는 잠자코 천천히 걸었다. 자기도 왠지 잠을 잘 수 없는 밤이었던 어젯밤의 일과 관련이 있는 듯한 기분이 들어 일종의 미움 같은 걸 가지고 가노를 생각했다. —도미오카는 자신의 뒤를 따라오는 유키코와 보조를 맞추려고 멈춰 선 것이었는데 유키코가 자연스럽게 다가오게 되자 무의식적으로 그녀의 어깨를 잡고 조금 어두운 큰 죽백나무 아래서 꼭 끌어안았다.

유키코는 의외로 가만히 있었다. 유키코는 가쁜 숨결로 도미오카의 가슴에 얼굴을 파묻었다. 어리둥절하여 도미오카는 유키코의 얼굴을 가슴으로부터 밀어내고 두툼한 입술을 가까이에서 보았다. 미세한 언어까지 잘 통하는 동족 여자라는 친밀감에서, 어제 저녁 니우와의 키스와는 확연히 다른 것을 발견했다. 부담 없이 즐기자는 마음이 솟아올랐다. 도미오카는 유키코의 붉어진 얼굴을 바라보았다.

눈을 감고 흥분한 숨소리를 죽이는 유키코의 표정이 부인의 얼굴과 매우 닮아 있었다. 마비된 마음의 흐름이 현실에서는 유키코의 무거운 얼굴을 안으면서도 멀리 달려 아주 다른 곳으로의 희구로 나아갔다. 조급한 마음을 도미오카는 어떻게 할 수가 없었다. 남방으로 오자 순수하게 여자를 사랑하는 감정이 둔해진 듯한 기분이 들었다.

숲 속의 사자가 자유롭게 상대를 선택하던 환경에서 갑자기 좁은 우리 속에 갇혀 할당된 암컷만을 상대로 성급하고 짓궂게 따라다니는 듯한 공허한 마음을 유키코와의 키스 속에서 떨쳐버릴 수 없었다. 도미오카는 아주 오랫동안 유키코에게 키스했다. 유키코는 너무 흥분한 나머지 손톱을 세워 도미오카의 어깨를 긁었다. 조금씩 마음이 식어간 도미오카에게는, 유키코의 마음과 병행하여 그 이상 행동으로 옮길 정열이 이미 남아 있지 않았다. 야생의 몸짓은 작은 흰 공작이 푸드덕거리며 숲 속으로 날아간 것처럼 사라졌다.

두 사람은 잠시 숲 속의 부락과 넓은 농원 주변을 걷다가 시간도 꽤 지났으므로 사무소로 되돌아왔다. 도미오카는 바로 방으로 들어가서 수건을 걸치고 샤워를 하러 갔지만 유키코는 멍하니 사무실을 보았다. 가노가 혼자서 창가의 넓은 탁자에 기대어 뭔가를 쓰고 있었다. 선풍기가 멈춰 있었기 때문에 그 안은 무더웠다.

가노는 유키코를 보지도 않고 펜으로 글을 쓰고 있었다. 마리는 일을 끝내고 돌아갔는지 타이프라이터의 커버가 덮여 있었다. 유키코는 그대로 사무실을 나가 2층으로 올라가서 자신의 방으로 갔는데, 방문이 열려 있어 언짢은 기분이 들었다. 누군가 자신의 방에 왔다 간 듯해서 유키코는 물끄러미 침대와 책상 위를 바라보았다. 침대에 누군가가 앉았던 듯이 움푹 패여 있는 것이 보여 유키코는 왠지 불안한 느낌이 들었다. 문에 열쇠를 채우고 구두를 신은 채 바로 침대 위에서 뒹굴어보았지만 조금도 마음이 가라앉지 않았다.

열린 창문으로는 푸른 하늘만이 보였다. 이런 곳에 무엇을 하러 온 것인가 하는 자책 비슷한 느낌도 들었다. 하루 종일 바쁘게 전쟁에 쫓겨 다니는 고향의 모습이 의미도 없이 유키코의 머릿속에 물거품처럼 떠올랐다가 사라졌다. 이곳에서의 생활은 그렇게 쫓기는 듯이 바쁘지는 않았지만 돌처럼 무거운 쓸쓸함과 고독함이 몸속까지 배어들어왔다. 유키코는 때때로 미소를 지었다. 깊은 관계까지는 가지 않았지만 한 남자의 마음을 얻은 자신감에 풍요로운 기분이었다. 이제 먼 곳의 이바와의 일 같은 건 어찌 되어도 좋았다. 도미오카의 모든 것에는 끌어 넘치는 듯한 매력이 있었다. 강물만큼 많은 눈물을 흘린 나 해도 사랑할 수 있을 것 같은 기분이 들었다. 냉혹한 모습 속에 조금도 차갑지 않은 남자의 흐트러지는 모습이 기분 좋았고, 부인 생각만 하는 짓궂은 독설가인 남자를 완전히 자신의 것으로 만든 것에 유키코는 즐거웠다. 도미오카의 냉혹함을 극복한 기분이었다. 어젯밤 가노의 정열에 무너지지 않았던 강인함이 오늘의 행복을 얻어낸 듯한 기분이 들어 유키코는 어느 샌가 만족하여 꾸벅꾸벅 졸았다.

샤워를 한 도미오카는 말쑥한 옷으로 갈아입고 일층 식당으로 내려왔다. 가노가 베란다를 향해 있는 나무 의자에 기대

앉아 있었다. 도미오카는 슈바리에의 무거운 식물지를 안고
가노 옆의 나무 의자에 앉았다. 정면으로 란비안 산을 바라보
는 눈 아래로 호수가 하얗게 빛났다. 아무도 없는 방에서 윙윙
하고 선풍기가 돌아갔다. 도미오카의 부탁으로 니우가 차가운
맥주와 오리 고기를 큰 접시에 담아 가지고 왔다.

"한잔 어때?"

도미오카가 말을 걸자 가노도 컵을 손에 쥐었다. 작은 새가
요란스럽게 지저귀었다. 맥주를 마시면서 경치를 보고 있자니
태양광선으로 인해 조금씩 산의 색이 변해 갔다. 가노가 잠자
코 맥주를 마시는 것을 보는 것도 도미오카에게는 행복이었
다. 산도, 호수도, 하늘도 이국의 것이었지만 도미오카에게는
프랑스인처럼 느릿하게 이 고장을 즐길 수 없는 초조함이 있
었다.

이 고장에는 일본의 한쪽으로 쏠린 좁은 사상 따위를 받아
들이지 않는 넓디넓은 반발이 있었다. 느긋하게 있어도 도미
오카 같은 일본인 모두는 이 지방에서는 작은 이물질에 지나
지 않는 것이었다. 아무 재능도 없이 단지 이 장소에 앉아 있
다고 하는 불안감을 도미오카는 그 무렵 느끼고 있었다. 빈약
한 속임수를 쓰고 있음에 틀림없다. 지금 간파당해 버린다
면… 하지만 눈앞에 보이는 호수의 경치는 영구히 마음속에
남아 아름다울 것이다.

일본인에게는 아무도 관심을 보이지 않는 고장에서 개미와 같이 재빠르게 아득바득 바삐 돌아다니고 있을 뿐이다. 아주 교묘하게 평범한 얼굴을 하고 일본인은 여기까지 흘러들어온 셈이다. 5, 60년에 달하는 캇챠 소나무를 아무 용무도 없이, 쉴 새 없이 채벌하여 채벌 숫자만을 군에 보고한다. 숫자는 웃고 있는 것이다. 모이족을 이용하여 다니모 강으로 떠우거나 기차로 운반하거나 하고 있지만 도미오카의 말에 의하면 채벌된 목재는 조금도 순조롭게 운반되지 않았다. 채벌한 목재는 화차貨車에 쌓여 있을 뿐이었고, 다니모 강으로 흘러가야 할 베다 남은 생생한 캇챠 소나무와 오부리카스토, 죽백나무 등의 큰 나무는 강을 따라 널려 있었다. 오로지 채벌의 숫자만이 책상에서 책상으로 전해지고 있을 뿐이었다. 일본의 군대는 소박하고 재주가 없는 모이족을 나태한 노에로 간주하고 바쁘게 혹사시켰다. ─맥주를 마시면서 도미오카는 식물지植物誌를 읽기 시작했다. 몇 십 년이나 이 지방에 머물며 인도차이나의 산물지와 식물지를 읽었던 프랑스인인 쿠레보와 슈바리에의 저술은 도미오카에게 있어서는 좀처럼 얻기 어려운 것이었고, 임업에 대해 알기 위해서 그 서적은 그 이상의 것이 없을 정도로 유명한 것이었다.

가노도 어느 정도 취기가 도는지 아까의 언짢았던 기색은 사라지고, 갑자기 생각이 난 듯이 큰 목소리로 말했다.

“고다 여사는 자고 있어?”

“아아…….”

“무엇을 하고 있을까.”

잠시 입을 다물었던 가노가 다시 말을 이었다.

“아까 만킹으로 고다를 데리고 갔지?”

“아니, 뒤따라왔기 때문에 함께 구경한 것뿐이야.”

“나, 그 사람에게 반했어. 알아둬.”

“흠.”

“구애받을 이유는 없지만 아까 공병대의 장교가 와서 도미오카 씨와 즐겁게 걷던 일본 여자는 누구냐고 물었어. 빠르다고 생각했지.”

“귀찮게 굴지 마. 그냥 걸었을 뿐이야. 차량부의 소위였지? 그런 말을 한 사람이.”

“나도 바로 만킹까지 갔어. 아무리 찾아도 보이지 않더군.”

도미오카는 호수 쪽으로 잠깐 눈을 돌렸다. 일부러 숲 속의 작은 길로 들어간 일을 알고 있는 것은 아닐까 생각하면서도 아무렇지 않은 듯 말했다.

“누구나 여자에게는 관심이 있는 거야.”

“아니. 도미오카의 재빠름에 놀랬어. 자고 있는 사이 고다 씨와 만킹으로 가버리다니. 기분 나빴어. 여자란 순간적인 분위기에 약하니까. 아무리 독설가인 도미오카라도 믿을 수 없어.”

“뒤에서 따라오고 있었어. 소장이 할 일을 말해주지 않았고 당신은 자고 있다며 나에게 무엇을 하면 좋을지 물었기 때문에 그냥 같이 구경이나 하자고 했을 뿐이야. 그뿐이야. 따로 약속을 해서 간 것도 아니고…….”

“뭐, 괜찮아. 나는 그녀에게 반했으니까. 어떻게든 그녀에게 용기 있게 부딪혀볼 거야.”

가노는 이렇게 말하며 방해하지 말아달라고 했다. 수줍은 미소를 보이며 가노는 자신의 맥주를 두 개의 컵에 따랐다. 도미오카는 담배에 불을 붙여 천천히 피우면서 마음속으로 이젠 늦었다고 독백했다. 하지만 생각해 보면 늦지 않은 것 같은 기분도 들었다. 자신은 그때 유키코의 감정을 무시한 채 지나갔다. 자신이 피곤한 것이 단순한 일이 아닌 듯한 기분도 들었다. 사이공으로 여행을 떠나는 날까지 니우와 매일 저녁 만났기에 가노와 같은 육체적인 갈망으로부터는 구제되어 있었다. 니우와의 관계도 일시적인 것으로 도미오카는 부인인 구니코 이외에는 마음을 주지 않았다. 소장인 마키타 씨도 도미오카와 니우의 사이를 조금은 알고 있는 모양이지만 그는 직원의 부주의에 대해 스스로 책임을 질 수 있는 한에서는 그다지 이의를 제기하는 인물이 아니었다. 도미오카는 마키타 씨의 그 온화함에 응석부리고 있었다.

어느 샌가 태양은 오렌지색으로 바뀌었고 란비안 산 쪽으로 기울어져가고 있었다.

호수가 금색의 바늘을 가로새기듯이 미세한 작은 물결을 일으켰다. 식당 안에서 기름 냄새가 풍겼다. 석양의 아름다움은 한층 더 두 남자를 깊은 생각에 빠지게 만들었다.

"현재 여기는 평온하지만 고국은 매우 어렵겠지. 연애 따위를 생각하는 것은 지나친 허영인지도 몰라……."

가노가 말했다.

"이 전쟁, 이길 거라고 생각해?"

"이긴다고 확신해. 지금에 와서 실패하진 않겠지… 여기까지 와서 실패한다면 차마 눈뜨고 볼 수가 없을 거야. 나는 진다고는 생각조차 해본 일이 없어. 마키타 씨도 당신도 묘한 불안에 쫓기고 있지만, 만에 하나라도 진다면 나는 이곳에서 할복해버릴 거야."

"그렇게 간단하게는 할복하지 마. 진다는 것은 생각하기도 싫지만 질 가능성도 있어. 가능한 한 그러한 문제에 흔들리지 않으려 하지만 아무래도 귀에 들리는 뉴스는 좋은 것만이 아니야. 이 지방의 일이 제일 민감하니까 일종의 일본인적인 스타일로 강인하게 밀어붙이고는 있지만 현재 수중에는 금도 은도 비차飛車도 없는 것이나 마찬가지야. 어쩐지 일본적 표상의 그림자가 희미해졌어. 원숙하지 않은 채로 갈팡질팡 그쪽으로 끌려가고 있는 것 같아… 전쟁을 합리화시키기 위해 여러 가지 대책을 내고는 있지만, 앞선 재능이 부족해. 어쨌든 원숭이에게 위협적인 것도 있으니……."

"너무 불안한 말은 하지 마. 모순이 있는 것은 알지만. 성공할지 실패할지는 당해 보지 않고는 모르는 일이야. 결국 최악의 경우에는 옥쇄지. 죽어버리면 돼. 죽어버리면……."

"무책임하네."

도미오카는 내뱉듯이 말하고 화장실로 갔다. 도미오카가 식당을 나가자 교대라도 하듯 고다 유키코가 잠이 덜 깬 얼굴로 식당으로 들어왔다. 무명 옷감의 붉은 바둑판무늬의 원피스를 입고 한껏 모양을 냈다. 머리는 청색의 가느다란 리본으로 묶었다. 가노는 깜짝 놀라 잠시 뒤돌아서 유키코를 바라보았다.

"점심 식사도 하지 않고 배고프지 않아요?"

가노는 의자를 권하면서 말했다. 유키코는 맨다리를 꼬며 순순히 가노 옆에 앉았다. 금색의 태양 광선에서 유키코의 얼굴이 반짝 빛나 보였다. 입술이 피를 머금은 듯이 붉게 빛났다. 일본 향수 냄새가 났다. 가노는 그리운 마음으로 어떤 냄새인가 하고 코로 열심히 맡아 보았다. 동백기름 냄새 같았다. 유키코의 머리가 반짝반짝 빛났다. 가노는 주머니에서 두꺼운 봉투를 꺼내 재빠르게 유키코의 무릎에 놓았다.

"나중에 읽어보세요."

유키코는 급히 그 봉투를 흰 손수건으로 감쌌다. 도미오카가 화장실에서 돌아왔다. 일부러 유키코 쪽으로 가지 않고 금빛 태양을 눈부신 듯이 잠깐 바라보았다. 가노는 식당에서 컵과 맥주를 가지고 와서, 맥주를 따라서 유키코에게 건넸다. 어색한 침묵이 잠시 이어졌다. 이윽고 도미오카는 무거운 슈바리에 책을 안고 잠자코 의자에서 일어나 식당을 나갔다. 가노는 도미오카가 자신의 생각을 미리 알아차리고 순순히 자리를 피해준 것이라고 생각했다.

13

비가 쏟아질 모양이다.

물받이를 타고 흐르는 빗소리가 폭포와 같이 심해져 유키코는 갑자기 다시 현실로 되돌아왔다. 울적하여 좀처럼 잠을 잘 수가 없었다. 인도차이나에서의 화려한 추억이 주마등처럼 머릿속에 떠올랐다. 새벽이기 때문인지 한 장의 이불만으로는 추워서 잘 수가 없었다. 잠에 취해 곯아떨어지면서도 야영을 하는 것처럼 침착해지지 않았다. 아무도 힘이 되어주지 않는, 저항할 수 없는 쓸쓸함으로 어두운 곳에서 눈을 뜬 채 유키코는 잠자코 격심한 빗소리에 귀를 기울였다. 이바가 이 집에 없는 것은 다행이었다. 이제 와서 다시 옛날 일을 문제 삼지는 않겠지만, 이바와의 사이에 4년 정도 세월의 공간을 둔 일은 유키코에게 있어서 다행스러운 것이었다. 아무도 얼굴을 모르는 곳에서 벌렁 누워 뒹굴고 있다. 유키코는 인도차이나에서 이런 습관이 생겼다. 하이퐁의 수용소에서는 시노노이 하루코와도 만나지 못했고 하루코를 아는 여자 또한 만날 기회가 없었다. 가노는 종전 전에 사이공의 헌병대로 끌려갔고, 최후까지 있었던 도미오카는 다행스럽게도 5월의 배편으로 유키코보다 빨리 고향으로 돌아갔다. 5월부터 지금까지 도미오카의 마음이 어떻게 변했는지는 알 수 없지만 만나기만 하면 두 사람 사이는 자연히 해결될 것이라고 유키코는 믿었다. 자신감을 가지는 편이 마음이 편했던 까닭이기도 했다.

다음 닐 아침 비는 멈추었다. 활짝 갠 초겨울의 하늘이 비가 막 갠 뒤의 온기를 품어냈다. 황폐해진 좁은 정원의 감나무에는 서리를 맞은 듯한 떫은 감 몇 개가 작게 달렸다. 유키코는 감나무가 크게 자라난 것을 보고 4년의 세월이 흘렀다는 것을 실감했다.

부인은 새카만 보리밥이지만 먹으라고 말하며 아침 식탁에 유키코를 불러주었다. 남편은 새벽에 나간 모양이었다. 부인의 말에 의하면 신슈信州로 사과를 사러 갔다고 했다. 고향이 신슈이기 때문에 요즘 사과 장사를 시작했다지만 조만간 과일

통제가 풀릴 모양이니까 시즈오카에서 소금을 사서 신슈로 가지고 오고, 신슈에서 된장을 가지고 오려고도 생각한다고 말했다.

"이바 씨와의 관계가 좋아지면 그에게 부탁해서 소금을 손에 넣고 싶지만, 어쨌든 남편은 이바 씨에게 좋은 감정을 가지고 있지 않아요. 어딘가 소금을 팔 만한 곳을 알고 계십니까?"

유키코는 일체 그런 곳을 몰랐다. 식탁에는 여덟 살인 남자아이를 비롯해, 일곱 살인 여자아이, 세 살인 남자아이와 갓난아이가 있었다. 주인의 막내 남동생도 함께 살고 있지만 오늘은 두 사람이 모두 사과를 가지러 갔다고 했다.

유키코는 아무래도 움직일 기운이 나지 않았지만 그래도 도미오카를 만나고 나서 계획을 세우고 싶었다. 이바의 물건이 있는 방이라도 괜찮다면 당분간 있어도 좋다고 부인이 말했기 때문에 잠자코 그 호의에 감사했다. ─이전의 직장으로 돌아갈까 어쩔까 지금으로서는 분명하지 않았다. 하지만 유키코는 이전의 직장으로 돌아가고 싶은 마음이 조금도 없었다.

식사 후 부인이 가르쳐준 근처의 술집 배급소로 전화를 빌리러 갔다. 농림성의 도미오카에게 전화를 걸어보았지만 여자 목소리로 도미오카라고 하는 사람은 직장을 그만두었다는 말만 들었다. 유키코는 큰맘 먹고 도미오카의 주소를 들고 그를 만나기 위해 가미오사키上大崎로 갔다. 메구로目黒 역에서 내려

80

언덕 아래를 가로질러 달리는 쇼센[15] 길을 따라 사람들에게
물어보면서 걸었다. 후시미노미야 저택 앞을 지나 타다 남은
고급 주택가의 번지를 체크하면서 걸었다. 전차에서 보이는
창가의 경치는 대부분이 타다 남은 들판으로, 어쩐지 이전의
모습은 무너져 버린 듯한 기분이 들었다. 겨우 그 번지를 찾아
서 도미오카의 문패와 함께 두 개 정도 다른 문패도 걸려 있는
현관을 눈앞에 두고 유키코는 묘하게 주눅이 들었다. 동거하
고 있는 듯한 다른 문패가 걸려 있었다. 아주 황폐해진 집의
모든 유리에는 좁은 테이프가 붙어 있었다. 지난밤에 비로 씻
겨 내려온 듯한 대나무가 싸리비와 같이 부서진 나무 울타리
에 걸쳐져 있었다.

부인과 얼굴이 마주치는 것은 싫었지만 전보를 쳐도 대답
이 오지 않았으므로 스스로 방문할 수밖에 방법이 없었다. 유
키코는 큰맘 먹고 유리가 끼워져 있는 격자문을 열고 농림성
에서 심부름 왔다며 사람을 불렀다. 50살 정도의 품위 있는 노
부인이 나와서 바로 안으로 데리고 갔는데, 뜻밖에 기모노 모
습의 키가 큰 도미오카가 어슬렁어슬렁 현관으로 걸어 나왔
다. 도미오카는 그다지 놀라지도 않았고 게다를 끌면서 밖으
로 나오자 잠자코 천천히 걸어갔다. 유키코도 뒤를 따랐다. 모

---

15) 쇼센(省線) : 구(舊) 철도성(鐵道省)이 관리하고 있던 철도 또는 전차 노선의 통
    칭. 일본국유철도(JR) 이전의 명칭.

르는 골목길을 몇 개 돌아서 타다 남은 흔적이 있는 쓸쓸한 거리로 나왔다. 도미오카는 비로소 유키코를 돌아보며 말했다.

"잘 지냈어?"

"전보 봤어요?"

"아."

"왜 답장을 주지 않았어요?"

"어차피 도쿄로 나오려고 생각했어."

"직장은 그만뒀다면서요."

"7월에 그만뒀어."

"지금 무엇을 하고 계세요?"

"아버지 사업을 돕고 있어."

"아까 그분 어머니예요?"

"응."

"너무 닮아서 어머니가 아닐까 생각했어요."

"당신은 어디에 머물고 있어?"

"사기노미야의 친척집에."

"여기서 잠깐 기다려."

"네, 그럴게요."

도미오카는 준비를 하러 간다고 말하고 왔던 길로 다시 되돌아갔다. 감색 바탕에 무늬가 있는 기모노를 입은 뒷모습에서 사람이 달라진 듯한 묘한 느낌을 받았다. 유키코는 타다 남은 돌담의 부서진 곳에 앉아서 잠깐 동안 추운 바람을 쐬었다.

검은 서지 바지에 현재 살고 있는 집의 부인에게서 빌려 입은 낡은 재킷 차림의 자신이 황량한 경치와 매우 닮은 듯했다. 위험한 방문을 했다고 생각하니 얼굴이 확 달아올랐다.

30분쯤 지났을 때 도미오카가 양복 차림으로 다가왔다. 조금은 옛 모습이 남아 있었지만 낡은 동복 탓인지 다랏트에서 볼 때의 젊음은 보이지 않았고 왠지 늙어보였다. 매우 야위기도 했다. 돌담이 무너진 곳에 걸터앉아 있는 유키코를 멀리서 바라보았지만 도미오카에게는 아무런 감동도 없었다. 주위가 완전히 변해버린 폐허에서는 다랏트에서의 꿈을 다시 한 번 되돌리고 싶다는 생각도 들지 않았다. 초조한 마음을 억누르고 이제 끝이라고 생각하며 도미오카는 유키코의 곁으로 걸어왔다.

"잘 지냈어?"

앵무새처럼 다시 말했다.

"예, 당신을 만나고 싶다는 일념으로 돌아왔어요. 잘 지냈지요?"

유키코는 확인이라도 하듯이 아래서부터 도미오카를 찬찬히 올려다보았다. 도미오카는 미소만을 머금었을 뿐 대답은 하지 않았다. 헤어진다고 하는 결정이 두 사람 사이에 다가오는 것이 돌아온 유키코에게는 보이지 않았다. 도미오카는 전보를 본 이후 그다지 좋은 기분은 아니었지만 그래도 책임만은 다해야 한다고 생각했다. 너무 '악당'이라고 생각하지 않도록 하고 싶었지만, 현실적으로 유키코를 만나고 보니 그런 생각도 지금은 필요하지 않았고, 확실히 오늘 밤에 헤어질 것 같다는 결단력만이 강하게 생겼다.

"어디로 갈까?"

유키코에게 물었지만, 유키코도 알 리 없었다. 그 무렵 이케부쿠로池袋에 작은 여관이 생겼다고 누군가로부터 들은 것을 기억해내고 도미오카는 이케부쿠로로 갔다. 센베이[16]와 같이 덜 마른 얇은 판잣집 여관이 여기저기 정신없이 많이 들어서 있었다.

시장이 있는 작은 요리점도 있었고, 북적거리는 혼잡한 상태가 오히려 여자를 데리고 숨기에는 안성맞춤인 시가지였다. 도미오카는 간판만은 호텔이라고 붙어 있는 목조로 된 작은 여관의 유리문을 열고 들어갔다. 머리가 헝클어진 창백한 얼굴의 여자가 풍선껌을 쫙쫙 씹으면서 제대로 끈도 메지 않은 신발을 신고 몸이 문에 부딪치듯이 하며 나왔다. 유키코는 기분이 차갑게 가라앉았다. ─두 사람이 안내된 방은 시장이 바로 밑에 보이는 2층의 다다미방이었다. 다다미는 더러웠고 곳곳에 담배로 지진 흔적이 있었다. 바닥에는 아무것도 없었다.

---

16) 센베이(煎餅) : 전병. 밀가루와 쌀가루를 반죽하여 얇게 구운 일본 전통 과자.

녹색 벽에는 몇 개의 그어진 줄이 있었다. 방구석에 더러운 빨간 무지의 이불이 두 장 개켜져 있었다. 그 이불 위에서 커버가 없는 베개의 천이 기름에 찌들어 빛났다.

도미오카는 돈을 꺼내 완당과 술을 주문했다. 탁자도 난로도 없는 텅 빈 방 안은 두 사람 모두에게 낯선 장소였다. 도미오카는 벽에 기대 기다란 두 무릎을 포개고 앉았다. 유키코는 이불에 한쪽 팔꿈치를 대고 기대 재킷 위에서 크고 둥근 가슴을 두드리듯이 긁었다.

"세상이 이렇게 변하리라고는 생각지도 못했어요."

"패전인데. 변하지 않는 것이 무엇이 있겠어."

"그래요…. 아, 하지만 나는 당신을 만나고 싶었어요. 당신 너무 냉정해졌군요. 귀환한 사람 따위는 이제 동정도 하지 않겠지요?"

"바보 같은 소리하지 마. 당신뿐만 아니라 나 역시도 귀환자야. 우리 같은 사람은 얼마든지 많다고."

귀환했다고 해서 자신만이 잘났다는 듯이 말하는 유키코의 무례함에 도미오카는 기분이 나빠졌다. 흙탕물 속에 누워 뒹굴며 움직이려고도 하지 않는 유키코의 태연함이 도미오카에게는 갑자기 익숙하지 않게 느껴졌다. 유키코는 남자의 격한 감정을 기다렸다. 아무도 보는 사람이 없는, 두 사람만이 존재하는 이 좁은 공간에서 처음 만났을 때와 같이 서먹서먹해 하는 도미오카의 마음을 이해할 수 없었다. 다랏트에서의 두 사람만의 이해는 이렇게 시간이 지나면 덧없어지는 것이었을까… 사소한 일에 구애받지 않는, 세파의 눈보라에 단련된 유키코는 대담하게 다가와서 도미오카의 두 무릎에 턱을 댔다.

"왜 이렇게 서먹서먹하게 대해요?"

"뭘?"

"내가 싫어졌어요?"

"무슨 말을 하고 싶어? 여자란 너무 태평하다니까."

"태평한 게 아니에요. 버림받을 거라면 이렇게 돌아오지 않았을 거예요. 그래요, 저 가노 씨와 함께 돌아왔어요. 나는 알고 있어요. 당신의 기분이……."

"바보 같은 말 하지 마. 가노는 가노일 뿐이야. 당신이 그런 식으로 처세를 하니까 무리가 생기는 거야. 여자는 누구에게나 꼬리를 흔드는 것 같아. 그런 곳이야말로, 여자에게는 더없는 천국이었으니까. 누구에게나 사랑받는다는 것은 여자에게 있어서 기분 좋은 일이었겠지."

"어머, 새삼스레 그런 말을 하다니 기분 나쁘네요. 왜 갑자기 그런 말로 나를 추궁하려는 건가요? 이젠 나에게 애정도 없다는 말이지요. 좋아요. 나도 아까 이곳 현관에서 본 여자처럼 될 거예요. 이젠 누구에게도 신세지지 않고 마음 내키는 대로 아무렇게나 살 테니까……."

"그렇게 히스테리 부릴 일이 아니야. 나도 고향에 돌아왔으
니 다랏트에서처럼 책임감 없는 생활을 할 수는 없어. 다랏트
에서의 생활을 고향에서도 마찬가지로 하는 것은 무리라고 말
하는 거야. 당신 생활에도 크게 도움이 되어주고 싶고, 나에게
그 정도 책임은 있다고 생각해."

"어떤 책임이요?"

14

술에 취했기 때문인지 도미오카는 조금씩 기분이 좋아져
애매한 마음의 꺼림칙한 느낌에서 해방되어 그대로 원래의 위
험한 관계로 다시 빠져 들어갈 용기가 생겼다. 가정이라든지
유키코의 문제라든지 그런 너저분한 현실에서 빠져나와 공상
으로 가득 차 자신의 몸속에 내재된 인간적인 쓸쓸함과 생각
은 모두 버리고, 갑자기 거기에 누워 울고 있는 여자를 안고
싶어졌다. 일본에 돌아옴과 동시에 유키코의 추억을 부인하면
서 조금씩 기억이 희미해졌을 때, 이렇게 눈앞에서 유키코를
다시 보자 도미오카는 어떤 준비도 없이 자기의 운명의 단층
을 본 기분이 들었다. 도미오카는 이번에는 자신이 다가가서
유키코의 곁에 어깨를 나란히 했다.

"나, 생각나요. 여러 가지가…. 요즘은 나도 당신도 광인 같

아요. 참보의 보존림을 시찰하려고 마키타 씨와 고국에서 온 어떤 소령과 함께 자동차를 탔을 때, 갑자기 당신이 고다 씨도 가지 않겠습니까? 라고 하니까 소령도 고다 양을 데리고 가자고 말해서 네 사람이 참보로 간 적이 있지요? 무슨 숙소였더라, 베트남의 호텔에 머물며 란프에서 식사를 하며 전부 술을 마시고 취해 잠들었어요. 제일 먼 곳이 당신 방이었다고 기억해요. 나는 밤중에 맨발로 당신 방으로 갔어요. 나란히 있는 방 앞에는 연못이 있었고, 숲에서는 기분 나쁜 새 울음소리가 들렸어요. 문에는 열쇠가 채워져 있지 않았기 때문에 휙 문고리를 돌리자 베트남인 파수꾼이 정원에 서 있어 깜짝 놀랐어요…. 하지만 그때 당신과는 처음이었지요?"

유키코가 도미오카의 손을 잡고 손가락을 짚으면서 이런 이야기를 했다. 도미오카는 그런 일이 있었나 하고 생각했다. 군인이 피를 흘리며 죽어가는 곳에서 여자와 둘이서 시시덕거렸던 당시의 미친 일상이 도미오카에게는 꿈같이 느껴졌다.

마구간과 같이 경계가 칸막이벽으로 되어 있었기 때문에 무슨 소리든 환히 다 들리는 좁은 방이었다. 눈을 감자 두 사람만이 알고 있는 추억이 눈동자 속으로 달려왔다. 캇챠 소나무 숲 속에는 가루캬와 치갸가 무성했고, 모란과 소귀나무와 유케니아가 곳곳에 있었다. 도미오카에게 있어서도 참보의 산림은 그리운 곳이었다. 두 사람의 쿨리[17]가 그룹을 짜서 벌목

하여 용도에 맞게 자르는 일은, 하루에 겨우 네 그루를 잘라 넘어뜨리는 정도였다. 삼림관으로서 참보로 출장 갔을 때의 일을 도미오카는 떠올렸다. 그 주변의 나무꾼은 주로 모이족이나 베트남인을 썼지만 모두 말라리아를 두려워해서 모집 공고를 내도 좀처럼 모이지 않았다. 도미오카는 솔선수범하여 스스로 고통을 감수하며 참보로 며칠이나 출장을 갔던 것이다. 산속에 안내 제재소 건물을 짓고 거기에서 소각물이나 판재를 만들어 군 트럭에 실어 다랏트로 내보냈다. 쿨리는 힘든 일의 일당으로 얼마 안 되는 피아스터(화폐단위)를 받으며 혹사당했지만, 종전 때까지도 그 노동자들은 도미오카를 따르며 일본의 패전을 어렴풋이 눈치 채면서도 끝까지 근무했다.

"저, 이제 우리들 두 번 다시 그런 인도차이나의 산속으로 길 기회는 없겠지요? 거기에서 둘이 함께 고생하면서 나무를 베고 살아도 좋다고 이야기했잖아요."

"음…."

"당신이 먼저 그런 말을 했어요."

"이제 다시는 갈 수 없어."

"그래요. 갈 수 없겠죠. 가노 씨가 그런 일을 일으키지만 않았어도 우리는 종전 때 참보로 도망갔을지도 모르죠. 인간이란 어디에서든 자유롭게 살 수 없는 것인가 봐요. 자연과 인간

---

17) 쿨리 : 중국이나 인도의 하층 노동자.

이 서로 융합하여 즐겁게 살 수는 없을까요?"

도미오카는 이런 너저분한 패전 하의 일본에서 아득바득 힘들게 살아갈 기분이 나지 않았다. 야성의 외침 같은 것일까. 이러한 생각이 계속해서 떠나지 않았다.

예수의 고향이 원래 나사렛인 것처럼 도미오카는 자신의 혼의 고향이 저 대삼림인 듯 때때로 향수에 젖었다.

어느새 저녁이 되었다.

창밖의 시장은 떠들썩하기 이를 데 없었고, 불빛은 번잡하게 빛났다. 유키코는 혼자서 방을 나와 생선초밥과 막소주를 한 병 사왔다. 돌아갈 곳도 갈 곳도 없는 유키코는 잠깐 동안만이라도 도미오카와 함께 이야기하고 싶었다. 두 사람 모두 막소주의 취기가 오름에 따라 이대로 어찌되든 어쩔 수 없다는 기분이 들었다. ―도미오카가 자연스럽게 유키코를 건드렸다. 아무 감동도 없이 낮부터 깔려 있는 이불에 두 사람은 바싹 달라붙어 귀뚜라미가 교미하는 것처럼 속절없는 습관에 빠져들었다.

해가 지는 것을 눈앞에서 보며, 겟세마네[18]에 있어서의 잔혹할 정도로 아픈 마음의 고투를, 또 다른 한 사람의 분신으로서 이곳에 내버려진 현실의 자신에게 맡겨본다.

---

18) 겟세마네 : 예루살렘의 동쪽, 감람산의 서쪽 기슭에 있는 동산. 예수가 처형당하기 전날, 최후로 기도를 드리고 잡혀간 곳임.

신이 만약 우리들 편이라면 누군가는 우리의 적일 것이다. 이 여자와 함께 가야만 한다고 도미오카는 생각했다. 부모도 가정도 일시적인 작은 울타리에 지나지 않는다는 생각이 들어 다시 한 번 그 울타리에서 벗어나 이 여자와 인생을 함께 해야 한다고 도미오카는 취중에 누군가로부터 들은 것 같았다. 일본인의 부화기는 이미 지나간 것이라고 그는 취기 속에서, 스스로 대연설을 하지 않으면 안 될 것 같은 착각에 빠져 유키코를 안고 오랫동안 키스했다.

밤이 되고서부터 여관 안이 조금씩 소란스러워졌다. 때때로 무례한 여자가 방을 잘못 알고 그들의 방문을 열기도 했다. 하지만 두 사람은 태연하게 떨어지지 않았다. 바람 때문인지 쇼센省線의 전차소리가 요란스러웠다. 이불 위에 내팽개쳐진 바지는 누워 있는 사람보다도 더 음란해 보였다.

유키코는 도미오카의 몸에 달라붙어 있으면서도 뭔가 좀 더 확실하게 다가와주기를 원했다. 이런 행위는 남자의 임시방편일지 모른다는 기분도 들었다. 이바와의 비밀스러운 3년 동안에도 이런 기분이었다는 것을 기억해냈다. 좀 더 정열적이기를 원하는 유키코는 도미오카에게서, 강력한 뭔가를 찾고 싶다는 기분으로 초조해져 있었다. 도미오카 또한 여자를 안으면서도 쓸데없는 짓을 하는 듯한 쓸쓸함으로, 때때로 손을 내려놓고 막소주를 작은 유리컵에 부어 들이켰다. 때때로 유키코도 한숨을 쉬며 생선초밥을 집어 먹었다.

아직 날이 새려면 먼 것 같아 생선초밥을 꾸역꾸역 씹으면서 유키코는 다다미 위에 화끈 달아오른 다리를 뻗기도 했다. 엄청난 두 사람만의 추억이 있으면서도 실제로는 필사적이 될수록 상반되는 두 사람의 마음은 쓸데없는 공전을 하고 있음에 지나지 않았다. 지금부터의 앞날에 대해 두 사람은 서로 말해본 적도 없었다. 모든 현실을 잊고 오로지 옛 정열을 다시 한 번 불러일으키기 위한 작업을 시도하는 듯했다. 때때로 두 사람은 힘이 빠진 듯한 쓸쓸한 기분이 되는 것은 이 빈약한 환경 탓이라고 생각했다. 서로의 얼굴을 살짝 맞대자 상대의 체취에 참을 수 없게 되었다.

"당신, 너무 야위었군요."

"맛있는 걸 먹지 못해서 그래."

"나도 야위었죠?"

"그렇지도 않아."

"하지만 안아 보니 다르지 않아요? 부인과 나, 어느 쪽이 더 통통해요?"

도미오카는 다시 손을 뻗어 술잔을 입에 갖다댔다.

도미오카는 서로의 뜨거운 열정은 이미 끝났다고 생각했다. 두 사람 모두 잘못 보고 있었던 것이다. 본질적으로 두 사람 모두 이 패전 속에 빨려 들어가 분출하는 불을 가지지 못하게 되어버린 것이다. 단지 잊고 있을 뿐이다.

“가노 씨에게는 가엾은 짓을 했다고 생각해요. 당신이 너무 나를 사랑했기 때문에 나는 가노 씨를 조롱하고 말았어요. ― 하지만 가노 씨는 나와 함께 즐겁게 죽을 수 있는 사람이에요. 그 사람은 정말로 의심할 여지가 없는 사람이에요. 전쟁에서 그 정도로 일본이 승리할 것이라고 믿었던 사람도 없을 거예요? 좋은 사람이었어요. 두 사람의 동반자로서는 두말할 나위 없는 인물이었지요.”

“당신은 지독한 여자야.”

“그럴지도 몰라… 하지만 여자에겐 모두 그런 점이 있지 않겠어요?”

도미오카는 되도록 가노의 일을 생각하고 싶지 않았다. 때때로 가노에 대해 밀하는 유키코의 심리 속에는 언세까지나 가노를 끌어들여, 두 사람의 옛날의 정열을 불러일으키는 수단으로 하려는 나쁜 호기심이 없다고는 할 수 없었다. 도미오카는 지쳐버렸다. 유키코는 조금도 지치지 않고 생선초밥을 집어먹었다. 색깔이 시커멓게 변한 참치초밥을 집어 들고 먹으며 스스럼없이 이야기했다. 지칠 줄 모르는 원시적인 여자의 강함이 도미오카에게는 추해 보였다. 빨간 이불 밖으로 막 세수를 한 반짝거리는 얼굴을 내민 여자의 모습이 천해 보였다.

"무슨 생각을 하고 있어요?"

"아무 것도 아냐."

"부인 생각을 하고 있지요?"

"바보!"

"예, 나는 바보예요. 여자 중에는 바보가 많아요. 남자는 모두 위대하지요? 바보라서 책임을 지는 일 따위는 불가능해요. 미래의 일 따위는 생각하고 싶지 않고, 이렇게 눈앞에 있는 당신에게 달라붙어 있는 바보 이외에는 아무것도 아니에요 그렇죠? …긴 시간이 걸려 되돌아왔지만 만나서 매우 기뻐요. 그것뿐이에요. 하지만 나는 하이퐁에서 당신이 부인과 함께 있을 것을 생각하고 매우 질투했어요. 부인은 어떤 분이세요? 미인이겠지요? 교양도 있고…….."

유키코는 멍하니 도미오카 부인의 모습을 그려보았다. 두말할 나위 없는 미인의 청초한 모습이 눈앞에 떠올랐다. 도미오카는 유키코의 말을 들으면서 가만히 있었다.

"내가 돌아올 때까지는 반드시 해결해서, 부인과 헤어져 깨끗하게 나를 맞이할 거라고 말한 것은 거짓말이지요? 남자란 사기꾼이야. 여자를 말로만 위로하고 자신의 경계는 확실히 해두지요. 나를 이런 곳으로 데리고 와서 자신의 생각을 말하는 지독한 사람이야. 일본으로 돌아오면 모든 옛날 생활은 깨끗이 청산하고 둘이서 일용 노동자라도 하면서 살자고 말해놓고선……."

유키코는 눈물을 가득 머금은 눈을 감고 도미오카의 피부를 쓰다듬었다. 허리뼈가 울퉁불퉁했다. 맛있는 것을 먹지 않았기 때문이라고 말하는 남자의 까칠까칠한 피부가 안쓰러웠다. 유키코는 자신의 아랫배에 손을 대고 매끈매끈한 피부 촉감에 신기함을 느꼈다. 어째서 여자의 피부는 이렇게 매끄러운 것인가 하고 이상하게 생각했다. 나라가 전쟁에서 패해도 젊은 여자의 피부는 상관이 없는 것일까…. 다시 한 번 슬쩍 도미오카의 아랫배에 손을 갖다대 보았다.

"내일이면 서로 헤어지고, 다시 또 이런 곳에서 만나 당신과는 술에 취해서 잠들어버리겠지요. 먼 곳에서 돌아왔어도 당신은 아무런 계획도 세우지 않았어요. 내가 먼 곳에서 돌아온 게 기적 같지 않아요? 여러 가지 걱정으로 다랏트 때와 같이 사랑해주지 않으면 싫어요! 어서 일어나 봐요. 잠만 자다니 심하군요. 자면 안 돼요."

유키코는 도미오카를 꼬집었다. 도미오카는 꾸벅꾸벅 졸다가 꼬집혀서 취한 눈을 떴다. 이상한 곳에 있는 듯한 기분이 들어 사방을 둘러보았다. 하지만 졸음을 쫓을 수가 없었다. 다시 움푹 들어간 눈을 푹 감고 말했다.

"시끄러워. 당신도 피곤할 테니 조금 눈을 붙이는 것이 좋겠어. 언제까지나 옛날 일 따위를 생각해봤자 소용없어."

"너무 박정한 사람이군요. 그 옛날 일은 당신과 나에게 있어서 중요한 거예요. 그것을 무시한다면 당신과 나는 어디에도 없을 거예요. 아직 젊은데도 노인처럼 영양부족이라며 기운 없이 피곤해 하다니, 싫어요. 일본은 자유로워졌다고 하잖아요? 옆방에서는 저렇게 즐거워하는데. 일어나요. 그런 할아버지 같은 피곤한 모습 보이지 말아요. 일어나지 않으면 내일 부인을 찾아가서 전부 얘기할 거예요. 그래도 괜찮아요?"

15

도미오카와 헤어져 유키코가 사기노미야의 이바 집으로 되돌아온 것은 다음 날 정오가 지나서였다.

확실하게 약속을 하고 헤어진 것은 아니었다. 하지만 두 사람이 함께 하게 된다고 해도 일단 때를 기다려야 할 것 같아 유키코는 도리가 없다고 생각했다.

도미오카는 가까운 장래에 어쨌든 유키코가 머물 수 있는 장소를 찾아주겠다고 했고 빠른 시일 내에 목돈도 만들어보겠다고 했다. 남자의 임시방편일 것이라는 기분이 들기도 했지만, 이러한 만남 속에서는 도미오카의 말을 신용할 수밖에 없었다.

이케부쿠로 역에서 도미오카와 헤어지자, 도미오카는 바로 혼잡한 무리 속으로 들어갔다. 유키코는 걱정이 되어 잠깐 기둥에 기대 전차에서 내리고 오르는 인파를 응시했다. 오랫동안 전쟁에 혹사당한 핼쑥한 얼굴들이 밀치락달치락하며 유키코의 주위를 지나갔다.

유키코는 목적도 없었다.

사기노미야로 돌아왔지만 아무도 유키코를 반겨주지 않았다. 이대로 시즈오카로 돌아갈까 하는 생각도 했지만 도쿄를 벗어나기에는 아직 도미오카에게 강한 애정이 남아 있었다. 그 집착은 도미오카를 만나고 나서 다른 형태로 변했지만, 유키코는 일단 도미오카를 만나서 기뻤다. 그렇다고 해도 유키코는 이대로라면 그에게 무거운 짐이 될 뿐이라는 것을 마음속으로 인정하기도 했다. 우선 그 군중 생활 속으로 자신도 끼어들어가 일할 곳을 구하지 않으면 안 된다고 생각했고, 문득 시나가와 역에서 본 댄스홀을 생각해냈다. 댄서가 될까도 생각했다.

화려한 음악의 흐름 속에 화장을 한 변한 자신의 모습을 상상해 보는 것만으로도 현재의 자신의 모습으로는 그러한 직업은 불가능하다는 기분이 들었다.

도미오카로부터 약간의 돈을 받았기 때문에 유키코는 신주쿠新宿로 나가보았다. 몇 년 만에 보는 신주쿠는 변함없이 복잡했다. 아는 얼굴이 한 사람도 없었기에 유키코는 타향을 걷는 듯한 기분이 들었다. 신형 자동차가 달렸고, 군중들은 구부러진 차가운 보도를 옷을 많이 껴입어 뚱뚱한 모습으로 걸었다. 유리가 없는 큰 건물 앞에 섰다. 유키코는 이곳이 바로 미쓰비시 건물이었나 하고 높은 빌딩을 바라보았다. 빌딩을 따라 오른쪽으로 돌았다. 몇 개의 골목 안에는 땅바닥에 가게를 벌인 노점상이 즐비했다. 정어리를 빈 석유통에서 꺼내 팔았다. 작은 유리 상자에는 사탕도 있었다. 피라미드와 같이 쌓여 있는 밀감 상점, 고무신발 집, 한 마리에 5엔 하는 냉동 오징어를 진열해놓은 가게, 그러한 노점상들이 모든 도로에 즐비했다. 불에 타다 남은 황량한 와륵19)에서는 지저분한 아이들이 모여서 담배를 피웠다.

유키코는 한 무더기에 20엔 하는 밀감을 사서 와륵 위에 앉아 껍질을 까서 먹었다. 구폐舊弊의 번거로운 것은 전부 깨부숴진, 일종의 혁명 뒤와 같은 상쾌한 기분이 유키코의 고독을 감싸주었다. 다른 어느 곳에서보다 편안함을 느끼며 새콤한 밀감 껍질을 그 근처에 흩어놓았다.

이러한 형태의 혁명은 가차 없이 사람의 마음을 개혁시키는 것인지, 흘러가듯이 걷는 군중의 얼굴이 유키코에게는 전부 육친처럼 친근하게 느껴졌다.

지금쯤 도미오카는 집으로 돌아갔을 것이다. 하룻밤의 외

---

19) 와륵(瓦礫) : 기와조각과 자갈.

박에 대해 부인에게 어떤 식으로 말할 것인지 의심스러웠다. 도미오카의 일이기 때문에 신경 쓰이는 것임에 틀림없었다. 가족들은 도미오카에 대해 불안해하지 않을 것이다. 유키코는 그러한 일을 질투했다. 고국에 돌아오면 그날 바로 도미오카가 마중을 나와 둘이서 비로소 살림을 차릴 것이라고 상상했던 유키코였기에 분할 수밖에 없었다. 한낮이 지나고 나서야 유키코는 사기노미야로 돌아왔다. 두 개 정도 밖에 남지 않은 밀감을 아이들에게 나눠주고 이바의 물건이 있는 방으로 들어갔다. 훈기가 없는 방은 차갑고 쓸쓸했다. 이바의 짐을 바라보던 유키코는 문득 뭔가 값이 나가는 것을 찾아서 팔아버리고 싶다는 생각이 들었다. 그렇게 함으로써 이바에게 복수할 수 있다는 기분도 들었다. 값나갈 만한 것을 팔아서 당분간 생활비로 사용하는 깃도 나쁘지 않을 듯했다. 물건을 풀어본다 해도 자신이 맡겨둔 것을 찾는 것이라고 말하면 이 집 사람들은 이상하게 생각하지 않을 것이다. 또 가령 이바가 와서 물건이 없어졌다는 것을 안다 해도 유키코가 한 짓이라면 나무랄 수 없을 것이라고 생각했다.

저녁이 되어, 유키코는 그 집 사람으로부터 찐 고구마를 대접받았다.

고구마를 먹으면서 마루의 작은 창문의 유리 너머로 작은 정원을 보고 있자니 지저분한 철쭉이 많은 정원에서 야윈 삼색 얼룩무늬 고양이가 물끄러미 무언가를 엿보고 있었다. 초봄, 목단색 꽃이 핀 철쭉을 생각하니 옛날 일이 마치 어제 일처럼 생생하게 떠올랐다. 고양이는 잠시 뒤 화단 곁의 비파나무 밑을 통해 느릿느릿 밖으로 빠져나갔다. 유키코는 문을 열고 복도로 나가 고양이를 불러보았지만 새끼 고양이는 되돌아오지 않았다.

16

도미오카는 이삼 일 동안 유키코의 일을 생각해 보았다. 유키코를 정착시킬만한 집을 구하는 일도 돈을 마련할 일도 모두 잊고, 이대로 유키코와의 관계도 끊어버렸으면 좋겠다는 기분이었다. 질식할 정도로 유키코와의 해후가 숨이 막혀, 유키코가 그대로 스스로 원하는 삶을 살아가주기를 빌었다.

도미오카는 근래 목재상을 하는 지인과 함께 산으로 목재를 구입하러 가기로 되어 있었다. 북 신슈의 시골로 나가 삼나무를 사오고 싶었지만, 지인의 자금 사정도 좋지 않았고 뗏목을 만들기 위한 목재도 산에서 가져오기 곤란했기 때문에 하루하루 지연되고 있었다. 암거래되는 목재는 아주 고가로 팔 수 있었기 때문에 조금의 모험은 해 보고 싶은 기분이었다. 그것만 잘 되면 약간의 돈도 손에 넣을 수 있었다. 도미오카는 일본으로 돌아와서 공무원 생활을 하는 것이 정말로 싫었기 때문에 이 기회를 잘 이용하여 자신의 인생을 바꾸어보고 싶었다.

오늘도 아는 목재상인 다도코로田所에게 전화를 해 보았지만 자금을 마련하려면 아직 사오 일은 더 있어야 한다는 말을 듣고 실마리를 찾지 못한 채 돌아왔다. 돌아와 보니 구니코가 어떤 여자가 찾아왔었다고 말했다. 내일 이케부쿠로의 호테이상회까지 나와 달라고 하고 돌아갔다는 말을 듣고 유키코라고 짐작했다.

호테이상회라고 하는 것은 이케부쿠로에서 머물렀 호테이 호텔의 이름이었다. 도미오카는 순간 언짢은 기분이 들어 침울한 표정을 지었다.

"그 여자가 나에게 부인이냐고 물었어요. 뭐예요? 다도코로 씨와 관계가 있는 분이에요?"

구니코는 아무것도 모르는 듯 이렇게 물었다.

"아니, 다도코로와는 아무런 관계도 없어. 사업상으로 요즘 알고 지내는 호테이상회의 부인이 아닐까……."

"그래요? 그렇다고 해도 그다지 느낌이 좋은 분은 아니었어요. 종전終戰 이래 이상한 사람이 많아요. 왠지 호감이 가지 않는, 제가 싫어하는 타입의 여자였어요. 어디에 계시는지 언제쯤 돌아오시는지 무례할 정도로 따져 물었어요."

여자의 직감은 무서울 정도라고 생각하며 도미오카는 마음 속으로 약간의 두려움을 느꼈다.

구니코는 유키코에 대해 직감적으로 어떤 느낌을 감지한 것일까. 도미오카는 괴로워졌다. 지금 유키코의 일을 고백해 버리는 편이 좋지 않을까. 하지만 몸뻬20)의 무릎 위에 바느질감을 펼쳐놓고 겨울 이불을 손질하고 있는 부인에게 외지에서의 연애사건을 고백하는 것은 너무 죄스러웠다. 죄도 없는 구니코에게 그러한 고백을 하여 상처를 주는 것을 도미오카는 도저히 참을 수 없었다. 구니코는 도미오카의 부모 슬하에서 어려운 생활을 잘 견디며 남편을 기다렸던 것이다.

다음 날 정오가 지나 도미오카는 호테이호텔로 갔다. 유키코가 기다리고 있었다. 거무스름한 적갈색의 외투를 입고 머리카락을 뒤로 제치고 다른 사람처럼 화려하게 꾸미고 난로 옆에 기대 있었다.

"어제 찾아갔었어요."

"음."

"부인이 너무 얌전해 보였어요."

"당신 멋을 한껏 부렸군."

"네. 이 외투 이번에 산 건데 잘 어울려요?"

"어떻게 된 거야?"

---

20) 몸뻬 : 주로 농촌이나 산촌 여성이 작업복으로 입는 바지 모양의 아랫도리 옷.

“친척의 물건을 팔아서 샀어요. 너무 춥고 쓸쓸해서 어쩔 수 없었으니까요……..”

“그런 일은 옳지 않아.”

“나쁜 일이라는 것은 알지만 어쩔 수가 없어요.”

도미오카는 화려한 유키코의 모습을 물끄러미 바라보았다. 어쩐지 어울리지 않는 모습으로 변한 유키코가 공연히 안타까워졌다. 도미오카는 옛날 가부키에서 본 ‘아사가오 일기朝顔日記’의 오이강大井川이었는지 어딘지, 말뚝을 껴안고 한탄하고 있던 미유키深雪의 광란狂亂이 떠올랐다. 자신이 지금 이 여자를 방치해두면 그대로 퇴폐의 늪으로 빠질 것이 눈에 선했다. 자포자기하여 어떤 일을 저지를지도 몰랐다.

“무슨 생각을 하고 있어요?”

“별로, 어띤 생긱을 한다기보다는 앞으로 두 사람 다 힘들 것 같아서.”

“그래요. 정리하는 편이 좋다고 생각해요. 나는 완전히 단념했어요. 부인을 보니 너무 슬퍼져서, 걸으면서 그렇게 마음을 정했어요. 남편을 믿는 청결하고 예쁜 부인이었어요. 착한 사람을 불행하게 할까봐 두려워요.”

도미오카는 그 말이 진심인지 알 수 없어 물끄러미 유키코를 바라보았다. 집 앞을 방황하고 있었을 유키코의 모습이 떠올랐다. 유키코는 손수건을 외투 주머니에서 꺼내 눈물을 닦았다. 뜻밖에 그 손수건은 도미오카가 다랏트에서 사용하던 것이었다.

"당신은 나 따위는 버리고 싶겠지요? 그럴 거라고 생각해요. 이제 나의 일 따위는 어떻게 되든 관심이 없겠지요. 나라는 존재가 당신에게는 고통일 테니까. 나는 당신과 헤어지면 지옥으로 떨어져 버릴 거예요. 재가 되어 바람에 날아가 버릴 거예요. 당신의 그림자만을 보며 살아갈 수는 없어요. 부인을 사랑하지요? 거지처럼 구걸하는 애정은 싫어요."

"무슨 말을 하는 거야, 바보처럼. 지금 애정 따위를 논하는 것은 곤란해. 그렇지 않아도 나는 여러 가지 생각을 하고 있어. 뭔가 방법을 찾지 않으면 당신이 곤란하다고 생각하기 때문에 이렇게 오늘도 서둘러서 온 것이야."

"싫어요! 그렇게 보살펴주지 않아도… 내 말뜻을 당신은 잘 이해하지 못하고 있어요. 나는 어째서 제멋대로인 당신을 사랑하게 됐을까? 당신은 지금도 다른 것을 생각하고 있지요? ─ 하지만 무리한 부탁은 하지 않을 테니까. 어딘가 내가 살만한 곳을 찾으면, 가끔 만나 주세요… 나는 빨리 일을 하고 싶어요. 나는 당신의 정부인이 될 자질은 없으니까요."

도미오카는 식은 차를 마시면서 추워 무릎을 떨며 유키코의 히스테리적인 변명을 들었다. 유키코는 삼 일이나 떨어져 있던 쓸쓸함에 도미오카의 얼굴을 보자마자 이것저것 얘기하고 싶었다.

"방은 마련해주겠지요?"

"찾고 있어. 방 하나 정도는 생각하고 있지만 이렇게 다 타 버린 곳에서는 좀처럼 찾기가 힘들어. 만약 찾는다고 해도 몇 만 엔 이라는 권리금이 필요해. 조금만 기다려줘."

"당신은 당신 집에 살고 있으니까 잘 모르겠지만, 나는 있 을 곳이 없어요. 현재 머물고 있는 곳은 오래 있을 수 없는 집 이에요. 빨리 나만의 집을 갖고 싶어요. 친척이 시골에서 돌아 오지 않아서 모르는 사람들만이 살고 있는 그 집에서 며칠 동 안 지내기로 했어요. 괴로워서 견딜 수가 없어요."

"머지않아 어딘가에 얻어주겠어. 나도 우물쭈물하고 있는 것은 아니야. 집이라는 것은 적은 돈으로 빌리기 힘들어. 그런 데 이 집 난방은 들어오는 거야? 너무 추워……."

"그래요, 또 지난번처럼 여관에서 술병을 빌려 막소주를 사 올까요?"

유키코는 마음이 변했는지 가방을 끌어당겨 부시럭부시럭 하며 봉투 속을 뒤지기 시작했다. 이윽고 돈지갑을 꺼내 들고 가볍게 일어났다.

"어이, 조금이면 돼. 많이 마시고 싶지 않아."

"오늘은 빨리 돌아갈 거예요?"

"그다지 바쁘게 돌아갈 필요는 없어."

"그럼 자고 가도 괜찮아요? 나 돈 있는데."

"오늘은 자고 갈 수 없어."

"그래요? 시시하네요. 어째서죠? 지난번에 꾸중 들었어
요?"

"아이도 아니고 누구에게 꾸중을 들어? 하지만 오늘은 곤
란해……."

유키코는 무리하게 강요하지 않고 그대로 방에서 나갔다.
일전의 방과는 달랐지만 방 안이 너무 춥고, 표면이 거친 다다
미가 더럽고 음침했다. 도미오카는 담배를 꺼내 피우며 구니
코가 유키코에 대해 너무 싫은 여자라고 말한 것을 생각했다.

이러한 황량한 여관방에서 비밀스럽게 여자와 만나는 것보
다 집 거실에서 부글부글 물이 끓는 소리를 들으며 구니코의
옆에서 신문을 훑어보는 쪽이 유쾌했다. 뭐라 할 수 없이 유키
코는 왜 인도차이나에서 죽지 않았을까 하는 무서운 생각마저
들었다. 모든 인간의 마음속에는 언제나 세 가지의 바람이 동
시에 존재하는데, 하나는 사탄을 향하는 마음이라고 도미오카
는 어딘가에서 읽은 기억이 났다.

도미오카는 눈으로 담배연기를 따라가다가 갑자기 유키코
의 불룩한 가방에 시선이 멈추었다. 손을 뻗어 그것을 끌어당
겨보았다. 펠트로 만든 때 묻은 가방 속에는 옷감과 같은 딱딱
한 것들이 자주색 보자기에 싸여 들어 있었다. 그 밖에 화장품

이라든지, 도미오카가 사이공에서 사준 푸른 다이아몬드 마크
가 들어 있는 파카 만년필과 피스담배와 비누가 들어 있었다.

시즈오카에 있는 부모에게 보낼 편지도 두 통 정도 있었다.
도미오카는 이윽고 다시 원래대로 그 가방을 갖다놓고 담배를
화롯불의 딱딱한 재에 깊게 찔러 넣었다. 자신의 마음속에서
불거져 나오려고 하는 유키코에 대한 생각이 왠지 끝나지 않
은 기분이 들었다. 비스듬히 서서 바라보는 구니코의 온화한
모습이 떠올랐다. 그런 부인을 희생시키면서 자신은 이런 곳
에서 방황하며 유키코에게 끌려서 현재 생활의 쓸쓸함을 외면
해 보려고 하고 있다. 비밀스러운 유혹에 빠져 있는 자신의 이
기심에 등줄기에 식은땀이 맺혔다.

도미오카는 남의 부인이었던 구니코를 납치하여 자신의 부
인으로 만들 당시의 일을 생각했다. 나쁜 짓을 한 네나, 또나
시 다른 죄를 짓고 있는 자신의 무방비한 마음의 움직임이 지
금에 와서는 숙명처럼 느껴졌다. 다랏트에 남겨놓고 온 여종
업원 니우는 도미오카의 아이를 임신하여 시골로 돌아갔다.
모아둔 돈을 건네준 것으로 전부 끝냈다는 기분이 묘하게 아
픔으로 다가와 때때로 니우의 꿈을 꿀 때도 있었다. 벌써 니우
는 아이를 낳았을 것임에 틀림없다. 혼혈아를 낳았어도 떳떳
하게 살아갈 수 있을까? 도미오카는 그리운 인도차이나에서
의 생활을 떠올려 보았다.

잠시 후 유키코가 차가운 바람 때문인지 얼굴이 빨갛게 얼어 돌아왔다.

"자, 또 생선초밥을 사왔어요. 술도 병에 가득 받아왔어요."

유키코는 맥주병을 창문 빛에 비치게 하여 도미오카에게 보였다. 유키코는 차갑게 식은 남은 차를 거칠게 화로 구석에 버리고 거기에 술을 따랐다.

"내가 먼저 맛을 볼게요."

유키코는 찻잔에 입을 대어 반 정도 쭉 마셨다.

"아 맛있어. 가슴도 마음도 다 타버릴 것 같아."

도미오카는 술을 따라 숨도 쉬지 않고 단숨에 들이켰다. 유키코는 다시 찻잔에 술을 따랐다.

"오늘 밤, 자고 가면… 안 될까요? 다시는 무리하게 부탁하지 않을게요. 만약 여기가 싫다면 다른 곳으로 가도 좋아요. 돈이 모자란다면, 내가 좋은 것을 가지고 있으니까 좀 더 마음에 드는 곳으로 가서 묵어도 괜찮아요."

갑자기 뜨거운 열정이 치솟아 도미오카는 유키코의 손을 잡았다. 어떤 감정도 마음속에 감춰두지 못하는 유키코의 야성적인 성격이 사랑스러웠다. 가정을 등진, 무거운 환경에 눌린 기분에서 해방되었다. 술기운을 빌린 탓인지 도미오카는 유키코의 손가락을 깨물었다.

"좀 더 강하게, 강하게 깨물어주세요."

도미오카는 유키코의 손가락을 잘근잘근 씹었다. 유키코는 참을 수 없었는지 도미오카의 흔들리는 무릎에 얼굴을 묻고 흐느껴 울었다.

"나는 이런 여자가 되어버렸어. 스스로도 알 수 없게 되었어요. 어떻게 해주세요. 어떻게든 해주세요……."

유키코는 울면서 양손으로 도미오카의 무릎을 쓰다듬으며 말했다. 방 안은 어두워지기 시작했다. 복잡한 시장의 와자지껄한 소리가 바람 탓인지 확실하게 들렸다. 도미오카는 유키코의 머리에 입술을 갖다 댔지만 마음속에서는 그러한 행동이 연극과 같이 부질없는 것으로 생각되었다.

부인인 구니코한테서는 찾아볼 수 없는 야성적인 여자의 감정이 도미오카에게는 술을 마셨을 때만은 반사등을 얼굴에 갖다 댄 듯이 획연해지는 깃이있다.

"부인을 보지 않았으면 좋았을 걸. 좋은 사람인 거 같았어요. 하지만 당신의 부인이라고 생각하면 역시 미워. 당신 집을 다녀오고 나서 이따금씩 부인의 얼굴이 떠올라 가슴이 뜨끔했어요. 부인은 나의 일을 분명히 알고 있는 것 같아요. 말씀하셨어요?"

"아무 말도 하지 않았어."

"거짓말. 나는 매우 심한 표정으로 부인을 째려보았어요. 부인은 이상한 듯이 나의 얼굴을 보다가 나의 발끝에서 머리

끝까지를 훑어보고 매우 싫은 웃음을 지었어요. 기분이 나빠서 견딜 수 없는 웃음을 지었어요. 금니가 빛났어요. 근데 말이죠… 어째서 앞니를 금으로 했는지.”

유키코는 얼굴을 들어 방긋방긋 웃으면서 말했다. 눈물에 얼굴이 씻긴 듯이 화장이 지워져 오히려 요염하게 보였다. 이마를 덮은 앞머리가 흩어져서 처음으로 보는 듯한 요염함이 느껴졌다. 취한 눈으로 보는 탓인지 원근의 상태가 마치 영화의 속도와 같아서, 눈앞의 유키코의 얼굴이 흔들려 강한 파도처럼 보였다.

“하지만 나보다 훨씬 연상인 것 같아요…….”

“묘하게 비꼬는 걸.”

“그래요. 당신을 한 사람이 차지할 순 없는 거예요. 입 정면에 금니 따위를 넣은 부인과 키스하면 어떨까…….”

도미오카는 구니코의 결점을 노골적으로 끄집어내는 일이 그다지 기분 좋지 않았다. 도미오카는 방 한구석에 개켜져 있는 이불을 한 장 끌어당겨서 무릎을 덮었다. 더럽고 끈적거리는 차가운 이불이었다.

“고타쓰[21]네요, 나도 이쪽에서 발을 넣어도 괜찮아요?”

유키코는 취해서 말했다.

---

21) 고타쓰(炬燵) : 일본의 실내 난방 장치의 하나. 나무틀에 화로를 넣고 그 위에 이불·포대기 등을 씌운 것. 이 속에 손·무릎·발을 넣고 몸을 녹임.

"일하고 싶다니, 무슨 일을 할 계획이야?"

벌써 서너 잔의 술을 들이켠 도미오카가 물었다. 유키코는 잠시 진지한 얼굴을 하더니 곧 빛나는 듯한 요염한 표정으로 말했다.

"댄서가 되고 싶지만 될 수 있을지 모르겠어요."

도미오카는 그것도 괜찮겠다고 생각했지만 거기에 대해서는 좋다 싫다 한마디도 하지 않았다.

이윽고 10시 가까이 되었다.

"이제 돌아가야겠어."

도미오카는 중얼거리듯이 말하고는 외투 속의 주머니에서 뭉쳐둔 돈다발을 꺼내 그대로 유키코의 무릎에 놓았다.

"천 엔이야. 이 돈으로 어딘가 일할 곳을 찾아봐. 방은 찾고 난 뒤에 연락해줄 테니까. 내일 밤 신슈로 가기 때문에 열흘 정도는 만날 수 없을 거야. 그때까지 그 집에서 얼마간의 돈을 빌려서 생활해……"

유키코는 천 엔의 돈을 손에 쥐었다. 그대로 내팽개치고 싶은 기분이 들었다.

"돈은 필요 없어요. 그보다도 오늘 자고 가면 안 되겠어요? 이대로 헤어지는 것은 쓸쓸해요. 싫어요. 열흘이나 신슈에 가 있다니, 도망가는 거죠? 그렇죠? 꼭 그런 거 같아. 정직하게 말해 봐요."

남은 술을 쭉 들이켜고 도미오카는 또 생각난 듯이 초조하게 무릎을 떨며 말했다.

"아니, 그렇지 않아. 당신에게는 정말 미안해. 솔직하게 말하면 우리들은 아름다운 지방에 살았으니까 꿈을 가지고 있었던 거야. 이런 말을 하면 당신에게 야단을 듣겠지만, 일본으로 돌아와서 완전히 다른 세계를 보고 나니 가족들을 더 이상 괴롭히는 것은 잔혹하다고 생각했어. 모두 너무 고생을 해 왔어. 그런 가운데 어떻게 참아왔는지 알 수 없어. 나를 기다려준 사람들과 이별은 할 수 없어. 약속은 깨버렸지만 당신이 행복해질 때까지 내가 어떻게든 하겠어. 진심으로 생각하고 있어… 당신은 좋은 사람이야. 그렇지만 아무래도 함께 할 수 없는 것은 내가 빈약하기 때문이야. 오늘 밤도 함께 할 수 없는 것은 아니지만 이젠 당신을 위해서라도 빨리 돌아가야 한다고, 아까부터 계속 생각했어. 신슈로 가는 것은 정말이야. 여행에서 돌아와 당신에게 이런 심정을 말하려고 했는데 갑자기 지금 속마음을 털어놓게 되었군. 정말 헤어지게 되면 당신이 이상하게 변해버릴 것 같아 걱정이야. 그렇지만 지금 집에서 나 혼자만 빠져나오는 것은 불가능해. 전부가 나 한 사람만을 의지해서 살아가고 있기 때문이야."

유키코는 세차게 머리를 흔들며 두 귀를 손으로 막았다. 반

짝반짝 빛나는 눈으로 도미오카의 입가를 매섭게 쏘아보면서
―도미오카는 조용하게 이불에 기대어 유키코의 무릎에 양손
을 얹고 신음하듯이 말했다.

"헤어지는 수밖에 도리가 없어."

"싫어! 그러면 당신들만 행복해지기 위해 나 같은 건 어찌
되어도 좋다는 것이지요? 이런 돈 따위는 필요 없어요. 나는
당신이 돈을 주는 것이 행복하다고는 생각하지 않아요. 나는
당신의 형편이 좋아질 때까지 얌전하게 기다릴 거예요. 나에
게 말하고 싶은 말을 마음껏 할 권리가 있다면, 그것은 부인도
나도 같은 처지라는 거예요. 부인을 행복하게 해주기 위해 나
따위는 어떻게 되어도 좋다는 거지요? 왜 처음에 내가 찾아왔
을 때 현관에서 그렇게 말하지 않았어요?"

유키코는 순식간에 취기가 도망가 버렸다. 무슨 말을 하고
있는지 자신도 잘 알 수 없었지만 도미오카의 자기중심적인
변명이 마음에 들지 않았다. 인도차이나에서는 그렇게 늠름하
던 남자가 일본에 돌아와서는 갑자기 위축되어 집과 가족에
억눌려 연약하게 된 것이 유키코는 맘에 들지 않았다. 유키코
는 도미오카의 양손을 쥐고 힘껏 흔들었다. 그리고 갑자기 왼
쪽 팔을 걷어 올려 크게 부어오른 세로줄의 긴 상처를 보이며
말했다.

"이건 기억하겠지요? 전부 당신이 가노 씨에게 거짓말을

했기 때문이에요. 니우에게 장난을 친 것도 전부 알고 있어요. 당신은 인간이 목숨을 건 기분을 미쳤다고 생각하지요. 누구나 바로 당신 같은 사람을 신용하고, 가노 씨나 나와 같은 사람은 평범하다고 신용하지 않는 것이지요. 하지만 그때, 당신의 행동이 나에게는 거짓으로 보이지 않았어요. 달리 말하면 방법이 없었던 것이겠지만 그래도 좋았으니까. 가족들을 잘 보호하고 즐겁게 함으로써 자신의 가슴속이 후련해진다면, 당신은 그 행복을 만들기 위해서 몇 명이라도 희생시킬 수 있을 거예요. 그렇게 시치미를 떼다니 심하군요. 그렇게 집이나 부인이 대단하다면 처음부터 목석이었으면 좋았지요. —나는 달리 당신의 부인을 몰아내고 싶은 것은 아니었지만, 이제 좋은 생각이 스쳐지나갔어요. 나는 오늘 밤 여기에 머무를 테니까 당신은 자유롭게 돌아가세요."

시선을 고정시켰다. 그리고 도미오카의 손을 뿌리치고 유키코는 거기에 있는 이불을 머리부터 덮어쓰고 다다미 위를 뒹굴뒹굴 뒹굴었다. 유키코의 자포자기한 모습을 보고 도미오카는 조용히 그대로 앉았다.

17

사흘 정도 지나 갑자기 이바가 상경해 왔다.

유키코는 외출하려고 골목을 나가는 순간 건너편에서 다가오는 이바를 만났을 때 처음에는 이바가 아니고 이바의 형이라고 생각했다. 이바도 깜짝 놀랐다.

"어이, 유키코 아니야?"

유키코는 갑작스러워 얼굴을 붉혔다.

"언제 돌아왔어? 시즈오카로는 왜 오지 않았어? 역시 유키코 맞지?"

이바는 4년이나 못 본 사이에 더 늙어 보였다.

"내가 여기에 온 것을 어떻게 알았어요?"

이바는 검은 외투의 깃을 세우고, 뒷걸음질하는 모습으로 말했다.

"집에서는 복잡한 이야기를 할 수 없으니까 어딘가에서 쉬면서 차라도 마실까?"

그렇게 말하고 이바는 휑휑 차가운 바람이 부는 넓은 길 쪽으로 나갔다. 유키코도 이바의 지친 듯한 뒷모습을 무심히 보면서 잠자코 뒤따랐다. 건널목을 건너 이바는 역 안으로 들어가지 않고 그대로 길을 따라가다가 역에서 비스듬히 보이는 메밀국수 가게 안으로 들어갔다. 약간 어두운 가게 안에는 따뜻한 기운이라고는 없었고, 콘크리트 바닥에 나열되어 있는 탁자 위에는 흰 먼지가 떠다녔다. 두 사람은 구석 쪽에 걸터앉았는데 너무 추워서 발을 두드려댔다. 게다가 유리문 바깥은 작은 격자문이었기 때문에 그 구석은 특히 어둡고 추웠다.

"여기 메밀국수 됩니까?"

이바가 물었다. 가제 마스크에 모모와레[22] 머리 모양을 한 아가씨가 메밀국수는 까다롭기 때문에 만들지 않는다고 말했다. 여기에서 주문할 수 있는 것은 무엇이냐고 물으니 홍차와 단팥죽과 소다수 같은 거라고 말했다. 이렇게 추우니 소다수는 마실 수 없었다. 이바는 우선 단팥죽 두 그릇을 주문했다. 옛날 그대로인 메밀국수 가게에서는 여관의 식당 분위기가 강하게 느껴졌다. 이바는 주머니에서 담배를 꺼내 피웠다. 한 모금 피우고 난 후 담뱃갑을 주머니에 넣자, 유키코가 추운 듯이 어깨를 떨면서 말했다.

"나도 한 개비 주세요."

"너 담배 피워?"

"너무 추우니까 한번 피워보고 싶어요. 담배를 피우면 따뜻해질 테니까."

유키코는 담배 한 개비를 입에 물고 이바에게 성냥불을 붙여달라고 했다. 이바는 귀찮을 정도로 여러 가지 일을 물었다. 이윽고 인공감미료가 든 걸쭉한 단팥죽이 나왔다. 그릇의 뚜껑을 열자 뚜껑에는 김이 송송 맺혀 있었지만 단팥죽 색깔은

---

22) 모모와레(桃割) : 머리를 좌우로 갈라 고리를 만들어 뒤 꼭지에 붙이고 살짝 부풀린 머리 모양.

투명한 황갈색을 띠고 있었다. 작은 덩어리의 떡 두 개가 떠올랐다.

"너 왜, 마음대로 우리 물건을 풀었니?"

이바가 고개를 숙이고 단팥죽 떡을 젓가락으로 집어 올리면서 말했다. 유키코는 잠자코 있었다. 이바처럼 떡을 젓가락으로 집어 입으로 넣으면서 같은 집에 살고 있는 사람이 고자질한 것임에 틀림없다고 생각했다.

"집에 가서 물건을 조사해 보면 알겠지만, 어째서 그런 행동을 했어? 돈이 필요하다고 하면 어떻게든 해볼 텐데. 그보다도 도쿄로 돌아와서 시즈오카에 알리지 않은 것이 이상해… 어떤 사람이 편지로 알려주더군. 모두 팔아치웠다고. 정말이야?"

이바는 꺼져가는 담배에 다시 불을 붙이고 뻐끔뻐끔 피우면서 말했다. 유키코는 지금은 이바에 대해 아무 감정도 남아 있지 않았다.

"너무 추워서 사돈의 짐을 풀어서 두세 장 빌려 썼어요.

"흠, 팔아버린 거야?"

"예, 나쁜 짓이라는 것은 알지만 재산이 다 타버린 사람도 있으니까 이 정도는 사돈이 용서해줄 것이라고 믿고 그 돈으로 이 외투를 샀어요."

"어째서 바로 시즈오카로 돌아오지 않았어?"

"돌아가고 싶지 않았어요. 게다가 함께 돌아온 친구도 있었고, 그리고 일할 곳도 빨리 찾고 싶었으니까. 천천히 돌아갈 계획이었어요."

그렇게 말하고 유키코는 고향으로 보낼 편지를 두 통 끄집어내 보였다. 벌써 4, 5일 전에 써둔 채 잊고 있었던 편지였다.

"무엇과 무엇을 팔았어?"

"크레이프천23) 두 장과 옷감을 조금 갖다 팔았어요."

"너, 그렇게 난폭한 일을 해도 괜찮다고 생각해? 거기 가서 사람이 변했군."

유키코는 가만히 있었다.

"은행을 그만두고 계속 시골에서 농민으로 있었지만 역시 도시에서 살던 사람은 시골에서 살 수 없었어. 그래서 연말에는 모두 올라올 계획으로 짐을 보내두었지. 값나가는 것은 지금 가격이 좋으니까 팔아서 장사를 해볼 계획이었어. 너의 외투는 시골에서 보관하고 있을 텐데."

"예, 그러니까 거기 있는 외투를 팔아도 좋아요. 내 것은 전부 팔아도 상관없어요. 나는 결혼할 계획으로 먼저 도쿄에 와 있는 거예요."

"그래? 언제 결혼해?"

---

23) 크레이프(crape)천 : 강하게 꼰 실로 크레이프 가공하여 표면이 울퉁불퉁한 직물.

"음, 잘 되어가지 않아요. 그쪽에는 부인도 부모도 있고. 일본으로 돌아와서 전부 변해버렸어요."

"뭐하는 남자야?"

"농림성 남자로 인도차이나에서 함께 근무한 사람이에요. 여기로 돌아와서 지금은 목재 쪽 사업을 하고 있어요."

"몇 살이야?"

"사돈보다는 훨씬 젊어요."

"속은 거네."

"아니요. 속은 것은 아니지만 헤어지게 되어버렸어요……."

이바는 말없고 얌전한 아가씨였던 유키코가 완전히 인품이 변해버린 것이 이상했다. 완전히 어른스러워져, 말하는 것도 시원스러웠다. 유키코는 추워서 자주색 보자기로 얼굴을 가리고 있있는데 흰 피부 때문에 일굴에 그 사주색 그림사가 생겨 아주 잘 어울렸다.

"사돈, 지금부터 계속 있을 거예요?"

"응. 사오 일 머물면서, 잠깐 여기저기 도쿄의 친구도 만나고, 시찰해 보고 돌아갈 계획이야. 함께 돌아가지 않겠니?"

"짐은 없어요?"

"있어. 길모퉁이에 있는 산파에게 맡겨놓았어. 산파가 너의 일을 알려주었어."

"그래요……."

두 사람은 메밀국수집을 나왔지만 달리 갈 곳이 없었기 때문에 역 앞의 부서진 자동 전화 박스 앞에 서서 이야기를 나누었다.

"나는 지금부터 신주쿠에 갈 테니까 그럼 마음대로 조사해 보세요."

유키코는 기가 죽은 기색도 없이 말했다.

이바는 추운 듯이 바람이 불어오는 쪽으로 등을 향해 서 있다가 함께 가자며 유키코와 나란히 역으로 들어가서 두 장의 표를 샀다.

두 사람은 신주쿠로 갔다. 이바는 유키코가 묘하게 들떠 있는 것이 불안했다. 무엇을 생각하고 있는지 확실히 알 수가 없었다. 옅은 햇살이 비치는 날씨였지만 바람이 너무 강했다. 전차 안에도 유리가 대부분 깨져 있었기 때문에 얼음으로 만든 객실이 달리고 있는 것처럼 추웠다.

"많은 피해를 입었군."

역과 역 사이에 황량하게 타다 남은 흔적들을 보며 이바는 그래도 진지하게 창밖을 보았다.

"저기, 사돈. 나 댄서가 되고 싶은데, 나에게 어울릴 것 같아요?"

갑자기 아무렇지도 않게 유키코가 말했다. 이바는 생각지도 못한 유키코의 말에 놀란 듯이 바로 대답하지 못하다가 물었다.

"타이프 일을 하는 것은 싫어?"

"이제 그런 일은 질렸어요. 댄서는 급료는 적지만 진주군進
駐軍 전용 홀이라 여러 가지 면에서 수입이 좋다고 하더군요."

"응, 그도 그렇지만, 오래 지속될지 어떨지……."

두 사람은 신주쿠로 나왔다. 아무 목적도 없었기 때문에 잠
깐 걷다가 무사시노 극장에서 퀴리 부인이라는 영화를 보았
다. 몇 년 만에 서양 영화를 본 느낌이 들었다. 두 사람은 부서
진 의자에 나란히 걸터앉았는데 영화관 안도 매우 추웠다. 황
폐해져서 옛 모습도 남아 있지 않았다. 너저분한 작은 극장 안
에서 처음으로 보는 서양 영화는 현실로부터 벗어난 듯한 기
묘한 느낌이었다.

이바는 무슨 생각을 했는지 어둠 속에서 유키코의 손을 잡
았다. 따뜻한 손이었다. 유키코는 싫은 기분이 들었지만 참고
이바에게 손을 맡긴 채 그대로 있었다. 은색으로 빛나는 스크
린에 반사되어 이바의 옆얼굴이 죽은 사람처럼 보였다. 유키
코는 도미오카와의 일전의 이별이 가슴에 와닿아, 이런 쓸쓸
한 생각을 하는 것도 전부 도미오카 때문이라고, 이제 와서 눈
물이 흘러내렸다.

영화관을 나왔을 때는 어두컴컴해져 있었다.

노점도 완전히 없어져 사방이 모두 쓸쓸했다. 폐허가 된 구

석구석에 가로등이 켜져 있어 한층 더 패전의 비참함을 느끼게 했다. 얼어붙는 듯한 차가운 바람이 불었다. 두 사람은 전찻길로 나왔다. 마치 작은 집과 같은 상점이 즐비하게 이어져 있었지만 그것도 모두 문을 닫았다. 요즘은 노상강도가 거리를 횡행하고 있어서 해가 지면 상점들은 모두 빨리 문을 닫아 버렸다.

유키코는 두 번 정도 온 적이 있는 쓰노하즈角筈의 전찻길로 나왔다. 중국집인 작은 판잣집 가게로 이바를 데리고 들어갔다. 밤이 되자 유키코는 술이 마시고 싶어졌다. 강한 술이라도 마시지 않으면 황량한 마음을 견딜 수 없을 것 같았다. 죽순 국수를 주문하고 두 사람은 진지하게 작은 스토브 옆에 앉았다. 스토브가 뜨겁게 타오르는 것을 보는 것이 몇 년 만인지, 유키코는 파랗게 빛나는 함석 굴뚝을 이따금씩 손가락으로 만져보았다.

"댄서가 되는 것에는 찬성할 수 없어."

이바가 담배를 피우면서 말했다. 유키코는 아까 자신의 손을 쥐고 있던 이바의 뻔뻔함이 싫어져서 대답도 하지 않았다. 이바는 화려한 화장을 한 유키코의 얼굴을 신기한 듯이 바라보았다.

"쭉 너에 대해 걱정해 왔어. 잘 돌아올 수 있을까 걱정했어. 일본도 지금 매우 어려워. 위대한 사람들은 모두 잡혀 들어갔고 세상이 완전히 변해버렸어. 옛날에 지위가 높았던 인간이 지금은 전부 추락했어. 속 시원할 정도로 세상이 완전히 변해 버렸어.”

이바는 차분하게 말했다.

“너무 변했어요. 이제부터는 전쟁이 없었으면 좋겠어요. 하지만 사돈은 운 좋게 군에 끌려가지 않았네요?”

“응, 매우 걱정했어. 하마마쓰浜松의 군부대 공장에서 근무했기 때문에 군대에 끌려가지 않았지만 지금 와서 생각해 보면 꿈만 같은 일이야. 하마마쓰도 그만두고 그때부터 쭉 농민으로 살았지만 잘도 군대에 끌려가지 않았다는 것이 이상할 정도야. 패전이 되어 제일 먼저 걱정한 것은 너의 일이었는데 이렇게 건강하게 돌아올 거라고는 생각도 못했어.”

뜨거운 메밀국수가 나왔기 때문에 두 사람은 그릇을 들고 먹기 시작했다. 신기하게 빨갛게 물든 죽순이 들어 있었다.

“맛있어…….”

“여기 굉장히 맛있어요. 외국 사람이 운영하고 있는데 양도 많고, 값도 싸요.”

유키코는 문득 이케부쿠로의 호텔에서의 일을 생각해냈다. 이대로 이바와 사기노미야로 돌아가서 그 좁은 방 안에서 두 사람이 달라붙어 자는 것은 생각만 해도 싫었다. 자기가 구하고 싶은 것은 아무것도 얻을 수 없고 구하고 싶지 않는 것이

운명적으로 자신의 주위에 들러붙는 기분이 들어 마음속이 타
들어가는 느낌이었다.

"오늘 밤 집에서 잘 거예요?"

"응."

"방이 없을 걸요?"

"너는 어느 방에서 자고 있는데?"

"응접실. 짐이 가득 차 있어요."

"함께 자도 괜찮아."

"먹을 것도 없어요."

"쌀은 세 말 정도 가지고 왔어. 어쨌든 우리 집이니까 자유
롭게 부엌을 사용해 요리를 하면 되겠지. 걱정할 필요 없어.
이불도 좋은 것으로 한 쌍 보내놨어. 돌아가서 짐을 풀어봐."

"저, 나는 이케부쿠로에 머물 곳이 있으니까 그쪽으로 가겠
어요."

"너무 경계하는군."

"그것은 아니지만 나는 일 때문에 오늘 밤 아무래도 친구와
만나야 할 것 같아요. 내일 또 일부러 나오는 것도 귀찮으니
까……."

"오늘 밤은 오래간만에 만났고 아직 여러 할 얘기도 남아
있으니 함께 돌아가자. 네가 옷을 어느 정도 팔았는지 알아봐
야 하니까. 꾸중은 하지 않을게."

"네, 그 일은 아무리 야단을 들어도 할 말이 없어요. 하지만 일에 관해 이야기 할 게 있어 친구가 있는 곳으로 가야해요."

이바와 같이 잔다는 것은 소름끼치는 일이었다.

18

도미오카는 신슈행이 늦어져, 다도코로와의 이야기는 전혀 결말이 나지 않았다. 어떻게든 빨리 움직이지 않으면 세상은 점점 변해갈 것이다. 돈의 가치도 완전히 변해버릴 것이라는 풍문도 돌았다. 지금 목재를 많이 예약해두고 싶었고, 요즘 종이의 뒷거래도 심하다고 들어서 그쪽으로도 손을 뻗고 싶었다. 하지만 이렇게 세상에 혼자 내팽개쳐져 버리자 도미오카는 자신의 무력함을 깨달았다. 누구나 신용할 수 있을 듯한 얼굴로 소곤소곤 말하지만 실질적으로는 마음속에서 자기 혼자 계산을 해대고 있었다.

패전이라든지 뭐라든지 말하며 모두 불안한 쪽으로 생각을 하는 것은 아니다. 이 북새통에, 믿고 의지할 만한 것이 자신의 주변에만 널려 있는 것처럼 쉽게 생각하고 싶어 한다. 전쟁을 하고 있을 때보다는 이 혁명적인 스릴이 있는 시대를 누구나 좋아했다. 인간은 금방 싫증을 내는 동물이다. 어떤 변형이라도 좋다, 변화가 있는 세대가 빙빙 돌아가는 쪽이 자극이 있었다.

도미오카는 우선 그러한 사업을 시작하려면 집을 팔아 자금을 충당하는 길밖에 없다고 생각했다. 우선 오륙십만의 현금만 준비하되 그 돈을 밑천으로 나중에는 어떻게든 될 것 같은 기분이 들었다. 이대로 손을 멈추고 이 시대를 지나쳐버릴 수는 없는 것이었다.

어느 날 아침 구니코가 이런 말을 했다.

"저기, 일전에 찾아온 호테이상회의 여자 말이에요. 어젯밤 집 부근에서 보았는데, 혹시 그분 이 근처에 아시는 분이라도 있는 거예요?"

도미오카는 잊으려고 했던 유키코의 모습이 갑자기 눈에 떠올랐다. 잠자코 미소시루(된장국)를 먹고 있자니 이 근처를 어슬렁어슬렁 거리는 유키코의 가엾은 얼굴이 마음에 와 닿았다.

"남편은 몇 시경 신슈에서 돌아오는지 물었는데 어떻게 대답해야 할지 몰라, 만약 돌아오는 길에 당신과 만나게 되면 좋지 않을 것 같아서 어제 돌아왔다고 했어요. '뭔가 용무가 있으면 전해드리겠다'고 했더니, 이 근처까지 온 김에 들렀다며, 계속 호테이상회에 묵고 있으니까 저녁에라도 꼭 찾아와달라고 부탁했어요. 그리고 일전에 대신 치른 것을 돌려받고 싶다고 하면 도미오카 씨가 알 거라고 말하고는 그대로 서둘러 가버렸어요. 매우 화려한 화장을 하셨더군요.”

괴로운 기분으로 도미오카는 유키코의 그 뒤 소식을 알게 되었다. 그렇다면 머물 곳이 없어 그 호텔에 있을지도 모른다는 생각이 들었다. 그때 천 엔의 돈은 받지 않겠다고 말하며 이케부쿠로 역에서 강제로 밀쳐버리던 유키코가, 울면서 자신만이 행복하게 되기 위해 사람을 희생시킨다고 한 말이 지금까지도 도미오카의 귀에 쟁쟁히 울렸다.

가노를 미친 사람처럼 만들면서까지 도미오카는 유키코를 얻었다. 그 때문에 유키코는 가노로부터 상처를 입었지만 그때는 무리 없이 두 사람은 결혼할 수 있다고 생각했고, 또 그렇게 마음의 준비를 했다. 도미오카는 갑자기 아침 식사가 맛이 없어져서 빨리 젓가락을 놓았다. 유키코의 불행한 모습에 미안함을 느꼈다. 여행지에서의 남자의 무책임함을 반성하기도 했다. 그 집을 팔아서 부모와 부인에게 각각 돈을 나누어주고 나면 자신은 무일푼이 되어 유키코와 함께 할 수 있는 것은 아닐까 상상도 했지만, 그 헛된 생각은 조금도 위로가 되지 않았다.

“그 상회에서 돈이라도 빌린 거예요?”

화장기 없는 얼굴의 구니코가 불안한 듯 물었다.

“어제 저녁 몇 시쯤이었지?”

"7시쯤일 거예요. 장보러 갔다가 돌아올 때였으니까요. 그때는 당신이 늦게 돌아오셨기 때문에 말씀드리는 것을 잊어버렸는데 오늘 아침 라디오 프로그램에서 호테이라는 이름이 나와 갑자기 생각났어요. '호테이상회'란 어떤 장사를 하는 곳이에요?"

도미오카는 대답도 하지 않았다. 늦은 아침 식사였기 때문에 아버지도 어머니도 다른 방에 계셨다. 구니코가 신문을 접으면서 말했다.

"내가 가서는 안 되는 곳이에요?"

도미오카는 구니코의 갸름한 얼굴을 홀린 듯이 쳐다보았다. 그 비밀을 부인에게 모두 밝히고 싶다는 기분이 들었다. 도미오카는 몹시 피곤했다. 부인에게 자신의 비밀이 탄로 난 것 같았다. 이런 불안을 오래 지속할 용기도 없으면서, 그렇다고 유키코의 문제에 대해 무엇 하나 육친같이 돌봐주려고 하지도 않는다는 것을 도미오카 스스로도 잘 알고 있었다. 전부 자신이 행한 일인 것이다. 일본으로 돌아와서도 도미오카는 마치 사람이 변한 듯이 두꺼운 가면을 덮어쓰고 자신의 감정을 표면으로 나타내지 않았다.

구니코는 그러한 남편을 서먹서먹하게 느끼며 그 화려한 화장을 한 여자와 무슨 관계가 있을 것이라고 뭔가 석연치 않은 것을 직감했다. 요즘 도미오카의 눈에는 어둠이 있었고 구니코를 애무하고 포옹하다가도 갑자기 그 행위를 멈추고 깊은 한숨을 쉴 때가 있었다. 옛날처럼 강렬한 힘을 발산하지 않는 사이에 도미오카는 단념한 듯이 차갑게 구니코를 뿌리칠 때가 있었다.

"당신은 인도차이나에서 돌아오고 나서 아무래도 변한 것 같아요."

도미오카가 돌아온 뒤 구니코가 이상하다는 듯이 이런 말을 한 적이 있었다. 도미오카도 자신의 변화는 잘 알고 있었다. 아침 일찍 수염을 깎을 때 거울 속 자신의 얼굴에서 스타브로긴 같은 불쾌함을 느끼지 않은 것은 아니다. 그림에 그려져 있는 미남자는 물론 아니지만, 게다가 입술은 산호색도 아니고 또 얼굴색도 희고 부드럽지도 않고, 이 완전히 이상한 동양의 푸르뎅뎅한 남자가 왠지 '악령' 속의 스타브로긴의 이상한 외모를 닮은 기분이 들어 기분이 나빴다.

다도코로가 요즘 이상하게 쌀쌀맞게 대하는 것도, 이러한 마음을 꿰뚫어보고 멀리하는 것은 아닐까 생각해 보았다. 구니코와 함께 있을 때도 다도코로에게는 많은 의혹을 갖고 있었다. 그럼에도 불구하고 세상 물정에 밝은 다도코로는 조금도 성가신 기색을 보이지 않고 인도차이나에서 돌아온 고독한 도미오카에게 협력의 손을 내밀어주었다. 이러한 것을 생각하면 다도코로만을 비난할 일도 아니었다.

"나는 그런 여자가 우리 집 주변을 배회하는 것이 싫어요. 뭔가 있는 거지요? 아무래도 당신의 모습이 이전과는 완전히 달라졌어요."

"바보 같은 말은 하지 마. 무엇이 변했다는 거야."

"그러면 내가 그것을 돌려주러 가면 안 될까요?"

"남자가 하는 일에 부질없는 걱정은 하지 않는 것이 좋아."

"하지만 왠지 나는 납득이 가지 않아요."

"본인인 내가 알아서 처리할 테니까 믿어주면 돼."

"예, 그것은 그렇겠지만 당신은 그 여자에게 뭔가 책임을 져야 될 일이 있는 것 같아요. 그쪽 얘기만 나오면 너무 화를 내니까."

"당신이 시시한 일로 의심을 하니까 화를 내는 거야. 나는 사업적인 일로, 다도코로 쪽의 일도 전도가 암담해 고민하고 있어. 쓸데없는 소리는 하지 않는 게 좋아."

도미오카는 다시 인도차이나의 산림으로 돌아가고 싶다는 기분이 절실히 들었다. 산림 이외에는 어떠한 일도 몸에 붙지 않는 기분이 들어 부모도 부인도 집도 모두 부담스러웠다. 저 대삼림 속에서 한평생을 하층 노동자로 살아가는 쪽이 지금의 생활보다 훨씬 행복할 것 같았다.

개펄의 진흙 속에 마치 닻을 짜 맞춘 듯한 홍수림의 경관이 갑자기 기억 속에 화려하게 떠올랐다. 반짝반짝 하늘에서 빛나는 끈끈한 잎, 줄기를 지탱하는 문어와 같은 잔뿌리의 홍수림의 벽이, 하이퐁에서도 사이공에서도 항만 입구로 이어져 있었다. 벨벳과 같은 그 수림지대를 도미오카는 잊을 수가 없었다. 다시 한 번 남방으로 가고 싶다.

이번에야말로 그 전쟁 중의 광인 같은 기분에서 벗어나 머리를 식히고 조용하게 연구할 수 있을 것 같은 기분이 들었다. 하지만 몇 번이나 그 추억에 잠겨보았지만 옴짝달싹 못하는 몸으로서는 그 생각마저도 심신이 괴로울 뿐이었다. 배로 건널 수 없으면 수영이라도 해서 건너가고 싶었다. 도미오카는 집 문제 따위는 어떻게 되도 상관없었다. 이대로 사라져 버릴 수 있다면 그 괴로움으로부터 벗어나 남방으로 갈 밀항선에라도 몸을 싣고 싶었다. 구니코는 언짢은 듯 입을 다물어버린 남편의 차가운 얼굴을 보다가 갑자기 눈물을 흘렸다.

"왜 우는 거야?"

"나 괴로워요. 너무 괴로워요. 지금에 와서야 내가 잘못했다고 생각하고 있어요. 벌을 받는 거예요."

"고이즈미의 일이라도 생각한 거야?"

"아니오. 그런, 그 사람의 일 따위… 당신이 요즘 나와 헤어지고 싶다고 생각하는 것 같아서. 여러 가지 죄를 짓고 있는 기분이 들어요."

"삶이 고달프니까 당신도 초조한 기분이 드는 거야. 헤어지다니, 나는 조금도 그런 생각을 해본 적이 없어.”

도미오카는 거짓말을 하고 있는 자신을 견딜 수 없었다. 자신의 거짓말 덩어리가 석류 열매와 같이 떡하니 입을 벌리고 자신을 비웃는 듯이 생각되었다.

19

요즘 너무 눈물을 잘 흘려서 이것은 미쳐가는 징조가 아닌가 하고 생각할 때도 있었다. 울고 있으면 지난 일의 결말에 대한 직감이 불안한 어두운 그림자가 되어 유키코의 눈동자에 나타났다. 그 직감은 반드시 그대로 되는 것이라고 단언한다. 그 단언이 미치광이의 것은 아니라고 생각한다. 무엇하나 든든한 배경이 될 기둥이 없는 이상에는 자신은 돌멩이와 같이 누구의 발에나 밟히면서 살아갈 수밖에 없다.

도미오카에 대한 사랑 역시 도미오카가 현재 생각하고 있는 것처럼, 유키코 자신도 지금까지는 거기에 동화된 채 오게 되어 서로 만나 누군가에게 끌려가는 듯한 얄팍한 감정으로 퇴색되어버린 것을 느낀다. 무리한 자금 사정으로, 두 사람만이 공유하고 있는 먼 추억을 끌어내어 색깔도 향도 잃어가고 있는 그 추억에 취해 보고 싶은 감정 처리의 어려움… 단지 그 것뿐이면서도 한 번, 두 번, 세 번, 유키코는 도미오카를 만나고 싶어 했다. 그리해서 만나도 그 추억도 색이 바래져간다는 것을 확인할 뿐이었다. 그 패전의 현실로부터 두 사람의 마음 속에 있는 먼 추억의 등은 조금씩 불길이 꺼져가는 것이었다.

사랑한다면 그곳에서 바로 함께 하지 않으면 영원히 후회가 남을 것이라고, 다랏트에 있을 때 도미오카가 말한 적이 있었다. 지금에 와서 보면 도미오카가 한 말이 현실 속에서는 정말로 답이 되어 나타난 것이라고 생각할 뿐이었다.

이케부쿠로에서의 숙박비도 오랫동안 지불할 능력이 없어 유키코는 다시 사기노미야의 이바 집으로 돌아왔다. 이바는 시즈오카로 돌아가서 이삼 일 뒤에 도쿄로 이사 오겠다고 했기 때문에 다다미 여섯 장의 거실과 네 장 반의 응접실을 비워두고 있었다. 응접실이라고는 하지만 지붕만이 붉은 기와로, 바닥에는 보즈다다미坊主畳를 깐 아무것도 없는 방이다.

유키코는 거기서 하룻밤 묵었다. 이바로부터 편지가 왔다. ‘짐을 조사해봤다. 그다지 화가 난 것은 아니지만 팔아버린 것은 어쩔 수 없다고 해도 더 이상 피해를 입히는 것은 곤란하다. 방도 좁기 때문에 이사해 와도 너를 그곳에 둘 수는 없다. 어디로든 가주었으면 좋겠다. 갈 곳이 없으면 한번 시골로 돌아와서 너의 장래에 대해 모두 모여 의논해 보는 것이 좋을 것 같다. 부재중에 또 다시 물건에 손을 대는 일이 있다면 이쪽에서도 생각이 있다.’라고 쓰여 있었다.

방 안의 모든 물건은 칭칭 얽매여 종이로 싸여 있었다. 유키코는 이상하게 참을 수 없는 기분이 되었다. 가위로 싹둑싹둑 가는 줄을 모두 잘라버리고 싶었다.

남자란 모두 도망가는 성질이 있다고 생각했다. 유키코는 너무 물욕이 강한 남자의 마음이 싫어졌다.

일단 결심하고 나면 행동하는 것도 유쾌한 기분이 든다. 유키코는 하룻밤만 머물고 이번에는 이바의 이불 꾸러미를 근처의 운송집에 부탁하여 이케부쿠로의 호테이호텔로 옮겼다. 집을 지키고 있는 사람들은 별로 신경 쓰지도 않았다. 이바와는 사이가 좋지 않았기 때문에 유키코의 행동에 대해서는 중립을 지키며 한마디도 입 밖에 내지 않았다. 오히려 마음속으로 마음대로 하라고 말하고 있다는 것을 무언의 표정으로 나타내고 있었다.

이케부쿠로의 여관에서 이불 꾸러미를 풀었다. 그 속에는 이바의 속옷과 꽤 오래된 남자 외투와 팥 자루가 들어 있었다. 팥은 다섯 되 정도였다. 이불 꾸러미는 목면 요 두 장, 모포 한 장, 비단 이불 한 장이었다. 유키코는 흡족해 하며 재빨리 남자 외투와 팥을 역 근처의 마켓에 팔았다. 도둑질은 꽤 재밌는 것이라고 생각했다. 이바의 물건을 자신이 마음대로 처분한다고 해도 무리는 없을 것이다. 자신이 3년이나 그 남자의 노리갯감이었다고 생각하면 이제 와서도 참을 수 없는 분노가 치숫았다. 좀 더 많이 훔쳐왔으면 좋았을 것이라는 기분이 들었다.

호테이호텔 주인의 소개로 다음 날에는 근처의 잡화 가게의 창고를 빌릴 수 있었다. 그 잡화 가게는 옆에 새롭게 집을 짓고 있었다.

창고는 3평 정도로 방 부분은 새 함석으로 둘러 마무리를 해놓았다. 위쪽에 창문이 하나 있을 뿐, 전기도 물도 없었다. 잡화 가게에서는 낡은 다다미를 두 장 정도 깔아주었다. 여자 혼자 자기에는 충분했다. 유키코는 혼자서 생활할 방이 생기자 갑자기 도미오카를 만나고 싶어졌다.

유키코는 요 한 장을 호테이호텔에 팔아 그 돈으로 냄비와 화로를 사고 처음으로 마켓에 가서 쌀 한 되와 숯을 조금 사왔다. 쇳물 냄새가 나는 일루미늄 냄비에 밥을 짓고, 나머지 불을 고타쓰에 넣어 뜨거운 밥에 날계란을 섞어서 먹을 때 유키코는 자취의 고마움을 마음 깊이 느꼈다. 흰 쌀밥을 배불리 먹고 멍하니 고타쓰를 쬐고 있자니 식욕만으로는 채워지지 않는 쓸쓸한 감정이 비와 같이 흘러내려 유키코는 이불의 매듭을 세어보거나, 거친 나무를 잘라 붙인 벽을 응시하거나 했다. 양초불이 판자벽의 외풍에 흔들려 때때로 꺼졌다.

울적해진 유키코는 이러한 혼자만의 생활을 참을 수 있을까 생각했다. 방구석에 물을 담은 양동이가 놓여 있는 것도 적적해 보였다. 이렇게라도 살 수 있는 것이 작은 행복이라는 것은 느끼고 있었지만 불안한 행복함일 뿐으로, 내일의 일은 조금도 알 수가 없었다.

다음 날 아침에는 비가 왔다.

유키코는 늦게 일어나 도미오카에게 편지를 부치고, 목욕탕으로 갔다. 목욕탕에서 돌아와 역으로 가 신문을 사와서 구인란을 펼쳐보니 타이피스트를 모집하는 곳이 눈에 들어왔다. 이것저것 가릴 겨를이 없는 상황에서 당장 내일이라도 일하고 싶다고 생각하면서도 몸도 마음도 점차 쇠퇴해가는 기분이 들어 어두컴컴한 작은 방에서 종일 우두커니 지냈다. 이러한 기분 속에서 사오 일 지났지만 도미오카는 오지 않았다. 나가노長野에서는 돌아왔을 것 같은데 오지 않는 것을 보면 그 편지가 도미오카의 손에 들어가지 않았을지도 몰랐다. 유키코는 목적도 없이 신주쿠로 나왔다.

저녁이 되자 추운 바람이 불었다. 노점도 거의 문을 닫은 신주쿠는 쓸쓸한 사막 거리와 같았다. 자못 용무가 있는 듯이 걸어보았지만 마음은 조금도 만족스러워지지 않았다. 시즈오카로 돌아갈까도 생각했지만 어쨌든 작은 집이 생겼으니까 그 집에서 자신의 인생을 시작해 보는 것도 나쁘지 않다고 생각했다. 유키코가 이세탄伊勢丹까지 걸어갔을 때 키가 큰 외국인이 불러 세웠다. 어디로 가는지 물은 것이었는데 갑작스러운 일이었기 때문에 단지 웃으며 걸음을 멈췄다. 외국인은 유키코와 나란히 걷기 시작했다. 유키코는 대담해졌다. 외국인은 여러 가지 말을 걸어왔지만 유키코는 잠자코 외국인의 몸 가까이 바짝 붙어서 걸을 뿐이었다. 운명이 조금씩 어딘가로 향해가고 있는 듯한 기분이 들었다. 서로의 충동이 스쳐지나가는 두 사람의 마음속에서 일종의 생기를 느꼈다.

외국인은 때때로 등을 구부려 유키코의 턱에 손을 대며 빠르게 말했다. 유키코는 다랏트에서 베트남인과 얘기할 때 불어와 영어를 섞어서 말했던 경험이 지금 갑자기 생각나 조금씩 떠듬떠듬 말했다.

"목적도 없이 걷고 있어요."

"그래요, 잘 됐네요. 나도 지금 목적도 없이 걷는 중이에요."

두 사람은 어느 샌가 팔짱을 끼고 걷고 있었다. 우습지 않은데도 유키코는 소리를 내어 취한 듯이 웃었다. 유키코는 외국인과 팔짱을 끼고 신주쿠 역으로 가서 신기한 듯 외국인 전용차인 쇼센省線 전차에 탔다. 유키코는 겸연쩍은 기분으로 자신의 길동무에게 바짝 달라붙었다.

사이공의 거리가 떠올랐다. 그 옛날로 돌아온 듯한 기분마저 들었다. 유키코는 자신의 초라한 창고 방으로 그 외국인을 데리고 들어갔다. 창고 방의 천장에 닿을 만큼 키가 큰 외국인은 불이 없는 고타쓰에 서툴게 긴 무릎을 넣고 사방을 신기한 듯이 둘러보았다. 유키코는 촛불을 켜고 화로에 불을 붙였다. 작은 방 안에 연기가 자욱하게 끼었기 때문에 유키코는 천창을 가리키며 창문을 열어달라고 외국인에게 부탁했다. 외국인은 가볍게 천창을 열어주었다. 연기는 천창으로 기운 좋게 빨려 올라갔다.

20

그 다음 날 점심때가 지나 외국인은 또다시 찾아왔다. 초록색 보스턴백을 들고, 천장이 낮은 작은 방으로 들어왔다. 가방을 열어 하나씩 선물을 꺼내면서 빠르게 말했다. 커다란 베개와 무거운 작은 상자와 레이숀과 과자를 줬다. 작은 상자는 전지가 들어 있는 라디오로 외국인이 스위치를 돌리자 감미로운 댄스곡이 흘러나왔다. 유키코는 작은 라디오에 귀를 대고 아이처럼 기뻐했다. 심한 역사의 변천이 느껴졌고, 그 음색으로부터 초연한 운명이 흐르고 있는 듯이 생각되었다. 말이 완전히 통하지는 않았지만 인간다움은 서로의 육체로 이해되었다. 유키코는 아무 두려움 없이 생활을 해나갈 수 있는 자신감이 붙은 듯한 기분이 들었다. 커다란 베개는 두 사람에게 있어 무엇을 의미하는 것인가… 유키코는 베개의 흰 커버의 청결함에 넋을 잃고 눈물이 글썽해졌다.

이렇게 커다란 베개는 특별한 의미를 가지고, 고독하고 굶주린 유키코의 생활을 재기시켜주고 있는 듯했다. 유키코는 조금도 부끄럽다고 생각하지 않았다. 베개를 가지고 온 남자의 마음이 훌륭하게 여겨졌다.―그리운 그대여, 지금은 시들어버렸지만 루비색이 매우 선명한 꽃, 어느 날 당신과 보낸 즐거운 추억에 담은 나의 마음에 고하나니―외국인은 자신을 죠라고 했다. 그는 라디오에서 나오는 '물망초'라는 노래를 흥얼거리면서 편지지에 영어로 가사를 쓴 뒤 다음번에 올 때까지 이 노래를 외워두라며 유키코에게 건넸다.

유키코는 스펠링을 하나하나 손으로 짚어가면서 발음을 배우며 노래를 해 보았다. 대륙적이고 여유로운 남자의 성질에 빨리 들어가, 너무 자유롭게 행동하는 민족성에 유키코는 도미오카에게서는 볼 수 없었던 명랑함을 느꼈다. 도미오카를 만나고 있을 때와 같은 가슴을 찌르는 듯한 쓸쓸함은 없었다. 잘못된 집착 속에서 마음이 교란스러운 일도 없었다. 마음껏 행동하는 것은 서로 마음을 탐색하는 것이 불필요하기 때문이라고 생각했다. 혼자서 울리는 라디오는 유키코에게 있어서 진기한 완구였다. 저녁에 죠가 돌아가고 나서 유키코는 얻은 비누를 가지고 목욕탕으로 갔다. 사이공에서 쓰던 파모리브라는 이름의 비누가 아직도 잊혀지지 않았다.

도미오카가 이대로 오지 않아도 유키코는 혼자서 살아갈 자신이 있었다. 마음을 혼란스럽게 하는 남자를 기다리는 것보다 현 상태로 살아가는 것이 더 유쾌할지도 모른다고 생각했다. 하지만 그 유쾌함 또한 마치 쉬이 녹는 눈과 같이 미덥지 않다는 것도 알고 있었다.

창고 방으로 이사 와서 열흘 정도 지난 어느 날 저녁 도미오카가 찾아왔다. 죠가 온 것이라 생각하고 유키코는 황급히 문을 열었는데 뜻밖에도 그곳에 도미오카가 떨며 서 있는 것을 보고 유키코는 깜짝 놀랐다.

"어머! 당신이었어요?"

도미오카도 놀랐다. 황혼의 희미한 빛 속에서 유키코는 완전히 사람이 변한 듯이 화려하게 화장을 하고 있었다. 머리는 기름으로 발라 위로 틀어 올렸고, 눈썹은 가늘게 손질했고, 눈에는 마스카라를 했다. 귀에는 인조 다이아 귀고리를 하고 있었지만, 이 추위에 양말도 신지 않고 더러워진 맨발로 샌들을 걸치고 있었다.

"재밌는 곳으로 이사를 했군."

"그럴지도 몰라요. 하지만 나에게는 궁전 같아요."

벽은 흰 종이로 둘러쳐져 있고, 벽에 꽂혀 있는 못에는 꽃바구니가 걸려 있어 국화 향기가 났다. 작고 낮은 밥상 위에서 촛불이 흔들렸고 작은 상자 같은 라디오가 울리고 있었다. 화려한 초콜릿 상자에서 먹다 남은 은박지가 촛불에 비쳐 빛났다. 도미오카는 앉지도 않고 사방을 둘러보며 이 며칠간의 여자의 심정 변화를 살폈다.

"새로운 것이 많네?"

"어머, 그런가요?"

라디오에서 댄스곡이 흘러나왔다. 유키코는 도미오카가 서 있는 모습을 올려다보며 아이가 장난을 치다 들킨 듯한 웃음을 지으며 고타쓰에 무릎을 넣었다.

"신슈에서 언제 돌아왔어요?"

"이틀 정도 전에."

"그래, 편지 봤어요?"

"봤으니까 왔지."

"고타쓰 속으로 들어와요."

도미오카는 모자를 뒤로 젖히고 고타쓰에 털썩 무릎을 넣었다. 언제나 죠가 앉는 곳이었다. 크고 흰 베개가 몹시 눈에 띄어 도미오카는 그 베개를 빤히 쳐다보았다.

"행복해?"

"그렇게 보여요? 굶주려 바싹 마르지 않았다는 말이죠……."

도미오카는 아픈 곳을 찔린 것 같아 잠자코 유키코의 얼굴을 보았다. 촛불에 비친 유키코의 얼굴이 니우의 모습과 닮아 보였다. 여자라는 존재의 강한 개성이 이렇게 힘차게 뿌리를 뻗고 있는 듯이 보였다. 누구의 영향도 받지 않는 독특한 여자의 삶에 도미오카는 선망과 질투와 같은 감정으로 유키코의 변해가는 모습을 응시했다. 여자라는 것에 선천적으로 부여된 생활력에 비해, 현재의 빈약한 자신의 위치를 도미오카는 은근히 외롭게 느끼고 있었다. 완전한 이원성을 가지고 있는 자유로운 여자의 삶에 이런 길도 있었던가 하고 생각하지 않을 수 없었다. 그때까지 여자를 귀찮게 여겼던 그 비겁한 감정은 완전히 없어져 버렸다. 오히려 도망쳐 가는 물고기에 굉장한 식욕마저 느끼고 있는 것이었다.

"부럽군……."

그런 말이 입에서 나왔다.

"어머! 뭐라고 했어요? 뭐가 부러워요? 이런 삶이 무엇이 부러워요? 당신은 점점 말투가 변해가는군요."

"듣기 거북했다면 용서해줘. 단지 그렇게 생각했을 뿐이야. 모든 것이 잘 되어가지 않으니 다른 사람의 삶을 부럽다고 생각했어."

"사람을 바보 취급하고 있군요. 남자란 전부 당신 같아요. 철저하게 자기중심적이야. 자기 좋을 대로만 생각해."

유키코는 초조했다. 도미오카는 고타쓰 속에서 무릎을 달달 떨면서 작은 라디오 상자를 손에 쥐고 몇 번이나 다이얼을 돌렸다. 유키코는 문밖으로 나갔다. 죠가 오면 오늘 밤에는 돌려보내려고 역에 서 있었지만 30분이 지나도 죠의 모습은 나타나지 않았다. 단념하고 유키코는 마켓에서 막소주를 사서 창고 방으로 돌아왔다. 도미오카는 고타쓰에 푹 엎드려 있었다. 불빛에 비친 그 뒷모습에는 다랏트에서 생활하던 남자의 늠름함이 이상하게도 조금도 없었다.

"술을 사왔는데 안 마실래요?"

"아, 대접하는 거야?"

사온 양초로 새로 바꾸고, 컵에 나란히 술을 따라 유키코도 마셨다.

"사업은 잘돼가요?"

"좀처럼 생각대로 되지 않아. 드디어 집을 팔 때가 된 것 같아. 성공할지 어떨지 해봐야지."

"가족은 어떻게 하려고요?"

"우라와浦和에 숙모가 있어서 거기로 모두 이사 가기로 했어. 어떻게든 해봐야지… 남한테 돈을 빌리는 것도 이제 어려울 것 같으니."

"힘들겠군요……."

"엄청 서먹서먹해. 하지만 의외로 침착하게 잘 대처해 나가고 있어."

"자포자기한 거예요?"

유키코는 술기운에 빠져 죠가 와도 걱정할 일이 아니라는 배짱이 생겼다. 갈 곳도 없고 내일 일도 모르는 임시방편적인 것이 자신의 지금 생활이었다. 유키코는 대담해져 도미오카의 얼굴을 바라보았다. 먼지 냄새가 나는 남자의 체취가 오히려 안쓰럽게 생각되었다. 유키코는 환경에 따라 변해가는 인간 생활의 흐름이 이상한 것이라는 걸 깨달았다. 조금씩 그러한 안목이 생기자 쓸쓸함과 함께 뜻밖에 높은 안목이 생겨 도미오카를 내려다볼 여유가 생겼다.

도미오카는 돈을 조금 마련해 왔다. 부스럭부스럭 주머니를 뒤져 돈 봉투를 꺼내 던지듯이 고타쓰 위에 놓았다.

"적지만, 당신이 곤란하지 않을까 해서……."

유키코는 그 돈 봉투를 보고도 별로 감동한 표정 없이 말했다.

"나 일본으로 돌아와서 요즘 여러 가지를 조금씩 알아가고 있어요. 정말로 일본이 전쟁에 패했다는 것도 알았어요. 이것이 현실이라고 생각하니 요즘은 도미오카 씨를 원망하는 마음도 없어졌어요."

유키코는 화로에 불을 붙여 오징어를 구우면서 말했다. 구운 오징어를 접시에 조그맣게 찢어 놓으면서 자신의 손끝에 반짝반짝 빛나는 듯한 행복을 느꼈다. 인생은 잘 살아가는 것이라는, 그런 눈앞의 행복이 오징어 냄새 속에 배어 있는 듯해 유키코는 속으로 킬킬 웃었다. 나는 잘 살고 있지만 도대체 당신은 어떻게 된 거예요. 미꾸라지같이 거품을 뿜어내고 있지 않아요? 유키코는 그런 기분이었다.

바닥이 울리고 쇼센의 전차 소리가 났다. 유키코는 당황하여 방문을 잠갔다. 취기가 오름에 따라 도미오카도 유키코도 자연히 서글픈 마음으로 빠져들어 갔다.

"다랏트에 남아서 그쪽에서 살았더라면?"

도미오카가 마음먹은 듯이 말했다.

"그래요. 하지만 이렇게 돌아온 것도 좋지 않아요? 나는 역시 돌아와서 다행이라고 생각해요. 그대로 다랏트에서 살았다고 해도 두 사람 모두 행복하지 않았을 거예요. 옛날과 같이 좋은 생활은 할 수 없었을 테고 패한 나라의 인간으로서 무일푼으로 살아가려면 매우 힘들었을 거예요. 역시 이렇게 모두가 비참하게 되어버렸을 거예요……."

그럴까… 자신은 진실을 말하고 있는 것일까. 유키코는 자신의 말을 스스로가 다시 생각해 보았다. 왠지 교활함을 자신의 말속에서 느끼기도 했다.

인간의 생각이라는 것은 아무래도 정확한 것을 빠뜨리고 있다는 기분이 들었다. 형편이 좋은 것처럼 말하고 싶은 행위만이 인간의 생각 속의 대답이라고, 유키코는 오징어를 한 입 가득 넣고 먹으면서, 오징어 냄새 가득한 공기 속에서 일본으로 돌아오고 나서의 자신의 용기를 따분하게 생각했다.

도미오카는 라디오 상자를 끌어당겨 스위치를 돌렸다. 명확히 잘 들리는 아나운서의 뉴스가 흘러나왔다. 하지만 그 뉴스는 참담한 기분이 들게 했다. 도미오카는 뉴스를 듣다가 참을 수 없었는지 스위치를 빼버리고 문득 생각난 듯이 말했다.

"가노가 돌아온 것 같아."

"에, 정말로? 언제요?"

"일전에 돗토리鳥取 산림국의 친구를 오래간만에 만났는데, 그런 말을 했어."

"어머, 그래요? 잘 지낸대요?"

"만나고 싶어?"

"예. 역시 만나고 싶어요. 당신과 달리 정직한 사람이니까."

"그렇겠지."

가노가 돌아왔다는 말을 듣자 유키코는 갑자기 또 인도차이나가 그렇게 눈에 떠올랐다. 일생 동안 그러한 청춘의 추억은 다시 없을 거라는 생각이 들었다. 도미오카와 자신 사이에 가노라는 인물은 없어서는 안 될 사람이었다. 갑자기 문이 쿵쿵 울렸다. 유키코는 재빠르게 일어나서 문을 열고 밖으로 나갔다. 죠가 서 있었다. 유키코는 죠를 밀어내듯이 하고는 오늘은 고향에서 친척이 와 있으니 내일 오라며 역까지 환송했다. 도미오카는 문 주변에 무거운 것을 덮어씌운 듯한 답답함을 느끼며 문밖의 외국인의 말소리를 들었다. 어떠한 계기로 유키코가 그러한 외국인과 알게 되었는지 궁금했다. 커다란 베개를 보고 있자니 도미오카는 그대로 유키코와 헤어져 버리고 싶었다. 한 시간 정도 지나 유키코가 혼자 돌아왔다.

"방해가 된 거 아냐?"

"괜찮아요. 돌아갔으니까."

"어떻게 알게 되었어?"

"그런 건 아무래도 상관없잖아요. 그 사람도 쓸쓸하니까, 당신이 니우를 사랑스럽게 생각한 것과 같은 거겠죠……."

"묘한 말을 하는군."

"나도 계속 변해가고 있어요."

"그렇군. 그것도 좋지. 뭐라고 말할 수 있는 처지도 아니고."

"나에게 노래를 가르쳐줄 정도로 젊고 친절한 사람이에요."

"흠."

"매우 좋은 사람이에요. 하지만 2개월 정도 있으면 고향으로 돌아간대요."

"또 다른 사람을 찾아야겠군."

"어머! 당신이란 사람은 이상한 말만 골라가면서 해…. 내가 삶과 죽음의 기로에서 망설이고 있을 때 구해준 사람이에요. 당신은 여자라는 인간을 그렇게 생각하지요? 무엇 하나 만족스럽게 할 수도 없으면서 나를 바보취급하지 말아주세요.

―자신에게 유리하게만 생각하고, 그 정도에서 여자를 어떻게 할까 생각하는 빈약한 사람이야. 아리송한 기분으로 나의 생각까지 짓밟지 말아주세요.”

촛불이 꺼졌다. 천창이 매우 밝게 느껴졌다. 유키코는 손을 더듬어 초를 찾아 성냥불을 붙였다.

“이대로 물러나도 좋다는 마음으로 아까 같은 말을 한 것이지요?”

유키코가 화가 난 것 같아 도미오카는 남은 술을 벌컥 마시고 모자를 벗어 다다미 위에 놓았다. 돌아가고 싶지 않은 기분이었다. 임시방편이었지만 취기로 인해 모든 것을 떨쳐버리고 모험적인 구렁 속으로 뛰어 들어갈 수 있는 용기가 솟았다. 목적도 아무것도 없는 취기라고 하는 것은 마음을 편하게 하여, 많은 친구들에게 휩싸여 있는 듯한 흥청거림을 누릴 수 있게 해줬다. 당당해졌다.

그 순간 겹쳐진 달콤함이기도 했다. 여자를 눈앞에 앉히고 지금부터 일어나서 나갈 순간까지 도미오카는 자신의 추잡함을 확인해 보고 싶었다. 담비와 같이 빛나는 여자의 눈이 술에 취해 옛날의 에테르를 발산하기 시작했다. 일본으로 돌아와 태양광선에도 견딜 수 없을 정도로 마음이 쇠퇴해져서, 취기의 힘을 빌려서라도 조금씩 고통에서 벗어나려고 하는 강한 힘이 두 사람의 몸속에서 넘쳐났다.

“오늘 밤 묵고 가도 괜찮아?”

“묵을 계획으로 온 거 아니었어요?”

“묵을 계획이었지만.”

“거짓말. 갑자기 머물고 싶어졌지요? 알고 있어요. 나 영리해졌어. 당신이란 역시 그런 사람이에요. 듣기 좋은 말을 해서 나를 완전히 속일 계획이었지요? 역시 일본 남자군요. 묵고 가도 좋아요. 하룻밤 내내 나는 당신을 괴롭혀줄 테니까.”

“아니, 그런 기분으로 말한 것이 아니야. 묵을 수 없으면 가도 괜찮아. 어차피 기분이 황량해서 아무 것도 할 수 없어.”

유키코가 라디오를 틀자 도미오카는 위압적인 태도로 말했다.

“외국 노래라도 틀어봐. 댄스곡이라도 좋아. 일본에 관한 것은 가슴이 아파 듣고 있을 수가 없어. 그만둬.”

라디오에서는 전범戰犯의 재판에 관한 내용이 나왔다. 유키코는 그 라디오를 고타쓰 위에 놓았다. 도미오카는 갑자기 화가 나서 라디오의 스위치를 빼 바닥에 거칠게 던졌다.

“무슨 짓이에요?”

“듣고 싶지 않아.”

“잘 들어둬요. 누구에게나 있을 수 있는 일이에요. 우리들의 일을 문제로 삼고 있잖아요. 그러니까 당신은 안 되는 거예요. 너무 물러요.”

그렇게 말하고서도 유키코는 작은 라디오를 집으려고도 하지 않았다. 그저 컵에 입술을 대고 도미오카를 노려볼 뿐이었다. 전쟁 중의 광란노도가 완전히 잠잠해져 파도 하나 없는 비굴한 평온이 유키코에게는 희극과 같이 생각되었다. 그 희극 속의 두 사람이 이 작고 누추한 집에 마주 앉아 있는 것이다. 도미오카는 냄새나는 양말을 벗고 외투를 입은 채 누웠다. 새하얗고 푹신푹신한 베개가 있었지만 도미오카는 손 베개를 하고 모르는 척했고, 유키코도 그 베개에는 무관심했다. 아무런 속박도 받지 않는 여자의 강인함을 도미오카는 거기에서 보았다.

"역시 당신은 아무것도 할 수 없지요? 나와 함께 살 수 없다면 나는 스스로 생활을 해나갈 테니까. 그렇게 알고 계세요."

"방해는 하지 않겠어. 방해는 하지 않겠지만 가끔 놀러 와도 괜찮겠지?"

"싫어요! 오늘 밤만 해도 방해였어요."

"영업방해인가?"

"어머! 그게 당신의 마음인가요? 당신은 언제까지나 시치미를 떼고 사람의 약점을 비웃고 싶은 것이지요? 가노 씨도 나도 당신의 그 올가미에 끼인 것이지요?"

"그래, 당신은 나에게 속았다고 말하고 싶은 거야?"

유키코는 잠자코 있었다. 어정쩡한 기분으로 얽매이고 싶지는 않았다. 오히려 자신 쪽이 도미오카를 사랑했는지도 모른다. 유키코는 입 안에서 우물우물 거리고 있던 오징어를 뱉어내고 외치듯이 말했다.

"내가, 내가 당신에게 반해버린 거예요. 그렇지요? 내가 나빠요."

그렇게 말하고 유키코는 뱉은 오징어를 화로 속으로 던졌다. 파란 불꽃을 내고 있는 불속에서 오징어 구워지는 냄새가 풍겼다.

그날 밤 늦게 도미오카는 자지 않고 돌아갔다. 마치 싸운 뒤에 화해하지 않은 채 헤어진 것처럼 돌아가 버렸다. 유키코는 숨을 죽이고 도미오카의 발소리가 멀어져 가는 것을 듣고 있다가 문득 갑자기 안타까워져서 문을 박차고 밖으로 나갔다. 밤하늘 가득히 무수한 작은 별들이 펼쳐져 있고 서리를 맞은 차가운 길이었다. 유키코는 어두워진 마켓의 뒤를 통해 옆쪽으로 달려가 보았다. 도미오카의 모습은 보이지 않았다.

갑자기 눈물이 흘렀다. 종잡을 수 없는 마음으로 유키코는 울면서 작은 방으로 돌아왔다. 세 자루 째인 초는 아무도 없는 방에서 흔들거리며 작아져 있었다. 심한 말을 한 것이 후회되었다. 뒤이어 용솟음친 말의 가시는 도미오카 한 사람만을 책망한 말은 아니었지만, 도미오카는 "당신에게 그 정도까지 당하니 이제 머물 기분이 나지 않아."하고, 천천히 양말을 신고 일어섰던 것이다. 유키코는 깜짝 놀라 도미오카의 얼굴을 쳐다보았지만, 입을 통해 나오는 말은 생각과는 상반된 것이었다.

유키코는 머물러 주었으면 하는 기분이었다. 함께 있으면서 쓸쓸함을 서로 나누고 싶었다. 유키코는 촛불을 불어 껐다. 그대로 고타쓰에 기어들어가 짐승과 같이 몸을 움츠리고 울었다.

21

도미오카는 늦게 집으로 돌아왔지만 유키코와 불쾌하게 헤어진 것이 마음에서 떠나지 않았다. 구니코는 늦게까지 짐 꾸러미를 싸고 있는 모양이었다. 오랫동안 살았던 이 집을 팔게 되자 산란했던 마음이 도리어 홀가분해서 좋은 것이 아닌가 하고 생각되었다. 자신의 주위를 둘러싸고 있는 것이 모두 사라져 버린 것이다. 가정仮定 속에서 살아가는 것은, 도미오카에게 있어 가족이란 견고한 돌 속에 끼어 숨도 쉴 수 없는 고통이었다. 유키코의 삶이 부럽기도 했다. 그런데도 한편으론 유키코의 대담한 생활이 가엾게도 생각되었다. 그 여자를 감싸줄 힘이 없음이 스스로 안타까울 따름이었다. 수일 내에 다시 한 번 만나서 그 마음을 확인하고 나서 헤어지지 않으면,

이대로는 자신 쪽이 패배하는 것이라고 생각되었다.

이대로 어정쩡하게 만나는 것만으로는 자신과 여자 사이에 아무런 결론도 얻을 수 없는 것이다. 하지만 도대체 결론이라는 것은 무엇을 가리키는 것일까. 도미오카는 자신과 유키코의 감정이 왜 대립되는지 생각해 보았다. 일본으로 돌아오고 나서야 처음으로 미묘한 여심을 본 듯한 기분이 들었다. 또 자신의 변화한 마음의 전이에서도 도미오카는 조금은 환멸을 느끼지 않을 수 없었다. 인간의 정신이란 부질없는 것이고, 그때그때 환경의 배양균에 의해 어떻게든 정신은 변화해버리는 것이라고 도미오카는 자신을 긍정해버린다. 천만의 맹세의 말이나 압정 같이 완전히 고정시킨 순수함 따위는 진흙투성이 속에서 태연할 것인가… 이대로 헤어져도 좋다는 기분도 들었지만, 아니, 지금 다시 한 번 만나서 확인해도 늦지 않다고 말하는, 자신의 이기적인 감정이 도미오카의 가슴속에서 여러 가지 모양으로 나타났다가 사라졌다.

유키코는 새벽녘에 다랏트 관사의 꿈을 꾸었다. 가노와 둘이서 베란다에 걸터앉아서 안고 있는 듯한 묘하게 생생한 안타까운 꿈이었다.

꿈에서 깨어나서도 유키코는 온트레 다원[24]의 하루가 눈에

---

24) 다원(茶園) : 차나무를 재배하는 밭.

흰했다. 가노와 도미오카와 셋이서 아플 프로이 다원을 보러 간 날의 일이었다. 설날로, 베트남의 상류층 사람들은 검은 윗도리 밑에 흰 면바지를 보이며 조금 높은 온트레의 중앙에 있는 교회에 참배하러 갔다. 대삼림에 둘러싸인 온트레의 부락은 유화처럼 아름다웠다.

해발 1600m 기온은 최고 25도 최저 6도인 곳으로 현무암 성질의 적토 지대로서 차 생육에는 기후 조건이 너무 불리하다고 도미오카가 설명해주었다. 고원의 저온지대 탓인지 수형樹形이 옆으로 뻗기 때문에 바둑판의 눈금과 같이 넓게 심겨진 다원의 샛길을, 유키코는 레이스가 달린 흰 원피스를 입고 도미오카의 팔에 기대 걸었다. 가노는 때때로 불쾌한 얼굴을 하고 멈추어 섰다. 그리고 말했다.

"나 아까부터 괴로워서 코피가 나올 거 같아⋯⋯."

묘한 말이었기 때문에 도미오카도 유키코도 멈추어 서서 가노를 보았다.

"왜요? 기분이 나쁜 거예요?"

"유키코 씨 당신은 너무 나쁜 사람이에요. 나를 노리갯감으로 만들기 위해 이런 곳으로 나를 데리고 온 것입니까."

"어머, 왜 그렇게 생각해요. 나는 별로⋯⋯."

유키코가 상기되어 무언가 변명을 하려고 하자 가노는 묘한 웃음을 지으며 말했다.

“도미오카와 팔짱을 끼지 말았으면 좋겠어요.”

도미오카는 가노가 조금 이상해진 것은 아닌가 하고 생각
했다. 유키코는 당황하여 도미오카로부터 팔을 뺐다. 도미오
카는 갑자기 “하하하하.”하고 웃었다. 안내하는 베트남인은
도미오카의 웃음소리에 깜짝 놀라 자신이 무언가 실수라도 한
것이 아닌가 하고 불안한 얼굴을 했다.

세 사람은 떨어져 걷기 시작했다.

“18개월 정도 자란 건강한 모종을 옮겨 심습니다. 풀 뽑기
나 중경中耕은 일 년에 대여섯 회 정도, 시비施肥는 1헥타르에
질소가 30kg, 인산 40kg, 칼륨 50kg 정도를 표준으로 하여 해
를 걸러 시료합니다. 옮겨 심은 후 2년 정도서부터 잎이 나서
6, 7년경부터 차의 수확은 경영비를 보상받을 정도가 되어 10
년이 지나면 성년기가 되는 셈이지요.”

유키코는 안내인으로부터 다원의 설명을 듣는 동안에 그러
한 긴 세월에 걸쳐서 진득하게 차의 이식에 정열을 기울이는
인도차이나 사람의 대륙혼이라는 것에 두려움을 느끼기 시작
했다. 설명과 이론으로는 상세하게 알 수 없었지만 그래도 눈
앞의 다원의 역사가 그렇게 긴 세월에 걸쳐 심어진 것이라고
는 생각해 보지도 않았기 때문에 단시간에 이 넓은 다원까지
도 자유롭게 하려고 하는 일본인의 탁상공론적인 생각이 너무
부끄럽기도 했다.

끊임없이 계속되는, 타인의 땀이 배어 있는 토지 위를 속 좁고 심술궂은 들고양이 같이 걷고 있는 자신의 꼴사나움이 반성되었다. 가노에게서 떨어져 걸으라는 말을 들었던 것이 유키코는 묘하게 가슴에 와 닿았다. 안내인은 아직 긴 설명을 마치지 않았지만 유키코는 그렇게 길게 일본인이 몇 십 년이나 인도차이나의 토지에 살 것이라고는 생각할 수 없었다. 지금이라도 어떤 형태로든 심한 보복을 받을 것 같은 기분도 들었다.

"대군의 일본병이 밀어닥친다고 해도 이 큰 다원과 키나사업은 하루아침에 일본이 운영할 수 있는 것은 아니야. 훔치고 더럽히고 그 근처에 뱉어버리는 것이 고작이지."

도미오카가 내뱉듯이 말했다. 가노는 대답도 하지 않고 베트남인 가슴에 붙은 상아象牙의 대관장大官章을 떼어내 자신의 가슴에 달았다. 그것이 유키코는 싫었다. 그날 밤 술에 취한 가노가 유키코의 팔에 상처를 입혔던 것이다.

모두 지나간 추억이 되어버렸다. 그리고 그 아름다운 땅에 빽빽하게 흩어져 있던 일본인은 전부 일본으로 되돌려 보내진 것이다.

"너무나 당연한 거야."

유키코는 또렷이 눈을 뜨고 열린 천창으로 금방이라도 비가 올 것 같은 밤하늘을 물끄러미 바라보았다.

폭신폭신한 커다란 베개만이 강하게 유키코를 위로해주었
다. 어젯밤 이 창고 방에 도미오카가 방문해온 것도 꿈처럼 생
각되었다.

유키코가 라디오를 손에 잡고 스위치를 돌렸을 때 갑자기
똑똑 문을 두드리는 소리가 났다. 이른 아침에 올 사람이 없는
데, 호테이호텔 사람일 것이라 생각하고 그대로 서서 문을 열
자, 뜻밖에도 이바가 무서운 얼굴을 하고 서 있었다. 뒤에 따
라온 호테이호텔의 여종업원은 아무 말 없이 골목으로 사라졌
다.

"이럴 거라고 생각했어."

구두를 벗고 이바는 성큼성큼 안으로 들어왔다. 유키코는
떨려서 아무 말도 하지 못했다.

"설마 여기까지 찾아올 거라고는 생각 못했겠지? 너도 너
무 사람이 변해버렸군……."

"너무 큰소리 내지 말아요."

"건방진 소리 하지 마."

"왜 그렇게 화를 내는 거예요?"

"화내는 것이 당연하지 않아? 운송해준 곳을 찾았어. 도둑
질을 해서, 게다가 이불을 여관에 판 것이 화낼 일이 아니야?
매춘을 하고 있다던데……."

유키코는 화가 나서 말도 할 수 없었다. 이바의 사나운 태

도에 구역질이 났다. 할 수만 있다면 이대로 사라져 버리고 싶은 기분이었다.

"살기 위해서는 어쩔 수가 없었어요. 이불 정도가 뭐 그리 중요해요."

"이불이 없으면 돈을 벌 수 없는 건가?"

"도대체 어떻게 하면 좋겠어요? 그렇게 큰소리를 치다니. 내가 당신의 이불쯤을 받았다는 게, 어째서 그것이 나빠요? 3년이나 나를 노리갯감으로 삼았으면서 이 정도가 어떻다는 거예요? 갖고 싶으면 가져가요."

"더럽지만 받아가겠어. 세탁을 하면 다시 사용할 수 있는 귀중한 것이니까."

이바는 독설을 내뱉으면서 담배를 꺼내 물고 성냥을 찾았다. 그러다가 구석에 있는 라디오와 커다란 베개를 보며 야릇한 웃음을 지었다. 유키코는 이바의 표정을 보고 가슴에 치밀어 오르는 분노를 느꼈다. 아무렇게나 생각해도 좋았다. 이바가 여기에 있는 것은 한 순간이라도 싫었다. 이바는 무언가 생각한 듯이 말했다.

"점점 경기가 풀리는 것 같아. 좋은 일이 있을 것 같은데, 어때… 뭐 돈벌이 될 만한 일은 없을까… 한 몫 끼워주면 이불 따위는 충분히 빌려줄 수 있는데."

유키코는 잠자코 있었다. 처녀 시절 이런 남자의 노리개가 되었던 것이 가슴 아팠다. 자신 주위의 남자들은 어째서 이렇게 형편없이 비열해지는 것인가 하는 이상한 기분이었다.

"뭔가 좋은 연줄은 없을까? 담배나 의류 같은 게 나오지 않니?"

"무슨 말을 하고 있어요? 이불이나 빨리 가지고 가세요. 아무것도 필요 없으니까……."

유키코는 괴로워서 볼품없이 눈물이 흘렀다. 괴로워서, 게다가 이바의 얼굴을 보는 것도 불쾌했다. 이바는 손을 뻗어 작은 라디오 상자를 끌어당겨 스위치를 돌렸다. 샤미센의 음색이 상쾌하게 흘러 나왔다.

"호, 이것은 전지로 소리가 나는군. 편리하네……."

작은 상자 뒷면의 뚜껑을 열자, 작은 완구와 같은 진공관이 몇 개 나란히 있었다. 유기코는 신 재로 그것을 내려다보다가 갑자기 생각난 듯이 고타쓰에 이불을 씌우는 나무틀을 끌어당겨 재빠르게 바람을 가르는 듯한 소리를 내며 이불을 개키기 시작했다.

"그렇게 급하게 할 필요는 없잖아……."

어제부터 이 작은 라디오가 이상스레 울리는 듯했다. 유키코는 그 샤미센의 음색에 쓸쓸해졌다.

"그런데 우메보시[25]를 일곱, 여덟 관을 가지고 왔는데 어디

____

25) 우메보시 : 매실 장아찌. 소금에 절인 매실을 말렸다가 차조기 잎을 섞어 담근 장

팔 곳 없니?"

라디오의 뚜껑을 닫으면서 말했다. 우메보시 팔 곳 따위를 유키코가 알 리가 없어 대답도 하지 않았다.

"이 라디오 비싸겠군."

"내 것이 아니에요."

"일본에서도 이것을 흉내 내서 신안 등록을 할 수 없을까… 정말 잘 만들었어…….."

이바는 감탄하며 라디오를 손에 들고 귀를 기울여 샤미센 소리를 들었다.

22

다시 한 번 만날 작정으로 도미오카는 유키코에게 속달을 보냈다. 그 집에서 만날 기분은 나지 않았다. 두려워서 그 집에 앉아 있을 기분이 나지 않았기 때문에 도미오카는 요쓰야 미쓰케四谷見附 역에서 만나자고 시간과 날짜를 알려주었다.

공교롭게도 그날은 비가 왔지만 크리스마스도 지나고 연말이 가까워져 분주함이 거리에까지 영향이 미쳤는지, 비가 오는 것도 개의치 않는 듯이 사람들로 북새통이었다. 그런 가운데 비가 주룩주룩 내렸다.

아찌.

도미오카는 역에서 10분 정도 기다렸다.

많은 승객은 아니었지만 그래도 개찰구를 출입하는 사람들은 종종 여러 계단에서 도미오카의 눈앞을 바쁘게 지나갔다. 두말할 나위 없이 절망적인 기분이 되었다. 그 절망감은 인도차이나에 있을 때도 때때로 느꼈다. 불안을 담아 이 이상은 어쩔 수 없다는 한 가지 생각에 잠겨 있을 때, 유키코가 갑자기 악마처럼 나타나서 도미오카의 가슴속에 엄습해 왔다. 도미오카는 구두 앞 축을 툭툭 두드리며 내리막길을 보았다. 은백색으로 빛나는 내리막길을 젖은 생쥐 모습의 잡종개가 비틀거리면서 누군가를 찾아 헤매고 있는 듯이 배회했다.

시계를 보면서 도미오카는 유키코가 이제 오지 않을 거라고 생각했다. 조금 더 기다려보고 오지 않으면 그대로 되돌아가면 된다고 생각하며, 비틀비틀 긷고 있는 개를 향해 휘파람을 불어보았다. 개는 휘파람 소리를 듣고 되돌아와서 도미오카를 빤히 쳐다보다가 이 사람은 아니라고 말하는 듯한 애절한 눈초리로 총총 팔엽수가 심어진 곳으로 사라져 버렸다.

"기다리고 있었어요?"

유키코가 출입구 차양 밑에 서 있는 도미오카의 곁으로 어깨를 부딪치며 다가왔다.

"30분이나 지나서 이제 없을 거라고 생각하고 그냥 되돌아갈까도 했어요. 미안해요……."

유키코는 빨간 비단 머플러를 머리에 덮어 턱 밑에서 묶고, 생생한 표정으로 키가 큰 도미오카의 얼굴을 쳐다보았다. 도미오카는 30분이나 늦었기 때문에 집으로 돌아갈까 했다는 유키코의 말이 마음에 들지 않았다. 자신이 이 여자에게 너무 잘 대해주고 있는 듯한 기분이 들었다. 여유가 있는 여자의 마음 상태가 도미오카는 싫었다. 헤어질 때가 됐다고 생각했다.

도미오카가 걷기 시작하자 유키코도 그대로 움푹 패여 물이 고인 길을 따라 걸었다. ─도미오카는 고독해 견딜 수 없는 기분으로 혼자 앞서 걸으면서도 뒤에서 젖은 길을 걸어오고 있는 유키코의 표정을 말없이 바라보며, 자신의 고독한 길동무가 되어주길 바라는 기분이 되었다. 그 때문에 유키코와 걷고 있는 것에는 어쩐지 범죄감이 늘 붙어 다니는 기분조차 들었다.

자신의 고독을 생각하면서, 그 고독에 심하게 전율을 느끼는 듯한 두려움을 도미오카는 느꼈다. 현재에 이르러 아무것도 소유한 것이 없다는 고독으로 도미오카에게는 견딜 수 없는 쓸쓸함이 있었다. 자신을 위로해주는 신조차도 지금은 없다는 허무함으로, 자포자기한 마음이 가슴속에서 떠밀리듯이 선명하게 움직였다.

유키코와 함께 지금 이대로의 기분으로 자살해버리고 싶었다. ─젊은 일본 남자가 외국 여자와 사랑의 도피를 하여, 추격자에게 반항하며 교외의 역에서 극약을 마신 사건이 있었던 것을 도미오카는 기억하고 있다.

인간이라는 것의 쓸쓸함이 뜬구름과 같이 부질없이 느껴졌다. 살아갈 자신이 전혀 없었다. 두 사람은 목적지도 없이 시전市電의 정류소까지 어슬렁어슬렁 걸었다.

"춥네요. 어디 들어가서 차라도 마실까요?"

"응."

"너무 심드렁한 거 아니에요?"

"심드렁하다구?"

"예."

"고약한 말을 하는군."

"그래요, 혼자 있으면 여러 가지를 생각해요… 삭막해져가는 것이 스스로도 두려워요."

"음… 그런가. 제법 즐겁고 유쾌한 듯이 보이는데."

"어머 싫어요. 조금도 즐겁지 않아요. 그렇게 보이다니 화가 나요… 당신이야말로 요즘 완전히 변해버렸어… 이제 나는 앞으로의 일을 조금도 알 수가 없어요……."

도미오카는 비가 내리는 거리에 서서 가로수가 아름다운 옛날의 동궁어소26) 쪽을 바라보았다. 이 건물이 현재는 어떻

---

26) 동궁어소(東宮御所) : 황태자의 거처. 현재는 도쿄도 미나토구 아카사카(東京都港區元赤坂)에 위치.

게 사용되는지 알 수 없었지만 철책을 사이에 둔 엷은 잿빛의 대궐 건물이 비에 젖은 모습과 가로수의 검은 무리가 자못 외국의 그림을 보는 것처럼 신선했다. 물끄러미 보는 동안 다시 공허해져 절망감이 엄습해 왔다. 도미오카는 궁궐 길을 따라 걸었다. 유키코도 잠자코 도미오카와 나란히 걸었다.

"인도차이나는 좋았어……."

"어머 당신도 그렇게 생각하세요? …나도 지금 인도차이나를 생각했어요. 그리워요… 그것은 꿈이야. 우리는 꿈을 꾸고 있었어요. 그렇지요… 꿈을 꾸었지. ─하지만 꿈이라 해도 당신을 만났으니까 이상해요……."

"그런 일도 있었던가 하고, 가끔 생각해……."

"그때는 당신도 나도 좋은 사람이었어요. 자연스러운 인간이었지요……."

"음. 그래도 진정한 행복은 아니었는지도 몰라. 그렇지 않아? 지금 이 궁궐을 보고 있자니 갑자기 왠지 현재가 더 행복한 것 같다는 기분이 들어─깨어진 것의 애절함은 아름다워. 그렇게 생각하지 않아? 지금 이 건물이 어떻게 사용되는지는 모르지만 옛날엔 궁궐이었어. 그 흔적이 여기저기 남아 있어. 어쩐지 애절해지네."

유키코는 궁궐의 흙벽 울타리를 멍하니 바라보았다. 엷은 흙벽의 냄새가 났다. 도미오카의 감상적인 기분에는 따라갈 수 없지만 역시 유키코에게도 애절하게 느껴졌다. 비가 내려 추운 탓인지 사방의 경치가 너무 인상적이었다. 궁궐 옆의 넓은 도로를 멋진 코발트색의 차가 싱싱 달렸다.

도미오카는 자신의 쓸쓸함을 되뇌고 있는 기분이었다. 무엇 하나 되는 일이 없었다. 이 여자에게 자연스럽게 죽음의 길동무가 되어 달라고 하고 싶은 기분이었다.

지금까지 살아오면서 이래저래 나라와 함께 상실되어버린 감정은 등줄기가 차가운 이 겨울의 비와 같은 쓸쓸함이었다. 고독한 나라의 개개인은 꼼짝할 수 없다고 생각했다. 어떠한 전쟁도 패하고 나서야 슬프고 애절한 것이라고 생각했다. 패한 패자의 혼에는 아무도 모르게 옛날의 판타지를 불러일으키는 무언가가 있는 것처럼. 이 판타지는 때때로 누구에게나 반성을 촉구하는 것이리라. ―도미오카는 아무것도 생각하지 않는 듯한 단순한 여자의 생활의 투지를 부러워하면서도 그 여자의 평온한 마음의 흐름에 살며시 반발마저 느끼는 것이었다. 여자 자신은 아무것도 결핍되어 있지 않다. 도미오카는 문득 자신 곁 가까이서 걷고 있는 유키코를 내려다보았다. 두려운 것은, 이 여자에 한정된 것이 아니라 어느 여자나 긴 전쟁의 괴로움 뒤의 흔적을 조금도 남기지 않는다는 묘한 발견이었다.

"저, 어디까지 가는 거예요?"

"피곤해?"

"아뇨. 하지만 젖어서 걷기 힘들어요. 감기에 걸리겠어요……."

"아카사카로 나와 거기에서 시부야로 도전[27]을 타고 가는 것도 좋겠지."

"예. 할 이야기가 있다더니, 뭐예요?"

"이야기라… 중요한 이야기도 아니야."

"제멋대로군요."

"그런가? 당신을 만나고 싶었을 뿐이야."

"거짓말! 거짓말하지 말아요. 나를 만나고 싶다니. 그런 상냥한 말을 듣는 것은 처음이네요."

"여자란 그렇게 상냥한 말이 듣고 싶은 건가?"

"그거야 그렇지요."

도미오카는 이러한 대화 내용이 싫었다. 이렇게 만나 봤자 아무 수확도 없는 것이다. 게다가 사람들의 영혼 위에는 패자의 마음의 혼란함과 아득바득한 생각만이 검은 구름처럼 밀려왔다. 자신은 자신이라고 인지하면서도 아무것도 모르는 상대까지 자아 속으로 끌어들여 길동무로 만들고 싶다는 얄팍한 욕망이 도미오카는 스스로도 이해되지 않았다. 뭔가 수확이

있는 듯한 착각으로 하루하루를 살아갈 뿐인 자신이 아둔한
인간처럼 생각되었다.

23

두 사람은 시부야로 나와 육교 밑의 중화요리점으로 들어
갔다. 연탄 스토브 옆의 의자에 마주보고 앉았다. 푸른 불빛이
연탄 구멍구멍에서 연기를 뿜어냈다. 손님도 없고 텅 빈 식당
에는 구겨진 흰 상의를 입은 여종업원 세 사람만이 구석에 서
있었다.

유키코는 연탄 화로 위에 손을 녹이면서 비에 젖은 스카프
를 철망 위에 말렸다.

도미오카는 여종업원에게 야키소바[28]를 주문했다.

"그리고 술도 한 병 같이 갖다 줘요."

유키코는 생글생글 웃으면서 플라스틱의 녹색 핸드백에서
외국 담배를 끄집어내 도미오카에게 한 개비 주었다.

"우리 갈 곳이 없는 것 같아요."

"음……."

맛있는 듯이 담배를 피우면서, 도미오카는 빗속을 헤매며
걸어서 그런지 심하게 피곤해 했다. 속달을 보냈지만 특별히

---

28) 야키소바 : 찐 중국식 국수를 야채, 고기 등과 섞어 기름으로 볶은 요리

서로 의논하지 않으면 안 될 이유도 지금은 없었다.

"언제 이사해요?"

"가족들 물건은 옮겨놓았어. 이번 설날쯤이면 완전히 빈집
이 될 거야."

"어머, 그럼 혼자?"

"아내는 남아 있겠지……."

"뭐예요. 주책없이 부인 자랑이네……."

유키코는 아이처럼 맥이 풀려 보였다. 이윽고 술이 나왔다.

"가노의 주소를 알고 있어. 만나고 싶어?"

"어머, 주소를 알아요? 어디 계세요?"

도미오카는 작은 메모지를 꺼내 훌훌 넘기다가 자신의 명
함 뒤에 가노의 주소를 연필로 써서 유키코에게 건넸다.

"어머, 오다와라小田原에 계셔요?"

"어머니와 함께 있대. 아직 혼자래."

유키코는 반짝반짝 빛나는 눈으로 도미오카의 심술에 반발
해 보였다. 그 때문에 마음속에서는 인도차이나에서 헤어진
채 소식을 모르는 가노를 만나고 싶은 애절함이 끓어올랐다.

술이 몸속으로 스며들며 차가운 몸을 따뜻하게 해주었다.
유키코도 두세 잔 술을 마셨다.

"이제 앞으로 3일 남았네?"

"뭐가요?"

"설날이 되기까지……."

"어머, 설날 같은 건 생각해본 적도 없어요."

"어때, 오늘 이대로 이카호伊香保나 닛코日光 쪽으로 가보고 싶지 않아?"

"아, 이카호. 가본 적은 없지만 좋은 곳이라고 들었어요. 철벅철벅 뜨거운 물에 들어가고 싶어요. 정말 갈 거예요?"

"하루 이틀 정도라면 갈 수 있어. 가볼까?"

영원의 바다 속에 떠 있는 이상 보잘 것 없는 인간이기에 마음 가는대로 하는 것도 좋다고 생각한 도미오카는, 여차하면 유키코와 함께 산속에서 생을 끝내버리고 싶다는 기분이었다.(너는 나에게 죽임을 당할지도 모르는데 생긋생긋 웃고 있군….) 도미오카는 맹렬한 식욕으로 야키소바를 먹는 유키코를 보았다. 금도금 된 귀걸이가 작은 귓불에서 흔들렸다. 검은 머리털은 목 언저리에서 짧게 깎여 다듬어져 있었다.

"이카호는 춥지 않을까요?"

"추워도 좋아."

"그건 그래요."

마치 신혼부부가 여행 계획을 짜는 듯한 들뜬 표정으로 유키코는 가노의 이름을 핸드백에 넣고 콤팩트를 꺼내 거울을 보았다.

도미오카는 여자를 죽이는 장면을 상상했다. 소리 없는 연극과 같이 피투성이인 유키코의 모습이 느슨한 상상의 경치 속에서 움직였다. 위험한 감정이었지만 그 위험한 생각에 몰입해가는 용기가 상쾌하기조차 했다. 죽인다. 그리고 자신도 뒤따라 죽는다. 그것뿐이다. 누구도 자신들에 대해 불평할 수 없다. 도미오카는 두 번째 술을 주문하고 화장을 하고 있는 유키코의 납작한 얼굴을 멍하니 응시했다. 이런 얼굴을 외국인이 좋아하는 것인가. 묘한 기분이 들었다. 비천한 얼굴이다. 납작하고 턱이 나오고, 아무 특별함이 없는 평범한 얼굴이다. 하지만 잘 보면 원시인에 가까운 것이다. 이마와 어깨와 눈 주변이 불상 같기도 하다.

"집은 비워둬도 괜찮아?"

"네, 문을 잠가놨으니까 사람이 와도 들어갈 수 없을 거예요."

"이바가 이불을 가지러 왔다지?"

"어머, 내가 그것까지 편지에 썼어요? 그래서 지금 난 모포를 덮고 자고 있어요."

유키코는 그다지 곤란한 표정도 없이 술병을 들어 도미오카의 잔에 따랐다. 도미오카는 차가운 야키소바 위에 흩어져 있는 파와 죽순을 안주로 해서 술을 마셨다. 나날의 생활이 너무 시시하고 애달프기만 한 도미오카는 자신이 하고 있는 일이 희극적으로 생각되었다. 모두 성실하게 비극을 되풀이하고

있다고 생각하면서 인류를 윤택하게 하는 인간의 비극의 묘미
는 몇 천 년 전부터 없었던 것은 아닌가 하는 의심이 생겼다.
인간이 하는 일은 전부 희극의 연장선이었다. 인간은 마음을
억누르며 살며시 희극 속에서 살아간다. 정의를 내세우는 일
도 희극, 인간의 선도 악도 모두 희극인 것이다. 눈물이 나올
정도의 이상함 속에서 인간은 자신에게 맞는 가장 지극한 이
유를 붙여서 생활하고 있다. 죽음 직전이 되어야 비로소 진정
한 한숨이 나올지도 모른다.

　큰맘 먹고 도미오카는 유키코를 데리고 이카호에 갔다. 이
카호에는 새벽에 도착했다. 호객꾼이 긴다유金太夫라는 여관
으로 데리고 갔다. 내리막길이 많은 온천 거리였는데, 이 내리
막길은 골목처럼 좁은 길이었다. 물때 냄새가 물씬 코를 찔렀
다. 유키코는 신기한 듯이 내리막길 양쪽의 길을 바라보며 걸
었다. 두견새로 유명한 이카호는 의외로 소박하고 낭만적이었
다. 새벽이 되어 도착했기 때문인지, 물소리도 산바람도 차갑
게 피부를 찔렀다. 여관의 깊숙한 방으로 들어가자 방에는 커
다란 고타쓰가 놓여 있었다. 고타쓰 위에는 한 장의 합판이 놓
여 있었다. 유키코는 차가운 무릎을 고타쓰에 넣었다. 따끈따
끈했다.
　"아주 좋은 곳이네요. 당신, 어떻게 이런 곳을 알았어요? 옛

날에 와본 적이 있어요?”

유키코가 애교스럽게 물었다.

“학생 시절 왔었어⋯⋯.”

“너무 좋은 곳이군요. 다랏트 같아요. 돈만 있으면 잠시라도 이런 곳에서 아무 생각 없이 살고 싶어요.”

“응, 그래도 오랫동안 있으면 질릴 거야. 이틀 정도가 고작이지.”

“그래요. 그 정도가 좋을 거 같아요.”

좁은 방이었지만 창문 아래는 계곡이어서 물소리가 들렸다. 얼굴빛이 붉은 여종업원이 곶감과 차를 가지고 들어왔다. 도코노마29)의 용모양 꽃병에는 작은 국화가 꽂혀 있고 석판화의 산수화가 걸려 있었다. 흔히 있는 방이지만 여관에, 더구나 온천에 왔다고 하는 생각 때문인지 오늘 아침에 느낀 쓸쓸함도 의외로 말끔히 사라졌다. 절망이라는 것이 무엇인지 알고 이러한 전환법만 터득하면 바로 눈앞의 기분은 변하여 인간은 유쾌하게 되고 임시방편적인 기분으로도 되는 것이었다. 어슴 푸레해졌다. 이상한 마음의 물결이라 도미오카는 스스로도 의심스러웠다. 여자와 죽기 위해 일부러 연극처럼 꾸며 죽음의

---

29) 도코노마(床の間) : 일본 건축에서, 객실인 다다미방의 정면에 바닥을 한 층 높여 만들어놓은 곳. 벽에는 족자를 걸고, 바닥에 도자기 · 꽃병 등을 장식해두는 곳

무대를 찾은 것도 커다란 우주 속에서는 하나의 물거품과 같은 사건이라고 생각하며 도미오카는 외투를 입은 채 고타쓰에 벌러덩 누워서 손 베개를 한 채로 거무데데해진 천장을 바라보았다.

"도테라30)로 갈아입는 것이 어떻겠습니까?"

여종업원은 도테라를 가지고 왔다. 유키코는 옷을 갈아입고 여종업원에게 수건을 빌려달라고 했다. 도미오카는 욕탕에 들어가는 것이 내키지 않았다. 몸을 움직이는 것도 귀찮아졌다. 이대로 사라져 버릴 수 있다면 땅속으로 꺼져 버리고 싶었다.

"옷 갈아입으세요."

"음……."

"네, 갈아입고 빨리 식사하러 가요. 난 너무 배가 고파요."

"거 참 시끄럽네. 좀 조용히 있어. 당신은 탕에 들어갔다 오지 그래."

유키코는 벗어 흩어놓은 옷을 방구석으로 밀어놓고 고타쓰 옆으로 와 도테라의 소매 냄새를 맡으면서 신경질적으로 말했다.

"아, 사람냄새, 사람냄새……."

---

30) 도테라 : 보통의 기모노보다 좀 길고 큼직하게 만든 솜옷.

도미오카는 많이 취했다. 오래간만에 마음이 가볍게 해방된 기분으로 기둥에 기댄 채 베트남어로 노래를 흥얼거렸다.

당신의 사랑도 나의 사랑도 처음에는 진실했다.
그 눈은 진실한 눈이었다. 나의 눈도 그날 그때는 진실한 눈이었다.
지금은 당신도 나도 의심스러운 눈—

그런 의미의, 베트남에서 유행했던 노래였다. 유키코도 많이 취했기 때문에 어슴푸레 기억하는 노래를 따라 부르면서 다랏트의 생활을 매우 그리워했다.

지금에 와서 추억하는 것은 아무런 의미도 없겠지만 멀리 사라진 꿈은 그립다. 유키코는 발을 뻗어 고타쓰 안에서 남자의 발을 더듬었다. 뜨거운 발바닥이 닿았다.

"도미오카 씨 언제까지나 건강하세요. 때때로 다랏트의 일이 생각나면 유키코를 불러주세요… 나는 단념했어요. 이렇게 가끔이라도 만나면 좋겠어요. 네, 그러는 편이 좋아요. —아까 그 노래가 우리 관계와 같다는 것을 알았어요……."

도미오카는 눈을 감고 조용히 베트남 노래를 흥얼거렸다.

유키코는 일어서서 도미오카 옆으로 가 나란하게 고타쓰로 미끄러져 들어갔다. 도미오카는 그래도 노래를 계속하며 눈을 뜨지 않았다.

"어째서 혼자 생각에 잠겨 있는 거예요? 나에게도 생각하고 있는 것을 이야기해 보세요. 절반만이라도."

생각하고 있는 것을 절반만이라도 이야기해달라는 것을 듣고 도미오카는 눈을 번쩍 떴다.

유키코가 귀여웠다. 자연스럽게 나오는 여자의 말은 순간의 무지개와 같은 것으로, 도미오카는 유혹당한 기분으로 유키코의 손을 잡고 입술에 갖다댔다.

"나 쓸쓸해, 쓸쓸해, 쓸쓸해, 쓸쓸해요……."

도미오카의 가슴에 매달리듯이 하여 유키코는 쓸쓸해, 쓸쓸해 하며 직은 목소리로 외쳤다. 도미오카는 말끄러미 유키코의 광태狂態를 바라볼 뿐 조금도 감동받지 않았다. 여자의 마음은 창 아래 흐르는 물과 같이 단지 순간 속에 흐르고 있다고밖에 생각되지 않았다. ―도미오카는 죽는 방법에 대해서만 골똘히 생각하고 있었다. 훌륭하게 숨통을 끊는 일이 가능할 것인가를 생각했다. 여자를 죽이고 그 뒤를 따라 자신도 잘 죽을 수 있을까. 도미오카는 숫자처럼 계산을 했다. 서로 사랑하여 죽은 것은 아니라는 것을 자신이 죽은 후에는 아무도 모르겠지… 그것도 좋을 것이라고 생각했다.

이때, 도미오카에게는 '죽음' 그 자체가 필요했던 것이다. 여자를 길동무로 하는 것은 어찌된 것인가? 그것은 자신의 죽음의 도구에 지나지 않은 것. 이기적인 녀석이다. 나는 그런 인간이다… 도미오카는 유키코의 손가락을 때때로 강하게 꼭 잡으면서 자신의 마음에 자문자답하고 있었다. 두려워하거나 가식적이거나 싫다거나 하는 생각이라고 하면 그것은 타인의 생각이고, 죽어가는 자는 의외로 비극을 연기하고 있을지도 모른다.

고타쓰 위의 빨간 쟁반에 전등 빛이 반사된다. 빨간 칠에는 금색의 작은 소나무가 그려져 있다. 이것도 지금 마지막으로 봐두자… 도미오카는 방 안의 모든 것을 둘러보았다. 산속에 들어가 이 두 사람은 곧 죽어버릴 거라고 마음속으로 살며시 말했다.

생애 마지막이라고 생각하니 모두가 쓸쓸하고 아름답다. 가엾을 정도로 보는 것이 모두 아름답다. 하얗게 보이는 국화꽃의 연 노란색… 때탄 족자의 산수화에서 바람이 불어온다. 오늘 아침 도쿄의 궁궐에 내리던 비가 마음속에 스쳐간다.

이카호는 날이 개어 있었다.

"장사는 어떻게 되어가고 있어요?"

"장사?"

"응, 목재 쪽의 일 말이에요."

"일? 어떻게든 되겠지……."

"집은 아직 팔리지 않았어요?"

"팔려서 반은 받았어. 내년에 등기를 하고 월말에는 집을 비워주기로 했어."

"얼마에 팔았어요?"

"얼마든 상관없잖아?"

"그건 그렇지만… 하지만 듣고 싶어요."

유키코는 일시적인 광태가 지나가자 도미오카를 가만히 응시했다. 어째서 이런 남자에게 끌렸던 것인지 자신이 생각해도 이상했다. 단지 이곳에서 막 만난 두 사람 같기도 했다. 유키코는 서서 수건을 쥐고 목욕탕으로 내려갔다.

좁은 계단을 내려가 목욕탕에 들어서자, 깊은 밤이었음에도 파마를 한 긴 머리카락을 흩닐리며 젊은 여자 두 사람이 욕탕 안에서 큰 소리로 이야기를 하고 있었다.

빨갛게 탁한 목욕물이 타일 욕조에서 출렁출렁 넘쳤다. 유키코는 잠자코 욕조 속의 여자들 앞으로 한쪽 다리를 넣었다. 취기 탓인지 다리가 휘청거려 넘어지며 탕 속으로 풍덩 뛰어들었다. 욕탕에 물보라가 일자 두 여자는 피하며 얼굴을 찡그렸고 매우 기분 나쁜 표정으로 혀를 차며 일어섰다.

"미안해요……."

유키코가 사과했지만 두 여자는 대답도 하지 않았다. 유키코는 비위에 거슬려 빨간 목욕물 속에서 거침없이 다리를 뻗었다. 두 사람은 도시 여자임에도 불구하고 골격이 농사꾼 여자와 같이 늠름하며 굵은 허리를 하고 있었다. 유키코는 날씬한 자신의 나체가 자랑스러워 그 여자들과 비교해 보고 싶은 충동이 생겼다. 여자들은 타일 바닥에 털썩 주저앉아 다시 아까의 이야기를 계속하기 시작했다.

"헤어질 때 다미에게 '컴 어게인'이라고 말했대. 그 사람 '컴 어게인'이라는 말밖에 모르니까. 그랬더니 상대는 헤엄치는 흉내를 내며, 남자 사이를 오가는 것은 그만두고 사무실이라도 다니세요, 그러더래. ㅡ그리고 바로 또, 남자 사이를 누비고 다니니… 일본 남자는 보기도 싫대."

두 사람은 깔깔거리며 웃기 시작했다.

아하, 그런 부류의 여자들이군, 유키코는 이케부쿠로의 자신의 창고 방을 생각했다. 지금쯤 죠가 찾아와 문을 쿵쿵 두드리고 있을지도 몰랐다. 두 여자는 향이 좋은 비누를 사용하고 커다란 플라스틱 빗으로 서로의 머리를 빗겨줬다.

취해 있는 유키코의 눈에는 두 사람의 태도가 싸움을 걸고 있는 것처럼 보였다. 너희들과는 인종이 다르다는 식으로 멋진 큰 병에 든 물 크림과 커다란 타월을 자랑스럽게 과시하고 있었다. 유키코는 여관의 여종업원에게 빌린 찌든 손수건과 비린내 나는 비누를 사용하고 있었다.

"있잖아, 내일 돌아가면 양장점에 갈 건데 너도 가보면 어때? 새빨간 정장에 금단추가 달린 것으로 했어."

"어머, 대단하네. 네 남자 친구가 사준 것이야?"

"그래, 그 사람 기분파니까."

유키코는 히죽히죽 웃었다. 입술을 빨갛게 바른 여자가 웃고 있는 유키코 쪽을 힐끗 보며 화를 내며 말했다.

"무엇이 우스워?"

"어머, 제 일을 생각하며 웃고 있던 거예요. 이상한 말하지 마세요."

"쳇, 바보 취급하고 있어. 술에 취해 물을 마구 튀긴 주제에."

"어머, 미안하다고 사과했잖아요?"

"취했어, 그만둬."

다른 한 사람의 몸집이 큰 여자가 말했다.

두 사람은 아까처럼 물보라를 덮어쓴 듯한 흥분한 얼굴로 탈의실로 나가버렸다.

"귀걸이 따위를 하고, 더러운 수건을 사용하는 저 여자는 도대체 뭐야……."

"어떻게 된 게 아닐까……."

두 사람은 소리를 죽이고 웃었다. 유키코는 철벅철벅 물을 사용하면서 방금 전 도미오카가 부른 베트남 노래를 큰 소리로 불렀다.

　당신의 사랑도 나의 사랑도
　처음에는 진실했다.

　의외로 요염하고 부드러운 목소리였다. 짓궂은 웃음이 멈
췄다.

　그 눈은 진실한 눈이었다.
　당신의 눈도, 그날 그때는 진실한 눈이었다.
　지금은 당신도 나도
　의심스러운 눈…

　노래를 부르면서 유키코는 방탕의 끝과 같은 삭막한 기분
이 들었다.

25

　의미도 없이 도미오카와 유키코는 이틀 동안을 이카호에서
보냈다. 이틀이나 비가 계속되었다. 내일이 설날이라 손님도
없어 넓은 여관은 매우 조용했다.

도미오카는 이틀 동안 아무것도 파악할 수 없었다. 진지하게 생각하려고 해도 마음이 조금도 집중되지 않았다.

자기모순에 빠져 있었다. 자신은 어떻게 마지막을 마무리해야 할지 몰랐다. 전쟁이 끝나고 멀리서 되돌아오면 어떤 인간이나 이렇게 뒤처지는 것이 아닐까 생각했다. 그것을 눈치채고 있는 사람과 눈치 채지 못하고 있는 사람이 있다고 하는 점에서, 좁은 천지에서 꼼짝 못하게 된 인종은 한 사람 한 사람이 고독하게 점점 흩어질 수밖에 다른 길이 없는 것은 아닐까 생각했다.

전면적으로 진리를 쫓는다는 것은 이러한 패한 나라의 좁은 땅에서는 도저히 어렵고 공허한 이상인 것이다.

생활한다고 하는 가능성을, 모든 순간에 있어 뜻밖에 부정하는 장해도 있을 수 있다… 도미오카는 그러한 좁은 세상에서 피곤에 지쳐버렸고, 가족을 평화롭게 지탱해갈 기술까지도 상실해버렸다.

모두 신경질적으로 변해 갔다. 가족들 각자 고독의 굴에 숨어 지낼 수밖에 없는 현실이 되어버렸다.

“저, 담배 없어요?”

“없어.”

“무엇을 그렇게 골똘히 생각하고 있어요? 초조해 하고 있군요.―차라리 설날을 여기서 보내지 않겠어요? 돈이 부족하면 내가 외투를 두고 가도 좋고, 이 시계를 두고 가도 좋아요. 안 된다면 거리로 나가 시계를 팔아올게요……."

유키코는 그렇게 말하고 재떨이에서 담배꽁초를 찾아 짧은 담배꽁초를 파이프에 끼워 불을 붙였다.

도미오카는 고타쓰에 엎드려 작년 신문을 다시 한 번 훑어보다가 '어이…'라며 갑자기 생각난 듯이, 신문을 휙 치워버리고 유키코의 얼굴을 밑에서부터 올려다보았다.

"무슨 일이에요?"

"으응, 아니, 아무 것도 아니야. 그저 정말로 세상이 싫어졌을 뿐이야."

"어째서 그런 말을?"

그 말을 들으니 도미오카는 뺨에 마비가 온 듯한 기분이 들었다. 마른 눈을 새하얗게 뜨고, 유키코의 화장이 지워진 얼굴을 응시하며 매정하게 뿌리치듯이 말했다.

"산다는 것이 따분해……."

유키코는 이 말이 무엇을 의미하는지 조금도 알지 못했다. 도미오카는 잘못 잠긴 유키코의 가슴 단추를 손가락으로 끌어당겼다.

"우리들은 아무래도 방법이 없다는 말이야."

"방법이 없는 것이 아니에요. 당신의 마음이 이상하게 쳐져 있는 거지요."

“흠. 말은 잘하는군. 그래—당신은 아직 인생에서 바닥을 보지 않았군. 재미있겠지. 세상이 재미있겠어.”

“뭐가 재미있다는 거예요?”

“이런 세상이 된 것이…….”

유키코는 도미오카가 생각하는 것을 조금 알 수 있었다. 달콤한 눈물이 목구멍까지 넘치는 것 같았다.

“당신이 생각하고 있는 것을 말해볼까요?”

“아니, 말하지 않아도 돼.”

“헤어지자는 얘기죠?”

“틀렸어.”

단추가 뚝 하고 떨어졌다. 떨어진 단추를 집은 채 도미오카는 미지근한 고타쓰에 몸을 움츠리듯이 하여 옆으로 누웠다.

“시계를 팔아 와도 될까요?—네, 설닐을 여기서 보내고 싶어요…….”

창문 유리에 흰 비가 번져왔다. 뚝뚝뚝. 작은 새가 차양을 스쳤다. 유키코는 일어서서 유리문을 열었다. 눈앞의 산도 하늘도 우윳빛으로 뿌옇게 되어 있었다. 인도차이나의 산들이 비에 젖어 있는 절경과 닮았다. 도미오카는 조개 단추를 다다미 위에 놓고 손으로 만지작거리면서 어린이의 유리구슬과 같이 새끼손가락과 집게손가락으로 튕기고 있었다.

“설날에 비가 오네…….”

유리문을 닫고 유키코는 다시 고타쓰로 들어갔다. 도미오카는 벌떡 일어나서 고타쓰 위에 조개 단추를 놓고 혼자 중얼거리듯이 말했다.

"죽고 싶어졌어……."

아무 생각 없이 듣고 넘기면서 유키코는 단추를 집어 잠시 가슴에 댔다가, 단추가 떨어진 자리의 실 보푸라기를 잡아당겼다.

"나도 죽고 싶어요."

유키코가 불쑥 말했다.

"당신이 왜? 죽지 않아도 되지 않아? 지금부터 크게 발전하면서 인생을 즐길 수 있을 텐데……."

"아니, 무슨 발전이요? 이상한 말은 하지 말아주세요."

"그럼 죽음을 진정으로 생각해본 적이 있어? 골똘히 생각하지도 않고 순간적인 기분으로 쉽게 죽겠다고 하는 것은 그만두는 편이 좋아."

"아니요, 정말로 생각하고 있어요. 나는 언제나 생각해요. 하이퐁에서도 죽을 계획이었고, 다랏트에서 가노 씨 사건이 있었을 때에도 생각했어요. ―그러니까 나는 죽는 것 따위는 두렵지 않아요."

"흠… 그것은 아직 죽고 싶지 않은 것이야. 두렵지 않다고 하는 것은 죽음에 대해 낙관적이라는 것이야. 죽는다고 하는 것은 정말로 두려운 것이야. ―완전한 진공상태가 되는 것을 기다리지 않으면 좀처럼 죽을 수 없는 것이지. 당신은 만약 죽음을 선택한다면 어떤 방법으로 죽고 싶어?"

"청산가리가 제일 괜찮겠지요?"

"그런 것을 가지고 있지 않을 때에 죽고 싶은 상태가 된다면?"

"그것은 그때가 되어봐야 알겠지요. 막상 죽으려고 할 때 어떤 형태로 죽을까 생각하지는 않잖아요?"

"사랑하는 사람끼리 동반 자살을 할 경우 말이지. 한쪽이 죽고 싶게 되지 않으면 마음이 잘 맞지 않겠지?"

"틀렸어요. 그것은 화내기보다 그것을 넘어 다시 한 마음속으로 냉정히, 두 사람이 묵묵히 일을 추진시켜야 되지 않을까요… 죽는 깃이 두렵다면 빙법을 생긱하는 깃도 두려우니까 두 사람이 죽는다는 것은 잘 계획하지 않으면 안 되겠죠……."

"나는 당신과 하루나산31)에 올라가서 죽는 것을 상상해봤어……."

"우연이네요. 나도 그런 것을 일전에 생각해본 적이 있는데."

서로의 마음의 교류 속에서 죽음의 의식이 조금씩 옅은 그림자가 되어 마음속에 스친다. 도미오카는 어리석다고 생각하

---

31) 하루나산(榛名山) : 군마현(群馬県) 중부에 있는 1449m의 복식 성층 화산.

면서도 또 도쿄로 돌아가서의 현실을 생각하자 쓸쓸한 감정이
지겨워졌다. 괴로움과 고민에 짓눌려 있을 때는 그런대로 살
아갈 수 있는 힘이 있었지만 지금은 고민도 괴로움도 연기와
같이 가늘고 길게 사라져 버렸다.

26

도미오카는 담뱃불을 붙이면서 마음이 황량해졌다. 자신이
이 여자와 함께 죽는다고 해도 세상은 언제나 변함없을 것이
다. 세상에 절망했다든지, 무어라고 말할 수는 있지만, 그런
것에 억지로 구실을 갖다 붙여도 세상에서 자신 혼자 죽는 것
은 도저히 생각할 수 없었다. 단지 그것이 이유인 것이다.

하지만 아무것도 느끼지 않는 세상에 내몰리어 삶의 고통
때문에 자신의 죽을 장소를 찾아서 헤매고 있는 것도 아주 묘
한 존재라고 생각하며 도미오카는 방바닥에 배를 대고 어둠
속에 빛나는 전등불을 멍하니 바라보았다.

결국은 강렬한 향락을 즐기거나, 절망하거나 하여 죽는 두
가지의 방법이 있겠지만 절망한다는 것은 아무래도 세상에 대
한 겉치레이다. 가령 어떤 우연한 계기로 죽음을 선택한다면,
머릿속에 절망을 조금도 느끼지 않고 죽는 것임에 틀림없는
것이다. 도미오카는 쓴 웃음을 지었다. 이 깊은 어두움은 언제

까지 계속될 것인가. 등불을 끈 방 안은 온갖 여행객의 흔적이 서로 스쳐지나가는 듯이 어둠 속에서 움직이고 있었다.

이 방에서 여자와 맹세한 남자도 있었을 것이다. 이불을 잡아당기는 듯한 기분이 들었다. 옆 이불에서 자고 있는 유키코가 우-우- 하고 악몽에 시달려 신음했다. 도미오카는 그 신음소리를 잠깐 듣고 있다가 견딜 수 없어 담뱃불을 손으로 더듬어 재떨이 속에 비벼 끄고 머리맡의 사방등의 스탠드를 찾았다. 갑자기 사방이 밝아지며 깊은 어둠은 사라졌다.

"어이어이, 어떻게 된 거야?"

도미오카는 유키코의 베개를 끌어당겼다. 유키코는 눈을 뜨고 스탠드 쪽으로 휙 몸을 뒤척였다.

"아… 이상한 꿈을 꾸었어. 너무 무서운 꿈이었어요……."

"심하게 신음소리를 내더군……."

"그래요. 이상한 꿈이에요. 피투성이가 되어 가죽이 벗겨진 말을 쫓아가는 거예요. 아무리 달려도 바로 따라 붙었어요. 어찌된 일인지 묻고 싶은데 푸른색 윗도리를 입고 얼굴이 없는 사람이 그 말을 타고 있었어요. 너무 무서워서 도와달라고 말하고 싶은데 소리가 나오지 않았어요……."

도미오카는 고타쓰 속으로 발을 뻗었다. 잿불이 아직 따뜻했다. 유키코는 스탠드 빛이 눈부신 듯 바라보면서 말했다.

"오늘은 설날이네……."

두 사람은 오랫동안 이렇게 이 여관에서 지낸 듯한 기분이 들었다. 단지 사흘밖에 머물지 않았지만 오래전부터 쭉 두 사람이 같이 살고 있었던 것 같았다. 도미오카는 유키코와의 깊은 인연을 느꼈다. 전쟁만 아니었다면 이 여자도 만날 수 없었겠지. 인도차이나와 같이 먼 곳까지 갈 일도 없었을 것이다. 지금쯤은 정직한 관리로서 공무원 생활을 하고 있었을 것이다. 하지만 이 전쟁은 일본인에게 다채로운 생활을 보여주었다고 생각한다.—도미오카는 그을린 천장을 바라보면서 지도와 같은 오점을 발견하고 문득 유에의 거리를 생각했다. 역에서 도시로 향하는 거리에 심어진 녹나무의 푸른 잎은 용숫음치는 듯한 금색이었다. 향수강이라고도 불리는 유에강을 따라 나 있는 산책길에는 칸나와 철선화가 유젠32)과 같이 화려했다. 야자나무, 정향나무에 이르기까지 무성했다. 빨간 훈도시33)를 입은 모이족이 두세 마리의 잉꼬를 새장 속에 넣고 산책길에서 팔았던 것을 도미오카는 기억했다.

그리운 다랏트의 생활이 직물의 무늬와 같이 하나의 모양이 되어 강한 인상으로 남았다. 유에의 산림국에 있던 국장인 마르콘 씨는 지금쯤 또 그 유에로 돌아가서 유유히 발코니에

---

32) 유젠(友禪) : 날염법의 반가지. 방염 풀을 사용하여 비린 등에 꽃·새·산수 등의 무늬를 화려하게 염색하는 방법.
33) 훈도시 : 남자의 음부를 가리는 폭이 좁고 긴 천.

서 잎담배라도 피우고 있겠지. 일본 군대가 틀림없이 싫었을 것임에도 선했던 마르콘 씨의 얼굴이 도미오카에게는 그리운 사람으로 기억에 남았다. 마르콘 씨는 1930년에 산림관으로 인도차이나에 도항해 왔다. 프랑스의 낸시 산림학교를 나온 인물이다. 아무것도 모르는 시골 출신의 예의도 없는 젊은 일본 산림관인 도미오카 일행을 마음속으로는 매우 이상하게 생각했음에 틀림없지만, 마르콘 국장은 성城을 내줄 때도 대단히 훌륭한 태도였다. 도미오카를 특히 총애하여 인도차이나의 임업에 대해 상세하게 설명해주었던 것이다.

인도차이나의 산림은 거대한 호랑이에 둘러싸여 있는 것이라고 생각하지 않으면 안 된다고 마르콘 씨는 자주 말했다. 인도차이나의 산림에 대해 아무것도 모르고, 아무 예비지식도 없이 군의 명령으로 원정을 간 도미오카 일행은 지도상으로만 평지의 송림과 같은 소림疏林을 공상하고 나갔던 것이다.

마르콘 씨의 유에의 사택으로 초대받아서 갔을 때, 그는 도미오카에게 정원에 있는 수목의 이름을 전부 알고 있는지 물었다. 그때 도미오카는 빈랑나무조차도 맞힐 수가 없었다. 마르콘 씨는 림, 철도목, 보대, 켄켄, 사옥, 야우, 벤벤, 반란 등을 하나하나 손가락으로 가리키며 그 나무의 산지와 특성을 가르쳐주었다.

인도차이나의 산악림지대는 비도 많이 오고 삼림도 넓기

때문에, 자신은 오랫동안 여기에 와 있었지만 아직 산악지의 삼림에 대해서는 연구도 얇고 장난삼아 벌목하기 전에 나무 성질을 잘 확인해 보고하면 좋겠다고 마르콘 씨는 말했다. 특히 산지 야만인의 화전개간은 원생림의 상태를 상당히 잠식해 버렸다는 것도 생각해야 한다고 말했다. 북부 베트남의 빙과 탄노아 두 개의 주는 특히 일본군의 개발이 많다고 들었지만 중부 지방은 산기슭이 바로 바다와 이어져 있기 때문에 지세는 가파르고 뗏목을 띄울 수 있는 하천이 모자라, 단지 나무를 벌목하는 것만으로는 개발해도 쉽게 운반할 수가 없는 것 같았다. 북부와 남부만이 지세가 완만하기 때문에 뗏목 사용은 편리하지만 그 일방적인 이용 방식을 생각하지 않으면 안 된다는 주의도 받았다. 조림사업이라고 하는 것은 어떤 의미에서 전쟁과는 별개의 것이라고 마르콘 씨는 걱정스러운 듯이 말했다.

"당신 기억하고 있어요? 쓰우란 옆에서 어떤 일본인의 묘지를 참배한 일이 있었지요?"

도미오카는 기억을 더듬으면서 급히 천장의 얼룩에서 눈을 떼며 유키코 쪽으로 얼굴을 돌렸다.

"그 마을 이름이 뭐더라……."

"헤이호라는 마을 말이야?"

"그래, 그래, 맞아요. 헤이호라는 마을이었어요. 가노 씨와

나, 당신, 셋이서 헤이호라는 마을로 간 적이 있었죠. 3일 정도의 여행이었죠, 아마? 가노 씨는 초조하게 쭉 우리를 감시했지요. 그 감시의 눈을 피해 둘이서 한밤중에 만났었죠. 두 사람 모두 미친 사람 같았어요. 기억나요?”

“아, 기억하고 있어.”

“가로수는 후쿠기라는 나무였죠? 울창한 노목 속에 자동차를 멈추고 잠깐 쉬는데 아이들이 톰보·야포네제라며 다가왔죠. 나는 그때 콤팩트 거울을 보고 일류 미인으로 태어나지 않은 것을 유감스럽게 생각할 정도였어요. 아이들은 여자인 나 따위는 흥미도 없는 듯이 키가 큰 당신 쪽만 멋지다고 말했어요… 묘지로 가는 길에 커다란 선인장이 매우 많았던 것을 지금도 나는 확실히 기억하고 있어요. 야마다 이스즈山田五十鈴 정도의 미인이었다면, 그 여행은 아주 좋았을 것이라고 생각해요.”

유키코는 묘한 말을 했다.

27

헤이호 마을은 350, 60년 전에 많은 일본인이 살았던 고장이다. 당시의 고슈인센34)을 타고 빈번하게 왕래하여 일본으

---

34) 고슈인센(御朱印船) : 근세 초기에 장군의 주인(朱印)이 찍힌 해외도항 허가장을 얻어 동남아시아 각지와 통상을 하던 무역선.

로 자단과 흑단, 침향, 계수나무 등을 보냈지만, 그 후 일본의
쇄국 때문에 귀국할 수 없게 된 일본인이 그 지방에 동화한 모
양으로 묘비의 표지 등에 '다로병사 다나카의 묘'라고 새겨진
것도 있었다.

떠내려가는 야자나무 열매와 같이 어디에라도 멀리 표류해
가는 옛날 일본인의 정열을 유키코는 매우 용기 있는 것으로
생각했고, 돌무덤의 묘비에 하나코의 묘라고 되어 있는 것에
안타까운 마음이 들었다.

"헤이호는 좋은 마을이었어요. 길이 좁아 겨우 자동차 한
대 정도 다닐 수 있는 폭이었죠. 성냥 상자를 두 개씩 겹친 듯
한 벽에 흰색을 칠한 집들이 이어졌고, 니혼바시日本橋라는 이
름이 붙은 작은 다리가 있었어요. 거기에서 가노 씨가 사진을
찍어주었는데 그 사진도 가지고 돌아오지 못했고. 하지만 그
때의 우리들 너무 풍족했어요. 지금 그 정도의 여행을 하려고
하면 꽤 많은 돈이 들겠죠……."

"천벌을 받는 거야."

"그래요, 그렇게 생각하는 것도 무리는 아니죠.―지금 몇
시예요?"

유키코는 배를 바닥에 대고 머리맡의 작은 책상 위의 시계
를 들어서 보았다. 네 시를 조금 지나고 있었다. 유키코는 어
젯밤 둘이서 어느 정도 죽음에 대해 말했지만, 지금은 죽음에

대해 아무것도 생각하고 있지 않았다. 이런 곳에서 죽는다는 것이 바보스러운 기분이 들었다. 도미오카가 말한 것도 본심이 아닌 듯이 생각되어 오늘은 숙박료 대신 이 시계를 두고 이케부쿠로의 집으로 돌아가고 싶다고 생각했다. 두 사람 사이의 인도차이나의 기억이 두 사람의 마음을 묶고 있을 뿐으로, 단지 굴레가 되어 여기에 누워 있는 두 사람에게 있어서는 의외로 다른 것을 꿈꾸게 하는 것에 지나지 않을지도 몰랐다.

여관비를 지불할 것이 걱정되어 계속 이카호에 있어도 조금도 낭만적인 기분은 들지 않을 것이다. 유키코는 그 기분을 도미오카에게 잘 표현하고 싶었지만 도미오카는 마음이 상한 모양으로 이 여관을 떠나는 것에 대해서는 좀처럼 응하지 않았다.

"오늘온 설날이네."

"응."

"오늘 돌아가요?"

"사나흘 더 있고 싶다고 말한 건 당신이잖아? 마음이 변했어?"

"마음이 변한 것이 아니고 왠지 인도차이나의 얘기도 죄다 한 것 같은 기분이 들고, 이제 당신이 나에게 질려버린 것 같아서요……."

"당신이 질려버렸겠지?"

"바보 같은 소리하지 말아요."

유키코는 질렸다는 것을 보여주지 않기 위해 큰 소리로 바보스럽다고 말했지만, 이케부쿠로가 그리운 것은 사실이었다. 들뜬 기분인지 유키코는 자신의 마음속을 모색해 보고 싶은 느낌이었다. 산 계곡물 소리가 조용하게 귀에 들렸다.

"좀 더 괴로워하지 않으면 우리들은 이 생활에서 벗어날 수 없을 거야. 당신에게는 아무래도 좋은 일이겠지만… 둘이 만나서 옛날 일을 그리워해봤자 이제 세월은 흘러버렸고 이런 이야기를 하는 것은 나쁜 습관이야. 그런 옛날이야기로 당신과 나 사이가 옛날로 돌아가는 것도 아니고… 그 때문에 나는 마누라에게 옛날처럼 애정이 가지 않고, 전쟁은 우리들에게 강한 꿈을 보여주었던 것이야. 어쩔 수 없이 혼이 없는 인간이 되어버렸어. 애매모호한 인간이 되어버렸어. 이 또한 때가 되면 옛날이야기로 퇴색되어버리겠지. 인생이란 그런 것이야. 갈망하는 마음만이 바보스럽게 강해져 이런 현실에서는 되도록 타격받지 않도록 영악해지는 거지. 우라시마 다로浦島太郎의 파란 시대 같은 거야. 현실적으로 한쪽으로 기울어지면 어디에도 갈 곳이 없어. 묘한 큰 여행은 하지 않는 쪽이 좋겠어……."

"그래요. 알아요. 하지만 살아 있는 한은 우라시마 다로처럼 언제까지나 엉덩방아나 찧고 있으면 안 되잖아요? 연기가 나는 상자의 뚜껑이라도 달고 거기서부터 걷기 시작하지 않으면 아무도 먹여살려주지 않을 테니까. 하지만 둘이 헤어져 이삼 일 정도 만나지 않으면 문득 보고 싶어지는 것이 이상하지 않아요? 나는 언제나 당신을 생각해요. 미워하기도 하고, 좋아하기도 하면서⋯ 인간이란 아무래도 어쩔 수 없는 것이야. 어쩌면 조금 시간이 지나면 이 감정도 편해질 때가 올 것이라고 생각하지만⋯⋯."

두 사람은 냉담해졌다. 어떻게 하든 시간이 지나가는 수밖에 없을 것이라고 생각했다. 두 사람은 깊이 잠들어 눈을 뜰 때까지 긴 시간이 지나갔다. 멀리 북소리가 울렸다. 유키코가 그 북소리에 눈을 뜨자 도미오카는 방에 없었다. 북소리는 라디오 소리였다. 유키코는 일어나서 도테라의 앞섶을 추스르고 시계를 보았다. 빌써 10시가 조금 지나 있다. 여종업원이 화로에 불을 넣어주었다.

"남편분은 목욕탕에 들어가셨습니다."

여종업원이 말했다.

유키코는 지난밤에 빌린 수건을 찾아 목욕탕 앞으로 가보았다. 작은 목욕탕 속에 도미오카가 들어가 있었다. 유리문을 열고 들여다보며 물었다.

"들어가도 괜찮아요?"

"아아."

유키코는 도테라를 벗고 소름이 돋는 추위 속에서 거칠게 유리문을 열고 탕 안으로 들어갔다. 노송나무 욕조에서 출렁이는 빨간 더운물이 흘러넘쳤다. 모락모락 더운 연기가 좁은 욕탕 안에 가득했다.

"새해 복 많이 받으세요……."

유키코가 웃으면서 말하자 도미오카도 거기에 답했다.

"새해 복 많이 받으세요."

웃음 속에서 두 사람의 화기애애한 분위기가 몸속 깊이 젖어들었다. 여행길의 설날이라고는 해도 시간과 돈이 넘쳐나는 손님은 아니었지만 두 사람에게는 '새해 복 많이 받으세요'라고 말하면서 서로 위로하는 감정이 마음에서 우러났다. 유키코가 탕에 들어오자 욕조의 물이 타일 바닥으로 흘러내렸다.

"아, 좋은 온천물이군요……."

"손님은 우리들뿐인 거 같아."

도미오카는 그렇게 말하고 쏴아 하고 욕조 밖의 샤워부스로 나왔다. 피부가 빨갛게 되어 있었다. 욕조 물은 맑았다. 유키코는 언뜻 도미오카의 나체에서 눈을 돌려 창 가까이 있는 붉은 벽의 표면을 바라보았다.

"저기……."

"왜?"

"우리들 왠지 평온해진 것 같지 않아요. 하지만 여종업원은 이상한 남자와 여자라고 생각하겠지요. 밖에 나가지도 않고, 그다지 돈도 없어 보이고, 게다가 음울한 것도 아니고… 하지만 매우 친절한 집이에요……."

"응, 그건 그래."

"그렇다니, 당신 무엇을 생각하고 있어요? 역시 아직 죽음에 관해서? 나 당신을 좀 더 살려주고 싶어요."

"아니, 아무것도 생각하지 않아. 목욕탕에서 나가면 산뜻하게 술을 마시자. 그리고 오늘 밤 돌아가자……."

도미오카는 비누거품을 내 몸을 씻기 시작했다.

"그래요? 이제 하루나 산에 올라가서 호수에서 뛰어내리는 것은 그만두는 거예요?"

"응. 당신과는 함께 죽지 않아. 좀 더 예쁜 사람이 아니면 싫어……."

"미워, 정말."

유키코는 웃으면서 욕조 안에서 양손으로 수영하는 듯한 포즈를 취했다. 팔에도 살이 붙었고 피부도 매끈매끈해졌다. 아무 일도 하지 않고 먹고 자는 생활은 몸에 바로 반응이 온다는 것을 유키코는 매끌매끌하고 혈색이 좋은 팔을 보면서 느꼈다.

이윽고 목욕탕에서 나와 두 사람은 정오가 가까워지도록 고타쓰 앞에 앉아 있었지만, 목욕탕에 있을 때와는 다른 기분으로 또 서로 차가운 분위기가 되었다. 술 두 병이 있었지만 그다지 마시지 않았다. 식사가 끝나자 도미오카는 유키코를 남겨둔 채 혼자서 거리로 나갔다. 시계를 팔러 가는 것이었다. 낡은 오메가 시계로, 수선을 한 번 한 것이지만 이곳에 지불할 돈 정도는 이것 하나로도 충분할 것이라고 생각하고서 유키코의 시계는 그대로 두고 도테라를 입고 나갔다. 문밖에는 눈이 조금 내렸다.

28

돌계단을 내려가자 사격장과 카페가 늘어서 있었다. 좁은 거리로 나갔다. 모피 외투를 입은 여자가 토산물 가게를 둘러보고 있었다. 도미오카는 도테라만으로는 추웠지만 어쩔 수 없이 시계점을 찾아보았다. 버스 정류장 옆의 술집 같은 곳에서 볼연지를 빨갛게 바른 여자가 "오빠, 들어와 보세요."라고 말했다.

도미오카는 이런 여자에게 물어보는 것도 좋을 것이라는 생각에 그 여자 곁으로 다가가 좁은 홀 안으로 들어갔다. 판잣집에 단지 페인트 칠만 되어 있는 새장과 같은 곳이었다. 도미오카는 추웠기 때문에 술을 주문했다. 여자는 안에서 도자지 화로를 가져와 도미오카 옆에 가져다 놓았다.

"저, 당신은 이 고장 사람인가?"

"가까운 곳이에요."

"이카호는 오래된 도시라고 생각했는데 의외로 신도시군."

"큰 불이 났었기 때문에 이런 거리가 되어버렸어요. 옛날에
는 참 좋았는데……."

까마귀가 요란스럽게 울었다. 도미오카는 따뜻한 술을 컵
에 따라 꿀꺽 하고 단숨에 들이켜고 돈을 지불하며 여자에게
주위에 시계점이 있는지 물었다. 여자가 안으로 들어가서 물
어보고 오겠다기에 도미오카는 손목시계를 빼서 그것을 가지
고 가서 물어보고 오라고 말했다. 이윽고 안에서 몸집이 작고
이마가 벗겨진 주인 같은 남자가 나왔다.

"시계 주인이십니까? 얼마 정도면 파시겠습니까……."

도미오카는 주인 같은 남자가 일부러 나왔기 때문에 겸연
쩍게 이삼 일 전에 이카호로 여자를 데리고 왔는데, 1박을 할
예정이었지만 마침 이카호가 맘에 들어 오늘까지 있었기에 계
산할 돈이 조금 모자라 이것을 팔고 싶다고 말했다.

"사실은 팔고 싶지 않습니다. 누군가 이것을 찾으러 올 때
까지 맡아줄 집이 있으면 좋겠습니다만……."

"좋은 시계군요."

"남방에서 샀습니다."

"어머, 남방? 손님은 남방의 어디에 계셨어요?"

“인도차이나에 다녀왔어요.”

“아 그렇습니까? 저도 해군으로 남보르네오의 반자르마신 이라는 곳에 있었어요. 작년에 돌아왔습니다…….”

“남보르네오… 대단하군요. 거기는 해군 지구였지요?”

“예, 그래요. 쓸쓸한 곳이지요. 그래도 인심은 좋은 고장이 었지요. 그곳에서 이 시계를 보고 한눈에 반해서 좋은 시계라 고 생각했어요. 도대체 얼마 정도라면 파시겠습니까?”

“어디 팔 곳이라도 알고 계십니까?”

“아니요, 제가 갖고 싶어서요. 이런 시계가 갖고 싶었어요. 시마스터 엘진 정도라도 괜찮다고 생각하지만, 지금까지 그런 시계를 가져본 적이 없습니다. 어제도 발칸이라고 하는 것을 보았습니다만 아무래도 너무 구형이라 마음에 들지 않았어요. 이렇게 스마트하지도 않았고요. 만약 가격이 맞는다면 제가 샀으면 합니다.”

“그렇게 갖고 싶어 하시면 팔아도 좋겠지만, 당신 쪽에서 말해 보세요. 저는 아무래도…….”

“저도 장사꾼이 아니라… 한 장이면 되겠습니까?”

“한 장이라면 만 엔 말입니까?”

“예… 그 정도면 어떻습니까… 시계점에 가지고 가도 약점 을 잡아 오천 엔 정도 줄 것이라고 생각합니다만.”

도미오카는 그것도 그렇다고 생각했다. 이 주변의 모르는 가게에 가져가면 오천 엔도 안 될지도 모른다고 생각했다. 주인은 여자에게 말해 술을 더 가져오게 하고 도미오카의 탁자 옆으로 가서 전깃불을 켜고 손목시계를 끼고 확인하듯이 바라보다가 시계를 귀에 갖다 대고 한동안 소리를 들었다.

"매우 좋은 소리가 나는군요. 경쾌하고 맑은 소리네요."

"시곗줄은 바꿔 드릴까요?"

"아니, 아직 괜찮은데요. 시곗줄도 마음에 듭니다. 일본에서 만든 것은 이렇게 부드럽고 훌륭하지 않아요."

여자가 술을 가지고 왔다. 주인은 안으로 들어가 잠깐 있다가 이윽고 웃으면서 말했다.

"긁어 모은 전 재산입니다."

주인은 탁자 위에 10장씩 백 엔 권을 십자로 겹쳐놓았다.

"인도차이나는 보르네오와 딜리 좋은 곳이라고 하더군요. 손님은 군인이었습니까?"

"아니요, 공무원으로 갔습니다. 농림성에 근무했으니까요……."

"그래요, 공무원이셨군요."

주인은 처음 여종업원이 오메가 시계를 가지고 들어왔을 때 도미오카를 유심히 보며 훔친 것은 아닐까 하고 생각했다며 웃으며 말했다.

"많은 사람을 상대하는 장사이기 때문에 이 눈은 못 속입니

다. 나는 당신이 화가가 아닐까 하고 생각했습니다. 공무원이
라고는 생각하지 않았어요."

주인도 술을 조금 마셨다. 버스가 발착發着할 때마다 작은
집이 흔들렸다. 도미오카는 돈을 품안에 넣고 명함을 꺼내 주
인에게 주었다.

"아, 목재 일을 하고 계시군요."

"공무원을 그만두고 친구의 일을 돕고 있습니다만, 자금 문
제와 통제로 지금은 아무 일도 못하고 있습니다."

"많은 통제와 세금 때문에 우리도 장사가 잘 안 됩니다. 좋
은 손님이 들어와도 라이스카레 하나 내올 수 없으니까요. 어
쨌든 밀고가 시끄럽고 위험해서 어쩔 수 없습니다. 옛날 대관
처럼 공무원은 완전히 어린이 골목대장 같아요. 즐겁게 장사
할 수 없게 하고 괴롭히니까 암거래가 성행하지요. 여관에 쌀
은 있습니까?"

"쌀이 없으면 머물 수가 없으니, 아내가 어딘가에서 한 말
사온 모양입니다."

"그렇군요. 암거래로 쌀은 얼마든지 살 수 있으니까요. 일
부러 이카호 변방까지 온 손님을 쫓아내는 일은 아무 도움도
되지 않습니다. 상인은 손님이 와도 귀찮게 통제를 하니 장사
가 안 돼요. 심한 불경기가 올 것 같아요."

"물건이 아닌 돈의 시대가 되었어요."

"손님은 계속 도쿄에서 사셨습니까?"

"그래요. 다행히 집은 타지 않았지만, 어쩔 수 없이 팔아버렸어요."

"저는 부모 대부터 계속 혼조나리히라本所業平에 살았습니다만, 3월 9일의 대공습으로 집은 타버리고 아이도 한 명 죽었습니다. 일본으로 돌아와 그 아내와도 헤어져 지금 아내와 이곳에서 가정을 꾸리고 있어요. 역시 도쿄로 돌아가고 싶네요. 저는 생선 장수가 본업입니다만… 지금의 아내가 생선가게를 너무 싫어해서 장사를 할 수 없어요."

"그 부인은 아까?"

"예, 딸같이 너무 젊어서 매우 부끄럽습니다만, 저 자신은 아무래도 일종의 인연인 것 같아 전생에서부터 맺어졌다고 생각합니다. ─운명석인 반남이란, 소중하게 여기지 않고 역행해서는 안 된다 생각하고 운명으로 받아들이고 있습니다."

볼연지를 바른 여자가 이 남자의 부인이라는 소리에 도미오카는 묘한 기분이 들었다. 우연한 만남을 소중하게 여기지 않으면 안 된다는 말이 가슴에 와 닿아 유키코와의 관계도 우연히 만난 것이 아니라고 생각되었다.

"히로시마의 다이다케항에 도착하여 선창에서 카멜 담배 봉투가 떨어졌는데 그 색깔이 너무 예쁘다고 생각했습니다. 결국 패했다는 것을 그 담배 봉투로 알 수 있었지요. 전쟁에 패한 것도 운명이겠지요."

"시계를 판 것도 운명일까."

도미오카는 취했기 때문에 기분이 좋아졌다. 가벼운 농담을 하면서 주인에게 담배를 받아 한 개비 피웠다. 까마귀가 매우 시끄럽게 울었다. 땅콩을 뻐드렁니로 씹으며 주인은 점퍼의 지퍼를 만지작거리면서 말했다.

"아니, 세상일은 모두 운이라는 것이 정해져 있어요. 이대로 일본이 전쟁에 승리를 했다면 더 힘들었겠지요.―전쟁이란 몹시 어리석은 짓이라고 알고 있습니다만, 대단한 일이죠… 하지만 저도 보르네오 남쪽 끝까지 가봤으니 그것도 인연이라고 생각하지 않을 수 없겠지요."

29

여관으로 돌아왔을 때 유키코는 고타쓰에서 손톱을 손수건으로 닦고 있었다. 그 뒷모습이 갑자기 가여워 보였다. 도미오카는 아까 술집 주인이 말한 모든 만남이 운명이라는 말이 절실하게 가슴에 와 닿아 어제까지 이 여자와 죽을 상상을 했던 일이 바보스럽게 느껴졌다. 갑자기 쉽게 죽을 수 없을 것 같다는 생각이 들었다. 시계를 처분한 것이 운명적인 것 같기도 했다. 상갓집의 개와 같이 풀이 죽어 있던 어제까지의 감정이 술기운을 빌어 조금은 활기를 되찾았다.

"어머, 취했군요."

"조금 마셨어."

술 같은 건 마셔도 괜찮다고 말하는 듯한 표정으로 유키코
는 물끄러미 도미오카의 눈을 바라보았다. 서로 줄곧 가면을
덮어쓰고 있었기 때문인지, 지금 돌아온 도미오카의 부드러운
눈빛에서 유키코는 무언가 좋은 일이 있을 듯한 기분이 들었
다.

"팔았어요?"

"팔았어. 만 엔에 팔았어."

그렇게 말 하고 시계를 판 이야기를 상세하게 들려주자 유
키코는 눈에 눈물을 머금고 한숨을 쉬었다.

"운명적인 만님이라니, 밋진 밀을 하는 사람이군요."

위축된 열정을 서로 감추던 두 사람 모두 주인이 한 말에 동
감하는 부분이 있었다. 도미오카가 고타쓰 위에 둔 만 엔 다발
을 유키코는 빤히 보았다.

"이런 방법도 있었네……."

일본으로 돌아와서 혼도 마음도 없는 듯한 인간만 보아오
던 유키코였다.

"그 사람 남방에서 돌아와 젊은 부인을 얻다니 용기 있네
요. 당신은 그렇게 할 수 없겠죠. 죽는 것만 상상하고 있으니."

도미오카는 지금까지도 죽음에 대한 생각을 버리지 못했다. 옛날 인도차이나에서 읽은 '악령' 속에서 스타브로긴의 세심한 준비를 한 죽음을 생각해낸 것이다. 냉정한 마음으로 단단한 비단끈에 미리 비누를 흠뻑 칠해놓고 죽을 때는 가능한 아프지 않도록 배려했다고 하는 문장에서 스타브로긴의 경악스러울 정도의 냉정함이 느껴져 도미오카는 그 당시 일종의 반감을 가졌다. 하지만 지금은 달랐다. 비단끈에 비누칠을 해서 아프지 않게 하여 죽는 것은 고통에서 벗어날 수 있는 가장 편리한 방법으로 도미오카는 자신 또한 쉽게 죽는 방법을 고안해내고 싶었다. 스타브로긴은 여러 곳을 순례하면서 마음의 양식은 어디에서도 얻지 못한 채 단지 신들린 사람처럼 고향으로 되돌아왔지만, 도미오카는 먼 인도차이나에서 돌아와 인생의 단맛을 다 본 인간으로서 스스로 목숨을 끊으려고 하고 있다. 도미오카에게 있어서 이 세상은 즐겁지도 재미있지도 않은 것이다.

"여관 같은데서 머물지 말고 괜찮다면 자기네 집에서 이삼일 정도 머물다 가라고 하던데 당신 의견은 어때?"

도미오카는 술집 주인에게서 받은 외국 담배를 꺼내 피우면서 말했다. 유키코도 신기한 듯이 불을 붙여 한 개비 피웠다.

"그래요. 재미있겠네요. 그런 남자라면 한번 만나보고 싶어요.”

“사람은 착해 보여. 당신이 마음에 들어 하는 가노 같은 착한 사람이야…….”

“어머 이상한 소리를 하는군요…….”

저녁에 두 사람은 계산을 끝내고 도쿄로 돌아갈 계획으로 술집에 들렀다. 손님으로는 운전수 같아 보이는 두 사람만이 술을 마시고 있었다. 주인은 두 사람에게 좁지만 이층으로 올라가 쉬고 있으라고 말했다. 점심때와는 다른 여자가 이층으로 차를 날라 왔다. 작은 호리고타쓰35)가 놓여 있었다. 여자의 외투와 기모노가 벽에 걸려 있었다. 이윽고 점심때의 볼연지를 빨갛게 바른 여자가 이층으로 올라왔다. 아직 열여덟, 아홉 정도로 덩치는 유키코보다 큰 편이었지만 아주 조용한 여자였다. 때때로 눈을 크게 뜨는 버릇이 있었는데, 그때마다 큰 눈이 매우 빛났다. 미인은 아니었지만 젊고 싱싱한 몸매가 탄력이 넘쳐 보였다. 오늘은 설날이기 때문에 가게의 손님도 빨리 돌아갔다. 여종업원도 마침내 인사를 하고 돌아가자 주인은 여자에게 가게 문을 닫게 하고 이층으로 위스키 병을 들고 올라왔다.

땅딸막한 체격에 오십대로 보이는 주인은 점퍼 주머니에서 몇 개의 사과를 꺼내 고타쓰 위에 놓으며 유키코에게 “드세

---

35) 호리고타쓰 : 방바닥의 한 군데를 네모나게 파고 거기에 화로를 넣은 고타쓰.

요.”라고 했다. 남자들은 위스키 잔을 기울이며 남방이야기로 꽃을 피웠다. 다다미 여섯 장 정도의 방으로 천장에는 종이를 달아 매어놓았고, 벽에는 세계지도가 붙어 있었다. 여자는 다루마 난로36)의 뚜껑에 손을 쬐면서 멍하게 무언가 생각에 잠긴 모습이었다. 도미오카는 자신의 옆에 앉은 여자의 옆얼굴을 때때로 바라보았다. 유키코는 사과를 깎아 사각사각 씹으면서 남자들의 이야기 속에 끼어들어 소란스럽게 이야기했다.

창밖에서는 조용히 눈 내리는 소리가 들렸다. 산울림과 같이 얼음이 얼어붙는 것 같은 바람소리가 났다. 여자는 난로에 턱을 괴고 편안히 앉아서 고타쓰에 오른손을 넣고 있었다. 도미오카는 무심코 여자의 무릎에 가부좌하고 앉은 자신의 발끝을 갖다 대 보았다. 여자는 모른 체했다. 도미오카는 왼손으로 이불 속에서 여자의 손을 만졌다. 그리고 조용히 여자의 옆얼굴을 응시하면서 강하게 손을 꽉 쥐었다. 도미오카의 가슴속에서 갑자기 무수한 불꽃이 튀었다. 여자는 조용하게 고개를 떨구고 눈을 감았지만 여자의 손은 끈적끈적하게 젖어 도미오카의 손에 몇 번이나 반응을 나타내 보였다.

연지를 빨갛게 바른 시골 여자에게 이러한 짐승과 같은 야성적인 힘이 있는가 하고 도미오카는 몹시 흥분하여 위스키를 들이켰다. 유키코는 두 번째 사과를 깎고 있었다.

---

36) 다루마 난로 : 가운데가 불룩하게 나온 석탄 난로.

도미오카는 독살스럽게 붉게 칠한 입술을 치켜들고 사과를 먹는 유키코의 얼굴을 때때로 경계했다. 하지만 유키코는 가노처럼 선량해 보인다는 술집 주인과 열변을 토하고 있었다. 주인은 아주 자랑스러운 듯이 손목시계를 차고 있었다. 짧은 팔목에서 금시계가 희미하게 빛났다. 고타쓰 속의 두 사람의 손은 좀처럼 떨어지지 않았다. 여자도 대담하게 무릎을 도미오카의 발끝에 얹듯이 했다. 도미오카는 큰맘 먹고 여자의 손을 놓고 몹시 흥분한 듯한 목소리로 말했다.

"아, 이것도 운명적인 만남이네. 이렇게 기념해야 할 설날도 없을 거야. 아름다운 밤이야. 주인장, 이 위스키를 한번 코가 비뚤어질 때까지 마셔보지 않겠습니까. 내가 오늘 밤 한턱 쏘겠어요……."

도미오카는 주인의 컵에 위스키를 따르고 유키코에게도 바시라고 권하며 일부러 손을 뻗어 컵을 입술에 갖다댔다. 인간의 기분은 변하기 쉬운 것이라고, 도미오카는 다시 한 번 차가운 감정으로 유키코에게 몇 번이나 술을 마시게 했다. 유키코는 크게 취했다. 저녁밥을 먹지 않은 탓인지 빨리 취해버렸다. 자신 앞에서 잠든 듯이 팔꿈치를 세우고 바닥에 볼을 괴고 고개를 푹 숙인 여자를 바보스러운 시골 여자라고 생각했다. 덩치만 크고 이런 빈약한 남자와 청춘이 없는 생활을 하고 있는 시골의 삶을 동정적인 눈으로 보았다. 계속 잠자코 있을 뿐이라 여자의 존재도 이곳에서는 확실치 않았다. 유키코는 취기가 오름에 따라 도미오카와의 남방에서의 격한 연애 이야기를 재미있다는 듯이 주인에게 고백하기 시작했다.

도미오카는 취하지 않았다. 거의 병을 비우기까지 세 사람은 계속 마셔댔다. ―도미오카는 온천에 갔다 오겠다고 말하며 급히 일어났다. 주인은 몽롱한 눈으로 말했다.

"어이, 오세이, 당신이 손님을 모시고 쌀가게의 목욕탕으로 안내해드려. 부인, 당신도 함께 가시지 않겠습니까?"

"나는 괜찮아요. 오늘 아침부터 두 번이나 긴다유의 탕에 들어갔어요… 게다가 너무 취해서 어지러워요……."

유키코는 술안주로 나온 햄을 입에 가득 넣고 씹으면서 또 위스키 컵을 입에 갖다댔다. 도미오카가 수건을 빌리고 싶다고 말하자 여자는 벽에 걸려 있는 자신의 분홍색 타월을 가져와 도미오카의 뒤를 따르며 사다리 계단을 내려갔다. 복도는 어두컴컴했다. 도미오카는 계단 밑에서 여자가 내려오기를 기다렸다. 탁자에 의자가 올려져 있는 가게에는 쥐가 돌아다니고 있었다. 여자가 내려왔다. 두 사람은 격한 눈빛으로 서로 정면에서 가까이 마주보았다.

30

산간벽지 골짜기에 밀어붙여진 듯한 계단 밑의 어두컴컴한 봉당에 서서 도미오카는 갑자기 오세이를 끌어안았다. 오세이는 숨을 죽이고 도미오카에 달라붙어 의외로 그가 하는 대로 맡기며 키스에 응했지만 이층에서 유키코가 큰 소리로 웃었기 때문에 도미오카는 오세이를 밀어냈다. 오세이는 아무 말도 하지 않고 뒷문으로 나가 도미오카에게 말했다.

"어두우니까 발 조심하세요."

발밑을 주의하라는 여자의 말에 약간 취기가 있던 도미오카는 갑자기 본능적으로 강하게 오세이의 허리를 끌어안았다. 오세이는 도미오카의 손을 뿌리치려고도 하지 않고 좁은 계단을 내려갔다. 사방은 컴컴했지만 돌계단 밑의 전주에 작은 등이 켜져 있었다. 이 등불 주변에서 모락모락 뜨거운 김이 오르고 있었다. 전주 곁의 밝은 유리문을 열고 오세이는 도미오카가 내려오기를 기다리고 있었다. 그가 내려오고, 유리문 안쪽에서 화려한 꽃 모양의 후리소데[37]를 입고 빛나는 오비를 맨 젊은 여자가 게다를 신고 나왔다.

"너무 춥군요."

누구에게라고 할 것 없이 여자는 말했다. 흰 솔을 확 펼쳐

---

37) 후리소데 : 소맷자락이 긴 소매. 또는 그런 소매의 일본 옷. 미혼여성의 성장용 (盛裝用).

하오리38)도 입지 않은 야윈 어깨에 휙 걸치고 "안녕히 계세요."라며 황급히 나가려 하자, 도미오카는 그 여자를 먼저 나가게 하고 유리문 안으로 들어갔다.

"지금 그 사람 게이샤에요."

오세이가 말했다. 도미오카가 유리문을 닫고 오세이의 뒤에서 차가운 복도를 몇 번 돌아 낮은 쪽으로 내려가자 넓은 목욕탕이 나왔다. 혼욕 탕으로 탈의실의 둥근 바구니에는 벗어놓은 여자와 남자의 옷이 있었다. 거울 앞에서 기모노를 입고 있던 중년 여자가 말했다.

"오세이 씨, 오늘은 연초라서 나가지 않았지만 남편에게 안부 전해주세요. 내일은 찾아뵙겠다고……."

도미오카가 양복을 벗기 시작하자 어느새 준비했는지 오세이는 목면 후로시키39)를 펼쳐 도미오카가 벗은 것을 개켜서 그 속에 싸두었다. 도미오카는 양복을 벗으면서 사방의 바구니를 살펴보았다. 후로시키에 싸인 짐이 두세 개 있었기 때문에 손님의 의류는 도둑맞지 않도록 거기에 싸두는 것인가 하고 이상하게 생각했다.

오세이도 옷을 벗기 시작했다.

---

38) 하오리 : 일본 옷 위에 입는 짧은 겉옷.
39) 후로시키 : 욕실에 들어갈 때는 옷을 싸두었다가 욕실에서 나왔을 때는 발을 닦는데 쓰는 천.

도미오카는 재빠르게 따뜻한 물이 가득 있는 욕조 안으로 들어갔다. 예닐곱 명의 나이를 분간할 수 없는 남녀가 타일이 발린 넓은 욕조 안에 들어와 시끄럽게 떠들어대는 것을 보고 서로 허물없는 사이임을 느꼈다. 오세이도 목욕탕으로 들어와서 입구의 구석 쪽에 무릎을 꿇고 앉아 물을 끼얹었다.

욕조로 뛰어 들어가자 피부에 배어들 정도로 소름이 끼치는 뜨거운 물이 차가운 몸에 달라붙었다. 오세이는 누군가와 뿌연 김이 나는 가운데서 이야기하다가, 바로 욕조로 들어와 천천히 도미오카 곁으로 다가왔다. 피부가 희고 두꺼운 어깨가 적토색의 탕에 떠올랐다. 곁으로 와서 오세이는 생긋 웃었다. 도미오카는 탕에서 발을 뻗어 오세이의 다리를 만졌다. 오세이는 물에 적신 수건을 찾는 듯한 모습으로 손으로 도미오가의 무릎을 민졌다. 디운 물이 뻘짚기 때문에 위에서는 두 사람의 장난이 아무에게도 보이지 않았다. 도미오카는 묘한 웃는 얼굴로 오세이의 눈을 보았지만 오세이는 조금도 웃지 않았다. 뜨거운 물속에서의 야생 짐승의 본능이 오세이의 머리에서 나와 욕탕 밑바닥에 빠지기라도 한 것처럼 오세이의 머리는 도미오카의 머리와 일정 거리를 두고 수박과 같이 둥둥 떠 있을 뿐이었다.

도미오카는 이 현실이 언젠가 어떤 곳에서 연출됐었던 듯한 기분이 들었지만 생각하려고도 하지 않았다. 단지 계속 턱

까지 따뜻한 물에 담구고 미소 진 얼굴을 보이고 있을 뿐이었
다. 한꺼번에 두 명의 남자가 들어왔다. 도미오카는 눈앞에 있
는 대상을 향하여 강하게 원시적인 상상에 젖어 있었다. 욕조
속에서 누군가가 '사과의 노래'40)를 부르기 시작했다.

도미오카는 생선가게를 본업으로 하는 남자가 젊은 오세이
와 동거를 하기 위해 이 이카호 온천 마을에 살고 있는 것이
왠지 '사과의 노래' 소리와 함께 마음속에 절실하게 와 닿는
기분이 들었다. 오세이는 수영하는 듯한 자세로 건너편으로
가서 먼저 탕 밖으로 나갔다. 큰 덩치의 훌륭한 뒷모습이 도미
오카에게는 지금까지 본 적이 없는 아름다운 여자의 나체처럼
생각되었다. 도미오카는 참을 수 없이 오세이의 나체가 그리
워졌다. 뒷모습에 반했다. 갑자기 도미오카도 그쪽으로 헤엄
쳐 가서 오세이의 곁으로 왔다. 목욕탕의 차양을 스쳐지나가
는 황량한 밤의 산바람이 불었다.

"등을 밀어드릴까요?"

오세이가 말했다.

굵은 허벅지를 딱 붙이고 타일 위에 앉아 있는 커다란 알몸

---

40) 사과의 노래(林檎の唄) : 전쟁의 폐허 속에서 사토 하치로가 패전 2개월 전에
작사한 곡으로 전해진다. 평이한 가사와 경쾌한 리듬으로 쇼지쿠가극단 출신의
나미키 미치코(並木路子)가 불렀다. 전후 일본 가요 히트곡 제1호가 되며, 1945
년 10월 개봉된 영화 「미풍(そよかぜ)」의 주제가로 불려 널리 인기를 얻었다.
내용은 일종의 스타 탄생 이야기.

은, 수욕水浴을 하고 있을 때의 니우의 나체와도 닮아 있었다.

도미오카는 문득 니우의 모습을 떠올렸다. 피부가 거무스레한 니우의 탄탄한 몸과 때때로 계수나무를 빨고 있던 니우의 입 냄새가 그리워졌다. 도미오카는 인도차이나에서의 생활이 지금까지 예상하지 못한 순간에 불현듯 그리워졌다.

―계수나무는 옛날부터 남자를 회춘시키는 약으로 애용되어 온 것이라며 니우는 때때로 도미오카가 피곤해하며 침대에서 나른하게 휴식을 취하고 있으면 계피를 깎아서 뜨거운 물에 녹여 가지고 오기도 했다. 그 회춘약인 계수나무를 임금님 계수나무라고 하는 것이 진귀하여 도미오카들은 네안주의 손이라든가 스안이나 쿠이, 샤우와 같은 무인의 산중에 탐험하러 간 적도 있었다.

임금님 계수나무는 베트남에서는 계수나무라고 말해지며 북 베트남의 산중에서 드물게 생식되었다. 계수나무는 작은 교목41)으로 옛날에는 베트남의 궁전용으로 지목되어 민간의 벌목이 자유롭지 않았기 때문에 산지 주민인 몬족의 추장이 베트남의 관청에서 벌목 허가증을 받아야 계수나무를 벨 수 있었다. 계수나무를 발견하는 것은 무엇보다도 신의 가호가 있어야 하므로, 성대한 종교적 의례를 행하고 나서야 깊은 산

---

41) 교목 : 줄기가 곧고 굵으며 높이 자라고 비교적 위쪽에서 가지가 퍼지는 나무. 느티나무, 감나무, 소나무, 전나무 따위.

중에 들어갈 수 있다는 것을 산림국장인 마르콘 씨에게서 들었다. 탐험하러 나온 몬족도 일 년이나 이년 정도는 돌아갈 수 없는 것이 신기한 일도 아니라고, 노련한 사람이 아니면 발견할 수 없다고 했다. 향기를 쫓아서 드물게 찾게 되면 관헌에 신고하여 벌목 허가를 받아 여기에 관인을 받지 않으면 안 되었다. 탄노아의 주변 산에서 도미오카는 때때로 이 계수나무의 향기를 맡았다.

나체인 오세이가 등을 밀어주자 도미오카는 계수나무의 향기와 같은 냄새를 떠올렸다. 니우와의 사이에서 태어난 아이는 지금쯤 벌써 말을 하고 아장아장 걷고 있을 것이다. 아버지가 없는 아이를 안고 니우는 어떻게 살아가고 있을지, 도미오카는 두 번 다시 만날 수 없는 옛날 여자와 아이의 삶을 상상하기도 했다.

목욕탕의 불이 때때로 어두침침하게 숨을 몰아쉬었다.

"당신은 몇 년 정도 이카호에 있었어?"

도미오카가 물었다.

"2년 정도예요. 나는 도쿄로 가고 싶어요. 이제 이런 쓸쓸한 곳은 지긋지긋해요… 우선 경기도 좋지 않고 추워서 손님도 없으니까……."

"잘되고 있지 않아?"

"아니요. 너무 싫어요. 그 사람도 여기가 싫으니까 도쿄로

가서 다시 원래 하던 장사를 하고 싶다고 하지만 내가 생선가
게를 싫어하니까… 혼자 도쿄에 가서 댄서가 되고 싶어요. 조
금 전에 문밖에서 만난 게이샤 생각나지요? 그 사람에게 댄스
를 배우고 있는데 도쿄에서 댄서가 되면 먹고 살 수는 있다니
까 정말 하고 싶어요… 여기는 여름에만 장사가 되요.”

“댄서? 댄서도 좋지만 그런 일은 오래 할 수도 없고, 결국
몸만 상하게 되겠지…….”

“어쨌든 도쿄에 가고 싶어요. 하지만 저 사람 때문에 좀처
럼 도쿄로 가지 못할 거 같아요…….”

쏴악 등에 물을 붓고 오세이는 다시 탕 속으로 소리를 내며
들어갔다.

두 사람이 목욕탕에서 나와 이층으로 돌아왔을 때, 유키코
는 아직 술을 마시고 있는 주인을 상대로 애기하고 있있다. 인
도차이나에서의 여러 가지 추억을 재미있게 이야기하고 있었
다.

“꽤 오래 걸렸네… 두 사람, 사랑의 도피라도 했나 생각했
는데.”

유키코는 농담으로 말했지만 도미오카는 유키코의 직감에
놀랐다. 오세이는 대답도 하지 않고 차가운 수건을 벽의 못에
걸고 고타쓰로 기어 들어왔다. 볼연지를 빨갛게 발랐다고 생
각했는데, 그것이 아니고 선천적으로 볼이 빨개서 시골여자처

럼 보이는 것이었다. 화장을 하지 않은 오세이의 얼굴에서 윤기가 흘렀다.

도미오카는 혼이 없는 공허한 눈초리로 오세이의 묵직한 가슴 주변을 보았다. 유키코에 대해서 이제 매달리는 듯한 호기심은 없어졌다. 오세이의 늠름한 육체에서 앞으로의 생활을 생각하기 시작했다. 이제 죽을 마음은 없었다. 유키코에 대한 배반의 반성도 없다. 오세이는 때때로 눈을 반짝이며 도미오카를 스쳐지나가듯이 바라보았다. 도미오카의 마음속에서 인도차이나에 있을 때와 같은 여행지에서의 청춘의 낭비가 시작되고 있는 것이었다. 일단 윤리감은 머리에 남아 있었지만 도미오카는 가슴속 깊이 오세이의 남편과 유키코를 바보로 여기고 있었다.

오세이의 유혹에 의해 어쩐지 다시 회생하고 싶은 생각에 일종의 눌어붙을 듯한 흥분조차 느끼고 있었다.―주인 남자와 유키코를 눈앞에서 사라지게 해버리고 싶었다. 두 사람만 없으면 도미오카는 오세이와 자유롭게 제2의 인생을 시작할 수 있을 것 같았다. 모든 육체의 굴레를 벗어버릴 자신이 있었다. 눈앞에 있는 두 사람을 죽인 죄로 오세이와 둘이서 감옥에 잡혀가는 상상도 했다.―주인도 유키코도 꽤 취해 있었다. 주인은 취해 넘어져 고타쓰에서 자고 있었고 유키코는 취한 눈을 희멀겋게 뜨고 있었다. 오세이는 가지고 온 소주를 물에 타서 유키코의 컵에 따랐다. 목이 마르던 유키코는 그 컵에 든 것을 벌컥벌컥 맛있다는 듯이 다 마시고 알아들을 수 없는 말을 계속했다.

오세이는 남편의 몸을 끌듯이 하여 옆에 있는 자신들의 방으로 데리고 갔다. 도미오카는 도와주지도 않고 유키코의 컵에 소주를 줄줄 따랐다. 유키코는 뭐가 재미있는지 때때로 웃음을 터뜨리며 소주가 섞인 물을 주위에 내뿜으며 마셨다. 얼굴은 불같이 뜨거웠다.

"야자수 물은 맛있어. 좀 차갑고 비린내가 났었지… 야자수 물이 마시고 싶어."

"그래, 야자수 물 말이야."

도미오카는 소주를 컵에 따랐다. 유키코는 전신이 마비되어왔다. 도미오카는 담배에 불을 붙이고 바람소리에 귀를 기울였다. 다루마 석탄 난로 뚜껑에 손을 쬐고 있던 오세이는 무릎 끝에 도미오카의 발이 부딪혀오는 것을 한 손으로 잡았다. 휘둥그레진 눈에서는 푸른 에테라[42]가 빛을 잃은 것 같았다. 도미오카는 석탄 난로 곁으로 다가가 오세이의 머리를 자신의 이마 쪽으로 끌어당겼다.

"안 돼요."

"취해서 모를 거야……."

---

42) 에테라 : 빛이나 전파를 전하는 매체로서 우주에 차 있다고 생각되어 왔던 물질.

"싫어요. 아직 부인이 뭔가를 말하고 있잖아요."

도미오카는 복수를 하는 듯한 눈으로 취해서 화장이 지워진 유키코의 얼굴을 혐오하는 표정으로 보았다. 이 여자와의 관계는 끝난 듯한 기분이 들었다. 도미오카는 누워 뒹굴며 아직 말을 하고 있는 유키코에게는 신경을 쓰지 않고 오세이의 등을 끌어안으며 강하게 입술을 갖다댔다. 유키코는 웃으면서 노래를 불렀다. '처음에는 진실했다'고 하는 노래를 불렀다. 도미오카는 오세이의 무릎 옆에 있는 석탄 난로를 한쪽으로 밀었다.

유키코는 때때로 눈을 떴지만 주위는 어두웠다. 남자의 코 고는 소리가 근처에서 시끄럽게 들렸다. 이 코고는 소리에 섞여 창문의 커튼 사이로 비치는 도로의 불빛 속에서 누군가가 소곤소곤 속삭이고 있는 인기척이 났다. 유키코는 목이 말랐다. 야자수 물이 줄줄 흐르는 곳으로 가고 싶었다. 방은 해먹과 같이 흔들렸다. 어깨와 허리에 힘이 조금도 들어가지 않았다. 물이 마시고 싶어 참을 수 없었지만 목이 바짝 말라 소리를 낼 수가 없었다. 힘껏 몸을 뒤척여 겨우 배를 땅에 대고 길 수가 있었다. 갑자기 누군가가 유키코의 머리맡을 걸어서 후스마 쪽으로 가는 기척이 났다. 별 생각 없이 무심코 몽롱한 눈을 뜨니 키가 큰 여자가 후스마를 열고 옆방으로 사라지는 것이었다. 유키코는 그림자를 향해 외치듯이 말했다.

“물 좀 줘.”

후스마는 닫혔고 아무런 반응도 없었다. 유키코는 화가 나서 다시 외쳤다.

“물이 마시고 싶어.”

아무도 일어나는 기척이 없었기 때문에 유키코는 더듬으며 고타쓰 주위를 기어 다녔다.

31

도미오카와 유키코는 사흘 정도 신세를 졌다. 유키코는 도쿄로 돌아갈 준비를 서둘렀다. 여자의 육감으로 유키코는 오세이에게 뭐라 말할 수 없는 반감을 가지기 시작했다. 드디어 내일 이카호를 떠나게 되서 그날 저녁 환송회를 했다. 그날 밤에도 주인은 오세이의 꼬임에 빠져 술을 마셨지만 유키코는 그다지 술을 마시지 않았다. 첫날 저녁에 과음을 했기 때문에 머리와 위가 너무 아팠다. 오세이가 술을 따라주었지만 유키코는 살며시 재떨이를 끌어당겨 거기에 술을 부었다. 그리곤 취한 척했다. 도미오카는 눈을 감고 때때로 베트남의 노래를 흥얼거렸다. 유키코는 때때로 오세이의 표정을 엿보았다. 첫날 저녁의 몽롱한 가운데 본 여자 요괴가 오세이인 것 같았다. 왜 후스마 문턱에 서 있었는지 의문스럽기도 했다. 주인은 벌써 기분이 좋아져 콧물을 훌쩍거리면서 도쿄에서 한번 만나고 싶다고 말을 했다.

"혼조本所의 불에 탄 자리에 집 한 채라도 세우고 싶지만 한 필지의 토지가 이만 량이라 해도 열 평이 채 되지 않아서요. 게다가 사들이려면 삼십만을 준비하지 않으면 안 되니까요. 도쿄에서 생활하는 것도 너무 힘들다고 들었지만… 그렇다고 해도 언제까지나 이런 일을 할 수도 없으니, 집과 비품을 모두 팔고 싶지만 어쨌든 여름까지 목숨을 연명해나갈 힘도 없어, 쓰키지築地에 형제같이 지내는 집에 둘이 들어가 살까 하는 이야기를 했습니다."

도미오카는 때때로 눈을 들어 맞장구를 치듯이 대답을 했지만 그 사람 이야기 따위는 아무래도 좋았다. 주인은 말없고 겸손한 도미오카가 너무 마음에 들어 무슨 일이든 상담하고 싶은 모양이었다. 오세이도 현재의 이 장사는 너무 지긋지긋하다고 말했다. 바람은 없었지만 차가운 저녁이었다. 모처럼 안마하는 장님이 피리를 불며 창밖을 지나갔다. 도미오카는 마음먹은 듯이 말했다.

"그럼, 탕에나 들어갔다 올까……."

그러자 오세이가 바로 일어나서 비누상자와 수건을 가져오며 말했다

"나도 욕탕에 들어갔다 와야지."

“어머, 그럼 나도 함께 가요.”

유키코가 아무 생각 없이 도미오카의 뒤를 따르자 오세이
는 갑자기 불만스러운 표정으로 말했다.

“그래요. 그럼 두 분이서 다녀오세요.”

유키코는 갑자기 이마에 작은 돌을 맞은 듯한 이상한 기분
으로 멍하게 오세이의 얼굴을 보며 계단을 내려가는 도미오카
의 뒤를 따랐다. 게다를 신고 뒷문으로 나오니 피부를 찌르는
듯한 차가운 공기가 느껴졌다.

“오세이 씨, 이상한 여자야. 당신을 좋아하는 것 같아. 무언
가 이상해…….”

“허어, 그래?”

유키코는 비웃으면서 마음을 떠보듯이 도미오카의 뒤에서
말을 걸었지만 도미오카는 좁은 돌계단을 내려오면서 익살스
럽게 대답할 뿐이었다.

“저 촌 여자 상당한 바람둥이네…….”

“그런가…….”

“어머, 그런가라뇨. 당신은 언제나 여자에게 쌀쌀맞게 대해
서 여자를 확실히 낚아채버리니까…….”

“특별히, 저 촌 여자와는 아무 일도 없었어. 바보 같은 말
하지 마.”

“하지만 흥미가 없는 것은 아니지요?”

"없어……."

"그래요? 내가 목욕하러 간다고 했더니 갑자기 뾰로통해진 것이 이상해. 당신에게 반한 것 같아. 너무 서비스가 좋아. 당신에게만……."

"어, 그래? 지금 처음 알았네. 그럼 사오 일 더 신세를 질까?"

"그래요. 그것도 좋아요."

두 사람은 히죽히죽 웃으면서 쌀가게의 큰 목욕탕 안으로 들어갔다. 일여덟 명의 손님이 큰 소리로 암거래 쌀의 상장을 얘기하고 있었다. 단체객인 듯한 손님들의 등을 두 명의 게이샤가 밀어주고 있었다. 등을 맡기고 있는 남자가 때때로 치근대는 모습도 보여 욕탕은 꽤 혼잡스러웠다.

도미오카는 아무 생각 없이 유키코의 나체를 보았다. 오세이와 같이 훌륭한 육체가 아닌 것이 가엾게 생각되었다. 젊은 게이샤 때문인지 유키코의 육체는 왠지 쇠락해 보였다. 그런데도 다리는 쭉 뻗어 몸통과 균형이 잡혀 있었다. 유키코는 대충 몸을 씻고는 게이샤처럼 남자의 등을 밀어줄 생각도 하지 않았다. ―유키코는 서둘러 탕 밖으로 나갔다. 양복을 벗어둔 바구니로 가자 자신의 바구니와 나란히 두었던, 도미오카의 바구니에 들었던 것이 어느 샌가 파란 목면의 보자기에 싸져 있는 게 보였다. 다른 바구니는 아닐까 하고 주위를 둘러보았지만 도미오카의 옷이 든 바구니는 눈에 띄지 않았다. 슬쩍 보자기의 틈새로 의류를 보았다. 묘하게도 거기에 싸여 있는 것은 도미오카의 것이었다. 이윽고 도미오카가 나왔기 때문에 유키코는 재빨리 옷을 입고 거울 앞에 가서 머리를 매만졌다. 거울 속에 비친 도미오카는 잠깐 헷갈려하더니 곧바로 모른 척하고 보자기를 풀었다. 뭔가 바구니 속을 곰곰이 찾고 있는 듯했지만 잠시 후, 유키코 쪽을 돌아보는 듯하더니 도미오카는 팬티를 입었다. 유키코에게는 그 새하얀 팬티가 이상하게 느껴졌다. 도미오카는 서둘러 옷을 입고 보자기를 작게 뭉쳐 주머니에 넣었다. 유키코는 왠지 이상했다.

"보자기에 싸여 있다니 이상해요."

유키코가 야유하듯이 거울에서 떨어지며 말했다.

"누군가가 싸놓았겠지."

"새로운 팬티도 가져왔어요? 입던 것은 어떻게 하고?"

도미오카는 대답도 하지 않고 수건의 물기를 짜러 서둘러 목욕탕 안으로 들어갔다. 유키코는 트집을 잡고 싶었지만 도미오카가 돌아와서도 아무 말도 하지 않았기에 차가운 복도로 앞서 나갔다.

─유키코는 도망치려고 하는 남자의 마음을 이러한 일로 가끔이라도 볼 수 있는 기회를 놓친다는 것을 자신에게 확실하게 인지시키기 위해, 도미오카와의 추억에만 매달려 있어서

는 안 된다고 생각했다. 참을 수 없이 쓸쓸했지만 유키코는 당분간 혼자서 살아갈 계획이었다. 느슨한 기분으로 끌려 다녀서는 안 된다고 스스로에게 말했다.

두 사람은 묵묵히 돌계단을 올랐다. 밤하늘에 빛나는 별이 마치 배의 등불과 같이 깜박거렸다. 유키코는 마음을 달래기 위해 휘파람을 불었다. 눈꺼풀에 와 닿는 뜨거운 눈물을 외투의 소매로 닦았다. 하이퐁海防에서 돌아올 때의 외로움이 갑자기 지금 이 순간 눈물이 되어 그칠 줄 모르고 뺨에 흘러 내렸다. 일본으로 돌아와서 도대체 무엇이 자신들을 이런 식으로 무기력한 쓸쓸함으로 치닫게 하는 것인지… 하나 둘 돌계단을 오르면서 유키코는 치밀어 오르는 눈물에 목이 메었다.

"왜 그래?"

"아무 일도 아니에요……."

"의심하고 있어?"

"무엇을요?"

유키코는 심한 노여움이 엄습해 왔지만, 그 노여움은 바로 입으로 내뱉지 않는 사이에 가슴속에서 덧없이 사라졌다. 흥분은 조금씩 사라졌다. 돌계단을 오르자 집 옆으로 골목이 있었다.

"조금 걸을까?"

"감기 들면 안 되니까. 그만두세요."

도미오카는 멈춰 서서 두서없이 작은 목소리로 말했다.

"당신은 신경 쇠약이야."

그리고 다시 빠른 어조로 말했다.

"아니, 내가 신경이 약해졌어. 침착하지 못한 것은 내 쪽이야. 금방 침울해지고 하니까. 고독해서 견딜 수가 없어. 어쩔 수 없으니까 이대로 살아가는 거야.─닥치는 대로 마음 가는 대로 살고 싶어졌어… 지금도 마음대로 생각하고 있었어."

도미오카는 막대기와 같이 얼어붙은 수건을 마치 지팡이와 같이 짚어졌다.

"추워요. 아무튼 집 안으로 들어가서 빨리 자도록 해요… 내일 아침 일찍 나는 여기를 떠나고 싶으니까…….."

"당신 혼자서 돌아가겠다는 것은 아니겠지… 나도 돌아가. 함께 왔으니까 함께 돌아가아지."

"예, 그야 그렇지만, 당신은 수시로 마음이 변하니까… 이제 이런 일은 아무래도 좋아요. 그만두세요. 나는 추워서 다리가 후들후들 떨리니까…….."

두 사람은 뒷문을 통해 이층으로 올라갔다. 옆방에서는 주인이 코를 골며 자고 있었다. 오세이는 없었다. 도미오카는 낮은 밥상 위에 있는 술병을 귀에 대고 흔들어 보았다. 술이 남아 있는 것 같아 차가운 술을 컵에 따라 꿀꺽꿀꺽 소리를 내며 마셨다. 오세이가 주인 옆에 없다는 것은 온천에서 돌아온 도미오카와 유키코에게 다소 효과가 있었다. 두 사람은 각각 오세이가 없는 것을 걱정했다. 유키코는 차가운 발을 고타쓰에 넣고 내일 도쿄에서 도미오카와 헤어지고 난 뒤의 생활을 생각해 보았다. 이케부쿠로의 생활은 이 일주일 정도의 부재로 전부 정리된 듯한 기분도 들었다.

32

두 사람은 5일 저녁 도쿄로 돌아왔다. 도쿄를 떠날 때보다도 훨씬 우울해져서 유키코는 자신의 피난처로 도미오카를 데리고 돌아왔다. 안채의 잡화 가게로 가서 돌아왔다는 인사를 하자 안주인은 싫은 표정을 했다. 유키코는 그러한 얼굴을 대하자 뜻밖에 여행 일정이 길었다는 것을 생각하고 타인의 집에 들어가는 듯한 기분으로 작은 방의 잠긴 문을 열었다. 막 끌어당긴 전깃불을 켜고 소켓을 코드에 꽂아서 전기 화로의 스위치를 넣었다. 방 안이 많이 어질러져 있었다. 고타쓰 위에는 편지가 놓여 있었는데 그것은 이바가 두고 간 것이었다. 이틀 정도 여기서 유키코를 기다린 일과 한번 고향으로 돌아오라는 말이 적혀 있었다. 사기노미야에서는 정월 7일에 이바 일가가 모이게 되어 있으니까 그날은 꼭 와주면 좋겠다고 했다. 유키코는 바로 그것을 구깃구깃 뭉쳐서 화로에 집어던졌

다. 불을 피워 고타쓰에 넣고 커피 물 전기 곤로에 올려놓았
다. 고타쓰에 무릎을 넣고 담배를 피우던 도미오카가 한 손으
로 머리카락을 쥐어뜯으면서 물었다.

"어이, 여기에 술 없어?"

유키코는 잠자코 방구석에 쌓인 두세 병의 술병을 보다가
없다고 말했다. 도미오카는 매일 밤 술이 없으면 견딜 수 없게
되었다. 술 힘으로 마음의 동요를 견디지 않으면 점점 침하되
어가는 자신의 고독함을 견딜 수 없었던 것이다. 도미오카는
데리고 도망가 주겠다고 말한 오세이를 그대로 두고 온 것이
지금은 먼 옛날처럼 생각되었다. 그립기도 했지만 어떻든 좋
은 일이기도 했다. 주소를 가르쳐달라고 해서 도미오카는 대
충 알려주었다. 오세이의 정성이 담긴 새 팬티를 입고 도쿄로
돌아왔지만 그것은 마치 타인의 일처럼 생각되었다.

"마시고 싶어요?"

"마시고 싶어……."

"그래요. 오늘 밤은 당신이 완전히 취하게 해주겠어요……."

유키코는 커피를 타면서 농담을 했다. 그러나 술을 사러 갈
기분은 나지 않았다.

"아직 걱정하고 있어?"

"어머, 내가 무슨 걱정을 한다고 그래요?"

"아니, 아무것도 아니야. 서로 목숨을 건진 축하회라도 할

까……."

"오세이 씨가 구해준 것 같아요."

"그 촌 여자 말이야?"

"건강한 몸이지 않아요? 버스 타는 곳에서 보니 오세이의 눈에 눈물이 고여 있었어요."

"흠."

유키코는 커피 잔을 도미오카 옆으로 내밀며, 자신도 뜨거운 것을 마시면서 처음으로 그의 얼굴을 보았다. 재떨이에 담배를 끄면서 도미오카도 커피를 마셨다. 왠지 유키코는 오늘 밤 혼자서 자고 싶었다. 술은 이카호 이래 한 번도 마시고 싶지 않았다. ―커피를 다 마시고 도미오카는 술을 사러 간다며 밖으로 나갔다. 유키코는 도미오카가 하는 대로 내버려두었다. 도미오카의 술 습관이 숙명처럼 생각되었다. 도쿄도 의외로 추웠다.

유키코는 쌀을 씻기 위해 안채의 뒷문으로 물을 길러 갔다. 죠가 혹시 왔다간 것은 아닌가 하고 생각했지만 그것은 아무래도 좋았다. 양동이에 물을 길어 작은 방으로 돌아오자 도미오카는 이미 술을 사서 돌아와 있었다. 스스로 주전자에 술을 붓고 화로 위에 얹었다.

"술독에 빠지겠군요."

"응. 지금은 이것이 최고의 연인이야."

"도미오카 씨는 무서운 사람이야. 자신만 사랑하지요?"

알맞게 데운 술을 커피 찻잔에 따라 한입에 죽 들이키고 도미오카는 힐끗 유키코를 보았다.

"좋아하니까 미련이 있는 거야. 죽는 것은 아프니까……. 죽어버릴 때까지 한순간의 아픔의 공포야. 그건 상처와 같은 아픔이 아니니까. 목숨을 끊는 아픔이야. 좀처럼 죽을 수 없어. 자신을 사랑하는 것이 아니라, 생에 미련이 있기 때문이야……. 당신도 한잔 하겠어?"

"마시고 싶지 않아요. 위가 아파요."

"그런 말 하지 말고 한잔해. 기분이 좋아지니까."

"나는 밥을 지어 먹을 거니까 괜찮아요. 술은 조금도 먹고 싶지 않아요.……."

유기코는 냄비에 쌀을 씻어 화로에 잊있다. 도미오카는 두 번째 술을 커피 잔에 따르고, 작은 주사위 두 개를 주머니에서 꺼내 고타쓰 위에서 흔들었다. 오세이가 헤어질 때 준 것이었다. 2와 5가 나왔다. 아뿔싸 하고 생각했다. 도미오카가 가장 싫어하는 숫자였다. 당황하여 다시 흔들어보았다. 4와 5가 나왔다. 도미오카는 불만스러운 기분으로 다시 흔들었다.

세 잔째의 술을 마시자 어느 정도 마음의 우울함이 사라진 듯한 기분이 들었다. '악령' 속의 키리로프가 "아프지 않게 죽는 방법이 없다고 생각합니까?"라고 한 말이 기억났다. 자살을 두려워하는 첫 번째 이유는 고통, 두 번째 이유는 내세来世.

"완전한 자유라고 하는 것은 살든 죽든 같다고 생각될 때 처음으로 얻어지는 것입니다. 그것이 모든 것의 목적입니다."라고 말했다. 도미오카는 한숨을 쉬고 다시 주사위를 흔들었다. 이상하게도 또 2와 5가 나왔다. 다시 원래와 같은 숫자로 되돌아온 것이다.

"밥은 다 됐어?"

"이제 곧이요."

"이카호는 재미있었지?"

"그래요. 시골 촌 여자가 있었기 때문이지요?"

"음……."

"보고 싶어요?"

"음……."

"다시 가면 되겠네."

"시끄러워. 그래 갈 거야."

"왜 화를 내는 거예요? 그렇게 좋아해요……?"

"그래, 좋아, 뭐라고 말할 수 없을 정도로. 조용히 몸으로 표현하는 여자야. 만나고 싶어……."

"만나러 가면 되잖아요……."

"이젠 늦었어. 버리고 왔으니까……."

유키코가 뭔가 말하려고 했을 때 이케부쿠로 역을 통과하는 화물열차의 진동으로 작은 방이 지진이 난 것처럼 흔들렸다. 도미오카는 오세이의 눈빛이 떠올랐다. 반짝반짝 빛나는 짐승과 같은 아름다운 눈이다. 큰 몸에 묵직한 하얀 나체가 공간에서 굴절된다. 따뜻한 땀이 밴 피부가 너무 그립다. 어둠 속에서 잠자코 서로의 손을 잡았을 때의 숨소리가 귀에 쟁쟁하다. 적당히 취기가 오르자 도미오카는 오세이에 대한 욕정이 돌았다. 파마를 한 딱딱한 머리털의 감촉이 마치 말 털과 같았다.

도미오카는 콩알만한 작은 주사위를 포기한 듯이 고타쓰 위에서 흔들었다. 화물열차는 멀리 사라져갔다. 지반을 흔드는 소리도 사라졌다. 도미오카는 네 잔째의 술을 마셨다. 유키코는 냄비를 내렸다. 소용돌이치는 곤로의 불이 차가운 방을 따뜻하게 했다. 유키코는 지금으로서는 오세이가 미워서 견딜 수가 없었다. 조용히 몸으로 표현한다고 하는 도미오카의 말이 바늘처럼 아프게 찔렀다. 그때 술에 취해서 본 몽롱한 여자의 그림자는 역시 오세이였음에 틀림없다고 생각했다.

"당신은 무서운 사람이에요……."

도미오카는 대답도 하지 않고 주사위만 흔들었다. 따분하지만 구니코의 곁으로 돌아갈 생각은 없었다. 빈 집과 다름없이 텅 빈 집에 눌러앉아 있는 부인 구니코의 모습이 현재 도미오카에게는 답답하기도 했다. 그러나 유키코에게도 깊은 애정이 있는 것은 아니었다. 오히려 우정에 가까운 것으로 순화하려고 하는 서로의 교활함이, 근래에 와서 분명해졌다. 유키코를 연인으로 여기던 시절은 벌써 지나간 옛 이야기였다.

33

도미오카는 이미 한 되짜리 술을 거의 다 마셨다.

"다랏트에서는 세리[43]를 자주 마셨지."

유키코는 식사를 마치고 다시 커피 물을 끓이고 있었다. 술을 마시며 혼자서 제멋대로 말하고 있는 도미오카를 보면서, 유키코는 한 되짜리 병이 다 빈 것을 기가 찬 듯이 바라보았다.

도미오카에 있어서 술은 마약과 같은 것인지도 몰랐다. 아무리 괜찮은 일이 들어와도, 이렇게 매일 술을 마신다면 적은 수입으로는 감당할 수가 없다. 유키코는 도미오카를 측은해하기보다는 화가 치밀어 올랐다. 술에 빠져 진지하게 무엇을 생각하거나 상담할 힘이 사라져 버렸다. 얼굴에는 번들번들 개기름이 흘렀고, 인도차이나에 있을 때와 같은 젊음은 이제 사라져가려고 했다. 매우 지치고 야위어보였다.

"왜 그리 물끄러미 사람 얼굴을 보고 있어? 쫓아낼 작정이

---

43) 세리(Sherry) : 스페인 남서부, 안다르시아 지방 원산의 알코올 도수를 높인 백포도주. 혹은 이것과 유사한 백포도주.

야? …여기는 당신 집이니까, 모처럼 손님이 와도 장사에 방해
가 되는 건가…….”

“무슨 말을 하는 거예요…….”

“아니, 정말 헤어질 때와 계산할 때가 제일 중요해… 인생
에 있어서 그것만 명심하고 있으면 큰 재난은 없어… 하지만
그렇게 말하지만, 인생, 헤어지면 괴로울 뿐. 패전하고 나면
계산할 때는 곤란해질 테고, 이건 그 반대겠지… 한 사람 한
사람이 고잉 마이 웨이가 되었다는 거지.”

“말도 많네, 이제 술은 그만하고 주무서요. 헤어질 때와 계
산할 때가 제일 중요하다고 자기 입으로 말하면서 미적미적
거리고 있으니, 뭐예요…….”

“그렇게 화내지 마. 내일이면 남남이 되는 거야. 고잉 마이
웨이로 갑시다. 이가호伊香保의 일은 아무 일도 아니니까, 마음
에 두지 말아요. 몽 쉐리 유키…….”

장난하듯이 주저리주저리 말하는 도미오카의 자줏빛 입술
이 유키코에게는 인상적이었다. 도미오카는 담배를 꺼내서 질
근질근 입에 물며 말했다. 눈동자는 흐렸고 머리카락은 이마
로 내려와 있었다.

“당신이란 사람은 어쩔 수 없는 인간이군요. 하지만 남들이
잘 봐 주니까 괜찮겠지. 허풍쟁이고 변덕쟁이고 그런 주제에
소심하고. 술의 힘을 빌려 대담해져서… 잘난 체하기는.”

"흐응, 잘난 체하는 거지… 그리고 또 있지, 단점이……."

"예, 인간의 교활함으로 가득 차 있지만 그걸 숨기고 있는 사람이에요. 깨끗하게 포기하고 낙담하는 사람도 아니고, 훌륭하고 책략적인 면은 있지만, 사업에는 전혀 머리가 돌아가지 않는 것은 관료적인 탓이겠죠? 그래서 이 험난한 세상을 술술 잘 살아간다면, 도미오카 씨는 대단한 남자겠지만요……."

"아니, 이제부터도 아직 미래가 있으니까. 그렇게 바보로 취급하지 마. 덜덜 떨고 있는 것처럼 보이지만 이래 뵈도 거부巨富가 되고 싶다는 욕망은 남들보다 훨씬 크다고……."

"그럼, 왜 죽으려고 했어요?"

"당신은 죽고 싶을 때 없어? 살고 싶으니까 죽음도 생각하는 거야. 이카호에 갔던 때의 마음은 그런 생각이었어… 도쿄로 돌아왔던 것은 살아서 어떻게 될지도 모르겠다고 생각했기에 돌아왔던 거야. ─죽는 것은 외롭다고 생각했기 때문에 이렇게 술을 마시는 거구. 나에게 용기가 없는 것을 알았으니 포기한 거지. 누구라도 일생을 살면서 한 번이라도 죽음을 생각하지 않는 사람은 없지 않을까… 단지 우리들은 죽으려고 해도 방해하는 의식이 강해서 그다지 단순하게 되지 않지. 하늘나라에서 보면 밤톨만한 인간이지만, 역시 사람이 어떤 구실을 하니까 잘난 체도 하고 허풍도 있고… 인간에게는 천사가

236

되는 방법도 없어. 모순덩어리의 쓰레기를 들이마시면서도, 어떻게든 삶의 즐거움을 스스로 만들고 있는 것이지. 그 모순 덩어리 속에는 사업도 있고, 여자도 있고, 정치도 법률도 스포 츠도 있지. ─모순의 쓰레기를 얼마나 들이마시냐에 따라서 운 이 좋은 사람과 운이 나쁜 사람이 생겨. ─하이퐁에서도 출항 할 때 꽤나 성격이 못된 놈이 있었잖아. 빨리 돌아가고 싶다고 동료를 밀쳐내고 배에 올라타고 싶어 했지. 자신 이외에는 모 두 전범戰犯이었던 것 같다고 말하는 놈도 있었고… 인간은 그 런 거야. 정의를 입에 올리는 녀석이야말로 더 조심해야 된다 고 생각지 않아? 여자인 당신을 속이는 정도는 아무 것도 아 니지… 하지만 가노라는 남자는 좋은 남자였어. 정직하지만 언제나 운이 나쁜 녀석으로, 그러나 언제나 자신을 운이 나쁜 사람이라고는 생각지 않았지……."

"가노 씨에게는 당신도 나도 용서를 구하지 않으면 안 돼 요… 애태우고 놀리고 죄를 저질렀던 것은 우리들이니까… 잡 혀서 사이공으로 갈 때, 조금도 우리들을 원망하지 않았어 요… 그러나 나는 가노 씨에게 버림받았지만, 득을 본 건 당신 이에요. 교활하니까……."

"운이 좋았어. 그럼 됐지."

"그 사람, 전쟁에는 이긴다 이긴다 했는데, 일본으로 돌아 와서 깜짝 놀랐겠죠… 그때 나도 가노 씨를 바보 같은 사람이라고 생각했어요."

술기운이 꽤나 돌았다. 도미오카는 고타쓰에 다리를 쭉 벌리고 누워 팔을 벴다. 눈동자 속에 어두운 삼림과 같은 것이 떠올랐다. 아프리카의 삼림 조사와 가스용 목탄에 관한 시험을 완성하고, 인도차이나의 목탄 자동차의 보급에 공헌한 사이공 농림연구소의 아로아르드 씨가 관여한 가스용 목탄의 제탄법과 신탄림의 중간 작업에 가노는 평생을 걸겠다고 말한 사람이다.

하나의 일에 열중하면 어떤 의심도 없이 그 일에만 열중할 수 있는 가노의 순정을 도미오카는 지금에야 소중한 것이라고 생각했다. 들리는 소문에 의하면 돌아온 가노는 무슨 생각을 했는지 지금까지의 생활에 일체 등을 돌리고 요코하마에서 자유노동자가 되었다고 한다. 하지만 그 이야기는 실제로 가노를 만나보지 않으면 모를 일이다. 가노와 같은 남자라면, 자신이 생각한 일을 솔직히 해내기 어려울 것이다. 도미오카는 한 번 가노를 찾아가 보려고 생각했다.

평화조약도 끝나고, 자유롭게 어디든 갈 수 있는 시절이 온다면, 한 번 더 고용인이 될 각오로 도미오카는 사이공으로 출항하고 싶은 기분이었다.

"잠 와요?"

"아니, 오지 않아. 점점 눈이 맑아져 오는 걸. 여러 가지로 살아갈 길을 생각해봤지만 좀처럼 쉽지 않네. 이제부터… 여자는 어떠한 경우라도 여자지만, 남자는 참 어려워.”

“여자도 힘들어요… 당신은 의지가 되지도 않고, 나 시골에라도 내려갈까 생각하고 있어요, 어때요?”

“그거 좋겠네. 시골로 내려가서 건강한 아줌마가 되는 거야. 평화로운 생활을 할 수 있다면, 그것이 제일 좋은 거야.”

“어머, 정말 싫어. 결혼 따윈 하지 않아요. 시골로 내려간다고 한 것은 그런 마음으로 한 것이 아니에요. 나에게는 나의 삶의 방식이 있으니까, 이별을 고하려고 가는 것이 아니에요…….”

“흐음, 당신의 삶의 방식이니까. 그건 그렇지. 누구나 삶의 방식은 있어… 그래, 그렇지만 무리하지 않는 것이 좋지. 평생 독신으로 살 생각은 아니겠아.”

유키코는 고타쓰에 탄을 넣었다.

“마치 남의 일처럼 말하는군요.”

유키코는 후후 하고 불을 불며 화난 듯이 말했다.

때때로 쇼센省線전철의 경적이 들렸다. 어제까지 이카호에 있었던 것이 거짓말처럼 느껴졌다. 눈앞에 아직 도미오카가 누워 있어 주어서 좋았지만, 실제로 헤어져 버리면 이 작은 방에서의 생활은 혼자서는 외로울지도 몰랐다. 조금 전까지는 혼자서 실컷 자고 싶다고 생각했지만 지금은 또 마음이 바뀌었다. 서로의 마음을 알고 있는 두 사람이 한 곳에 모여 사는 것은 위로가 되었다.

"담배 없어?"

도미오카가 손을 내밀었다. 유키코는 핸드백에서 빛이 나는 상자를 꺼내서, 그 손에 건넸다. 그리고 고타쓰 위에 굴러다니는 두 개의 주사위를 손에 쥐고 유키코는 한동안 이런저런 생각을 했다. 무슨 일을 해야 하는 것인지가 무겁게 엄습해 왔다. 사무적인 재능도 이제는 없어져 버렸다. 더욱이 하녀는 될 수 없다. 결혼하는 것도 싫었다. 무언가를 하지 않으면 굶게 된다. 어떠한 일을 선택해야 하나 하고 주사위를 흔들면서, 유키코는 차가운 바람을 맞는 거리의 여자가 된 자신의 모습을 몰래 상상했다.

34

나나쿠사44)의 날 유키코는 이바伊庭 집에는 가지 않았다. 도미오카와 돌아온 이후, 유키코는 4, 5일은 집 안에서 생활했다. 어디에도 나갈 기분이 아니었고, 무엇을 하겠다고 말할 기분도 아니었다. 마음에 생긴 상처는 좀처럼 회복될 것 같지 않

---

44) 나나쿠사(七草) : 봄의 대표적인 일곱 가지 풀. 미나리·광대나물·떡쑥·냉이·별꽃·순무·무. 정월 이렛날, 도마에 올려놓고 짓이겨 죽에 넣어 먹으면 만병을 예방한다고 전해져 옴.

았다. 유키코는 이카호의 오세이가 있는 곳과 요코하마의 미노사와蓑沢에 있다고 하는 가노의 집으로 엽서를 썼다.

오세이가 있는 곳으로는 일부러 남편도 안부를 전한다고 써놓았다. 오세이한테서 어떠한 반응의 답장이 올 건지가 유키코에게는 재미있는 장난이기도 했다. 가노에게는 가까운 시일 내 꼭 찾아뵙고 싶지만, 언제가 좋을지 하고 문의하는 글을 부쳤다. 엽서를 부치고 나서 얼마 안 있어 뜻밖에도 오세이의 남편이 눈이 내리는 날에 유키코를 만나러 왔다. 오세이가 유키코와 도미오카가 도쿄로 돌아간 다음 날, 몸만 가지고 집을 나가버려서 지금까지 돌아오지 않는다고 말했다.

유키코는 도미오카의 일이 금방 머릿속에 떠올랐다. 하룻밤을 지낸 도미오카가 돌아가면서 어딘가에서 오세이와 만날 약속을 했을지도 모른다고 생각했다. 두 사람이 함께 있는 것을 확실히 본 것은 아니었지만, 배웅하러 온 오세이의 눈물은 왠지 의미 있는 눈물 같아서 유키코는 그것을 마음속으로 노려보고 있었던 것이다.

이제 이렇게 오세이의 남편이 방문해오자, 도미오카가 오세이에게는 주소를 건성으로 가르쳐주었다고 말한 것도 거짓말이고, 무언가 두 사람 사이에 약속이 있었던 것은 아닐까 하는 생각이 들었다. 만나고 있을 때에는 도미오카와 헤어질 것만 생각하면서, 도미오카가 아내의 집으로 돌아갔을 때에는 왜 도미오카의 생각대로 이카호에서 자살해버리지 않았을까 하고 후회가 되었다.

자신의 조심스런 절망의 형태가 죽창처럼 자신의 주위에 빙 둘러쳐져 있는 듯한 기분이 들었다. 유키코는 도미오카의 주소를 오세이의 남편에게 일부러 가르쳐주었다. 지금쯤은 어딘가에서 그 남자가 오세이를 만나고 있음에 틀림없을 것이다…….

그 다음 날 아침 일찍부터 오세이의 남편이 찾아왔다.

"도미오카 씨는 있었습니다. 하지만 역시 오세이의 일은 아무 것도 모르는 모습이었습니다… 저도 그 사람이 갈 만한 곳이 짚이지 않아서 경찰에게 부탁해볼까 하고 생각합니다. 도미오카 씨가 재워주셨지만, 이불이 없어서 밤새도록 고타쓰에서 자서 부인에게도 큰 폐를 끼쳤습니다."

오세이의 남편은 그렇게 말하고, 유키코의 입장을 처음으로 알게 된 듯한, 조금 친근한 말투로 그는 어두운 집 안으로 들어왔다.

그때 봤던 오세이의 눈물을, 역시 자신이 잘못 생각한 것일까 하고 유키코는 생각했다. 그때의 기분으로는 매우 냉혹하게 될 수 있는 도미오카이기에 그가 말한 것처럼 정말로 오세이에게도 남편에게도 자신의 주소를 밝히지 않았던 것인지도 모른다고 생각했다. 만약 오세이에게 가지 않았다면, 도미오카의 냉혹함이 더욱더 기분 나쁘게 생각되었다. 도미오카와 오세이의 사이가 평범하지 않다는 것을 유키코는 여자의 육감으로 느끼고 있었다. 첫째로, 공동온천에서 새 팬티를 갖다 준 오세이의 여심女心을 유키코가 모를 리가 없었다. 오세이가 여자의 마음을 그대로 숨기고 만나지 않게 되면 그건 그저 여행의 우연이거나, 도미오카가 함부로 정한 여행지이므로 냉혹하게 잘라버렸는지도 모른다고 생각했다. 1시간쯤 있은 뒤 오세이의 남편은 홀연히 돌아갔다.

유키코는 도미오카의 본심을 본 듯한 기분이 들었다. 오히려 놀림당한 꼴이 되어 가출을 한 젊은 오세이에 대해서 유키코는 어쩐지 동정심이 생겼다. 그날 유키코는 가노에게서 병으로 앓아누워 있어 방안이 누추하지만 그래도 만나보고 싶으니까 그 엽시의 뜻이 진심이라면 찾아와 딜라는 딥장을 받았다. 그리고 그 문장의 말미에는 '도미오카 군도 만나고 싶으니 괜찮다면 두 분이서 와주십시오.'라고 작게 추신이 있었다.

유키코는 꽤나 고생하는 듯한 가노의 다정함이 못 견디게 그리웠다. 도미오카와 자신에 대해서 현재로는 어떤 응어리도 갖고 있지 않은 것 같은 문장이기도 해서 안심했다.

유키코는 과감하게 요코하마의 미노사와의 가노를 찾아갔다. 베어링 공장인지, 인쇄실인지가 빽빽이 들어선, 거리의 파

헤쳐진 도로에 인접한 번지를 꼼꼼하게 찾아서 유키코는 겨우 좁은 골목에 있는 가노의 집을 찾아냈다. 가건물의 작은 집이 늘어서 있는 나가야[45]의 귀퉁이에 앙고라토끼를 집 안에서 키우고 있는 2층 집에 가노는 방을 빌리고 있었다. 이카호의 오세이네 집처럼 흔들흔들 하는 집으로, 마침 2층에 가노가 누워 있다고 계단 아래의 아이가 말해주어서 유키코는 자연스럽게 2층으로 올라갔다.

천장이 낮은 방 하나의, 사다리처럼 생긴 계단의 윗부분에 곤로와 석탄 가마니가 놓여 있는 곳을 지나 찢어진 문가에 서자 가노는 귀에 익은 쩌렁한 목소리로 말했다.

"어질러져 있지만 들어오세요."

문을 열자, 가노는 때 탄 수건을 머리에 말고 모포를 덮고 누워 있었다. 갓이 없는 전구가 마치 얼음주머니처럼 가노의 머리 위에서 흔들흔들 흔들거렸다. 붓고 핏기 없는 얼굴을 하고 있었다. 옛날의 모습은 찾아볼 수 없을 정도로 변해 있었다.

"어머, 어찌 된 일이에요? 감기에요?"

발 디딜 곳도 없이 어질러져 있는 가노의 머리맡으로 가서, 유키코는 가노를 살피듯이 하며 말했다. 가노는 금세 얼굴을

---

45) 나가야(長屋) : 칸을 막아서 여러 가구가 살 수 있도록 길게 만든 집으로 연립 공동 주택을 의미함.

붉히고 매우 그리웠다는 듯이 흰 이를 드러내며 웃었다.

"못쓰게 되었어요. 여기가 병이 나서, 어젯밤도 각혈을 조금 했지요……."

가노는 남의 일처럼 말하고는 벽 근처의 면이 삐져나온 방석을 눈으로 가리키며, 거기에 앉으라고 말했다. 뿌연 주위에서는 석탄산의 냄새가 났다.

"몸이 완전히 망가졌어요. 잠시 짐 드는 인부를 했는데, 비를 맞아서 한기가 들어 벌써 40일째 병이 나 누워 있습니다. 살아있지만 시체나 다름없지요. ―도미오카 군과 함께 오지 않았어요?"

"누구랑요?"

"도미오카 군과 행복하게 살고 있겠지 하고 생각했는데 ……."

"어머, 저는 혼자예요. 도미오카 씨는 도미오카 씨고요―가노 씨의 병은 도대체 누가 돌보고 있어요?"

"어머니와 남동생이 있지만, 남동생은 얼마 전에 요 앞 문수당이라는 인쇄공장에 식자공으로 일하러 나가게 되었어요. 전쟁 중에는 특공대의 일원이었지만, 지금은 식자공이 되어 어머니와 둘이 살면서 나를 기다려주었지요. 어쨌든 불에 타버려 집도 없어져서 이런 곳에 있습니다. 이래도 현재의 우리들에게는 금전옥루 金殿玉樓지요."

둔한 오후의 햇살이 종이를 바른 유리창을 통해 얼룩무늬가 되어 더러워진 군대 모포에 내리쬤다. 유키코는 사람 신상의 심한 변화를 본 듯한 기분이 들었다. 수염이 자란 핏기 없는 가노의 얼굴은 야위어 날카로워져 있었다. 동그란 아이의 얼굴 같았던 가노는 마치 10살이나 나이를 더 먹은 것 같이 늙어보였다. 누워 있는 가노의 현재 모습에서는 남방南方에서 생활했을 때의 모습은 떠오르지 않았다. 마치 다른 사람의 얼굴을 하고 거기에 누워 있는 것 같았다. 두 사람은 어떤 과거도 없었던 듯한, 모르는 사람으로밖에는 생각되지 않았다.

"변하셨군요……."

"깜짝 놀랐지요?"

"예."

"오늘은 옛날이야기라도 하고 가주세요. 유키코 씨의 엽서가 왔을 때 너무 기뻤어요… 당신은 나에게 소식을 전할 사람이 아니라고 생각했거든요……."

"어머, 그런 일은 없어요. 도미오카 씨한테서 가노 씨의 주소를 알아내곤 너무 만나고 싶어서……."

"허허, 이런 너무 송구하네요……."

갑자기 둘 사이에 어색한 분위기가 흘렀다. 잠시 동안 두 사람은 말이 없었다.

35

"어머니도 일하러 나가셨고 차도 내드릴 수 없지만… 오히려 병이 옮지 않으니까 더 나을지도 몰라요."

냉소적인 말투로 가노는 훗 하고 차갑게 웃었다.

유키코는 그 말에 천만千萬의 가시를 느꼈지만, 거슬리지 않도록 묵묵히 있었다. 가노는 때때로 심하게 기침을 하면서 버릇처럼 머리를 흔들었다.

"바람을 쐬지 않아도 괜찮아요?"

"바람을 쐬고 가슴을 식히면 좋겠지만, 지금은 전혀 기력도 없어요. 어머니와 남동생의 방해물이 되지 않도록 살고 있지만, 기껏해야 제가 감사할 정도니까요… 남의 방해물이 되지 말자고 하는 것이 요즘 저의 깨우침입니다. 저는 언제라도 죽는 것에는 자신이 있어요. 하지만 뭐랄까, 그래도 신神으로부터 받은 생명이니까 하루라도 더 사는 것이 죽어서 재가 되는 것보다는 나을 거니까……."

"마음 약한 소리 하지 말고, 빨리 나으면 되잖아요……."

"절대로 좋아지지 않을 겁니다……."

"어째서 그렇게 마음 약한 소릴 하는 거예요… 마음 단단히 먹으세요. 옛날의 건강한 가노 씨로 돌아와 주세요."

"옛날의 가노는 전쟁에서 죽었다고 생각해요. 이 전쟁에서 저는 심신이 모두 엉망진창이 되었어요. 심한 일을 당했지요. 하지만 이것도 할 수 없는 일이라고 포기하고 있어요. 때때로, 인도차이나의 일을 생각하고, 저의 생애에서 가장 인상 깊은 시절이었구나 하고 생각해요… 어떻습니까? 그 후 팔의 상처는 괜찮습니까? 왼팔이었지요?"

유키코는 팔의 상처를 기억해주는 가노의 순정에 감격했다.

"당신에게는 정말로 미안하게 생각하고 있어요."

"아니에요! 저야말로, 가노 씨에게 무례를 범해서 죄송하게 생각하고 있어요. 그때는 어떻게 되었나 봐요. 모두 미친 상태였지요."

"정말 미친 상태였지요. 당신이 일부러 제 칼 쪽으로 기대 다가온 듯한 느낌이 들었어요. 저는 도미오카를 찌를 생각으로 방에 갔던 건데 유키코 씨가 있어서 순간 더욱 화가 났던 것이지요. 지금 생각하면 바보 같은 짓을 저질렀습니다."

"이제 그 이야기는 그만두세요……."

"죄송합니다. 당신을 만나니 어제 일처럼 생각나서……."

유키코는 방 안의 심한 약 냄새 때문에 일어나서 유리문을 조금 열었다. 찬바람이 솨악 들어와서 기분이 나아졌다.

"도미오카 군은 건강한가요?"

"예, 건강한 것 같더군요."

"그 사람은 운이 좋은 사람이에요. 남의 비참함을 이해하고 그런 인간의 운명을 납득할 수 있다는 얼굴을 하면서, 자신은 안락한 의자에 앉아서 좀처럼 움직이려고 하지 않는 남자이니까요. 아니, 이건 욕이 아니에요. 왜냐면 그가 운이 좋은 이유도 그 주변에 뭔가 있는 것이 아닐까 하고 생각하니까요. 빨리 배워야 하는데 하고 지금에서야 저는 그렇게 생각하고 있어요."

"하지만 지금은 너무 운이 좋은 것만도 아닌 것 같더군요."

"그럴까요… 당신이 너무 좋은 것만 보는 것이지요? 집도 불타지 않았고 좋은 파트너를 찾아서 괜찮은 일도 하고 있다고 하던데요?"

유키코는 이카호로 도미오카와 동반 자살을 하러 가서 뜻을 이루지 못했던 일을 떠올렸다. 사노는 아무 것도 모르니까 저런 말을 하고 있는 거라고 생각했다.

"지금 매우 곤란한 처지인 것 같더군요. 집도 팔고 가족을 고향으로 보내서 자신은 당분간 가볍게 일할 거라고 말했어요."

"일을 하다니, 저처럼 항구의 인부가 되어서 일급 200엔의 몸이 될 마음은 그 사람에게는 없어요. 몇 십 관貫이나 되는 짐을 짊어지고, 이런 몸이 되는 것도 그 사람에게는 희극으로 보이겠지요……."

“농담만 하시고. 가노 씨는 일부러 그런 말만 골라 하시네요. 어떤 심경으로 인부가 될 생각을 했어요?”

“그건, 먹고 살아야 해서요. 마음에 드는 일이 없기도 했고요. 가장 손쉽게 구할 수 있는 일이라 도둑이 되는 것보다는 낫겠다고 생각해서 시작했지요. ―펜보다 무거운 것을 든 적이 없는 관료생활을 했던 사람에게는 매우 힘들었어요…….”

“그렇겠지요…….”

유키코는 선물로 사과를 대여섯 개 사온 것을 열어서 과일칼을 찾아서 깎았다. 빙빙 돌려 깎으면서 유키코는 콧속이 뜨거워지는 것을 느꼈다. 이제 얼마 더 살지 못할 가노를 위해서 가능한 친절을 베풀고 싶다는 마음이었다. 깎은 사과를 작게 썰어서 가노의 입에 넣어주자, 가노는 이 부딪히는 소리를 내며 사과를 베어 먹었다.

“많은 일이 우리들에게 있었지만, 역시 살아 있으면 이런 시절도 볼 수 있고, 우리들도 만나지 않았습니까? 그러니까 충분히 영양을 섭취하고 건강해지지 않으면 안 돼요.”

“영양이라고요?… 그렇지요. 돈만 있으면 2, 3년은 더 살지도 모르지요.”

“하지만 어머님도 남동생분도 힘들겠네요…….”

“정말 안됐다고 말할 수밖에 없지요. 요즈음은 어머니도 동생도 저에게 지쳐 있는 모양이더군요.”

“그건, 당신이 오해하고 있는 거예요”

“오해일까요…….”

실제로 가노는 일평생 도미오카처럼 종이 한 장의 위험한 곳도 잘 피해갈 수 있는 행운은 없다고 생각했다. 도미오카를 생각하고 있자니 자연스레 화가 났다. 언제나 슬쩍 몸을 비켜서서 좀처럼 빠지는 곳에는 머리를 넣지 않는다. 가노는 옛날 일을 떠올리고 뽀로통해 있었다. 유키코는 사과 껍질을 신문지로 쌌다. 그리고 뭔가 말을 걸려고 하다가 그만두었다. 가노는 유키코가 옛날의 정열적인 모습은 조금도 보이지 않고 조용하고 차분해져 있는 것이 수수께끼 같았다. 여자의 대담함이 이해되지 않았다. 베개 맡에서 지금까지 한 번도 고향으로 돌아간 적 없이 돌아온 뒤로 혼자서 방랑하고 있다는 귀환 이후의 이야기를 들으니, 여사는 물고기의 피부처럼 차가운 섯이라고 생각되었다.

“도미오카라는 인간은 언젠간 반드시 그 사람의 재능으로 빛을 발할 겁니다. 그는 능력이 있는 남자입니다. 그 사람은… 작년 5월에 하이퐁에서 배를 탔다는 이야기를 뒤에 듣고 매우 운이 좋은 사람이라고 생각했습니다. 인테리로 가장하고 있으면 좀처럼 돌아갈 수 없다고 생각하여, 군속으로 인도차이나에 와서 임야국의 차 담당이나 심부름 담당을 하고 있다고 그 사람이 말했다더군요.

　방파장의 검문소 앞에서 많은 장교들로부터 조사받았을 때, 도미오카는 가장 우직한 스타일로 가장하여 영어와 불어로 유창하게 장교진들이 대화하고 있어도 그쪽을 조금도 보지 않았다고 하더군요. 이 녀석 말을 아는구나 하고 알려지면 남겨진다고 합니다. 그 다음에 일본지도를 보이고 시코쿠는 어디냐고 물었을 때, 그 사람은 규슈를 가리켰다고 합니다. 학력은 소학교졸업 정도로 보이게 하고 말이에요. 어떻습니까? 연기를 잘하지 않았어요? 그리고 여유롭게 관문을 빠져나와서 자신은 누군가의 이름을 사용하여 빠른 배를 타고 일본으로 돌아왔대요. 정말 영웅적인 인물이지요……."

　유키코에게 그것은 처음 듣는 이야기였다.

　도미오카라면, 어쩌면 하기 어려운 일이 아닐지도 모른다고 생각되었다. 오세이와의 문제도 도미오카는 여자가 보이는 호의로 받아들였음에 틀림없을 것이다. 오세이는 그때 도미오카의 위로가 되어버렸는지도 모른다…….

　"저는 도미오카와 유키코 씨는 그 때문에 빨리 돌아왔는가 하고 생각했습니다. 하지만 배는 같지 않았다지요?"

　"아뇨, 따로였어요……."

　가노의 범죄는 전쟁 중에, 게다가 관료로서는 처음 있는 추한 사건으로서 사이공의 헌병대에서 심하고 난폭하게 다루어졌다고 한다.

1시간 정도 있다가 유키코는 어쩐지 갑갑해져서 가노에게 이별을 고하고 밖으로 나왔다. 문밖으로 나오자 마음이 놓여 좋은 공기를 마신 듯한 기분이 들었다. 마음속으로 가노를 불쌍한 남자라고 생각했다. 잘나가는 좋은 집의 아들이라고 들었는데, 이처럼 급격한 변화가 왠지 유키코에게는 안타까운 일로 생각되었다.

가노는 오랜만에 일본에서 만나게 된 유키코의 현실의 얼굴은 옛날과 조금도 변하지 않았지만, 자신이 도미오카와 혈투를 벌이면서까지 이 여자를 원했던가 하는 묘한 기분이 들었던 것도 사실이었다. 여자의 팔에 우연히 상처를 입힌 것으로 가노는 보상받았다고 생각했지만 눈앞에 앉아 있는 유키코를 봤을 때에는 이런 여자의 어디에 끌려서 그렇게 되었던 것일까 이상하게 생각했다. 그때 일본을 나와 있던 일본인에게는 어떤 귀신이 씌었었는지도 모른다. 모두 무지개와 같은 것에 취해서 살고 있었던 것 같이 생각되었다.

유키코가 돌아간다고 말했을 때에 가노는 그래도 그녀가 조금 더 거기에 앉아 있어 주길 바랐다. 이렇게 만나기 전까지는 유키코를 마치 여신처럼 생각하고 있었지만, 만나보니 가노는 어떤 애석함도 없이 인간적인 유키코의 현실에 깨끗하게 꿈이 깨는 기분이었다.

유키코 역시 가노를 만나고 후회하고 말았다. 가지 않았으면 좋았을 것이라는 생각까지 들었다. 그때 그대로의 가노 씨를 생각하고 있던 쪽이 좋았을 걸 하고 생각했다… 도미오카는 가노를 만나고 싶어 하는 유키코에게 어리석다며 호기심이라고 말했다. 오세이에게 가짜 주소를 가르쳐주었던 도미오카의 마음속이 지금에서야 알 듯한 기분이었다. 그 순간의 기분으로 사물을 판단해가는 남자의 강인함이 유키코에게는 지금 증오스러울 만큼 매력적이었다.

“처음 만났을 때의 눈빛이 진심이에요.”하며 남방의 유행가를 불렀던 도미오카의 자연스런 웅얼거림이 자신과 오세이의 몸에 지금 쏟아져왔다.

유키코는 노을 지는 추운 신바시 역에 내려봤다. 찬바람이 불었다. 자동차 타는 곳으로 걸어가자 화려한 초록색 외투를 입은 여자가 “어머”하며 유키코의 곁으로 달려왔다.

여자는 유키코의 어깨를 두드렸다.

“어머!”

유키코는 눈을 크게 떴다. 함께 사이공으로 갔던 시노노이 하루코篠井春子가 달려왔던 것이다. 유키코는 반가웠다.

“왜 여기 있어요? 언제 돌아왔어요?”

유키코는 빠른 말투로 말했다. 시노노이가 돌아올 때의 소식을 듣고 싶었다.

“저는 혹시나 하고 당신이 개찰구에서 나올 때부터 보고 있

었어요. - 건강해요? 나는 작년 6월에 돌아왔어요. 집은 우라와로 피난해 있어서 불타지 않았어요. 저는 돌아와서 곧 영문 타이프를 배워서 마루노우치丸の内에서 직장을 얻었어요… 당신은 지금 무슨 일을 하고 있어요?"

타이피스트를 하고 있다고 하기에는, 시노노이 하루코는 너무나 화려하고 아름다운 모습을 하고 있었다.

36

사람으로 태어나 내일
어떻게 될지 가늠하기 어려우니
영요榮耀의 사람을 보고
가는 세월이 그러하리라 여기지만
세상의 변화는 너무나 빠르나니
날개를 편 잠자리의 걸음도
그렇게 빠르지는 않으리.

일주일 정도 지나 온, 유키코의 문병이 고마웠다는 가노의 편지의 말미에는 이런 시와 같은 문장이 쓰여 있었다. '세상의 변화가 빠르다'라는 한 구절이 유키코의 마음에 새겨졌다. 자조적인 이 말이 절망스런 병에 이른 현재의 가노의 심정이라고 유키코는 그에 대해 동정하지 않을 수 없었지만, 현실에서 만났던 가노에 대해서는 이제 어떤 끌림도 없다. 인도차이나에서의 일은 이제 모두 사라졌다. 세상의 변화가 빠른 탓일까. 유키코는 답장을 보내지 않았다.

그 후, 도미오카에게서는 어떤 소식도 없었다. 둘이서 죽을 작정으로 이카호로 갔던 일도 지금에 와서는 먼 과거처럼 느껴졌다. 그때 죽었더라면 오늘날은 맞이하지 못했을 것이지만 살아 있다고 하는 것도 유키코에게 있어서는 아무렇게나 되어도 좋았다. 도미오카가 죽자고 했을 때 왜 그렇게 이상하게 마음이 약해졌을까 이해할 수 없다.

시노노이 하루코를 만났던 일도 유키코의 마음속에는 조금도 자극이 되지 않았다. 자기 자신을 다 먹어버려 없어진 듯한 공허함으로 인해 유키코는 무엇을 할 기분이 아니었지만, 언제까지 빈둥댈 수는 없었다. 게다가 이 창고 같은 작은 집도 주인이 가까운 시일 내에 나가 달라고 말했다.

왜 함께 거기서 죽지 않았던 것일까… 지금으로서는 자신에게 사신死神이 들러붙어 있는 듯한 기분도 들었다. 누워서 가는 가죽 밴드를 목에 둘러봤지만, 자신의 힘만으로는 조일 수 없었다. 그러다 힘을 주어 강하게 목을 조여봤지만, 더 이상 어찌 할 수 없었다. 유키코는 가죽 밴드를 풀고 그것을 허리에 감았다. 지금 이곳에 도미오카가 있어 준다면 얼마나 좋을까 하고 생각했다. 도미오카의 모습이 너무 그리워졌다.

도대체 죽는 일은 자신이 이 세상에서 사라져 버리는 일뿐인 걸까… 그 누구도 세월이 지나면 자신이 죽었던 일을 기억해주지 않을 거고 도미오카도 언젠가는 자신을 잊어버리게 될 것이다. 그때를 놓친 일이 유키코는 안타까웠다. “처음 만났을 때가 진실 된 사이”라는 인도차이나의 노래 구절처럼, 이카호에서 도미오카가 깊이 생각했던 그 기분에 답하지 못했던 마음을 유키코는 지금에서야 안타까워했다. 그럼에도 유키코는 세상과 남자를 신용할 자신을 잃어버렸던 것이다. 두 사람이 정사를 했던 곳에서 의기투합된 죽음은 할 수 없었음에 틀림없다. 죽음 앞에서까지 두 사람은 마음속으로는 다른 일을 생각했음에 틀림없다. 유키코는 그것이 싫었다. 예를 들어 자신은 아무것도 생각하지 않는나 하너라도, 도미오카는 숨을 들이마시는 마지막에 이르러 “마누라여 용서하오.”하고 신음을 내지 않을까 유키코는 의심한 것이다.

인간은 마음속까지는 아무래도 마음대로 되지 않았다. 한때의 어둠이 지난 이상 두 사람 모두 양지의 인생으로 희망을 생각하는 것은 당연했다. 도미오카는 어쩔 수 없는 마음으로 오세이에게 눈물을 보이게 한 것은 아닐까 하고 유키코는 깊은 의심을 가져보았다.

도미오카와의 교제는 이것으로 일단은 마침표를 찍어버렸

다고 말해도 좋았다. 실제로 도미오카는 이카호에서 돌아온 이후 어떤 소식도 없었다. 현실 세계에서 살아 있는 인간끼리 서로를 이해한다고 하는 것은 아무리 정열적인 연애를 하고 있어도 어려운 것이다. 미묘한 무지개가 인간의 마음 깊숙이 나타나서는 사라지고 나타나서는 사라지는 것이다. 그것이 안 타까워서 인간은 웃거나 울거나 하고 있는 것 같았다. 인간은 그런 생물이다. 유키코는 도미오카를 만나고 싶었다. 도미오 카와의 인연은 확실하게 알고 있었다. 인도차이나에서의 두 사람의 추억은 뭐라 해도 평생 가장 큰 사건이다. 이 전쟁은 유키코에게 있어서는 생애 잊을 수 없는 사건인 것이다. 그때 는 정말 행복했다… 군대 전부가 생사를 걸고 싸우고 있었던 때에 유키코만은 도미오카와 이상한 사랑에 빠져 있었기 때문 에.

쓰우란 역에서 종관철도로 사이공으로 향하던 차 안에서의 하나의 운명이 유키코를 도미오카와 만나게 했던 걸까. 시속 42킬로미터의 직렬열차로, 유키코는 자기 혼자만 모두와 헤어 져 버린 외로움을 생각하고 있었다. 시노노이 하루코는 밝게 노래 부르고 있었다. 유키코는 그 기차에 도미오카와 타게 되 리라고는 생각지도 못했다. 그게 언제였을까. 봄이었나, 여름 이었나, 계절의 변화가 없는 곳이기에 추억 속의 세월이 희미 해져 있었다. 차 안에서 도미오카가 사람 눈에 띄지 않도록 유키코의 손을 잡고 차창에라도 올라앉을 기세로 사라져가는 소림疏林을 가르키며 저기는 벤벤, 사오, 야우, 콘라이, 반바라라고 가르쳐주었다. 소림은 낙엽이 져 있었다. 들에는 쥐불을 놓은 흔적이 있었고 노선 가까이까지 연소해 와 있었다. 위협할 듯한 임야도 눈에 어린다. 그 속에는 때때로 무섭게 울창한 밀림이 있었고 종려나무와 잡초가 밀생하여 이른바 정글을 나타내는 곳도 있었다. 그 정글 주위에서 '파라'라는 야자의 일종이 거대한 이파리를 펼치고 있는 것이 유키코에게는 인상적이었다.

아아, 이제 그 경치의 모든 것은 어두운 과거로 사라져 버렸다… 한 번 더 불러올 수 없는 과거의 명부冥府 밑바닥으로 사라져 버렸다. 빈약한 생활밖에 모르는 일본인인 자신에게 있어서 그 배경의 호화스러움은 너무나 멋진 것이었나. 유키코는 그러한 배경 앞에서 펼쳐진 도미오카와 자신과의 사랑의 트러블을 그럽게 저린 듯한 마음으로 꿈꾸었다. 한가한 경치 속에는 전쟁이란 큰 연극도 포함되어 있었다.

그 풍경 속에 레이스와 같은 담백함으로 프랑스인은 조용하고 느긋하게 살고 있었고, 베트남인安南人은 밤이 되자 경사진 거리에서 서로 '봉쥬와'라며 인사를 나누었다. 봉쥬와의 소리가 귓가에서 떠나지 않는다. 자연과 인간이 어울리지 않을 리가 없는 것이다. 호수, 교회당, 기막히게 아리따운 벚꽃나무, 폭죽 소리, 목이 멜 듯한 고원의 냄새, 유키코는 눈동자에 인도차이나의 경관을 떠올리며 향수에 젖어 흑흑 하고 흐느끼 듯이 눈물을 흘렸다.

한 번 더 그 장소에 가고 싶어. 이런 가난한 생활은 답답해. 다랏트의 생활은 두 번 다시 오지 않는다고 생각하니 도미오 카의 살갗의 감촉이 못 견디게 그리웠다. 사치는 아름다운 것 이라는 것도 알았다. 란비안 고원의 프랑스인 주택에서 새어 나오는 사람들의 목소리와 음악, 다양한 냄새가 비싼 향수처 럼 슬며시 유키코의 마음을 빼앗았다. '사과의 노래'와 '비의 블루스'처럼 빈약한 환경이 아니었다. 넉넉한 역사의 흐름에 여유롭게 자리 잡고 있는 민족의 강인함이 유키코에게는 뿌리 깊은 것이라고 생각되었다. 아무 것도 모른다고 해도, 교양이 없는 가난한 민족만큼 전쟁을 좋아하는 자들은 없는 것 같았 다. 이 지구 위에 그런 낙원이 있다는 것을 일본인은 아무도 모르겠지… 사치는 적이라는 전쟁 중의 슬로건이 떠올랐지만, 사치가 적이 되면 안 될 일인가. 5월에서 10월에 걸쳐 우기를 피해서, 프랑스인들이 속속 란비안의 고원으로 모여들었다. 그 생활을 즐기는 방법이 종전이 된 현재에는 더욱 아름답게, 더욱 화려하게 전개되고 있음에 틀림없다. 사이공에서 250킬 로 떨어진 란비안 고원은 마치 유화처럼 아름다웠다. 란비안 의 멋진 호텔과 별장에서 생활할 수 없음에도 하노이 가까운 탐다오와 빙, 나베의 고원에 프랑스인들은 속속 와 있었다. 전쟁 이야기에는 어떤 흥미도 없는 자신들의 생활을 즐거워했다. 란비안의 야산은 프랑스인들에게 있어서는 절호의 수렵지이기도 했다. 유키코는 도미오카와의 산책에서 자주 수렵가의 자동차 대열을 만나기도 했다.

타인에 대한 험악한 시선에 훈련되어 있는 일본인의 어둔 생활이 란비안의 낙원에 있을 때는 너무나 이상한 인종으로 보였다. 유키코는 란비안에서 생활할 작정이어서 먼 일본이 마음속에서는 다른 민족처럼 느껴졌다.

<h1 style="text-align:center">37</h1>

역사는 일관되게 수도 없이 인간을 낳아갔다. 정치도 몇 번이나 같은 일의 반복이고, 전쟁도 언제까지나 같은 일의 반복으로 시작되고 끝난다… 뭐가 뭔지 깨달음도 없는 채로 인간은 사회라는 틀 속에서 서로 복작거리고는 생사를 반복한다.

어느덧 세월은 흘러 여름이 되었다.

유키코는 2월말에 한 번 시즈오카로 돌아가서 육친을 만났지만 곧 다시 상경했다. 이케부쿠로의 집에서도 이사해서 시노노이 하루코의 소개로 다카다노바바高田馬場의 판금집의 가설 주택의 2층을 빌렸다. 도미오카와는 계속 만나지 않고 있었다. 역 근처여서 전철의 지축을 흔드는 소리가 귀에 닿는 곳이었다. 보증금 없이 방세가 천 엔이라는 것이 마음에 들어 시즈오카에서 들고 온 짐과 이불을 옮기고 처음으로 인간다운 생활에 젖었지만, 유키코는 아직 직업이 없었다. 게다가 유키코는 임신까지 했다. 도미오카에게 세 번 정도 편지를 보냈지만 곧 간다는 답장이 한 번 왔을 뿐이다. 그때 오천 엔의 환어음을 보내왔다. 유키코는 고향에서 갖고 온 옷을 거의 팔고 그것으로 생활비를 만들었기 때문에 생활이 조금씩 힘들어졌다. 몸은 건강하고 입덧도 비교적 가벼웠지만, 유키코는 아이를 낳아야 할지 말아야 할지 매일 고민했다. 낳고 싶었다. 하지만 이대로 묻어버리고 싶은 생각도 있었다. 유키코는 목욕하러 가거나 시장 보러 가는 것 이외에는 어디에도 가지 않고 종일 방에 틀어박혀 있었다. 하지만 이대로 가면 자신의 생활은 더욱 힘들어질 것임을 알고 있었다. 어떻게도 할 수 없다면 이카호에 갔을 때처럼 의연하게 견뎌낼 수밖에 없다고 생각했지만, 정말 그때처럼 그렇게 할 수 있을지 어떨지 불안했다.

이바는 자주 왔지만 옛날의 부도덕함에 관해서는 이제 책망할 수 없게 되었고, 이즈음 좋은 일이라도 찾았는지 꽤나 멋진 옷을 입고 있었다. 죠와는 작년에 헤어졌다. 죠와의 추억이라고 하면 큰 베개 하나가 남았다. 죠에게서 받은 라디오는 시즈오카로 돌아갈 때 팔아서 여행비로 써버렸다.

이바는 유키코가 임신했다는 사실을 아직 몰랐다. 유키코는 산파에게도 보이지 않고 스스로 천으로 배를 단단히 조여매고 있었다. 유키코는 자신이 육체와 생활에서 이만큼 인내가 강한 줄은 스스로도 알지 못했다. 조용히 이렇게 무엇이든할 수 있을 것 같은 기분이 들었다. 이만한 강인함이 자신에게있을 거라고는 생각지도 않았다. 가노에게 팔을 찔렸을 때에도 이런 인내심이 있었던 것으로 생각했다. 자신의 강한 인내로 유키코는 스스로도 성격이 강한 여자라고 생각되었지만,이 어정쩡한 기분을 누구에게도 말할 수 없다는 것을 잘 알고있었다.

사흘 내내 비가 계속되던 어느 저녁, 하루코가 찾아왔다. 하루코는 마루노우치에서 타이피스트를 하고 있다고 했지만, 판금집 아주머니의 말에 의하면 사실 바에서 일하고 있는 모양이었다. 상식적으로 적은 월급으로 일하는 여자의 복장으로는너무 화려하다고, 유키코는 하루코를 만났을 때부터 유심히보고 있었다.

"저기, 우리들은 이 전쟁 탓에 쓰레기 같은 여자가 되어버렸어……."

앉자마자 양말을 벗으면서 하루코는 그렇게 말하고 한숨을쉬었다. 하루코에게 있어서는 양말이 제일 소중한 것이리라.

선물로 소고기 한 근을 사왔다고 말하며 대나무 껍질로 싼 것을 내밀었기에 유키코는 무거운 몸이었지만 스키야키를 만들 준비를 했다. 빗속에 시장까지 파를 사러 갔다. 하루코가 돈을 줬기에 그것으로 빵과 설탕 반 근까지 사서 돌아오자, 생각지도 않게 이바가 찾아와서 하루코와 이야기하고 있었다.

이바는 종교에 관해서 하루코와 이야기하고 있었다. 이바의 입에서 종교 이야기를 들으리라고는 생각지 않았기에 유키코는 묘한 기분이 들었다. 그는 인간은 모두 넘어질 가능성이 있다고 말했다. 인간은 태어날 때부터 아래를 보고 걷는 동물로 태어나, 언제나 넘어짐의 경중에 관해서 연구하고 있는 동물이라고 이바는 설명했다. 이바에게 돈이 생긴 것은 요즘 새롭게 일어난 오히나타교大日向敎에서 회계사무로 일하게 되었기 때문이었다.

"넘어지는 인간은 쓸어 담을 만큼 있으니까요. 우선 넘어져서 처음으로 하늘을 쳐다보고 신에게 기도하지요. 우리들이 믿고 있는 오히나타교는 아직 역사는 짧지만, 이렇게 넘어진 인간의 발밑을 비춰주는 강대한 일광日光의 신이라고 알려져서 참배하러 오는 사람들이 굉장히 많습니다. 지금은 아타미熱海의 관음교 세력 이상일 거라고 생각해요……."

"어머, 그럼 저처럼 넘어지기만 하는 인간은 도대체 어떻게 되나요?"

"그건 신이 일으켜 걸어가도록 해줍니다. 로마서의 제14장 23절에도 모든 신앙에 의하지 않는 일은 죄가 된다고 적혀 있듯이 기독교도 이런 것을 말하고 있고, 더욱이 일본의 오히나타교가 죄 많은 인간의 혼에 들어가지 않을 이유가 없어요. 지금 덴엔초후田園調布에 본당을 지을 땅을 찾고 있어요……."

"지코손46) 같은 종교예요?"

"아니, 그런 것은 아니에요. 명사名士의 힘은 필요 없어요. 단지 우리들은 오히나타교의 신 한 분만을 섬기며 평범한 계급의 사람들로 융성하게 해볼 작정이에요. 명사를 넣으면 도중에 눈에 띄어서 일이 잘되지 않을 위험이 있어요. 오히려 그러한 선전은 방해가 되요"

"하지만 신이 정말 있을까요……."

"있고말고요. 인간은 신을 믿기까지의 망설임이 많아요. 첫째, 당신이 이 신비한 인간의 오체를 보면 되지요. 아무리 과학이 발달해도 당신 같은 인간이 만들어지는 것은 아니니까요. 신은 있어요. 확실히 있어요……."

스키야키 준비가 다 되었다. 이바도 고기냄비에 손을 내밀

---

46) 지코손(爾光尊) : 가나자와시(金沢市)에서 지우교(爾宇教)를 연 교조 지코손 (爾光尊) 나가오카 요시코(長岡良子)를 일컬음. 그녀는 종전 직후 돌연 "나는 아마테라스의 재림이다."라고 말하며 나타나 심한 망상에 사로잡혀 있었다고 전해짐.

었다. 유키코는 식욕이 전혀 없어서 파의 흰 부분만 골라 먹었다. 하루코는 포켓위스키를 꺼내서 이바에게도 권했다. 이바는 여자 둘을 앞에 두고 취기가 오르자, 서둘러 고기를 먹으면서 한 번 둘이서 참배하러 와달라고 말했다.

"옛날에는 어느 마을에나 절이 있어 서민이 모이는 장소였지만, 절도 점점 장례 전문이 되어버려서 활기를 잃고 어두운 곳이라는 인상을 받게 되어버렸어요… 거기에 비하면 기독교는 결혼식도 맡아 하는 시끌벅적한 종교예요. 다른 곳은 뭐든 백화점과 음식점뿐이지, 몇 십 쌍이나 결혼식을 맡는 일은 없죠. 그렇죠? 오히나타교도 그것을 이어갈 작정이에요. 뭐든 시끌벅적하고 명랑한 종교가 넘어진 인간에게는 매력이 있는 거죠. 이제 오히나타교의 본당에서 결혼식을 시작하게 되요. 장례식은 일절 맡지 않기로 했어요.─동도東都의 어딘가의 절에서는 인寅의 날에 참배하고 절에서 산 붓으로 장부를 적으면 부자가 된다고 하는 것을 생각해내고 나서는 참배도 꽤나 늘었다고 하니 그것을 생각해낸 스님은 머리가 좋은 것 같아요. 뭐든 밝은 쪽으로 가지 않으면 안 돼요. 인연을 만들어주는 거로는 빈약하죠. 모든 인간에게 숨어서 참배를 하라고 말하는 종교는 안 돼요. 인간의 욕심에 관심을 둔 종교가 돈도 잘 벌고 번성하는 것 같더군요."

신은 어딘가에 숨어 있으며, 신을 이용하고 인간을 이용하는 테크닉에 관한 것으로 이야기는 변해 갔다. 인간은 모두 넘어지고, 모두 절망의 고뇌를 갖고 있는 것이라고 이바는 말했다. 어떤 인간도 절망은 길고 즐거움은 짧다. 그 짧은 즐거움은 인간의 오욕 속의 일종의 엑스터시에 해당하는 것으로, 그 즐거움의 짧음을 갖고 인간들을 꼬드기는 일이 오늘날의 종교의 급무라고 이바는 설명했다. 애욕을 위해서 남자도 여자도 돈을 사용한다. 종교의 엑스터시도 그 기술을 익히면 종교만큼 쉽게 돈을 벌 수 있는 것도 없다고 장사꾼처럼 설명했다.

이바는 하루코의 손을 잡고 손바닥을 귀에 갖다댔다.

"당신은 뜨거운 손을 갖고 있어요. 인간의 열을 재기에는 귀가 제일 민감하니까 체온계는 필요 없어요. 마음이 차가운 사람은 뜨거운 손을 하고 있죠. 손은 인간의 혼의 매개를 발산하는 곳이어서 당신처럼 손이 뜨거운 사람이 신싸예요. 손이 차가운 인간은 체내에 열이 고여서 어딘가에 병을 갖고 있어요……."

이바는 계속해서 하루코의 손을 잡고 갖고 놀며 놓으려고 하지 않았다.

"그런데 지금 나는 실연을 당해 상당히 힘들어요. 맞힐 수 있어요?"

실연했다는 말을 들은 이바는 또 하루코의 손을 귀에 대고 자신의 뺨에 누르듯이 하며 생각을 했다. 하루코는 히죽히죽 웃으면서 스윽 하고 이바의 귀에서 손을 뺐다.

"미타 본원에서는 노소선악老少善悪의 사람을 고르지 않고 단지 신심만을 요구하죠. 그 속으로는 죄악심중罪惡深重, 번뇌치성煩惱熾盛의 중생을 도우기 위해 기도합니다. 네, 이런 식으로요, 신심은 원하는 마음을 믿지 않으면 아무것도 되지 않아요. 당신처럼 처음부터 바보라고 여기면 안 돼요. 자신을 바보로 여긴다면 한번 자신이 진짜 바보가 되어 오히나타교를 믿어보지 않으면 안 돼요. 싫어도 나나 당신에게는 이성이지요. 그 이성의 귀에 당신 손이 닿아 있는 곳에 미묘한 신령이 전해져요. 신심을 필요로 하는 거지요……."

이바는 포켓위스키의 반 정도를 비워내고 풀린 눈을 하고 있었다.

38

2층은 다다미 3장과 4장 반 정도의 넓이로, 3장 넓이의 방은 판금집의 아이 셋의 잠자리였다. 4장 반 넓이의 방에는 열려진 빈칸의 벽장이 있을 뿐으로 벽에는 톱밥을 짓이겨 놓은 것 같은 것이 붙어 있었다. 출창出窓에 곤로와 배급된 탄을 두고 거기에서 취사를 하게 되어 있었다. 출창 아래는 공터로, 지금 옥수수가 한창이었다. 유키코는 결국 생활이 어려워지고 말았다. 구두닦이라도 해볼까 생각했지만, 땅바닥에 앉아 있는 일은 몸이 견뎌내지 못할 것 같은 기분이 들었다. 두 번 정도 도미오카에게 전보를 쳐봤지만 도미오카에게서는 어떤 소식도 없었다. 유키코는 결심하고 고탄다五反田의 이전 도미오카의 집으로 찾아가보았지만 지금은 문패도 변해 있었다. 집에서 나온 사람은 5월에 이 집을 사서 이사해 왔는데 도미오카 씨의 엽서가 있기에 그것을 전해주려고 했다며 도미오카의 엽서를 유키코에게 주었다. 도미오카가 이사한 곳은 세타가야世田谷 미수쿠三宿라는 곳으로 되어 있었다. 방을 빌리고 있는 듯 다카세高瀬 댁으로 되어 있었다.

유키코는 무거운 몸에도 불구하고 마음먹고 도미오카의 새로운 주소로 찾아가 보았다. 의외로 큰 돌문이 있는 집으로 옛날에는 자동차도 있었딘지 돌문 옆에 차고가 있었나. 문으로 들어가 벨을 누르자 생각지도 못했던 오세이가 여름 원피스 차림으로 문을 열고 나왔다. 유키코는 순간 너무 놀라서 숨을 삼켰다. 오세이도 놀란 듯이 빨갛게 상기되어 "어머!"라며 소리를 냈다.

"어머, 당신 도쿄에 있었어요?"

"예……."

"어떻게 이런 곳에?"

"제가 아는 분의 집이라서요."

“도미오카 있어요?”

“지금 외출하셨는데요…….”

“거짓말하지 말아요. 이상한 사람이네… 정말 이상한 일이야. 그럼 도미오카가 돌아올 때까지 도미오카의 방에서 기다릴게요…….”

오세이는 잠자코 있었다. 유키코는 전신이 후들후들 흔들리는 느낌이었다. 무슨 말을 하고 있는 건지 스스로도 잘 몰랐다.

“부인이 있는 곳에 돌아가셨어요. 어제 가셨기 때문에 당분가 안 오실 거예요… 부인의 상태가 좋지 않아서요…….”

“어머, 그래요? 그렇다면 더욱 잘됐네. 나도 몸이 좋지 않아요. 도미오카의 방에서 그 사람이 돌아올 때까지 느긋하게 쉬겠어요.”

오세이는 곤란한 표정이었다. 오세이 뒤의 현관을 보자 몇 세대나 살고 있는 듯, 아이의 스쿠터와 유모차가 들어 있었다. 오세이는 묵묵히 거기에 서서 움직이지 않았다. 유키코도 잠자코 서 있었다.

“현관이라도 괜찮아요. 이 집 주인에게 사정을 말하고 기다릴래요.”

오세이는 저항할 힘도 없어진 듯한 모습으로 묵묵히 유키코를 2층으로 안내해 갔다. 넓은 복도의 끝 방으로 판자 칸막이에 돗자리를 깐 다다미 8장 넓이의 공간이었다. 벽 근처에 초라한 침대가 있고 작은 베개가 두 개 놓여 있었다. 벽에는 오세이의 자색 비단 홑옷과 구두, 도미오카의 유카타 잠옷이 걸려 있었다. 다이아 무늬 유리가 들어간 여닫이창에는 빨간 색이 칠해진 작은 경대가 놓여 있었다. 식탁과 작은 찬장도 새로운 것이 나란히 놓여 있었다. 모든 것을 알게 되자 유키코의 가슴속은 분노로 들끓었다. 역시 이런 것이었구나 생각했다. 도미오카는 정말 없었다.

도미오카의 것이라고 한다면 남자용 유카타 하나뿐이었다.

"언제부터 함께 살았던 거죠?"

"언제부터라뇨? 여긴 제 방이에요. 도미오카 씨는 시골에 계시고, 도쿄에 머물 곳이 없으니까 여기서 주무시는 것뿐이에요. 저는 그럴 때는 계단 아래에서 사고요."

"머물 곳? 홍, 머물 곳이군요… 이카호의 남편은 어떻게 되었어요?"

"헤어졌어요……."

"그래요? 그래서 잘 맞은 거군요."

이미 저녁이라서 아이들이 2층 복도에서 시끄럽게 놀고 있었다. 오세이는 잠자코 침대에 앉아 있었다. 유키코도 잠자코 출창 옆에 앉아 있었다. 갑자기 생각난 듯이 오세이는 복도로 나갔다. 유키코는 주위를 쳐다보았다. 오세이는 도대체 어떤 계기로 도미오카와 함께 살게 된 것인지 이해가 되지 않았다. 탁자에 나와 있는 2개의 그릇, 방구석에 있는 남자용 우산을 보고 있는 사이에 도미오카의 신변이 차츰 보였다. 오세이는 좀처럼 돌아오지 않았다. 유키코는 복도로 나가서 놀고 있는 일곱 살 가량의 아이를 불러서 물었다.

"여기 아저씨, 직장 가셨니?"

"예."

"밤에는 돌아오시겠지?"

"예."

"항상 언제쯤 돌아오시니?"

"벌써 돌아왔을 걸요."

"어디에서 일하고 계실까?"

"몰라요."

"여기 많이들 살고 있지?"

"예."

유키코는 이곳이 일종의 아파트 같다고 생각했다. 한 번 더 방으로 돌아가, 집행관과 같은 냉정한 눈으로 하나하나 물건을 둘러보았다. 침대 아래에 트렁크와 짐 보따리가 있었다. 방구석의 회반죽 천장에는 철사에 걸쳐져 손수건 2개가 걸려 있었다. 침대 뒤편에는 임업에 관한 책이 20권정도 쌓여 있었다. 그 책 위에 란비안 농림총감부의 원시 임지대를 불어로 쓴, 본

적이 있는 팸플릿이 얹혀 있었다. 그것은 확실히 삼림관의 다비야우 씨가 쓴 것이었다.

유키코는 갑자기 애절할 정도의 그리움으로 그 팸플릿을 손에 들고 아름다운 인도차이나의 삼림 사진을 쳐다보았다. 저절로 눈물이 뺨을 타고 흘러내렸다. 어떠한 사진도 추억이 없는 것은 없다. 미모사꽃으로 둘러싸인 란비안 고원의 별장이 있는 사진은 특별히 유키코의 눈을 사로잡았다. 란비안 산으로 둘러싸여 호수를 앞에 둔 웅대한 경치는 지금의 유키코에게 뭐라 말할 수 없는 마음의 위로가 되었다. 여기서 숨을 쉬고 있을 때에는 현재의 비참함을 한 번도 생각해본 적이 없었다… 주위가 어두워져왔다. 오세이는 돌아오지 않았다. 도미오카에게 전화를 걸러 갔는지도 몰랐다. 유키코는 열린 창으로 불그스레하게 저물어가는 너운 하늘을 보며 흐르는 눈물을 닦았다. 다비야우 씨의 팸플릿을 기념으로 갖고 갈 작정으로 핸드백에 넣고 유키코는 복도로 나왔다. 이제 도미오카와 오세이를 만날 기분도 사라졌다.

마음이 정리된 듯한 기분이 들었다.

이카호에서 두 사람은 죽어버렸던 것이다. 그렇게 생각하면 그 사람을 원망할 일은 아무 것도 없었다. 유키코가 구두를 신고 현관 앞 정원으로 나왔을 때 문 쪽에서 이쪽으로 오는 남자와 만났다.

도미오카였다. 도미오카는 순간 깜짝 놀란 모습이었으나, 아무 말 없이 울어서 빨갛게 부은 눈으로 자신 앞에 선 유키코를 보자, 모든 것을 각오한 모습으로 조용히 물었다.

"언제 왔어?"

"오세이 씨를 만났어요……."

그렇게 말하고 유키코는 멍하니 도미오카의 앞을 벗어나 문밖으로 나갔다. 도미오카도 유키코의 뒤를 쫓아갔다.

"어이!"

유키코는 돌아보지 않았다.

"어이, 할 이야기가 있어."

유키코는 아무래도 좋았다. 지금에 와서 도미오카의 입으로 오세이와의 사정을 듣는다고 해도 다시 시작되지는 않을 것이다. 가노의 벌을 받은 것 같은 기분이 들었다. 가노는 남자이지만 그때 이런 기분을 맛봤음에 틀림없다고 생각했다. 가노한테서 격정적인 애정을 고백 받고 미적미적 입맞춤을 허락하면서도 도미오카와 사귀었던 자신의 교활함을, 가노가 화가 나서 칼을 휘둘러댔던 일도 오늘날 자신과 같은 이유가 있었기 때문이라고 이제야 이해가 되었다.

"당신을 하루라도 잊은 적은 없어. 어떻게든 해 보고 싶다고 생각했어. 이건 다 오세이가 강제로 유혹했기 때문이야……."

"그런 이야기, 이제 됐어요……."

"그렇지 않아. 난 아니야. 책임질 각오가 됐어."

"그런가요……."

유키코는 메구로目黒 역과는 반대 방향으로 걸었다. 불 탄 땅의 어둔 잡초 밭에 벌레가 무리지어 날고 있었다. 동틀 무렵과 같은 노을 진 황혼이었다. 불 탄 땅의 한 중앙에 넓은 길이 이어져 곳곳에 새로운 집이 서 있었다.

"10월이지?"

"네? 무엇이요?"

"아이가 태어나는 것 말이야……."

"그래요, 낳게 되면 말이에요. 저 내일이라도 부인과에 가서 수술할 작정이에요."

도미오카는 아무 말도 하지 않았다. 유키코는 살아 있는 한 번뇌는 인간의 마음에 폭풍우를 불러온다는 것을 새삼 깨우쳤다. 오히나타교가 어떤 돈벌이에 이용되는 신이라고 해도, 그러한 신을 모시는 도장에 틀어박혀 가만히 엎드려 기도해 보고 싶은 마음도 들었다. 도미오카는 오세이가 어떤 말을 유키코에게 했는지 몰랐지만, 오세이의 강한 성격이 유키코를 덮쳐서 유키코가 강하게 반항했을 것이라고 생각했다.

"당신은 나를 못된 놈이라고 생각하겠지?"

"예."

유키코는 분명하게 "예"라고 말했다.

"아이만 낳아줘. 그날부터 내가 맡을게… 오세이와의 문제도 정직하게 당신에게 고백할 작정이야."

"오세이 씨, 남편과 헤어졌다고 하더군요."

"솔직하게 말하면 저 방은 오세이의 방이야. 슬금슬금 붙어서 내가 한순간에 들어가 산 꼴이 되었지만, 사실은 오세이가 빌린 방이야. 5월에 신주쿠 역에서 우연히 만나 억지로 따라와서 자연스레 들어가게 된 거야. ―당신이 시즈오카에서 소식을 전해 왔을 때도 돌아와서 새로운 방을 찾은 것도 모두 편지로 알고 있었지만, 만나면 또 두 사람 모두 아무 것도 안 될 거라고 생각해서 돈만 보냈어. 집을 팔아 가족을 시골로 보내고 아내를 입원시키고 가까스로 직장을 얻어, 심하게 마음이 황폐해져 있을 때라서 오세이의 유혹을 이길 수가 없었어……."

지금에 와서 그런 이유를 들어봤자 어떻게 될 리가 없다. 둘이서 만난다고 해결되는 것은 어디에도 없는 것이다.

가설 찻집을 찾은 도미오카는 유키코를 그 가게로 데리고 들어갔다. 가게 앞에는 파란 페인트를 칠한 큰 아이스캔디 상자가 있었고, 아이를 데리고 있는 여자가 두 사람을 빤히 보고 있었다. 삐걱대는 의자에 앉았지만 유키코는 너무 피곤했다. 녹초가 된 심신이 모두 늘어져서 발이 막대처럼 저렸다.

39

안색이 좋지 않은 유키코의 얼굴을 빤히 처다보면서, 도미오카는 주머니에서 담배를 꺼내 불을 붙였다. 소다수를 두 개 주문했다. 유키코는 축 늘어져 합판 벽에 기대서 눈을 감았다. 무엇을 생각할 여유도 없다. 그럼에도 호수의 흰 다이빙대에 서 있는 란비안의 어느 날이 홀연히 떠오른다. 도미오카도 팬티 한 장 차림으로 황혼의 호수에서 수영하고 있다. 근처의 운동장에서 하고 있는 그때의 럭비의 소란스러운 소리도 귀에 들리고, 가만히 있자니 마치 수영한 뒤의 피곤함인 듯했다.

도미오카는 연기를 한 모금 천천히 내뿜으면서 말했다.

"저기, 당신은 지금 여러 가지를 생각하겠지. 하지만 이렇게 되어버렸어. 내가 어떻게든 보상을 할게. 당신이라면 모든 것을 이해해줄 거라고 생각해."

"이카호에서 역시 오세이 씨와 뭔가가 있었군요."

도미오카는 말이 없었다.

"당신은 몹쓸 사람이에요."

그에게 몹쓸 사람이라고 말하는 자신은 어떤가? 유키코는 자문자답해봤다. 정말 잠깐 동안이었지만 죠와의 관계는 어떠했던가… 외로워서 외로워서 견딜 수 없어서 죠와 그런 사이가 되어버렸던 것이다. 도미오카는 별로 따지지 않았다. 인간의 그러한 때의 마음의 공허함은 역시 누군가에게 손을 내밀어서 이겨낼 수밖에 없는 것일까. 이바와의 옛날의 지긋지긋했던 인연도 일종의 공허함에서 비롯된 것이다.

자신도 도미오카와 같은 짓을 했던 것이다. 단지 그것을 알아채지 못했던 것뿐이다.

“그다지 이해되지 않는 것은 아니지만 역시 놀랐어요… 이카호에서 오세이 씨가 버스 정류장에서 운 것은 잊지 않았지만 그래도 믿고 있었어요. 당신의 마음을… 나도 자신에 차 있었고요.—하지만 할 수 없어요. 할 수 없는 일이에요. 나는 그래서 화가 나서 아이를 지우려고 하는 것은 아니에요… 벌써 전부터 언젠가, 언젠가는 하고 생각하고 있었어요. 오늘로 깨끗하게 정리가 되었어요. 강해지자고 생각하며… 여러 가지 일을 매일매일 참아낸 것을 생각하면 아이를 지우는 일은 아무 것도 아니에요. 가벼운 몸으로 일하고 싶어요… 우리들의 아이를 낳으면 불행이라고 생각하지 않아요? 예를 들어, 당신이 맡는다고 해도 아무 것도 해줄 수 없을 거고 나도 어려우니 움직일 수 없다고 생각해요. 그런 것에 대해 둘이서 한번 납득할 때까지 이야기해서 아이 문제를 정리하고 싶다고 생각했어요.—오세이 씨와 함께 있다고 해도 상관없어요… 당신의 형편이 그렇다면. 그 사람도 당신을 진심으로 좋아하는 모양이고… 부인은 어디가 안 좋아요?”

"가슴이……."

"많이 안 좋은 거예요?"

"오래 요양하면 괜찮아지겠지……."

"이제부터 당신도 힘들겠군요. 직장은 정했다고요?"

"어, 친구가 하고 있는 비누회사인데 대단한 일은 아니야. 그래도 사정을 봐주니까, 뭐 지금은 신세를 지고 있지."

붉은 소다수의 보릿대를 쭉 빨면서 도미오카는 유키코의 고운 손을 보았다. 부드러워 보이는 고운 손을 하고 있었다. 도미오카는 유키코가 불쌍했지만 오세이도 어떻게 할 수 없을 정도로 불쌍했다.

"지금까지 난 아이가 한 명도 없어서 어떻게든 낳아주었으면 해. 오세이의 문제도 길게는 가지 않을 거고. 집만 얻으면 지금이라도 이사하고 싶을 정도야. 오세이도 남편과 깨끗하게 헤어진 것이 아니고, 저 방은 오세이의 은신처 같은 곳이야. ─ 남편도 아직 오세이의 소식을 몰라. 저 집에서도 나를 애매한 눈으로 보고 있어서 나도 이런 상황이 싫다고."

"오세이 씨는 뭔가 하고 있어요?"

"신주쿠의 바에서 여급을 하고 있지만 이삼 일 전부터 이가 아파서 쉬고 있어."

"하지만 오세이 씨는 당신에게 푹 빠져 있어요. 의외로 평생 그 사람과 살게 되는 거 아니에요? 함께 있는 사람이 이긴

거죠. 떠난 자는 나날이 멀어져가는 거고요… 저기, 인도차이나의 추억도 이제 남 일처럼 좀처럼 떠오르지 않게 되었고 꿈도 꾸지 않게 되었지요? 그런 거네요.”

“나는 때때로 꿔. 당신을 생각하면 다랏트의 생활이 떠올라 참을 수 없게 돼…….”

“저 요전 1월에 가노 씨 문병을 갔었어요. 편지에 썼던가요?”

“어, 알고 있어. 가노도 힘들겠군. 불쌍한 녀석이야…….”

“각오하고 계신 것 같았지만, 야위어서 힘이 없었어요…….”

“굉장한 애국자이고 정직한 남자였지.”

“그렇지요. 우리들과 같이 교활한 인간은 아니었지요…….”

찻집을 나와서 다시 목적도 없이 걷기 시작했다. 주위는 완전히 어두워져서 서늘한 밤바람이 불고 있었다. 도미오카는 돌아갈 기색도 없이 유키코를 따라왔다.

윗옷을 벗어서 어깨에 걸치고 질질 구두를 끌고 있었다.

“피곤하죠?”

“아니, 무좀이 생겨서 아파.”

“하지만 역시 둘이서 걷고 있으니 어쩐지 육친 같아요. 당신의 마음속은 나보다도 오세이 씨로 가득한 것 같지만, 제 마음대로 당신을 육친처럼 생각하는 것은 자유죠. 비웃어요?”

“아니야… 오세이보다도 그녀의 남편에게 미안한 기분이

들어서 매일 죄인 같은 생활이야. 의지가 약해서 강한 오세이에게 끌려 다니는 거야.”

“오세이 씨와 지금에라도 동반 자살 하는 것 아니에요? 만약 그렇다면 그 사람 독이라도 마실 거예요…….”

도미오카도 그렇게 생각했다. 유키코가 잘 알고 있는 듯한 기분이 들었다. 오세이를 위해서 자신의 생활이 하루하루 엉망이 되어가는 것을 알고 있었다.

“매일 싸우고 있어…….”

“어째서요?”

“내가 오세이의 뜻에 따르지 않기 때문이야. 무지하고 아무것도 모르는 여자이지만 직감이 뛰어난 여자야. 한 번 스스로 생각해버리면 좀처럼 본래대로 돌아오기 힘들어.”

“그럼 오늘 밤에도 힘들겠군요.”

“뭐, 그런 이야기는 그만두지. 이번 일요일에라도 찾아갈게. 아이 일은 그때까지 기다려줘. 의외로 당신이 나의 마음을 이해해줘서 왠지 마음이 너무 편하고 가벼워졌어. 오세이에게 신경 쓰고 있는 것 같지만, 반드시 가까운 시일에 이것도 해결할 작정이야.”

“그렇게 갑자기 어린애 같은 말 하지 않아도 괜찮아요. 흘러가는 대로 맡기고 있어요. 좀 더 솔직히 말하면 나 자신의 일로도 너무 지쳤어요. 협박하는 것이 아니에요… 이해하죠?”

두 사람은 육교까지 와서 흰 돌난간에 기대어 한참 거기에
서 있었다. 전차가 요란한 소리로 육교 아래를 달려갔다.

40

도미오카와 헤어지고 열흘 정도 흘렀다.

유키코는 마음먹고 근처의 작은 부인과로 찾아가서 진찰을
받았다. 아이를 지우는 것은 어떻게든 5, 6천 엔의 돈이 드는
모양이었다. 도미오카와 헤어진 이후, 유키코는 날이 갈수록
도미오카에 대해서 화가 났다. 아이를 낳으려 해도 낳을 수 있
게 도움을 주지 않으면 현재의 유키코는 어떻게도 할 수 없는
것이다. 만났을 때만 서로 속이는 두 사람의 공술심리는 서로
그 깊은 원인은 건드리고 싶지 않다는, 심芯은 파내고 싶지 않
다는 안이함에 빠져 있기 때문이라고도 할 수 있었다.

유키코는 도미오카의 마음속을 통찰하고 있었다.

날이 지나감에 따라 유키코는 도미오카에 대한 증오가 더
해져, 박정한 남자의 아이를 낳지 않겠다는 원망으로 마음먹
고 이바에게도 전부 털어놓았다. 몸만 가벼워진다면 뭐든 일
해서 갚을 작정이었다. 이바는 유키코의 고백을 듣고 정말 그
러한 각오가 되어 있는 것이라면 돈을 빌려줄 테니 몸이 가벼
워진다면 교단으로 나와서 일을 도와주지 않겠냐고 말했다.

자신에게는 타인보다도 마음을 이해해줄 믿을만한 비서가 필요하다고 말했다.

2, 3일 뒤 이바는 1만 엔의 돈을 갖고 와주었다. 유키코는 몸만 가벼워진다면 뭐든 좋으니 이바가 시작한 교단을 도울 작정이었다. 그리고 아이를 지움과 동시에 도미오카는 잊고 모두 정리하여 자신의 생활로 돌아가고 싶다고 소원했다.

유키코는 일주일 정도 그 산원에 입원했다. 자신과 같은 비밀을 갖고 있는 여자들이 하루에 2, 3명 정도 의사를 찾아왔다. 좁은 입원실에는 그러한 여자들이 두 사람 들어와 있었다. 수술이 끝난 뒤 유키코는 몸이 나락으로 떨어질 것 같은 기분이 들었다. 엉망진창으로 무너진 혈육 덩어리가 눈을 스칠 때의 괴로움을 잊을 수 없었다.

이바가 둘째 날에 문병을 와주었시만, 유키코를 찾아온 이유는 언제 일어나서 도와주러 와줄 건가를 말하기 위해서였다. 유키코는 몸이 너무 쇠약해져 있었다. 이바는 완전히 오히나타교에 빠진 인간이 되었다. 지금은 회계사무에서 건축용도과建築用度課를 겸해서 돈은 빗줄기처럼 들어온다고 호언했다.

유키코의 방에 이불을 나란히 하고 있는 여자들도 언제부터인가 이바의 이야기에 귀를 세우고 있었다.

벽 근처에서 자는 오쓰 시모라고 하는 마흔 가까운 여자가 돌연 말했다.

"저도 신자로 들어갈 수는 없을까요?"

유부남인 노인과의 사이에서 생긴 아이를 정리하고 내일 퇴원한다고 하는 여자였다. 자신의 신분은 일절 말하지 않았지만, 간호사 마키타牧田 씨의 이야기로는 지바千葉 근처의 소학교 교사라고 했다.

남자의 신세를 질 듯한 여자라고는 생각할 수 없을 정도로, 각지고 검은 피부의 골격이 큰 여자였다.

"그 오히나타교라고 하는 곳의 교주님은 남성분이신가요?"

이바는 히죽히죽 웃으면서 말했다.

"물론 남성이시고 훌륭한 분입니다. 젊을 때부터 인도에서 수업하셔서 상당한 식견이 있는 분입니다. 지금까지 여러 난관을 겪어 오시다가 황야에 빛을 비추기 위해서 일본에 오신 분입니다. ―긴 기간 말레이와 미얀마 방면에서 육군 참모로서도 용맹을 떨친 분입니다. 세상이 바뀌지 않았더라면 우리들은 곁에도 다가가지 못할 분이지요. 한번 나와 주세요. 모든 번민을 해소해주실 겁니다."

"어머, 그럼 그 교주는 원래 군인이셨어요?"

"네. 추방된 군인이라서 재밌는 거죠. 군인이었던 사람은 기합을 내는 것에 어울리니까요. 모두 까마귀떼 같은 군중을 상대로는 위압적인 기합이 되죠."

이바는 작은 소리로 말했다.

“지금은 자동차도 내 명의로 사요. 일체의 재산을 내가 맡고 있어서 교주의 중요한 곳은 내가 꽉 쥐고 있는 것과 다름없죠.”

“연세가 어떻게 되신 분이죠?”

“예순하나, 둘 정도? 여자와도 백 명 정도 관계했다고 말하는 호탕한 인물입니다. 초목이 어떤 곳에 있어도 태양을 향해 자라나는 그 생생한 힘을 의미하는 오히나타교大日向教로 이름 지었다고 해서 지금 신자도 10만 명 이상이 되었죠. 이제부터 얼마든지 신장해갈 가능성이 있지요. 모든 것을 눈에 띄지 않게 하면서도 눈에 띄게 하는 것이 그의 신조 같더군요.”

유키코는 옛날 이바의 성격이 완전히 변하여 마치 광인狂人 같은 인물이 되어 있는 것에 약간 기분이 이상했다. 도미오카 외의 일에 대해서도 관심이 없는 듯, 단지 사신의 빚을반한 비서로서 옛날에 관계가 있었던 여자를 기용하고 싶은 것뿐이리라.

오쓰 시모는 한참 생각하는 듯하더니 유카타 위에 겉옷을 걸치고 이불 위에 앉아 이바에게 말했다.

“실은 제가 지바 출신인데 말 못할 사정이 있어서 아무래도 이대로는 고향으로 돌아갈 수도 없을 것 같아요. 그 오히나타교의 신자가 되어 수업이 가능하다면 포교사의 면장이라도 받고 싶은데, 그러기에는 돈이 얼마나 들까요?”

이바는 딱딱한 분위기로 외국담배를 뿜으면서 말했다.

"그렇군요. 그냥 신자 분에게는 처음 입회금으로서 300엔을 받고 있습니다만 포교사를 원하신다면 처음에는 천 엔의 보증금을 넣도록 하고 있습니다. 반년 지나면 포교사의 허가가 나옵니다. 매일 오시는 분은 신사에 기거하는 요금으로써 금일봉을 받고 허가가 날 때 또다시 상담하게 됩니다."

오쓰 시모는 꼭 오히나타교의 수업할 신당에 들어갈 거라며 이바한테 주소를 받았다. 이바는 당분간은 명함을 만들지 않을 거라는 묘한 말을 하면서 오쓰 시모에 대해서 어떤 흥미도 없는 듯이 말했다.

"그냥 신자와는 달리 역시 포교사가 되면 생활할 수 있는 자본을 얻을 수 있기 때문에 사실 이것은 상당한 돈이 필요한 거지요."

"예, 그건 제게도 충당할 곳이 있으니까요. 1년 동안만 제가 숨을 수 있다면 어떻게 해서든 돈을 내줄 곳이 있어요. 그 사람은 신분이 높은 사람이니까 제가 도움을 받아서 자립할 수 있을 때까지는 불편하지 않게 해준다고 약속했어요."

"호오, 신분이 높은 분입니까……."

이바는 갑자기 정중해졌다.

"신분이 높은 분이 뒤에 계시다면 오히나타교로서는 크게 환영할 일입니다. 이 종교는 절대로 요즘의 사이비종교와는 다릅니다. 병이 낫는다고 하고 인간의 마음을 빼앗는 일은 하지 않습니다. 현대의 발전된 과학 세상에 종교로 병이 나을 수 있다고 생각할 수 없는 것 아닙니까. 오히나타교는 인간의 마음의 병을 고치려고 하는 소원에서 생겨난 것입니다. 살아 있는 몸을 진찰하는 의사는 있어도 정신을 진찰하고 위로해줄 의사는 없습니다. ─신분이 높은 분이 뒤를 봐주신다면 제 쪽에서도 보통 분들보다 소중히 대하겠습니다. 교주님은 좀처럼 사람들을 만나는 것을 꺼리시기에 제가 무엇이든 대행하고 있으니까요."

41

드디어 퇴원하는 날이 되어 유키코는 병원에 돈을 지불하고 대합실에서 우연히 신문을 봤다. 우연히 눈에 들어온 작은 기사가 있었다.

12일 오후 10시 40분경, 시나가와구品川区 시나가와 ××번지, 이쿠라飯倉댁 식당 주인 무카이 세키치(48)는 자신의 방에 내연의 처, 다니 세이코(21)를 불러서 손수건으로 교살. 시나가와 다이바 파출소에 자수해 왔다. ─시나가와서의 조사에 따르면 무카이는 이카호 온천에서 술집을 하고 있을 당시 세이코와 동거, 그러나 세이코는 정부 도미오카 아무개를 의지하

여 상경하였다. 뒤를 따라 무카이가 데리러 갔지만 세이코가
재결합을 거절하였기에 12일 목욕하러 가는 세이코를 붙잡아
자신의 방으로 데리고 가서 다시 재결합을 요구하였다. 무카
이는 심한 언쟁 끝에 순간 화가 나서 손수건으로 세이코를 교
살하고 자수하였다. 사진은 가해자인 무카이와 피해자인 세이
코.

몇 번이나 반복해서 읽어도 오세이였다. 살해된 오세이가
전통머리를 하고 있었다. 가해자인 무카이는 고개를 숙인 채
로 찍혀 있었다.

유키코는 한동안 딱딱한 의자에 앉아서 그 신문기사를 몇
번이나 반복해서 읽었다. 외골수적이고 성격이 강한 오세이가
결국 남편에게 교살당한 것이 묘한 운명이라고 생각했다.

도미오카에게는 좋은 교훈이 되었을 거라고 생각하며, 미
수쿠의 집을 찾아갔을 때의 도미오카의 복잡한 표정도 유키코
는 이해할 수 있을 것 같은 기분이 들었다. 지금쯤 도미오카는
어떻게 하고 있을까. 그때 자신이 만약 도미오카에게 살의를
갖고 있었다면 자신도 뒤를 쫓아가서 가드 위에서 전차에 뛰
어들어 죽었을지도 모를 일이다.

도미오카는 앞으로 오세이의 환영에서 벗어나지 못할 남자
일 거라고 생각했다. 일본으로 돌아와서 완전히 잘못된 사람
은 도미오카 한 사람만이 아닐지도 모른다. 가노도 그렇고, 이

른바 갈 데까지 간 인간이 되어 있는 것이다.

그날 밤 유키코는 오랜만에 자신의 방에서 잠들었다. 완전히 피곤해 지쳐 있었고, 긴 여행 끝에 드디어 오늘 도착한 듯한 자신을 느꼈다. 창 아래에서 옥수수 잎이 스치는 소리와 매미소리를 들으면서 유키코는 미수쿠의 도미오카 방을 생각했다.

유키코는 깊이 잠들었으면서도 이카호에서의 이런 저런 추억이 꿈이 되고, 또 현실이 되어 괴로워서 숨이 멎을 것 같았다. 게다가 그 끔찍한 고깃덩어리의 끈적끈적한 피가 유키코에게는 모든 것에서 탈피한 것처럼 생각되었다. 누구에게도 의지하지 않고, 누구와도 만나지 않고, 이제부터 자신만의 일을 하고 싶다고 생각했다.

죽은 오세이에 대해 유키코는 조금도 동정을 갖고 있지 않았다. 그런 옹고집의 삶의 방식은 유키코가 가장 싫어하는 형태의 삶의 방식이었고, 그런 여자에게 빠져 있었던 도미오카의 나약함도 미웠다. ―오세이가 남편에게 살해되었다고 알게 된 이후 날이 감에 따라 유키코는 도미오카와 죽은 오세이에게 침을 뱉고 싶은 증오심마저 생겼다.

4, 5일 지나도 유키코의 몸은 조금도 좋아지지 않았다. 이바는 조바심에 데리러 왔지만, 핏기 없는 얼굴을 하고 있는 유키코를 보자 심하게는 말할 수 없어 빨리 나와 달라고만 말했

다.

"어떻게 된 거야? 너무 약해진 거 아니야? …힘을 내. 정신력이야. 죽고 사는 것도 정신력이라고. 아무래도 당신은 인도차이나에서 돌아와서 사람이 변했어. 더 유쾌해지고 멋도 부리고. 건강해지지 않으면 안 돼.―그런데 오쓰 시모 씨라는 여자가 와서 오늘로 3일 정도 기거하고 있는데, 꽤 유망하더군. 말도 잘하고 돈도 꽤 갖고 있고, 요즘은 진하게 화장도 하고 매우 열심히 하고 있어. 소학교 교원으로, 본가는 된장가게를 한다더군. 여자도 나이를 먹게 되면 돌아갈 곳을 생각하게 되는지… 영리한 사람이라 교주도 잘 데리고 왔다고 하더군."

이바는 새로운 검은 옷을 입고, 가슴에는 해바라기 배지를 달고 있었다.

"큰 소리로 말할 순 없지만, 이런 세상에서 무슨 장사가 제일 잘되는가 하면 종교야. 종교로 사람을 도우는 길이지. 놀라울 정도로 헤매는 인간들이 소문을 듣고서 찾아와. 주위에는 상점도 생겼고 역에는 지도도 붙었어. 재밌지? 즐겁게 돈을 내는 인간뿐이야. 돈을 아깝다고 생각하지 않게 하는 것도 종교의 힘이지. 사기노미야의 그 집은 팔아버렸어. 지금은 이케조에 은행가의 집을 사서 교주와 우리 식구와 함께 살고 있는데 훌륭해. 350만 엔으로, 집은 낡았지만 80평의 건평에다 대지는 500평, 호수도 있고 산도 있어."

"언젠간 신이 벌할 거예요."

"신, 신은 운이 좋은 사람은 버리지 않아. 운명의 끈을 잘 잡지 않은 자는 신이라도 흥미가 없는 법이야. ─나는 유키코에게 역시 반해 있었던 것 같아. 곧 유키코의 집도 아담한 것으로 사줄게. 뭐라 해도, 너의 첫 남자는 나니까 그것만은 잊지 않고 있어……."

유키코는 기분이 좋지 않았다.

"그런 이야기는 그만두세요. 지금 그런 이야기로 나를 낚으려고 하다니, 나는 이제 남자에게 속지 않아요. 여자라도 나이를 먹으면 세상을 보는 눈이 생겨요. 나는 이제 옛날의 보상 따윈 필요 없어요. 당신을 조금도 생각하지 않는다고요."

이바는 히죽히죽 웃었다. 화장기 없는 유키코의 얼굴은 새파랬지만 옛날의 아가씨와는 다른 여자다운 요염함을 갖고 있었다.

"아니, 비열한 마음으로 말한 게 아니야. 모두 유키코의 행복을 생각해서 이런 말을 사심 없이 하는 거야. 너무 이상을 좇는 일은 생각 안 하는 게 좋을 거야. 너는 세상 속에서 쓴맛 단맛을 꽤 경험해 왔잖아? 남자나 여자나 사랑이라는 둥, 반했다는 둥의 말 같은 건 크게 믿을 게 못 된다는 것 정도는 알고 있을 텐데. 이 세상의 천국도 지옥도 돈의 문제야. 돈의 고마움을 나는 절실히 알아. 종전 후 뒤처져서 그때만큼 우울했던 적은 없지만 오늘날의 나, 이바는 달라. 살아서 많은 돈을 모을 수 있을 때 모아둘 필요를 느꼈어. 교주도 그렇게 말하고 있어."

그렇게 말하고 이바는 다시 돈 꾸러미를 두고 황급히 돌아갔다. 꾸러미를 열어보자, 구김 하나 없는 100엔짜리 지폐 다발이 나왔다. 만 엔의 신권 다발을 눈앞에 두니 유키코는 언제나 구겨진 돈밖에 만져본 적이 없는 자신이 새삼 애처로워졌다. 은행에서 찾아온 구김 없는 지폐다발이 얼마나 매력적인지, 이바의 믿음직함에 대해 한참을 생각했다.

이바에게 아담한 집을 받고 도미오카와 때때로 만나고 싶다는 마음도 들었다. 하지만 그 마음은 순간의 유혹일 뿐 곧 다시 도미오카에 대해 심한 시기심이 들끓어왔다.

유키코는 이바를 의지할 마음도 들지 않았고 오히나타교를 숭배할 마음도 없었다.

어느 날 여자 글씨로 가노가 죽었다는 소식을 받았다.

유키코는 역시 그랬구나 하고 가노의 어머니한테서 받은 편지를 읽었다. 본인 의지로 가톨릭식으로 장례를 지내게 되었다고 했다. 굉장한 애국자로 일본은 질 리가 없다고 믿었던 가노가 죽어서는 가톨릭식으로 조용히 애도를 받는 일이 이해되지 않았다. 유키코는 결국 가노의 만년은 이 전쟁의 희생자였다고 생각되었다. 가노의 어머니에게 자상하게 위로의 편지

라도 쓰고 싶었지만 그것도 어쩐지 내키지 않아서 그만두었
다.

신문을 본 이후, 도미오카한테서는 어떤 소식도 없었다. 도
대체 도미오카는 어느 곳으로 사라졌을까 하고 궁리도 해봤
다. 이제 미수쿠에는 없을지도 몰랐다.

하루에 꼭 한 번은 도미오카 생각을 했다. 도미오카만은 질
기게도 마음에서 떠나지 않는 것은 아무래도 그를 향한 애정
이라 생각했다. 이 세상에 진실한 사랑은 없다고 이바는 당당
하게 말했지만, 이바는 금전 이외에 기둥을 갖고 있지 않기 때
문에 말할 수 있는 것은 아닐까. 도미오카가 이대로 오세이의
애처로운 죽음과 함께 자신을 완전히 잊을 거라고는 생각되지
않았다. 비누회사에서 근무한다고 했지만, 한 번 더 도미오카
가 농림성으로 돌아가 어니든 시방의 산속의 영림서에라도 가
길 바랐다. 그리고 그때야말로, 두 사람은 축복 속에 결혼을
하고 싶다고 공상해 보았다. 미수쿠의 오세이 방에서 훔쳐온
도미오카의 인도차이나 팸플릿을 꺼내서 쳐다보면서, 유키코
는 도미오카가 이대로 힘없이 사라져 버릴 거라고는 생각되지
않았다.

유키코는 마음먹고 도미오카에게 편지를 써보았다.

―신문에서 오세이 씨의 죽음을 알았어요. 모든 것이 이상

한 운명의 끈으로 움직여진다고 생각할 수밖에 없네요. 굉장히 힘들었을 거라고 생각해요.

어떻게 지내세요?

한때는 당신을 증오하고 화를 냈지만, 역시 나 이외에 당신을 위로해줄 여자는 없다고 생각해요.

가노 씨가 22일 돌아가셨어요. 가톨릭식으로 장례를 했다는 그의 어머니 편지를 받았습니다. 당신은 모를 거라고 생각하여 알려드립니다. 생각해 보면 가노 씨도 매우 불쌍한 만년인 것 같아요.

그때부터 벌써 열흘 정도 지났네요. 마음이 안정되었을 것이라고 생각합니다. 난 정말 괴로웠어요. 왜, 이카호에서 우리 두 사람은 죽지 않았던 것일까요… 우리 두 사람이 죽었다면 아무 일도 없었을 것입니다. 깨끗하게 세상을 버리지 못했던 것일까요. 사실은 다랏트의 산중에서 죽었다면 더 아름답지 않았을까 생각하고 있지만요.

그리고 아기는 마음을 고쳐먹고 지웠습니다. 당신을 미운 사람이라고 생각하고 당신을 의지했더라면, 너무 힘들어져 지금쯤 혼자 자살했을지도 몰라요. 당신은 사람을 죽일 수도 있는 사람이에요. 당신을 위해서 오세이 씨도, 나도, 가노 씨도, 그리고 당신의 부인도 모두 불행해져 버렸어요. 당신을 책망하는 것은 아니지만 난 그렇게 생각해요. 왜 한 번 더 예전의 용기를 내주지 않는 거죠?

전 아직도 몸이 후들후들 거려요. 좀 나아지면 이번에야말로 괜찮은 직장을 찾아서 일할 작정이에요. 건강하신가요? 역시 당신을 만나고 싶어요. 여자의 미련일지도 모르겠지만, 난 당신과 헤어졌다고는 생각하지 않아요. 꼭 한 번 찾아와주세요. 그리고 당신의 확실한 이야기를 들려주세요.

편지를 보내고 나서 5일 정도 지나 도미오카한테서 오천 엔과 함께 편지가 왔다. 편지에는 '만나는 것은 2주일 정도 기다려줘. 지금은 너무 괴로우니까 누구와도 만나고 싶지 않아. 하지만 그 편지를 받은 것은 정말 위로가 되었어. 아기를 지운 것은 어쩔 수 없지만, 내가 부족하기 때문에 생긴 일이라고 생각해. 반드시 만나러 갈게. 헤어지지 않았다고 하는 말이 낭신의 진심이라면 그것을 믿고 반드시 만나러 갈게.'라고 쓰여 있었다.

42

2주일이 지나면 만나러 가겠다는 편지를 유키코에게 보냈지만, 2주일이 지나도 도미오카는 유키코를 만나러 갈 수 없었다.

가장 격의 없는 이야기 상대인 유키코에게로 좀처럼 갈 기
분이 나지 않은 것은 자신의 게으름 탓이 아니라 무카이 세키
치의 재판에 정신이 없었던 것도 있었고, 변호사 문제까지 도
미오카가 신경을 쓰지 않으면 안 되기 때문이었다. 살해된 오
세이가 무카이 세키치의 내연의 처였다는 것에 연연해하고 있
는 것은 아니었고, 세키치가 의지할 곳 없는 남자라는 것에 대
한 의무감만으로 도미오카는 세키치를 위해서 분주했다.

옥중에 있는 세키치를 보살피면서, 도미오카는 한 여자를
죽인 세키치의 성실함에 감동받아서 자신의 거짓된 근성이 속
이 거북할 정도로 보기 싫어졌다. 적어도 세키치를 보살피는
일로 죽은 자에 대한 속죄가 가능할 것 같았다. 오세이라는 여
자에게 매달려 자신의 생활능력을 시험하고 위축된 기분을 일
으켜 세우고 싶다고 원했던 것이다. 하지만 오세이는 남의 부
인이었다. 오세이의 뒤에 있는 무카이 세키치라는 남자를 도
미오카는 조금도 마음에 두지 않았고, 그에게 다소의 신세를
졌던 것도 잊고 있었다. 남녀의 연애라는 것이 이렇게도 격렬
했던가. 도미오카는 오세이가 세키치에게 살해된 것에 처음으
로 무카이 세키치라는 존재를 알게 되었다.

도미오카는 오세이와 동거했기 때문에 세키치로부터 가혹
한 복수를 받은 기분이었다. 이카호를 떠난 이후, 도미오카의
머리에서는 세키치의 존재가 환상처럼 사라져 버렸던 것이다.

도미오카는 도스토예프스키의 '악령' 속의 스타브로긴이 목을 맬 준비를 하면서 가능한 죽음 앞에 쓸데없는 고통과 괴로움이 없도록 익사에 사용하는 끈까지 질척하게 비눗물을 진하게 발라두었다고 하는 1장을 잊지 못했다.

유키코와 동반 자살情死을 하러 이카호에 갔었다. 실행하기 직전까지도 이 세상에 미련을 갖고 있었다. 우연히 만난 오세이에게 자신의 생활의 재생을 찾으려 한 경박함이 지금 와서 보니 죄도 없는 오세이를 죽이고 세키치를 감옥에 보내는 꼴이 된 것이다. 도미오카는 이러한 자신의 교활함에 마음이 서늘해졌다. 유키코의 만나고 싶다는 편지에도 도미오카는 동요하지 않았고, 유키코가 아이를 지웠다는 것에도 어떠한 괴로움도 느끼지 않았다. 자신은 이제 일본으로 돌아왔을 때의 마음을 모두 잃어버렸다고밖에 생각할 수 없었다.

시나가와의 경찰서에서 만났을 때 세키치는 "어디서 살든 마찬가지에요. 사형일지 무기일지 모르겠지만 형이 빨리 정해지는 편이 나아요. 천천히 옥사에서 오세이의 혼령을 위로해줄 작정입니다."라고 말했다. 그리고 세키치는 변호사에게 의뢰할 필요도 없다고 거절했다.

도미오카는 세키치의 말을 듣고 결국 인간은 어디에 살든 같다고 생각했다. 지금에 와서 해외로 나갈 일을 몽상해본들 옛날의 생활이 자신 앞에 다시 나타나리라고는 생각할 수 없었다. 이러한 세상이 되어버린 이상, 옛날의 꿈과 환상은 빨리 잘라버리는 편이 좋은 것이다.

가노도 결국 폐병으로 죽어버린 모양이었다. 인간은 모두 다른 종점을 향해 점점 떠밀려가고 있다. 하지만 도미오카는 불행한 종점으로 서두르는 것은 싫었다. 마음을 잃어버린 이상 가능한 편하게 세상을 사는 것 외에는 길이 없다고 깨달았다.

유키코와는 만나고 싶지 않았다.

오천 엔의 돈을 마련해 보냈지만, 그것은 아이를 이 세상에서 지운 조그마한 위로의 전별餞別이기도 했다. 사실은 아이를 원하지 않았다.

아침부터 꽤나 심하게 많은 비가 왔다.

오세이가 없는 침대에 누워서 도미오카는 멍하니 빗소리를 들었다. 창문은 하얗게 흐려지고 물방울이 오염된 유리문을 씻어내고 있다. 손가락 하나 꼼짝하는 것도 귀찮아서 도미오카는 가슴에 손을 포갠 채로 눈을 뜨고 있었다.

얼마 전까지는 자신의 옆에 체격이 큰 오세이가 누워 있었다. 오세이는 잠이 깨면 꼭 도미오카의 다리 위에 자신의 양다리를 올리고 노래를 불렀다. 그때만은 두 사람이 지극히 가까운 사이가 되는 것 같아서 도미오카는 눈을 감은 채로 오세이의 노래를 듣곤 했다. 지금 그 오세이는 어디에도 없었다.

하지만 도미오카는 죽은 오세이를 그리워하거나 보고 싶다고
는 생각지 않았다. 오히려 시원해진 기분이었다. 도미오카에
게 있어서 이제 여자는 지긋지긋했다.

침대에 혼자서 누워 있는 것이 이렇게 편하고 건강한 일인
지 처음 안 듯했다. 오늘에야 비로소 생활전환의 기회가 도래
한 것이다. 정치, 사회도덕, 그것들을 가루 빻는 기계처럼 가
루로 분쇄하여 분방한 자신으로 돌아가고 싶었다. 혼자라는
것이 이렇게 상쾌한 것인가, 창밖의 나뭇가지를 흔들며 억수
같이 내리는 비에 도미오카는 넋을 놓고 눈을 돌려봤다.

혼자서 지내야 한다는 긴장감만이 오늘날 도미오카의 구원
이기도 했다.

우선 이 방에서 나갈 일. 그것과 함께 아내도 부모도 버릴
일. 만약 가능하다년 자신의 이름소차도 바꿔보고 싶었나. 직
장도 그만두고 새로운 일을 찾고 싶었다. 모든 것이 오세이가
죽었기 때문이라고는, 갑자기 오세이 덕분에 이런 기분이 되
었다고는 생각하고 싶지 않았다.

하지만 자신과 관계있는 한 남자가 옥에 갇혀 있다는 것은
도미오카에게 있어서 그다지 기분 좋은 일이 아니었다. 무카
이 세키치가 힘없이 앉아 있던 옥중의 한쪽이 순간순간 도미
오카의 마음속을 지나갔다. 그 생각은 방해가 되기도 했다. 세
키치가 말했듯이 빨리 형이 확정되면 자신도 다시 편안해질지

도 몰랐다…….

비 오는 창문을 보고 있자니 밖의 녹음이 물에 젖어서 안개를 분사하고 있는 듯이 보였다. 일종의 신비한 녹음의 광선이 방안까지 쑥 침투해온다. 죽음이라는 것이 쉽게 피부에 만져질 듯하지만 인간은 쉽게 죽지 않는다고 생각했다. 도미오카는 그 사건 이후 회사도 쭉 쉬었다. 도미오카는 어떤 신문사의 농업잡지에 보낼 '남방 임업의 추억'이라는 것을 며칠에 걸쳐 조금씩 쓰고 있었다. 100장 정도의 원고였지만 그것이 완성되면 농업잡지로 보내서 돈으로 바꿔 보고 싶었다.

임업의 추억을 쓰기 전에 도미오카는 변덕스런 마음에서 '남쪽 과일의 추억'이란 30장 정도의 문장을 그 농업잡지에 보내두었다. 마침 그 사건이 있었던 때였다. 그 중 한 문장은 농업잡지에 실려 만 엔의 고료를 받았다. 생각지 않았던 일이라 도미오카는 그런 재능이 있었던 자신에게 용기가 생겼다.

그 문장은 이런 것이었다.

나는 이전 농림성의 관리 군속으로서 4년 정도 인도차이나에 살았던 적이 있다. 열대지방에서 4년의 세월을 보냈는데 거기서 나는 다양한 과일의 추억을 갖고 있다.

열대지방에는 여러 가지 과일나무가 번생하고, 그 과일의 농후한 미각은 열대에서 생활하는 자에게 있어서는 무엇보다도 강한 매력이다. 가장 인상 깊었던 것을 꼽자면 열대 과일의 왕이라고 하는 바나나를 처음으로 하고 싶다. 이즈음 드디어 대만에서 일본으로도 수입하게 되었는데, 이 바나나도 몇 백 종류가 있다는 것을 아는 사람은 적을 것이다. 가는 것, 굵고 뚱뚱한 것, 모서리가 현저한 것, 색이 희게 빠진 것, 조금 홍색을 띤 것, 향이 강한 것, 형태와 맛은 정말 천차만별이다.

나는 열대의 생활에서는 주로 킹바나나와 3척 바나나를 특별히 골라서 먹었다. 드물게는 요리용 바나나를 먹을 수 있었지만 맛있다고는 할 수 없었다. 번식에는 움돋이를 사용하는데 심어서 15개월 정도 지나면 크기 10척에서 20척이 되고, 잎이 착생한 심에서 4, 5척의 커다란 꽃자루가 나와서 꽃을 피운다. 과실을 맺고 꽃자루는 자연스레 아래로 구부러져 줄기는 밀라가고, 그 그루터기에서 생기는 움돋이가 과실로 바뀌어 1년이 지나면 또 열매를 맺는다. 뜨겁고 습기가 많은 풍토에 적합하고 토양은 점질로 배수가 좋으면 어디에서도 잘 자란다. 하지만 바람이 잘 통하는 자갈밭과 모래질의 석탄 암질 토양에는 적합하지 않다. 바나나는 하늘이 준 과일로, 가난한 자에게 가장 좋은 식사로도 이용된다. 바나나가 과일의 왕이라면 여왕이라고 할 과일은 망고스틴일까. 학명은 가르시니아 망고스타나라는 과일나무에서 나왔다. 내가 처음 망고스틴을 본 것은 하노이의 마을, 프라틱에서 가까운 과일가게였다. 작은 감 알 정도의 크기로, 정점은 편형이고 과일 껍질은 평활하고 갈색을 띤 자색이다. 이 과일을 자르면 안에는 크림 형태의 흰 과육이 든 씨가 덩어리를 이루고 있다. 과일껍질에는 타닌산과 색소가 들어 있어 천에 과즙이 묻으면 쉽게 빠지지 않는다. 5월부터 7월경까지가 나오는 시기였지만, 내가 하노이에서 찾아 먹었던 것은 2월이었다. 유에의 모란호텔에서 2주간 체재 중일 때도 매 식탁에 이 망고스틴이 나왔다. 망고스틴은 밀감 맛이 났다.

이 나무는 소교목小喬木으로 나무꼴은 원추형, 잎은 대형이다. 대생对生, 장추원형, 혁질, 말레이가 원산지이다. 성장이 매우 늦고 결실하기까지에는 9년에서 10년을 필요로 한다. 생육 땅은 덥고 습기가 많은 기후로 토양은 깊고 비옥하여 배수가 양호하지 않으면 안 된다. 망고스틴을 고급스런 과일이라 한다면 그 정반대의 과일은 냄새가 폴폴 나는 듀리언이라는 과일이라고 할 수 있겠다.

도미오카는 이 외에도 칼다몸, 사보틸, 바라미쓰, 파파이야 등의 과일의 생태를 쓰고, 그 과일을 먹었을 때의 추억과 열대 지방의 여행기도 첨가해 적었다. 도미오카는 침대 밑으로 손을 뻗어서 그 농업잡지를 들어 주르륵 넘기며 자신의 문장이 활자가 되어 있는 것을 바라보았다. 자연스럽게 남쪽의 다랏트의 풍물이 눈에 어렸다. 그 시절을 생각하면 너무나도 자신의 생활이 격변해 있음에 어이가 없어졌다.

만 엔의 고료 반을 나눠서 도미오카는 유키코에게 보냈지만, 그 돈이 아이를 지우는 병원의 비용이 되었다는 것도 얄궂은 운명이라는 생각이 들었다. 인도차이나에 버리고 온 베트남인 하녀가 낳았던 아이가 지금 도미오카는 갑자기 그립게 생각났지만 평생 그 아이를 만날 일은 없을 거라는 생각에 이르자 도미오카의 황폐해진 마음속에 그 추억은 향수를 부추겼다.

잡지를 놓고 침대에서 일어나자 누군가가 문을 똑똑 두드렸다. 도미오카는 서늘해지는 것을 느끼며 "누구?"하고 불렀다.

"저예요. 유키코예요……."

문밖에서 목소리가 들려왔다.

도미오카가 문을 열자 야위어 너무 초췌한 유키코가 젖은 우산을 들고 복도에 서 있었다.

박정한 것 같지만 도미오카는 마음속으로 유키코의 방문을 매우 불편하게 생각했다.

43

3주일을 기다려도 도미오카가 와주지 않자 유키코는 초조해져 비 오는 날임에도 불구하고 작정하고 도미오카를 찾아왔던 것이다. 문을 열어주었을 때의 도미오카의 표정을 보고 유키코는 이제 아무리 노력해도 도미오카와의 애정은 오늘로 끝임에 틀림없다고 생각했다. 비옷도, 장화도 없는 유키코는 물색 블라우스에 감색 스커트를 입고 털 많은 다리를 드러낸 채로 방으로 묵묵히 들어왔다.

"방해가 되었나요?"

도미오카는 흐늘흐늘한 유카타의 앞섶을 모으고 창 옆에 앉아 유키코에게 애써 웃는 얼굴을 보이려고 노력했다.

"힘들었겠군요……."

"당신이야말로 힘들었던 것 아냐? 이제 돌아다녀도 괜찮은 거야?"

"예, 그렇게 언제까지나 입원해 있을 수도 없으니까요… 겨우 건강을 되찾았어요."

인도차이나에 있을 때는 사람 눈이 없는 곳에서 금방 둘이 붙어 손을 잡았는데… 유키코는 삭막한 두 사람의 현실을 쓸쓸하게 생각했다.

"신문에서 읽었어요. 저기, 나 더 이상은 기다릴 수 없었어요. '반드시 만나러 갈게. 헤어지지 않았다고 하는 말이 당신의 진심이라면 그것을 믿고 반드시 만나러 갈게'라고 썼던 당신의 편지를 믿고 나 겨우 살아있었어요……."

유키코는 거의 녹초가 되어 앉아서 도미오카에게 말했다. 도미오카는 변화 없는 흥미 잃은 표정으로 말했다.

"응, 내가 모두 잘못했어. 당신을 한시도 잊지는 않았지만, 오세이의 남편 문제도 있고 일이 많아서 갈 수 없었어……."

"그럼 내가 병원에서 끙끙 앓아서 그대로 죽었더라도 당신은 오지 않았겠네요."

"아니, 그건 아니야. 당신은 괜찮을 거라고 생각하니까 안심하고 있었어……."

"거짓말! 거짓말이에요. 당신은 나에게 거짓말을 하고 있어요. 이제 애성노 아무 것도 없으면서, 약한 마음에 거짓말을 하고 나를 기쁘게 하려고 해도 소용없어요. ㅡ당신은 그렇게 오세이 씨가 그리운 거예요? 그런 여자 어디가 좋아요?"

유키코는 오세이에 대한 질투로 몸이 떨렸다. 돌과 같이 움직이지 않는 남자의 심리가 유키코에게 반사되어져서 괴로웠다. 마음을 다 털어놓으면 두 사람 사이가 나빠질 거라고 생각하면서도 유키코는 뱉어내듯이 말했다.

"아이의 일 따위 생각하지도 않았으면서 아이를 낳아달라고 말한 것은 당신이지요? 그래놓고 한 번도 온 적도 없고 병원에 있어도 문병도 오지 않았어요. 떨어져 있으면 당신이란 사람은 계속 멀어져갈 뿐이에요. ㅡ이렇게 해서 만나고 있을 때만 잘 대해주지요. 마음에도 없는 것을 말하고 그래서 오세이 씨도 홀렸던 것이겠지요? 당신이란 사람은 동반 자살할 작정을 해도 여자가 죽는 것을 보고 자신은 천천히 그 장소에서 도망칠 사람이에요.

사람을 희생시키고도 아무 것도 모르는 얼굴을 하고 있어요. ㅡ나는 오세이 씨가 미워요. 오세이 씨의 남편도 미워요. 지금 생각하면 왜 이카호에 갔던 것일까 생각해요… 나는 분해서 참을 수가 없어요. 당신이란 사람을… 깨끗하게 정리할 생각으로 이렇게 찾아오지 않으면 안 되는 나의 마음이 나는 정말 싫어요. 마음이 조금도 움직이지 않아요. 생각하고 있는 것만으로 마음이 굳어져서 조금도 거기에서 나올 수 없어요… 잘 표현할 수 없지만, 당신에게 매우 화가 나면서도, 당신을 좋아한다는 사실이 나는 너무 슬퍼요……."

유키코는 앉은 채로 침대에 기대 울었다. 침대가 삐걱댔다. 도미오카는 쏟아지는 비를 한참 바라보면서 유키코의 울음소리를 듣고 있었다. 나더러 도대체 어떻게 하라는 것일까… 이 여자는 언제까지 옛날 추억을 빚처럼 독촉하는 것일까… 옛날 두 사람의 추억을 위해서 지금도 그 추억 속의 옛날을 빚처럼 갚으라고 하고 있다. 유키코의 울음소리를 듣고 있자니 갑자기 도미오카는 울컥해졌다.

"부탁이니까 나를 혼자 있게 해줘. 아무것도 할 일이 없어. 나란 인간은 빈껍데기니까 당신이 그렇게 쫓아와도 소용없어. ―이카호에서 서로 깨끗이 헤어진 거 아니야?"

"그런 말은 싫어요. 내가 오세이 씨에게 진 것 같잖아요. 전처럼 다정하게 대해줘요… 헤어지는 것은 싫어요……."

"당신은 나와 함께 있으면 안 돼. 일본으로 돌아왔을 때부터 우린 다른 길을 걸었으면 좋았을 거야. 세상도 그때와 달라졌어. 당신은 당신의 인생을 가면 돼……."

"어머! 그 무슨 무서운 이야기를 하는 거예요. 당신이란 사람은… 나에게 여기서 죽어 보이라고 말하는 것 같군요… 내가 자신의 인생을 걸었다면 벌써 옛날에 당신과 헤어졌을 거예요. 하지만 그것은 당신의 진심이겠죠. 나에게 질려버렸기에 진심을 말할 수 있는 거겠죠… 나는 무슨 말을 들어도 놀라지 않아요. 예, 그래요. 오세이 씨와 두 사람이 살았던 이 방의 공기가 당신과 나를 방해하고 있는지 모르겠지만… 만약 여기에 오세이 씨의 귀신이 나온다면 나는 말할 거예요. 평생 도미오카 씨와 헤어지지 않을 거라고 말이에요……."

"어이, 목소리가 커. 여긴 아파트 같은 곳이니까 조용히 해줘. 오세이의 일은 지금은 아무래도 상관없어. 오히려 그 사람이 죽어서 시원한 느낌이야. 무카이 씨에게 미안한 마음이 들

정도라고. 지금 나는 이렇게 자유롭게 어디라도 갈 수 있지만, 무카이 씨는 어디에도 갈 수 없는 곳에 지금도 들어가 있어. 내가 초조해하는 기분도 조금은 생각해주지 않겠어?"

"내가 오세이 씨의 남편을 걱정해주지 않으면 안 된다니, 이상하지 않아요? 싫어요. 나와 당신 사이에 그 사람들이 무슨 관계가 있어요? 당신이 마음대로 일으킨 사건이지, 내가 시킨 일은 아니에요. 무슨 말 하는 거예요."

유키코는 아직 깊이 오세이를 사랑하고 그 추억을 잊지 못하고 있는 도미오카의 뻔뻔함이 분했다. 분함에 마음이 격앙되어 눈꺼풀이 내려앉자 유키코는 갑자기 현기증이 나서 그곳에 엎드러버렸다. 아랫배에 거북한 통증을 느꼈다. 어깨 힘이 빠져가는 것 같았다.

도미오카는 놀라서 유키코의 어깨를 강하게 흔들었다.

"어이, 왜 그래! 속이 안 좋아?"

빗줄기는 더 굵어졌고 바람도 강하게 불었다. 도미오카는 유키코를 껴안고 침대에 눕게 했다. 이마에 푸른 핏줄이 뜨고 입술은 희게 말랐으며 얼굴이 실룩실룩 경련을 일으켰다. 도미오카는 자신이 너무 심한 말을 했다고 생각했다. 유키코의 몸 전체가 병자 같았다. 양손은 뭔가를 잡으려는 듯 열 손가락이 매미와 같이 움직였다. 손톱에는 검게 때가 끼어 있었다.

도미오카는 물동이에 물을 퍼 와서 수건으로 유키코의 얼굴을 식혀주었다. 자신이 점점 싫어졌다. 도미오카는 갑자기 돈이 필요함을 느꼈다. 유키코가 깊이 잠들어버리자 그대로 책상으로 가서 도미오카는 임업과 식물에 관한 인도차이나의 추억을 원고에 옮겼다.

―빈랑과 긴마에 관해서는 베트남에 아름다운 전설이 남아 있다.

베트남의 왕인 홍 봉 4세의 시대이다. 정신廷臣 카오집에 탄, 칸이라는 두 형제가 있었다. 어렸을 때 아버지를 잃은 두 형제는 유난히 사이가 좋았다. 그러던 어느 날 우연히 들렀던 소울이란 집에 딸 한 명이 있었는데, 형 탄은 딸과 서로 사랑하는 사이가 되어 결혼하게 되었다.

거기까지 펜을 움직였을 때, 도미오카는 유키코와 처음 알게 되었던 다랏트의 고원 풍경이 마음을 스쳤다. 온트레 다원을 방문했을 때의 유키코의 빨간 체크 무명 스커트가 어제 일처럼 눈에 어렸다. 소녀와 같이 젊고 아름다웠던 유키코의 영락한 모습이 지금 자신의 방 침대에 누워 있다고는 도무지 생각할 수 없었다. 하지만 마음은 평온하게 잠잠해져서 의외로 펜은 잘 움직였고 어느덧 배가 고파졌다. 도미오카는 찬장에서 빵을 꺼내오고 전열로 커피 물을 끓였다.

찬장의 시계를 보니 벌써 1시가 가까워졌다. 빵을 입 안 가득 넣으면서 침대를 뒤돌아보자 이마의 수건 아래로 유키코가 눈을 뜨고 있었다.

"당신도 먹지 않을래?"

도미오카는 그릇에 새로 커피를 타주었다. 유키코는 눈을 뜬 채로 천장을 보고 있었다.

"일어나서 커피 좀 마시지 않을래?"

유키코는 순순히 일어나 도미오카에게서 커피가 든 그릇을 받았다.

44

저녁이 되니 비는 한층 심해졌다. 도미오카는 쓱쓱 펜을 움직였다.

─내가 있었던 다랏트 지방의 산림사무소 관내에서의 캇챠 소나무 출재량은 15700입방미터 정도였지만, 그즈음 우리들 삼림관은 군의 명령으로 급속한 개발에 들어가서 꽤나 난폭한 남벌도 했었다.

그때의 장교 한 사람 한 사람의 모습도 지금은 기억에서 희미해져 버렸다.

"다랏트에서 도유란, 그리고 종점역은 뭐였지?"

돌연히 도미오카가 유키코에게 물었다.

유키코는 쓰고 있는 것이 그런 것이었나 하며, 갑자기 밝아져서는 침대에서 내려와 말했다.

"쓰루참이란 곳이잖아요……."

"아아, 쓰루참이지."

유키코는 한참 도미오카의 책상에 앉은 뒷모습을 바라보았다.

"저기요, 만킹이란 부락을 기억하고 계시나요……."

"만킹?"

"벌써 잊었어요?"

"아아, 베트남의 능묘가 있었던 곳이지?"

"예, 다랏트에서 4킬로, 임야국의 주재소가 있어서 울창한 숲 속을 처음으로 길있어요."

유키코는 도미오카의 옆으로 가서 책의 원고를 들여다보았다.

"그런 것을 써서 무엇해요?"

"이것으로 돈을 버는 거야."

"그런 것이 돈이 되요?"

도미오카는 침대 곁의 농림잡지를 가져와서 유키코에게 건넸다.

"이것을 읽어봐."

유키코는 손에 들고 목차를 봤다. 도미오카 겐고富岡兼吾라는 글자가 눈에 들어왔다. 곧 홀홀 페이지를 넘기며 읽어갔다.

"그것으로 돈을 벌어서 기분이 나아졌어. 당신에게 보냈던 돈은 이 원고료야."

"어머! 당신이 쓴 거예요?"

바나나와 망고스틴과 듀리언의 추억이야기와 생태가 편한 필치로 쓰여 있었다.

밤까지 비바람은 심하여 창밖은 마치 쓰나미와 같은 소리를 내며 수목이 울고 있었다. 유키코가 자고 간다고 말을 꺼냈는데 도미오카는 이제 아무래도 좋았다. 남은 빵과 커피를 마시고 있을 때 전기가 픽 하고 꺼져 버렸다.

촛불을 책상에 세우고 두 사람은 친구 같은 말투로 인도차이나의 추억을 서로 이야기했다. 때때로 두 사람은 서로 다른 것을 기억하고 있는 것도 있었다. 두 사람 모두 그 추억을 이야기하며 다시 한 번 격렬한 그날의 애정을 불러오려고 노력하는 것도 있었다. 전기는 언제까지나 들어오지 않았다. 촛불도 꺼졌다. 할 수 없이 두 사람은 침대에 들어가서 누웠다. 커튼이 없는 창은 때때로 번갯불로 밝아졌고 좌악 하고 문과 유리창에 불어치는 비가 파도와 같은 소리를 냈다.

도미오카는 다시 같은 일을 반복했다고 생각하며 딱딱하게 누운 채로의 모습을 하고 있었다. 유키코는 안달나게 뭔가를 기다리며 만킹의 숲 속 이야기를 몇 번이나 반복했다. 추억 속에서 격렬한 입맞춤의 맛이 훅 하고 유키코의 가슴속을 저려왔다. 하지만 도미오카는 누운 채로 만킹의 추억의 경치로는 들어가지지 않았다. 귓가에 몇 번이나 유키코가 만킹, 만킹하며 속삭여주어도 도미오카는 자신의 옆에 큰 체격의 몸으로 누워 있던 오세이의 추억밖에 떠오르지 않았다. 다리를 자신의 몸 위에 올리고 콧노래를 부르던 오세이의 마지막 얼굴이 어른어른 눈 아래에 떠올랐다.

눈을 반쯤 뜨고 혀를 내밀고 있었다고 집에 있던 사람에게 들었을 뿐, 도미오카는 해부하게 된 오세이의 사체를 보지도 못하고 끝났다. 아직 손에 느낌이 남아 있는 큰 체격의 몸이 갑자기 그리워졌다. 이제 그 여자는 죽어서 이 세상에는 없는 것이다… 어둠 속에서, 도미오카는 목에서 뜨거운 것이 차올라 왔다.

"저기, 다랏트의 그 테니스 코트 아래 중국인 별장의 정원을 기억해요?"

"아아."

도미오카는 지금은 다랏트나 중국인 별장 같은 건 아무래도 좋았다.

"기억하고 있다면 그 뒤는 당신이 말해줘요."

이런 말을 하는 유키코의 어리광이 도미오카에게는 불편했다. 그런 옛날 꿈은 아무래도 좋아. 그런 꿈에 매달려서만 있을 수 있을까… 그것보다도 오세이의 다부진 큰 육체에 대한 연모로 도미오카는 후우 하고 한숨을 쉬었다.

오세이로 인해 처음으로 진짜 여자를 안 듯한 기분이 들었다. 도미오카는 눈가에 눈물이 고인 것을 느꼈다.

도미오카는 살며시 자신의 가슴 위로 유키코의 손이 들어오는 것을 붙잡고 제자리로 되돌렸다.

“어머, 왜 그래요? 안 돼요?”

“응, 오늘 밤은 피곤해. 푹 자고 싶어…….”

유키코는 손을 모으고 한참 숨을 삼키고 잠자코 있었다. 도미오카의 기분의 변화를 알 듯했지만 설마 오세이를 깊게 생각하고 있으리라고는 생각하지 않았다.

“저기, 남쪽 나라 이야기를 해봐요… 난 이런 밤은 어쩐지 금방 잠들고 싶지 않아요.”

“나는 졸려.”

“오랜만에 만나서 왜 그렇게 차가운 거예요… 조금은 다정한 사람이었잖아요…….”

유키코는 한 번 더 도미오카의 가슴에 매달려서 투덜거려보았다. 도미오카는 어딘가에서 읽은 오스카 와일드의 ‘포도주의 양조량과 질을 알려고 술 한 통을 비울 필요는 없는 것’이라는 말을 기억해냈다. 되풀이는 지긋지긋하다. 지금 오세

이 이외의 몸은 원하지 않는다. 목은 마르지 않다. 도미오카는
어느덧 깊은 잠에 빠졌다.

어둔 물 속을 헤쳐 가는 듯한 기분 나쁜 꿈속에서 도미오카
는 오세이를 만났다. 눈을 반쯤 뜨고 혀를 길게 늘어뜨린 섬뜩
한 얼굴이었지만, 어쩐지 신선했다. 물 속에서 안아주려고 긴
다리를 자신의 몸뚱이에 휘감고서 손을 목에 둘러 왔다. 오세
이의 차가운 혀가 얼굴에 스쳤다. 거기서 그만 "와아"하고 소
리쳤다.

도미오카는 자신의 소리에 놀라 눈을 떴다.

유키코의 몸이 무겁게 덮쳐서 젖은 뺨을 도미오카의 뺨에
착 붙이고 있는 것이었다.

45

다음 날 아침, 도미오카가 눈을 떴을 때 유키코는 오세이의
경대 앞에서 화장을 하고 있었다. 비는 활짝 개였고 가을에 자
주 있는 투명하게 맑은 하늘이 보였다.

도미오카는 잠결에 유키코가 화장을 하는 모습을 바라보았
다. 잘못을 뉘우치는 것悔悟과 비슷한 감정이 무겁게 겹쳐서
진흙탕으로 끌려들어가 버린 듯했다.

유키코는 오세이의 화장분과 퍼브를 거리낌 없이 썼다. 여

자라는 동물은 무신경 그 자체로 부끄러움을 모르는 것만 같았다. 유키코의 스스럼없는 행동이 불쾌했다. 죽은 오세이의 화장품을 아무 생각도 없이 아무렇지도 않게 쓸 수 있는 행동은 여자만이 가능한 것인지도 모른다고 생각했다. 하지만 그것보다도 더욱 무신경한 것은 오세이의 침대에서 하룻밤을 불순하게 보낸 자신이지 않을까 하는 후회로 도미오카는 가슴 깊이 반성했다. 심한 짓을 한 것은 자신이었다. 거울 앞의 유키코는 완전히 야위고 말랐다. 무릎이 엷어지고 나이를 먹은 것 같았다. 가슴도 작아졌다. 머리는 빨간색으로 물들어 말랐다. 이마가 너무 넓었고 눈에는 그늘이 처져 있었다.

도미오카는 벌떡 일어나서 조심조심 조용한 발걸음으로 계단 아래로 내려가 얼굴을 씻으러 갔다. 화장을 하던 유키코의 얼굴에서 갑자기 눈물이 흘렀다. 어떻게도 되지 않는 일을 어젯밤에 확실히 알게 된 듯했다. 잠꼬대로까지 오세이를 부르는 도미오카에게 유키코는 어떤 원망도 할 수 없는 것이다. 저 사람에게는 인도차이나의 추억 따위는 아무것도 남아 있지 않다고 깨달았다.

10시경, 유키코는 뒷맛이 개운치 않은 마음으로 문밖으로 나왔다. 도미오카는 피곤하다며 유키코를 배웅하지 않았다. 유키코도 피곤했다. 녹초가 되어 공기가 빠진 듯한 몸을 흔들흔들 무의식적으로 역으로 옮겼다. 유키코는 어떻게 살아가야 하는가를 생각하며 구멍 속으로 빠질 듯한 고독을 맛보고 있었다. 이대로 몸을 움직이지 못한다면 결심하고 이바한테로 가서 당분간은 오히나타교의 사무일이라도 할까 생각했다.

5일 정도, 또다시 아무 일도 없이 보냈다.

이바한테서 재촉하는 편지가 왔다. 하루라도 빨리 와달라는 내용이었다. 유키코는 오히나타교라는 것이 어떤 곳인가 가볼 작정이었다. 도미오카한테서는 어떤 소식도 없었다. 조금이라도 애정이 남았다면, 도미오카는 스스로 찾아가겠다고 한 약속을 지켜줄 것 같았다. 유키코는 도미오카와 인연이 있을지 없을지 오히나타교를 의지해볼까 하고 마음이 조금 움직였다.

불에 타는 것 같은 더운 날이었다.

유키코는 이케가미池上 우에마치上町의 3의 ××번지로 오히나타교라는 곳을 찾아갔다. 은행가의 저택을 샀다고 하더니 과연 돌기둥에는 철 격자문이 붙어 있고 현관까지 자갈이 깔려 있다. 정원수는 손질이 잘되어 새로운 함석지붕의 자동차 차고까지 갖춰져 있다. 쪽문에서 택지 내로 들어서자 신자인 듯한 마른 중년 여자가 밀짚모자를 쓰고 정원의 풀을 뽑고 있었다. 현관의 처마 아래에는 큰 노송나무 판자에 녹색의 글자로 점청点晴이라고 쓰여 있었다. 유리문은 열려 있고 많은 신발이 타일바닥에 주욱 놓여 있다.

용을 그린 새것 같은 큰 가리개가 현관의 정면에 있다. 그 그늘의 책상 앞에 있는 사람은 조산원에서 본 오쓰 시모였다. 분을 두껍게 바르고 감색 상의에 감색 하카마[47]를 입고 뭔가를 쓰고 있었다. 깊은 현관이어서 차가운 바람이 통하고 있었다. 구석에서는 기도라도 시작된 것일까, 왁자지껄 불안한 목소리의 합창이 들렸다.

46

먼 산속에서 짐승의 울음소리를 듣고 있는 듯한 기도 소리가 없었다면, 이 현관은 시골 병원에라도 있는 듯한 착각을 불러일으켰을 것이다. 오쓰 시모가 유키코를 알아보고 스윽 하고 서서히 다가오며 말을 걸었다.

"잘 오셨어요. 교사님이 기다리고 계십니다."

시모가 신발장에서 새 슬리퍼를 꺼내주었다.

시모는 옛날부터 거기에 앉아 있었던 사람처럼 차분한 모습으로 딱딱한 표정을 하고 있었다.

"어때요? 익숙해졌나요?"

유키코가 슬리퍼를 신으면서 물었다.

시모는 지참금을 갖고 온 신부와 같은 묘한 표정을 지으며

---

47) 하카마 : 일본옷의 겉에 입는 아래옷. 허리에서 발목까지 덮으며 넉넉하게 주름이 잡혀서 바지처럼 된 것이 보통이나 스커트 모양도 있음.

유키코의 말에 대답하지 않았다.

"이쪽으로 오시지요."

시모가 유키코를 복도 끝으로 안내했다. 3척 정도의 어두운 복도를 가로질러가서 구부러진 방 앞에 오자, 시모는 복도에 손을 붙이고 말했다.

"교사님, 유키코 씨가 오셨습니다."

유키코는 바보스런 기분이었다. 방 안에서 "오호"하고 이바가 답을 했다. 시모가 문을 열자, 예순 정도의 남자가 군대 모포 위에 누워 있었고 이바가 그 남자 위에 양손을 올리고 있었다. 시모는 방구석에서 갈색의 무늬도 없는 얇은 방석을 가져와서 입구에 깔고 유키코에게 앉도록 했다. 그리고 조용하게 문을 닫고 나갔다. 모든 것이 유키코에게는 이상한 세계였다. 자고 있는 노인은 눈을 감고 입술을 뻐끔뻐끔 하고 있었다. 푸른빛이 도는 검은 얼굴 위로 머리카락은 오래된 풀처럼 헝클어져 있었고 이마에는 큰 점이 있었다. 흰 와이셔츠에 재색 바지를 입었고 맨발이었다.

이바는 시모와 같이 검은색 헐렁한 상의를 입고 눈을 감고 있었다.

"괜찮아요… 오히나타의 본원本願은 노소선악의 사람을 가리지 않고 오로지 신심信心이 두터운 사람을 고릅니다. 번뇌의 중생을 돕기 위해서 마음을 씁니다. 현세의 선과 악은 중요하

지 않고, 단지 오히나타의 염불을 하면 신불神仏에 비견할 만
한 선善은 없어요. 악을 두려워하지 말고 중에서도 병악病惡은
인간의 악 중에서 가장 가벼운 것이니. 병악은 눈에 보이는 것
으로 이것, 나의 안내를 볼지니. 마음의 악은 눈에는 보이지
않아 손에는 쥐기 어렵고, 이거야말로 지옥의 악이니. 업이라
고도 하지요. 병악은 가벼우니. 오히나타를 밤낮으로 섬기면
언젠가는 강력한 천력, 지력이 생기는 자가 되리니. 오히나타
의 본원, 진심으로 이것이니. 병악은 가벼우니 손을 뻗어 잡으
소서.”

조금의 더듬거림도 없이 이바는 술술 이렇게 말했다. 그리
고 양손을 노인의 어깨 부근에 놓고 굉장히 과격하게 진동을
주었다. 노인은 입술로 숨을 쉬었다.

“더, 입 가득히 공기 중의 에테르를 들이마시세요. 지금 내
손에서 굉장한 오히나타의 에테르가 나왔어요……”

유키코는 가만히 바라보고 있자니 이바가 광인狂人이 된 것
같았다. 이바는 때때로 눈을 뜨고 노인의 눈꺼풀 위를 주시했
다.

“번뇌구족의 중생은 모두 생사를 뛰어넘을 수 없으니. 가여
워서 도우니. 가여워서 도우니. 병악의 정인正因을 없애버리
마. 오히나타의 자비를 받아라.”

한참 그러한 말을 반복하다가 이바는 진동하는 손을 가만

320

히 노인의 머리에 올려놓더니 말했다.

"그럼 정화하십시오."

그리고는 노인의 어깨를 가볍게 치고 일으켰다. 노인은 상쾌한 얼굴로 모포 위로 벌떡 일어났다. 이바는 바닥의 삼보三宝 위에 있던 흰 천으로 양손을 닦았다.

노인은 몸을 추스르고 거기에 반듯하게 앉아 이바에게 정중하게 인사를 했다.

"어떻습니까? 조금은 몸이 가벼워졌습니까?"

"예, 개운해졌습니다. 매우 상쾌해졌습니다."

"4, 5회 계속하면 완전히 좋아질 겁니다. 상당히 중한 병이니까 하루아침에 나을 거라고는 할 수 없습니다. 오히나타님은 세간의 산사山師와 같이 그 자리에서 좋아진다고 말하는 그런 가르침은 절대로 하지 않으니까요. 사람들의 기도의 근성을 보시고 병악을 사라지게 합니다."

"예, 몇 번이라도 기도하러 올 작정입니다."

"그것이 좋지요."

"오늘 청진료淸診料는 어느 정도 봉납하면 좋을까요?"

"아니, 여기는 병원이 아닙니다. 무료로 하는 것이 자비이고 이것이 오히나타교의 근본입니다… 돈이 없는 사람한테는 한 푼도 받지 않습니다만, 돈이 있는 사람한테는 얼마라도 받아서 그 사람의 모든 악이 사라지도록 기도를 합니다."

이바는 그렇게 말하고 유유히 책상 앞으로 돌아갔다. 노인은 곤란한 듯한 모습이었다. 이바는 곧바로 장부를 노인 앞에 내밀었다.

"이것은 청진료로 지금까지 받았던 것입니다. 참고하시지요."

노인은 그 장부를 공손하게 받고서 자신의 무릎 위에 펼쳤다. 검은 하카마를 입은 병약해 보이는 소녀가 차를 갖고 왔다.

장부의 맨 앞에는 전 대신大臣 아무개의 이름이 기록되어 있고 오만 엔의 청진료가 기입되어 있었다. 전범戰犯으로 죽은 그 대신의 진짜 서명인지 의심스런 글씨였다. 노인은 한참 장부를 바라보다가, 드디어 장부를 모포 위에 두고 옆 탁자의 필기통에서 붓을 꺼내 일금 오백 엔이라고 기입했다.

노인은 오백 엔의 청진료를 지불하고 정중하게 두 번째 청진 날과 시간을 이바에게 묻고 복도로 나갔다.

유키코는 그 노인의 발소리가 멀어지는 것을 멍하니 듣고 있었다.

"상당히 잘되는 장사네요?"

유키코가 웃으면서 말했다. 실제로 얼마 전까지만 해도 어떤 장사에도 관심이 없었던 게으른 남자가 어떤 바람이 불어서인지 손을 잠시 흔들어 괴상한 기도를 하고 오백 엔의 돈을 만드는 것이다. 능숙한 장사라고 하지 않을 수 없었다.

옛날의 유키코였다면 자리를 박차고 방을 나와서 돌아갔을 것이다. 이바는 책상에서 외국 담배를 꺼내 한 모금 하면서 양반다리를 틀었다. 고치야마[48]처럼 비열하게 다리를 튼 모습으로 말했다.

"어때, 세상은 재미있지? 대단한 것은 아니야. 인간이란 것은 신용하게만 하면 돼. 마술이지. 태연하게 오히나타의 에테르를 뿜어주면 환자는 숨을 되돌리지. 이제 옛날처럼 월급쟁이 생활로는 돌아갈 수 없잖아? 중생이란 신과 부처는 갖고 있지 않아. 스스로 갖고 있지 않으니까, 작은 돈을 쌓고 신불의 자비를 사러 오지. 그것을 알고 여기서는 오히나타교라고 하는 것을 제조해서 팔고 있는 것이야. 모두 좋아서 사서 가는 거지."

유키코는 기가 찼다. 이바의 전후 마음의 변화가 현재 유키코에게도 전해져왔다. 유키코도 담배를 하나 받아서 불을 붙였다. 넓은 마루에는 역시 수상한 서체로 뭔가가 쓰인 족자가 걸려 있었다. 칠보의 화병에는 적송이 꽂혀 있었다. 다다미가 10장 정도 깔린 방의 한 중앙에 군대 모포가 깔려 있었다. 가

---

48) 고치야마(河內山) : 가부키(歌舞伎) '구모니마고우우에노하쓰하나(天衣紛上 野初花 くもにまごううえののはつはな)'의 통칭. 또는 그 주인공 고치야마 (河內山宗俊)를 일컬음.

장자리가 보이는 장지문 옆에는 이바의 책상. 그 곁에 작은 중국식 탁자가 하나. 천장이 높은 탓일까, 안정된 방이었다. 바람도 잘 통했다. 중앙정원이라도 되어 있는지 좁은 정원에서는 뭔가를 말리고 있었다.

"만약 수상하다고 생각하고 신문사에서 수사하러 오면 어떻게 할 거예요?"

"무슨, 그런 것은 금방 알지. 수상한 놈한테서는 한 푼도 받지 않고 있어."

"그렇게 눈치가 빨라요?"

"그런 건 이런 장사를 하고 있으면 어떤 인간이라도 금방 알아볼 수 있어."

유키코는 이러한 물장사를 닮은 속임수는 길게 가지 않을 거라고 생각했다. 하지만 전후에 무엇을 해야 할지도 모르는 인간이 대량으로 나와 있다고 하면, 이런 이상한 심리를 가진 인간도 나올 것이다.

"몸은 어때?"

"나도 청진료를 지불하고 진찰받아야 할 판이에요."

유키코는 웃으면서 담배를 피웠다. 도미오카와의 문제가 아직 조금도 해결된 것이 아니지만, 한때를 견디기 위해서 이바의 이 일을 도우는 것도 나쁘지 않다고 생각했다. 유키코는 이제 제대로 된 일을 할 자신도 없어졌다. 오히나타교가 어떤 것인지는 몰라도 술집이나 찻집의 여급이 되기보다는 여기서 바보스런 일을 도우는 편이 마음 편할 것 같았다.

세상 모든 것에 혐오의 정을 갖고 있던 유키코는 도미오카를 이곳에서 저주하고 싶은 마음도 들었다. 오세이에게 패한 것이, 유키코는 자신이 살아남아 있는 것만으로도 분했다. 자신이 죽었다면 도미오카는 거꾸로 자신의 죽음을 안타까워해주겠지.

"꽤나 핼쑥해졌네……."

"예, 좀 맛있는 거라도 먹고 느긋하게 있으면 당신처럼 살찌겠죠… 여자는 돈을 내주는 사람이 없으면 예뻐지지 않는가 봐요."

이바는 히죽히죽 웃으며 귀청소를 했다. 기도가 끝난 듯 큰 북이 울리기 시작했다. 곧 시모가 이비를 부르러 왔다.

유키코도 이바를 따라서 넓은 방으로 갔다. 30명 정도의 남녀 신자가 방 주위에 서서 교주와 교사를 맞이하고 있었다. 여기만 새롭게 지은 듯 넓은 방은 나무 냄새도 새로웠고 삼면의 제단에는 자색의 막이 묶여 있었다. 바로 뒤에는 초승달 모양의 거울이 빛나고 있었다.

그 앞에 교주인 나리무네 센조成宗專造가 중국식의 높은 의자에 앉았다. 법복과 같은 검은 옷을 입고 있었다. 가슴에는 금색 초승달과 해바라기를 조합한 훈장을 새긴 배지를 달고 있었다.

이바가 교주 옆에 서서 신자들에게 인사를 하며 말했다.

"편하게 앉으십시오……."

신자들을 나무 바닥에 앉게 하자 유키코도 끝자리에 앉았다. 이바는 등나무 의자에 앉았다. 옛날 소학교 공작실의 느낌이었다. 교주는 책상 위의 종을 울리며 입 속에서 뭔가를 중얼중얼거리고 있다가 한참 뒤 책상 위의 종이를 펼쳤다.

"오늘은 오히나타님의 제3장의 신의神意를 말씀드리겠습니다. 신자님은 모두 신복信服을 입어주세요."

신자는 무릎에 갖고 있던 자색의 민소매 옷을 펼치고, 어깨에 걸쳤다. 오히나타교라고 새긴 옷깃만 있는 숄과 같은 옷이었다.

"제3장을 말씀합니다… 우리 세계의 경계는 하나이니, 인간은 진심으로 교통할 길이니. 세계사람 모두 가지도 못하고 헤매다 방황하게 되나니. 오히나타님은 지옥에서 이자들을 건져 올려, 사바의 업을 인간에게 주시니. 다른 힘을 믿고 진실보사真実報士의 곳을 없애면 이 인간들은 지옥으로 왕생하게 되나니……."

열린 유리문으로 시원한 바람이 불어왔다. 정원사가 느긋하게 가위를 쓰는 소리가 한가로웠다.

"사람 제각각으로 오십 년의 세월을 버는 것은 이것 모두 희생의 수업을 쌓아가는 것이나니……."

유키코는 마룻바닥에 앉아 있는 것이 힘들어져서 가만히 무릎을 풀었다.

47

도미오카는 세키치를 위해서 변호사를 부탁했다. 오세이에 대한 공양은 적어도 그렇게 해주는 것밖에 없었다. 유키코는 계속해서 한 번 더 둘이 함께 일어서고 싶다고 말하러 왔지만, 도미오카는 유키코에 대해서는 이제 남보다 심한 무관심밖에 남아 있지 않았다. 이즈음 유키코는 어떤 종교에 빠져 있는 듯했지만 그것도 괜찮을 거라고 생각했다. 오세이와의 추억 어린 방에서 도미오카는 조금도 일어설 낌새도 없이 매일 침대에 누워서 농업잡지로 보낼 원고를 썼다. 쓰면 얼마의 고료를 보내왔다. 도미오카는 누구와도 만날 필요가 없는 이러한 일에 지금은 만족하고 있었다. 직장을 갖고 매일 일정의 시간을 묶이는 일에 갑갑함을 느끼고 있었기 때문이다. 친구의 회사에는 그대로 무단으로 가지 않게 되고, 도미오카는 완전히 부랑자적 심리에 떨어져 있었다. 우라와의 집에도 전혀 가보지 않게 되었고, 아내 구니코한테서 온 소식도 열지 않은 채 찬장 위에 던져놓았다. 오래도록 병상에 있는 아내에 대해서도 지금은 아무 감정이 없었다. 늙은 양친도 지금으로서는 어떻게 계신지, 기운이 다 빠져 있었다. 집을 팔았던 돈의 대부분은 목재사업으로 실패해서 없애버렸지만, 아직 반년이나 일 년 정도는 어떻게든 해나갈 수 있는 금액만큼은 도미오카는 집에 맡겨두고 왔다.

누워서 원고지를 펼치고 도미오카는 칠漆에 관한 수필을 썼다. 남쪽의 추억은 모두 단지 기억의 바다를 항해하고 있는 듯했다.

칠은 일본, 중국, 인도차이나, 미얀마, 태국으로 산지가 한정되어 있다. 먼저 이와 같은 것을 연필로 썼지만, 이상하게 머리가 저려왔다. 때때로 현기증이 나는 일이 있었다. 일정한 시간에 식사를 하지 않았던 탓일까, 도미오카는 점점 자신의 육체의 쇠퇴를 느꼈다. 이 칠의 원고를 써서 만 엔 정도는 벌지 않으면 안 된다고 마음속으로는 조급해졌지만 머리가 따라주지 않았다. 칠의 산지 따위 아무래도 좋지 않은가 하는 기분이 되었다.

돌연 쓰는 방법을 바꿔보았다. 전쟁 중, 내가 통킹의 수도 하노이로 부임했을 때에 후토라는 작은 마을에 불려간 적이 있다. 이런 문장을 시작으로 추억을 쓰기 시작했다.

후토는 하노이의 서북에 해당하고 하노이에서 130킬로 떨어진 곳으로, 여기는 세계에 자랑할 칠수원漆樹園이라고 해도 좋을 곳이다.

칠의 학명은 루스 산크시다나로, 일본에서는 옻나무이고 통킹에서는 가이손이라고 했다. 후토의 마을에서는 일본의 양잠지養蚕地와 같이 농가의 부업으로서 가이손이 재배되고 있었다. 옛날에 베트남 칠이라 하면 항아리 칠이라고 하여 품질도 조악하고 가격도 저렴해서 칠상의 오래된 가게에서는 베트남 칠을 멀리한 경향이 있었지만, 전쟁 중에는 일본에서도 물건이 부족하여 다투어 베트남 칠을 수입했다. 나는 겨우 며칠을 후토의 칠수원을 시찰한 경험밖에 없지만, 현재 일본에서 농가의 부업으로 이 옻나무 식림에 주목할 수 있다면 일본의 양질의 칠을 서양으로 수출할 수 있지 않을까하고 생각한다. 베트남 칠은 매우 건조도가 불량하여 조금 더 기술 개발이 되지 않으면 애써 된 세계 제일의 칠의 고장도 이제부터는 쇠퇴해 갈 것이다. 단지 가격이 저렴하다고 하는 것은 일본의 칠에 비할 것이 안 된다. 후토의 농민은 긁어모은 생칠을 마을 시장에 갖고 가서 거기서 중매인에게 파는 것이지만, 후토의 칠 시장은 모든 일상품이 갖추어져 이날은 완구상자를 뒤집어놓은 듯한 왁자지껄한 소박함으로 농가의 여자들은 차려입고 시장으로 나오는 것이다.

도미오카는 여기까지 쓰고 연필을 멈췄다. 한 세기나 다른 세계로 돌아온 듯한 일본의 생활이 도미오카에게는 시시해졌다. 해외로 나가보고 싶은 생각은 지금으로서는 상상일 뿐으로, 이 상태로서는 아무래도 빠져나갈 곳이 없는 것 같았다. 여기가 내가 머물 곳이라고 생각되었다. 도미오카는 칼로 연필을 깎다가 날이 선 칼에 눈을 멈추었다. 칠에 관한 수필 따위 쓸 기운도 없어졌다. 일본의 칠이 해외로 수출된다고 해서 어떻게 될 것도 아니고, 일본의 칠의 생산 따위는 베트남과 중국과는 비교할 수 없는 빈약한 생산고이기도 하다. 도미오카는 벌러덩 누워 칼날을 가만히 보았다. 오세이가 죽어버렸다는 것이 아프게 마음을 울려왔다. 오세이가 살아 있을 때는 다툼의 연속이었다. 세키치라는 사냥개가 달려와서 열심히 도망가던 산토끼 오세이를 잡아서 죽여 버렸다. 자신은 산등성이에 숨어 오세이를 노리던 변덕스러운 사냥꾼 같았다. 도미오카는 자신의 교활함을 생각했다. 세키치는 꼬드김에 넘어가서 살인을 범한 것 같았다. 도미오카는 칼날을 손목의 동맥에 대보았지만 거기에 쑤셔볼 마음은 없었다.

도미오카는 아침부터 아무것도 먹지 않아서 구토를 했다. 원고도 진전이 없어 벌떡 일어나 때 탄 와이셔츠에 검은 서지 바지를 입고 계단 아래로 내려와서 신발장에서 오세이의 신발을 꺼내 그것을 신고 문밖으로 나왔다. 해질 무렵의 시간이었지만 거리는 아직 석양으로 인해 대낮처럼 밝았다. 역 근처까지 어슬렁어슬렁 걸어가서 작은 술집의 끈으로 된 포렴을 제쳤다. 강한 취기에 빠져보고 싶었다. 소주를 주문하고 단숨에 마시고 두 잔째를 또 주문했다. 손님은 아무도 없었다. 건어물을 굽는 냄새가 뒤쪽에서 흘러들어왔다. 주인 같은 중년 남자가 카운터 뒤에서 열대여섯 살쯤으로 보이는 딸을 잔소리로 야단치고 있었다. 딸은 단발머리를 때때로 귀로 모으면서 뽀로통한 옆얼굴로 벽 쪽을 향해 있었다.

"뭐야. 그 부은 얼굴은? 세상에 대해 아무것도 모르면서 벌써부터 남자랑 놀고만 있고… 어젯밤에는 대체 어디에서 잔거야?"

도미오카는 소주를 마시면서 딸에게 잔소리를 하는 아버지의 말을 가만히 듣고 있었다.

"어디서 잔거야?"

딸은 말없이 고개를 숙이고 있었다. 도미오카는 세 잔째를 주문했다. 심하게 취기가 돌아서 조금 기분이 개운해졌다. 오랜만에 혼자서 영화라도 보며 기분전환을 하고 싶었다. 세 잔째의 소주는 딸이 들고 왔다. 화장을 하지 않은 약간 검은 얼굴의 딸이었는데, 눈이 크고 꽤나 괜찮은 얼굴이었다. 깎지 않은 눈썹은 검고 굵어서 마치 일자를 그어 놓은 듯했다. 딸은 카운터 위에 컵을 놓고 도미오카를 보고 씨익 웃었다. 시원한 눈매였다.

세 잔의 소주에 인생관이 바뀐 듯한 취기로 도미오카는 그 술집을 나왔다. 취기는 모든 것을 잊게 해주었다. 비틀거리면서 목적도 없이 거리를 걸었다. 오늘 밤에라도 돌아가서 단숨에 칠론을 써서 그것을 농업잡지로 가지고 가자.

도미오카는 산겐차야三軒茶屋까지 걸어서 영화관으로 들어갔다. 긴자산시로銀座三四郎라는 것을 상연하고 있었다. 옛날 여자를 잊지 못해서 의사인 주인공이 자주 술을 마신다. 야쿠자에 가까운 의사구나 하고 생각하면서 영화관의 한구석에서 꾸벅꾸벅 졸며 앉아 있었다. 주인공 의사는 옛날 여자를 쫓아다니는 긴자의 야쿠자를 몇 명이나 상대로 하여 강으로 던져넣고 있다. 요리집 딸이 그 야쿠자 같은 의사를 좋아하는 듯하지만 둘은 만나면 싸우기만 한다. 오세이와 같은 여자였다. 닮은 곳은 없었지만 성격이 오세이와 닮았다. 취한 탓일까 그 영화의 내용이 조금도 맞지 않았다. 재미없어서 도미오카는 영화관을 나왔지만 아직 주위는 밝았다.

몇 시쯤일까. 요즘은 시계가 없어서 시간에 대한 관념이 전혀 서지 않았다. 어느 가게 앞의 시계를 훔쳐보니 8시에 가까웠다. 아, 벌써 이 시각인가 하고 어슬렁어슬렁 목적도 없이 걸었지만 역시 조금 더 취기에 푹 빠져보고 싶었다. 영화관으로 돌아와서 역 근처 마켓 안의 작은 가건물 술집으로 들어갔다.

상자와 같은 좁은 가게 안으로 비틀거리며 들어갔다. 나이에 비해 두꺼운 화장을 한 중년 여자가 애교스럽게 도미오카에게 자신의 작은 방석을 의자로 대주었다.

"아주머니, 소주 한잔."

"어머, 기분이 좋으시네요. 벌써 어디서 마시고 오셨지요?"

컵에 찰랑찰랑 따른 소주를 받은 도미오카는 천천히 입술을 댔다. 바람에 흔들리는 처마 밑의 초롱에 '술집 자무스'라고 쓰여 있다.

"아주머니, 만주에서 귀환했어요?"

"예, 그래요. 어떻게 알았어요?"

"아니, 초롱에 자무스라고 써 있어서……."

눈 밑에 검은 기미가 나고 이미가 벗거진 눈코가 자은 여자였다. 목덜미에서 어깨에 걸쳐 바른 분이 짙었고, 유카타를 걸치고 가슴에 레이스가 붙은 앞치마를 하고 있었다. 카운터 위에는 생선조림과 햄과 달걀이 차려져 있었다. 도미오카는 손가락으로 큰 접시의 햄을 집어서 입에 넣었다.

"귀환자예요. 몸 하나만 돌아왔어요. 빈털터리예요. 나는 이래 뵈도 10년이나 자무스에서 교원을 했었어요… 인간이란 모르는 거예요. 익숙하지 않은 장사로 모두에게 사족土族의 상법이라고 불리고 있어요."

“아주머니, 몇 살이요?”

“어머, 몇 살로 보여요? 이래 뵈도 아직 젊어요. 너무 고생을 해서 나이를 먹어 보이는 거지요…….”

“여자의 나이는 잘 모르겠어요. 마흔 정도인가?”

“어머, 슬퍼지네요. 제가 그렇게 할머니로 보이나요, 이래 뵈도 서른다섯이랍니다. 이제부터 꽃 피울 작정인데…….”

도미오카는 서른다섯이라는 말을 듣고 여자의 거짓말에 질렸다. 내심으로는 쉰 정도인가? 하고 물을 것을 십 년이나 젊게 말했던 것이다.

“헤에, 그렇다면 정말 미안하네요. 서른다섯인가… 그럼 젊네요. 이제부터네요. 남편과는 생이별한 거고. 그렇게 빛나게 아름다우면…….”

여자는 오호호 하고 웃기 시작하더니 작은 접시에 햄을 두 조각 담아서 받침대 위로 내었다.

“사별했어요. 자무스에서 헤어진 이후로 남편은 보청宝清이란 곳의 협화회協和会에서 근무했어요. 그대로 부부가 서로 헤어진 것이지요. 저는 이제 옛날의 남편에 대해서는 아무것도 생각하고 있지 않아요.”

두 번째 잔이 놓였다.

도미오카는 엉망으로 취했다. 세상 모든 것이 도는 무대가 되는 것이 인생이라는 것을 알고 있으면서도 멀리 자무스에서 여선생을 했던 여자와 만날 인간 세상이 슬프기도 했다.

"어이, 아주머니 악수해요."

때때로 손을 뻗고서는 이 같은 말을 반복했다.

"정말 아주머니의 남편은 죽었나요?"

"정말이에요. 같은 협화회에서 일한 분과 조선에서 함께여서 제가 확실히 들었어요… 그것도 사냥총으로 자살했어요."

"호오……."

이야기는 복잡할 정도로 재미있었다. 세 잔째 소주에 완전히 다리가 풀린 도미오카는 카운터 위에 엎드려버렸다.

48

유키코는 가을이 되기까지 쭉 오히나타교의 회계 사무일을 하며 지냈다. 오히나타교의 내막은 말이 되지 않을 정도로 엉망이었다. 교주 센조는 금전에 관해서는 수전노에 가까운 사람으로 언제나 돈에 관한 일로 이바와 심하게 다투었다. 유키코는 이 두 사람의 성격을 잘 알고 있어서 정도껏 슬쩍 훔치는 것을 잊지 않았다.

센조도 이바도 항상 입으로 인생 모든 것은 돈이라고 말하는 것이었다. 오히나타교가 아니라, 대금전교大金錢敎라고 유키코는 비꼬아서 말할 때도 있었다. 몸은 완전히 회복되어 피부에 윤기도 났고, 달리 보일 정도로 젊어졌다. 시모가 센조의 숨겨진 여자이듯 유키코도 언제인지도 모르게 이바와 예전으로 돌아가 있었다. 이바는 처도 아이도 시즈오카의 시골에 돌려보내고, 지금은 유키코를 위해서 교회 가까이에 작은 집을 사 주었다. 유키코는 이바를 조금도 사랑하지 않았다. 오히려 이바를 증오하기까지 했다. 작은 세 칸 정도의 집에 신자인 아주머니를 두고 유키코는 거기에 혼자 살며 교회로 다니고 있었다. 유키코는 십만 엔 정도의 저금을 갖고 있었다. 인생에 돈 이외에는 의지할 것은 없다고 교육받아서인지 유키코 자신도 조금씩 금전의 쓰임새가 능숙해졌다. 신자는 점점 늘어갔고, 지금은 상당한 세력을 가진 오히나타교는 마을의 명물이 되어가고 있었다.

유키코는 때때로 도미오카를 생각하지 않을 수 없었지만, 도미오카에게는 몇 번 편지를 보내도 무소식이었다. 도미오카와는 아무리 해도 다시 옛날의 애정으로 돌아갈 수는 없다고 생각하니 유키코는 현재의 생활이 자신에게 있어서는 조금도 도움이 되지 않는다는 것을 알았다. 자유스런 생활이면서도 유키코는 항상 허기진 마음이었다.

어느 비 오는 밤, 교회에서 돌아온 유키코는 검은 제복을 겹옷으로 갈아입고 다실에서 신자인 아주머니와 식사를 하고 있었다. 화로 옆에 둔 석간에 눈을 멈추니 농업잡지의 광고가 눈에 들어왔다. '칠의 이야기'라는 제목 옆에 도미오카 겐고의 이름이 나와 있었다. 유키코는 언제인지 오세이의 방에서 도미오카가 보여준 농업잡지를 떠올렸다. 곧 아주머니에게 부탁해 근처 책방에서 그 잡지를 사오게 해서 보았다.

도미오카의 문장은 초보자의 냄새가 났지만 알기 쉬운 문체였다. 두 사람만이 알고 있는 베트남의 일이 나풀나풀 유키코의 마음을 뜨겁게 태웠다. '칠의 이야기'를 읽는 사이에 지금이라도 달려가서 만나고 싶어졌지만 오세이의 망령에 고집을 부리고 있는 자신으로서는 지금 당장 찾아갈 마음이 나지 않았다. 하지만 이즈음 마음이 허전하여 아무래도 도미오카를 만나지 않으면 어떻게도 되지 않을 것 같은 기분이 들었다. 유키코는 생각했다. 나는 영락零落해 있는 그 사람을 너무 공격했던 것이냐. 오세이가 그 사람에게 아무리 얻기 어려운 여자였다고 해도 나는 오세이에게 저서는 안 된다. 그 사람도 무너지고, 자신도 다시 무너져가는 것은 왜일까… 두 사람 모두 얻을 수 없는 옛날의 꿈을 너무 꾸어서 서로를 싫어하게 된지도 모른다. 두 사람의 중심이 오세이 문제뿐이었다면 두 사람은 죽을 각오까지 할 리가 없었다. 그 사건으로부터 두 달 정도의 세월이 흘렀다. 도미오카는 오세이의 망령에서 해방되었을지도 모른다.

"아주머니… 이 이름이요, 제 옛날 애인 이름이에요."

뒷정리를 하던 아주머니는 잡지를 손에 들고 유키코가 손가락으로 가리킨 목차를 바라봤다. 아주머니의 이름은 오시게라고 했다. 아들 둘을 전사로 잃고, 생선 행상을 하고 있었다. 남편은 이번 봄에 잃었다. 너무나 불행만 계속되어서 오히나타교를 믿게 되었고, 입이 무거운 것이 이바의 눈에 들어 유키코의 집에 하녀로 들어왔던 것이다.

"이것은 무슨 이야기라고 읽어요?"

"칠의 이야기예요. 왜 그 접시나 그릇에 칠하는 것 말이에요."

"옛날 애인이 칠기 장사를 했어요?"

"그렇지 않아요. 농림성의 관리로 매우 훌륭한 사람이에요… 전쟁 중에 제가 농림성의 타이피스트를 하고 있을 때 인도차이나에 군속으로 갔는데, 그곳에서 이 사람을 만나서 서로 좋아졌어요."

유키코는 말하고 있는 중에 감상적인 기분이 되어 눈시울이 뜨거워졌다.

"전쟁이 끝나고 괴로운 경험을 하여 각각 돌아왔는데, 어쩐지 남방에서는 매우 뜨겁게 좋아했던 두 사람이 갑자기 국내로 돌아와서는 서먹서먹해졌어요. 그 사람과 한 번은 둘이서 죽으려고 이카호에 죽을 장소를 찾아서 갔었어요……."

오시게는 낮은 밥상을 천으로 천천히 닦으면서 유키코의

이야기를 듣고 있었다.

"이카호에서 돈이 없어 그 사람이 술집 주인에게 시계를 팔았는데, 귀신에 씌었는지 그 부인과 이상한 사이가 되어버렸어요. 남자란 동반 자살을 하러 갔어도 그런 마음이 생길까요… 나는 그 사람을 신용하고 있었던 마음이 완전히 무너져버렸어요. ―그리고 나서 저는 자포자기의 심정으로 숨조차 쉴 수가 없었어요. 저는 결코 이바 따윈 좋아하지 않아요. 누구라도 곤궁할 때는 자포자기의 심정이 되네요. 마음까지 허전하여 늑대처럼 되어버리나 봐요. 서로 사랑하고 있더라도 허전할 때는, 서로 싫어지게 되는 것이 아닐까요… 평화스런 바다를 항해해 가는 배에 타면 멀미도 없지만, 폭풍우가 치는 날의 출항은 아무리 좋은 생각을 하려 해도 멀미를 하잖아요… 그런 거예요… 나는 다시 이바가 있는 곳으로 돌아왔지만 지금은 멀미하지 않아요… 이바는 내가 싫어하는 사람이에요. 저보다도 나쁜 사람이에요. 저도 상당히 못됐지만 저보다 못된 사람이에요. 그 사람은… 교주도 나쁜 사람이에요. 아주머니도 속고 있어요……."

"예, 그건 저도 알고 있어요. 그래도 저는 어쨌든 오히나타 님을 믿지 않으면 살아갈 수 없어요. 저는 교주님과 이바님을 믿고 있진 않아요. 그분들은 대단하지 않아요……."

유키코는 오시게가 오히나타교는 믿지만 교주와 이바는 믿지 않는다고 하는 말에 갑자기 마음이 뜨거워졌다. 지금까지 잘난 척했던 마음을 두들겨 맞은 듯했다.

"그렇지요. 저는 눈에 보이지 않는 오히나타님을 믿고 있을 뿐이에요."

"그럼 오히나타라는 신은 어디에 있어요?"

"저는 어느 날, 저의 손톱을 보았어요. 아무리 훌륭하고 편리한 것이 발명되어도 자신의 손톱 하나도, 이것은 꽤나 신통한 것이라고 생각했어요. 인간의 손톱은 원자폭탄보다도 무서운 것이에요. 곰곰이 생각했지요. 이것은 인간 속에 신이 살고 있기 때문이라고 생각했습니다. 아무리 그래도 학자들은 인간의 손톱 하나도 발명할 수 없으니까요. 음, 발명할 수 없고말고요… 자연스레 부모에게서 이 손톱이 생겨난 거니까요. 신이 없으면 인간 따윈 태어나지 않았을 거예요……. 인간은 번뇌구족을 갖고 있으니까 저는 아무래도 무언가를 믿지 않고선 살 수 없어요. 유키코 씨도 바로 그 좋아하는 분에게로 가서 잘 이야기를 해 보신다면 어떻겠습니까… 남자란 믿음이 깊지 않기 때문에 좀처럼 이해하기 어려운 생물입니다. 하지만 여자가 믿어본다면 이해할 수 있지 않을까요. 이야기를 시키면 하되 그저 아무 말도 하지 않고 남자 곁에 가만히 앉아서 감싸주면 돼요……."

유키코는 쿡쿡 웃기 시작했다. 처음으로 시원하게 웃을 수 있는 기분이 들었다.

49

'칠의 이야기'의 원고료로 도미오카는 근근이 생활을 이어 갔다. 쌓인 방세도 조금 내고 겨우 2개월 정도를 그 돈으로 살 수 있었다. 도미오카는 지금은 고독에도 익숙해져 농업잡지에 이전부터 써보려고 했던 '어느 농림기사의 추억'이란 것에도 때때로 손을 대고 있었다. 거기에는 주로 남방의 임업에 관한 노스텔지어를 적을 생각이었다.

인도차이나에서는 여러 가지 연구 노트도 많았지만 그것을 하나도 가지고 오지 않았다. 그 당시의 기억을 더듬어 도미오카는 만약 이 문장이 잘 써져서 잡지사에서라도 출판해준다면 죽은 가노에게 선사할 생각이었다. 그리고 또 마음 구석에는 인도차이나의 흙과 사라진 사람들에게 올리는 조용한 기원도 담았다.

베트남인은 모든 계급을 통틀어 자연에 대한 신앙심이 강하고, 자연사회적 현상을 모두 정령精靈으로 구실삼아 생각하는 일이 있다. 생전의 생활은 모두 영혼의 활동에 좌우되며 더욱이 모든 화복은 정령의 고시에 의한 것이라고 하는 것이 베트남인의 신조이기도 하다.

도미오카는 다랏트에 도착한 날 임야국의 사무국에서 국장으로부터 가노를 소개받았는데, 가노의 탁상에 작은 나무토막이 올려져 있던 것이 기억났다.

"도미오카 씨, 진짜 가라伽羅나무를 본 적이 있습니까?"

가노는 그 작은 나무토막을 도미오카의 코앞에 가져왔다. 가노는 웃으면서 말했다.

"저는 전지에 와서 여자 피부를 접할 수가 없어서, 향목香木 연구를 시작했는데 꽤나 멋있지 않나요……."

도미오카는 인도차이나에 도착해서 처음으로 가라나무를 본 날의 기억을 쓰고 싶었다. 일본에서 말하는 가라나무가 중국에서는 침향이라고 한다는 것도 가노에게서 배운 것이다. 사이공의 농림연구소로 갔을 때에, 식물원과 가까운 루소거리의 임업부장의 방에서 가다랑어포 크기의 멋진 가라나무를 본 적이 있었다. 불어로는 보와 드 에글이라고 한다고 부장인 모랑 씨가 가르쳐주었다. 가라는 중국에서는 한나라의 무제 때부터 사용되어져 인도, 이집트, 아라비아도 옛날부터 사용했다고 한다. 베트남인의 정령숭배의 좋은 예로서, 가는 곳마다 사원이 있고 이 가라나무가 자주 태워졌다. 황금의 무게에 비등할 가격이라고 하는 가라나무가 남부 베트남에서 생산되어 거기 토지의 가라가 최우량품이라 들어서, 도미오카는 유키코와 알게 되었을 때 새끼손가락만한 가라의 나무토막을 그녀의 침대 베개 밑에 넣어준 기억이 있다. 베트남의 절에 가서 스님에게 비염약을 부탁하자 가라의 작은 나무토막을 나눠주었다. 도미오카는 베트남인의 종교와 훈향이 뭔가 신비적인 관련이 있는 듯이 생각되었다.

원고는 200장 정도나 썼다. 써가는 중에 도미오카는 유키코가 인도차이나의 토지와는 어떠한 관련도 없다는 것을 알았다. 오히려 베트남인 하녀와 아이의 기억이 그렇게 마음을 훔쳤다. 토지가 가진 향기의 그리움만으로도 결국은 이렇게 인도차이나의 경치를 잊을 수 없는 것인가 생각되었다.

이즈음 구치소로 세키치를 찾아가는 일도 줄어서 한 달 동안은 한 번도 가지 않았다. 도미오카는 초점이 차례차례로 옮겨가 하나로 연소하는 일도 없는, 이 큰 사회의 톱니바퀴 밖으로 떨어서 나가는 흐린 불티같은 자신을 느꼈다. 죄인이 된 세키치와 잡혀서 죄인이 되지 않은 자신과의 차이는 조금도 없었고, 오히려 죄인이야말로 선인이고 사회에 내던져진 자신들과 같은 사람이야말로 진짜 죄인이라고, 도미오카는 형법의 양심이란 것이 살며시 의심스러워지기 시작했다. 오세이를 죽인 변변치 못한 인간은 자신인데 사냥개가 된 세키치가 잡혔고, 그 남자는 자신의 생애에 극형을 선택한 바보스런 길을 택했다. 도미오카는 세키치를 생각하면 때때로 자신의 양심에 답할 수 없는 조바심을 느꼈다. 세키치의 범죄는 행동이었지만, 자신이 범한 일은 행동이라고 말할 수 없는 것인가 생각했다.

면회를 가면 세키치는 의외로 언제나 밝았다. 도미오카는 세키치에 대해 음울하고 고독한 성격이라고 변호사가 말한 것이 왠지 믿기지 않았다. ─생각하지 않으려고 해도 도미오카는 일하는 중에도 세키치의 방긋방긋 웃는 얼굴이 눈에 떠올랐다. 사냥개는 잡혀 있다. 사냥꾼이 만나러 가자 개는 평온한 얼굴을 하고 있다… 그런 모습에 빠지니 도미오카는 기분이 나빠졌다. 가노가 사이공의 헌병대에 잡혔던 원인도 이 사냥개와 비슷한 경우였다. 가노는 지금은 이미 명부冥府의 사람이 되어버렸지만, 살아서 병상에 있을 때도 도미오카는 한 번도 만나러 가지 않았다. 화해하지 않은 채로 가노는 외롭게 죽어갔다.

유키코만이 요코하마까지 만나러 갔다. 유키코를 상처 입힌 가노는 유키코에게 용서받았다고 들었다. 도미오카는 자신의 비겁함에는 일종의 면역이 생긴 것 같다고 느껴졌다.

밤이 되자 도미오카는 독한 술이 마시고 싶어졌다. 하루 50장 정도의 일 속도로는 남방의 임업이 좀처럼 돈이 될 날은 오지 않았다. 술이 마시고 싶어지자 도미오카는 오세이의 가구와 의류를 팔았다. 찬장을 팔고, 트렁크를 팔고, 오세이의 의류를 전부 팔았다. 그 눈이 아름다운 소녀가 있는 술집에도 일

고여덟 번이나 다녔고, 소녀와도 말을 주고받는 사이가 되었
다.

두 번 정도 도미오카가 있는 곳으로 소녀가 돈을 받으러 온
적도 있었다. ―도미오카는 일이 따분해져서 오늘 밤은 오랜만
에 목욕탕에 가려고 벽에 걸린 수건을 집었다. 목이 쉰 듯한
여자의 웃음소리가 벽 속에서 들렸다. 한순간의 연상으로 갑
자기 그 소리가 오세이의 소리가 되었다. 이카호에서 밤의 좁
은 돌계단을 오세이와 손을 잡고 내려올 때의 부푼 듯한 웃음
소리이다. 도미오카는 벽에 묻어 있는 여자의 웃음소리에 귀
를 기울였는데 갑자기 "아저씨"하는 소리가 났다. 그쪽을 돌
아보자 눈이 큰 술집 소녀가 두세 권의 잡지를 안고서 방을 들
여다보고 있었다.

"뭐야, 니니······."

"혼자?"

"어, 혼자야. 뭐야? 빚 받으러 왔어?"

"놀러 왔어요."

"호오······."

도미오카는 대담한 아이라고 생각했다. 소녀는 곧 방으로
뛰어 올라와서 손에 들고 있던 더러운 신발을 침대 아래로 넣
었다. 어떤 두려움도 없이 침대 끝에 앉아서 의미도 없이 웃었
다. 아아, 저 웃음소리였구나, 하고 도미오카도 소녀와 나란히

침대에 앉았다. 어깨에 손을 올려서 껴안아주려고 하자 소녀는 천진스럽게 입술을 벌리고 아래에서부터 도미오카를 보았다. 가만히 보고 있으니 남방형의 얼굴이었다.

'인도차이나에 가면 이런 얼굴이 많지.'

소녀의 거무스름한 얼굴을 도미오카는 찬찬히 바라봤다.

"아버지가 너무 야단치니까 놀라게 하려고 집을 나와 버렸어요."

"네가 나쁜 짓을 하니까 아버지는 걱정이 돼서 야단치는 거잖아?"

"신경쇠약이에요. 어머니가 아버지와 헤어지자고 하니까 매일 불안해해요. 저는 일전에도 파출소에서 잤어요. 정말 한밤중의 파출소는 재밌어요."

"어느 파출소에서 잤니?"

"먼 곳이에요. 순경이 매우 상냥하고 좋은 사람이었어요."

도미오카에게는 이런 소녀의 심리가 조금도 이해되지 않았다.

50

겨울이 되었다.

도미오카는 궁핍 속에서 '어느 농림기사의 추억'을 500장 가까이 썼지만, 이것은 실패였다. 출판계의 불황으로 지금으로서는 출판이 어렵다고 해서 도미오카는 실망했다. 급경사 길에 선 듯이 지금이라도 떨어져 나갈 듯한 불안한 생활을 도저히 지탱해갈 수 없게 되어, 도미오카는 직업안정소에 가보기도 하고 농림성을 다니던 때의 친구를 찾아가보기도 했다.

그 모두가 도미오카에게는 따라주지 않았다. 온기가 없는 차가운 방에서 자면서 도미오카는 때때로 유키코를 생각하지 않을 수 없었지만, 그것은 도미오카 자신을 비열하게 하는 것에 지나지 않았다. 방세는 여름 이후 낼 수 없었기에 독촉을 받고 있었고, 우라와에서는 노모가 구니코의 병과 궁핍을 호소하며 도미오카의 방으로 찾아오기도 했다.

정월의 첫 눈이 내리는 아침이었다. 구니코가 죽었다는 전보를 손에 들고 도미오카는 침대를 중고가게에 팔아서 우라와로 돌아갔다. 비참한 생활 속에서 구니코는 볼 수 없을 정도로 야위어, 자살과 비슷한 죽음이었다.

오랫동안 쇠약해진데다 결핵성 선염에 걸려 절개수술이 필요했지만, 의사도 이렇게 가난하고 야위어 쇠약한 여자의 수술을 걱정했는지 좋은 공기를 마시고 간유肝油를 마시라고 하는 정도의 진단밖에 해주지 않았다. 서혜부49) 위에 농창이 생겨서 어떻게든 수술을 하여 배농용排膿用 고무관을 꽂아 넣지

---

49) 서혜부(鼠蹊部) : 아랫배 양쪽의 오목한 곳.

않으면 안 되는 비상 상태였지만, 구니코는 가만히 병을 견디다 수술하지 않고 비참한 모습으로 숨을 거두었다.

집안은 관을 살 돈도 없었다. 도미오카는 오세이가 죽었을 때와 같은 안타까움은 조금도 느끼지 못했지만, 종전 이후 구니코를 아내답게 대해주지 못한 자책으로 관을 살 수조차 없는 자신들의 영락을 원망했다.

눈은 아침부터 내리기 시작했다.

승려를 불러서 불경을 읽게 하기는커녕 화장터로 옮길 돈도 없었다. 도미오카는 결심하고 급한 돈을 유키코에게 빌리기 위해서 아버지의 낡은 외투를 입고 아침 일찍 도쿄로 가서 유키코의 편지에 적힌 주소를 의지하여 찾아갔다. 이바의 문패가 나와 있었다. 아담한 2층집으로 페인트칠한 문 안에는 푸른 나무가 빨간 열매를 맺고 눈을 덮어쓰고 있었다. 격자문에 손을 대자 집 안에서 요란하게 개가 짖었다. 도미오카는 용기를 내어 현관의 뿌연 유리 격자문을 열었다.

생각지도 않게 흰 개를 안은 유키코가 막다른 2층에서 내려왔다. 노란 재킷을 입고 검은 바지를 입은 유키코는 초라한 도미오카를 쳐다보고 처음에는 압도된 듯이 한참 아무 말도 못하고 현관에 서 있었다.

여름 때의 유키코와는 완전히 얼굴이 달라져서, 포동포동 살이 찌고 몸도 젊어지고 넉넉해져서 인도차이나 때의 유키코의 모습을 되찾아 있었다. 개는 털이 길고 새하얀 개로 빨간 혀를 내밀고 도미오카에게 신경질적으로 짖어댔다. 유키코는 개의 머리를 심하게 때리며 말했다.

"어머! 누구신가 하고 생각했어요……."

도미오카도 많이 변한 유키코의 모습을 보고 놀란 모습이었다. 유키코는 곧 개를 2층으로 데리고 가서 문을 거칠게 달고는 다시 계단 아래로 내려와서 도미오카를 거실로 안내했다. 유키코는 뒤를 보면서 갑자기 혀를 내밀었다. 결국 도미오카가 영락해 왔다고 생각하니 속이 아플 정도로 상쾌한 기분이 들었다.

이 남자가 돈을 빌리러 온 것이란 것을 유키코는 금방 알아챘다. 부드러운 고타쓰 이불을 넘기고 전기 스위치를 올렸다. 유키코는 도미오가의 얼굴을 보지 않으려고 했다.

"추우니까 고타쓰에 들어오세요."

유키코는 달콤한 목소리로 말했다.

"완전히 변했네."

도미오카는 순순히 외투를 입은 채로 고타쓰에 들어가서 힐끔힐끔 유키코를 보며 말했다.

"어떻게 변했나요?"

"젊어졌어."

"그런가요, 편하지도 않은데……."

마주 보며 유키코가 앉았다. 유키코는 막 목욕을 마친 듯이 보였고, 혈색이 좋은 손을 하고 있었다. 큰 화로에는 철로 된 주전자가 더운 김을 내고 있다. 장지문 근처에는 삼면 거울이 놓여 있고, 그 옆 작은 선반에는 바닷물을 푸고 있는 모양의 인형이 유리 상자 안에 들어가 있다.

"내가 무슨 용무로 왔는지 알겠지?"

도미오카는 단도직입적으로 현관 앞에서 돈을 빌리고 싶다는 이야기를 할 작정이었다. 고타쓰에까지 들어와 버리자 어쩐지 이야기할 때를 놓친 기분으로, 도미오카는 유키코의 생활상을 찬찬히 바라보았다. 2층에서는 시끄럽게 개가 짖어댔다.

"이바는?"

도미오카가 물었다.

"교회에 갔어요."

"혼자야?"

"네, 아주머니를 부리고 있지만 지금 시장 보러 갔어요."

"좋은 처지일세……."

"어머, 그런가요."

유키코는 표정으로는 나타내지 않았지만, 마음속으로 '이게 좋은 처지인가'하고 웃었다.

"종전 이후, 남자는 못쓰게 되고 여자가 늠름해졌어……."

350

“그런가요.”

유키코는 차를 끓이면서 다시 시치미를 떼며 말했다.

‘이 사람이 오늘날까지 그리워했던 도미오카인가.’

두 해 세 해 나이를 먹은 도미오카의 완전히 변한 모습을 유키코는 눈가를 훔치며 바라보면서 자신의 냉혹함에 이상한 기분이 들었다.

“구니코가 어제 죽었어.”

“저런, 부인이 돌아가셨어요?”

유키코는 눈을 크게 떴다. 언젠가 두 번 정도 만났던 도미오카의 아내 모습이 눈에 어렸다. 도미오카를 쫓아다니다가 고탄다의 집 근처에서 부인을 만났을 때의 인상이 잊혀지지 않았다. 유키코는 지금에서야 눈물이 쏟아졌다. 도미오카는 무뢰한 같은 기분으로 옛날 여자에게 돈을 꾸러 와 있다가 유키코가 내뿜는 눈물을 보자 조금 놀란 모습이었다. 이 여자와 온갖 고생을 경험한 옛날의 갖가지 추억이 갑자기 도미오카의 황량한 가슴을 흔들었다. 뭐라 할 수 없는 기분이 들어서 유키코가 엉엉 우는 것을 멍하니 바라보고 있었다.

유키코는 도미오카와의 감상으로 운 것이 아니었다. 그때의 들개와도 같았던 자신의 비참함을 떠올리며 울었던 것이지만, 자신의 눈물이 도미오카에게 의외로 효과가 있는 것을 알자, 유키코는 이제 참을 수 없는 듯한 울음으로 경대 위에 있던 젖은 수건을 가져와서 얼굴에 댔다.

어안이 벙벙해진 도미오카는 유키코가 우는 모습을 바라보았다. 조금씩 맥박이 빨라졌고 수건에 배인 향료의 냄새가 요염하게 코를 찔렀다. 도미오카는 심하게 울고 있는 유키코의 옆으로 가서 유키코의 어깨를 안고 수건을 빼냈다. 유키코가 그렇게 깊게 자신을 사랑하고 있는가 하고 기뻤다. 유키코의 부드러운 목을 안고 도미오카는 격렬하게 입맞춤을 했다. 새로운 여자와 접촉하는 듯한 신선한 향기가 나서 도미오카는 조바심을 내며 유키코의 큰 가슴을 안았다. 유키코는 진찰을 받는 환자와 같이 도미오카가 하는 대로 했다. 결국 둘만의 공통된 비밀스런 추억이 의외의 곳에서 공통의 경로를 따라 마음의 고통을 나눈 것이다.

51

12시, 시계가 울렸다. 도미오카는 아침목욕을 했다. 5, 6일 동안이나 목욕을 하지 못한 가난한 생활에서 해방된 기분이었다. 코발트 타일이 붙은 작은 욕조 가득 뜨거운 물이 넘쳤다. 흰 외국 비누로 몸을 씻자니 도미오카는 말라서 죽어간 아내에 대한 미안한 마음도 들었다. 작은 창으로 눈이 내려 쌓여 있는 것을 보자 도미오카는 방대하고도 위협적인 인간사회의 단면을 훔쳐본 기분이었다. 자신의 마음은 어디에도 없다. 눈이 내리는 넓은 들판을 목적도 없이 방황하고 있는 듯한 황량한 정취가 현실의 발바닥에 붙어오는 듯한 느낌이었다. 쉭쉭하고 소리를 내며 가스에서 솥이 타고 있었다.

부드러운 증기에 얼굴을 쐬면서 도미오카는 거울 속을 들여다보며 수염을 깎았다. 이바가 쓰는 안전면도칼인 것인가, 이왕 이렇게 된 것을 하는 마음으로 도미오카는 섬뜩한 칼을 슥슥 하고 뺨에 댔다. 파악하기 어려운 세상을 건너서 여기에 도착한 인간의 미천함은 도미오카에게는 쓴맛이었다. 인간은 단순한 것이다. 사소한 것에서 현실은 금방 변화한다. 의외로 상처받지도 않는다. 곧 일어나서 미소 짓는다.—유키코는 시계를 쳐다보며 아주머니가 좀처럼 돌아오지 않는 것에 안심했다. 언제나 심부름이 늦는 아주미니었지만, 오늘은 예상외로 늦었다. 1시에는 교회로 가서 시모와 사무를 교대하지 않으면 안 된다. 유키코는 오늘이야말로 그 금고 속의 돈을 전부 빼내지 않으면 안 된다고 결심했다.

교주인 나리무네 센조의 침실에는 큰 금고가 있어서 거기에 교회의 전 재산이 숨겨져 있지만, 수납의 작은 금고에도 이, 삼십만 엔의 돈이 언제나 들어 있었다. 이즈음 오히나타교는 점점 융성해져 기부도 성대하게 모이고 청진료도 쑥 늘어났다. 봉사 기간에는 계절의 과실과 채소와 포목이 산을 이루며 쌓여져 있었다.

점심 식사를 차리고 이바가 마시는 산토리 위스키를 탁자 위에 놓았을 때 도미오카가 생기 있는 혈색으로 목욕탕에서 나왔다. 바지런한 유키코의 모습을 도미오카는 신기하게 바라보며 둘만의 즐거움이 조용히 움직이고 있는 것을 도둑의 심리로 바라보았다. 2층에서는 여전히 개가 시끄럽게 짖었다. 도미오카는 고타쓰에 들어가 희미한 현기증을 느꼈다. 위스키를 두세 잔 마셨다. 전신을 자극하는 술맛이 소침한 도미오카의 기분을 어느 정도 밝게 했다.

드디어 아주머니가 돌아왔다. 모르는 손님을 보고 당황해했지만, 그 손님을 대하는 유키코의 태도에서 아주머니는 이 사람이 칠의 애인이구나 하고 생각한 모습이었다. 유키코는 장롱에서 돈 이만 엔을 꺼냈다. 정말 조금 아까운 마음도 들었지만, 선심 좋게 신문지에 싸서 도미오카의 방석 아래로 넣었다. 도미오카는 눈으로 감사했다.

1시까지 교회로 가야 했기에 유키코와 도미오카는 함께 문 밖으로 나갔다. 유키코가 천천히 걸으면서 물었다.

"당신은 이제부터 어떻게 할 작정이에요?"

"어떻게 하다니, 보는 대로야. 어떻게도 되지 않아. 이 돈을 빨리 갚을 방법도 없어. 괜찮겠어?"

"예, 괜찮아요. 그런 것은 괜찮아요. 역시 메구로의 그 방에 있어요?"

"어."

"저기, 한 번 더 만나고 싶은데요…….”

유키코는 헤어지기 싫은 기분이었다. 구니코가 죽었으니 이젠 누구도 신경 쓰지 않고 도미오카와 함께 될 수 있을 듯한 기분이었다. 하지만 이제부터 관을 사러 가는 도미오카를 붙잡고 함께 살자는 이야기를 하는 것은 삼가지 않으면 안 된다. 도미오카는 한 번 더 만나고 싶다는 유키코의 마음은 충분히 알고 있었지만, 웬일인지 거기까지 이야기하는 것도 내키지 않았다. 더욱이 자신이 생활능력이 없는 현재로서는 유키코에게 뭐 하나 요구하지도 못했다.

덴엔초후의 역에서 둘은 입 안 구석에 뭔가가 끼인 듯한 기분으로 헤어졌다.

유키코는 이바의 장화를 신고 눈길을 걸어 교회로 가 시모와 사무를 교대했다. 시모는 오늘 교주와 둘이서 아타미熱海에 가기로 되어 있었다. 유키코는 전기방석에 앉아 한동안 정원의 눈 풍경에 빠져서 바라보았다. 눈은 내리지 않았지만 재색 하늘에서 석유색의 차가운 하늘이 비쳐졌다. 도미오카의 빈곤함이 가엾기도 했지만, 생활력이 없어진 남자에 대한 매력은 엷어져가는 느낌이었다. 그때는 자신의 등 뒤 금고에 있는 돈을 훔쳐서 도미오카와 도망치고 싶은 기분이었지만, 지금은 이상하게도 차분해져서 유키코는 아직 두세 시간 정도 생각할 시간이 있다고 생각했다. 수납에는 전기가 들어와 있었다. 이바는 남의 눈을 꺼리는 신자와 교주의 방에서 술을 마시고 있는 것 같았다. 강당에서는 평신자가 스무 명 정도 차가운 나무 바닥에 앉아서 기도를 올리고 있었다.

전기 이불로 허리가 따뜻해져 오자 유키코는 도미오카의 거친, 그때의 힘을 미소 지으며 떠올렸다. 언제까지나 마음에 미련이 될 것 같은 그때가 육체의 한 부분에 강하게 남아 있는 것을 생각하자 도미오카에 대해서 평정을 유지할 수 없었다. 도미오카의 모든 것에 이끌리는 애정이 자신의 혈액을 만들기 위한 여자의 마지막 몸부림과 같다는 생각이 들어서 도미오카에게만은 그 애정을 편안하게 원할 수 있다는 생각이 들었다. 높이 이는 마음의 파도는 다시 등 뒤의 금고로 향해 갔다. 유키코는 금고를 향해서 독수리와 같은 손을 뻗었다. 돈은 양수와 같이 금고로 흘러들어왔지만 유키코에게는 평범하고 지루한 매일이었다. 번잡한 생각을 다 씻을 수 없는 이 기묘한 생활에서 떠나고 싶었다. 이런 한구석에서 열심히 살기에는 유키코는 너무 외로웠다.

유키코는 아무 일도 없다는 듯이 오늘의 기부 장부를 보았다. 의외로 큰 기부가 있었다는 것을 알고 금고를 열었다. 약 60만 엔에 가까운 돈다발이 들어 있었다.

4, 5일 사이에 이 정도의 돈이 금고에 모이는 것은 아무 것도 아니었지만, 오늘 바라보는 돈은 유키코에게 있어서는 상당히 느낌이 있는 돈이었다. 시모는 정확하게 계산하여 교주와 이바에게 보고하기 때문에 그 돈은 어떻게도 되지 않는 것이지만, 유키코는 그 돈을 저녁에 몰래 가져갈 마음은 들지 않았다. 나리무네의 침소에 감춰져 있는 금고는 매일 밤 열지는 못하기에 언제나 일요일 밤 열게 되어 있었다. 오늘은 일요일이다. 일주일 분의 수입을 전부 나리무네와 이바가 몰래 계산하는 날이었지만, 오늘 밤은 교주도 없기 때문에 큰 금고는 어쩌면 월요일에 열게 될지도 모른다. 그렇게 되면 이틀의 여유가 있다고 볼 수 있다.

유키코는 여러 가지 구실을 공상해봤다. 자신이 도망간 뒤 아주머니는 이상한 손님이 있었다는 것을 이바에게 보고할 것이다. 유키코는 이래저래 생각에 지쳐서 강당으로 가봤다. 제단에 전기초가 활활 켜져 있고 기거하는 신자들이 소리를 높여 기도를 하고 있었다.

"우리들의 세상 경계는 하나이니, 인간은 진심으로 교통할 길이니. 세계사람 모두 가지도 못하고 헤매다 방황하게 되나니. 오히나타님은 지옥에서 이자들을 건져 올려, 사바의 업을 인간에게 주시니. 다른 힘을 믿고 진실보사의 곳을 없애면 이 인간들은 지옥으로 왕생하게 되나니. 법연화경… 황송하도다.

오히나타님 나타나신 곳, 어둠도 사라지고, 밝은 햇살 빛나니,
인간들 어둠에 헤매는 것을 막아주시니……."

유키코는 신자의 합창을 들으면서 마룻바닥에 앉았다. 가
만히 합장하고 눈을 감아보았지만, 답답한 마음이 실과 같이
얽혀서 조금도 맘이 안정되지 않았다. 눈앞에 돈다발이 어른
거려 견딜 수가 없었다. 머리 위에도 눈앞에도 신의 모습은 나
타나지 않았다. 이바가 입에 올리는 오히나타교의 에테르조차
도 기도할 때는 되지 않는다. 신은 어디에도 없다. 단지 넓은
마룻바닥 위에 노아의 배와 같이 사람들이 모일뿐, 어두운 풍
경이었다. 이바가 새빨간 얼굴을 하고 강당으로 들어왔다. 매
우 윤기가 나며 보기에도 당당한 몸집으로 기도하는 신자들을
한바퀴 둘러보고는, 마루의 유리문을 열어젖히고 마당으로 카
악 하고 침을 뱉고 다시 거칠게 유리문을 닫았다. 유키코가 입
구 쪽에 앉아 있는 것을 보고 이바는 만족한 모습으로 다시 육
중하게 구석으로 들어갔다. 신자는 손이 가지 않는 유아라도
되는 듯한 마음으로, 이바의 뒷모습은 자신 있는 듯이 사라져
갔다. 유키코는 전기초가 빛나는 제단을 바라보았다. 자색 막
의 반대편에서 거울이 빛났다. 그 주위에 혹시 신의 모습이 나
타나지는 않을까 하고 유키코는 가만히 쏘아보았지만 이상한
그림자조차도 비치지 않았다. 정원 잔디 위의 눈은 바람에 둥
글게 녹아가고 있었다.

도미오카를 생각하면 유키코는 오늘 아침의 쾌락이 조여오듯이 그리워서 견딜 수 없었다.

52

구니코의 장례식을 마치고 도미오카는 닷새 정도를 우라와에서 보냈다. 장례식을 마치자 도미오카는 무거운 짐을 내려놓은 듯이 마음이 가벼워졌다. 구니코의 이불과 소지품을 헐값에 팔아버리고 죽은 자의 추억을 전부 떨쳐버렸다. 도미오카에게 있어서 아내 구니코는 긴 세월 타인이었다. 오세이에 대한 마음은 괴로웠지만 구니코에 대한 마음은 의외로 홀가분해서 장례를 지냄과 동시에 구니코의 모든 것은 도미오카의 마음에서 싹 하고 날아가 사라져 버렸다. 구니코는 아내로서는 외로운 일생이었다고 말할 수 있다. 도미오카가 인도차이나에서 돌아온 이후에도 전혀 무의미한 아내였다. 친구의 아내였던 구니코를 데리고 와서 즐거운 세월을 보낸 것은 아주 잠깐으로, 도미오카는 2년도 안 되어 인도차이나에 군속으로서 떠났던 것이다. 이 전쟁이 없었다면 구니코도 도미오카도 의외로 평범한 관리생활에 안주하고 있었을지도 모른다. 5년이나 일본을 비워두고 돌아온 도미오카와 아내 구니코에게는 어떻게 할 수 없는 큰 거리감이 생긴 것이다. 구니코에게도 도미오카에게도 전쟁이란 큰 부담이 무겁게 누르고 있었다. 불모 황무지에 선 부부생활은 서로 의지하고 걸으며 개간할 열정도 없었던 건지 허무하게도 끝을 보고 말았다. 도미오카는 구니코의 화장을 마치자 한층 마음이 가벼워졌다.

늙은 양친은 고향인 조슈上州의 마쓰이다松井田로 돌아가서 농사를 도우면서 여생을 보내겠다고 하기에 오두막집 같은 우라와의 집을 급히 14만 엔 정도로 국철에 근무하고 있는 남자에게 팔아, 그 돈으로 도미오카는 두 노인을 고향으로 보내기로 했다. 마쓰이다에는 아버지의 남동생이 농사를 짓고 있다. 이전 피난민에게 빌려준 창고가 있다고 하기에 거기서 노부부가 살게 된 것이다.

도미오카가 도쿄로 돌아온 것은 화창한 날이었다. 방으로 들어가자 역 옆의 술집 소녀가 와서 도미오카의 이불을 말고 잡지를 읽고 있었다.

마치 자신의 집인 양 편하게 누워 있었다. 도미오카가 들어오자 소녀는 방긋 웃었다. 한 해가 끝날 무렵 놀러온 이후 조금도 모습을 보이지 않았는데, 언제 했는지 파마를 하고 화장을 하고 있었다. 도미오카는 한 번 아무렇지도 않게 취한 김에 장난으로 소녀에게 키스를 한 적이 있었다. 단지 그것뿐이었는데도 소녀는 또 왔다.

"조금 전에 예쁜 언니가 왔었어요. 제가 돌려보냈어요."

　도미오카는 예쁜 언니라고 해서 잠시 짐작이 가지 않았지만 곧 유키코라는 것을 알았다.

“어떤 언니였어?”

“굉장했어요. 서양풍의 줄무늬 외투를 입고 나일론 양말을 신었어요. 검은색에 반짝반짝한 핸드백을 들고 있었어요. 그리고 여기서 담배를 피우고 갔어요.”

“무슨 말을 했니?”

“예, 너는 도미오카와 어떻게 아는 사이냐고 물어서, 나는 도미오카 씨와 사이가 좋다고 했어요. 그랬더니, 코에 주름을 모아서 웃었어요. 나는 화가 나서 바로 이불을 깔고 잤어요.”

“무슨 말을 남기고 돌아가지 않았어?”

“다시 온다고 말했지만 나더러 계속 여기에 있느냐고 집요하게 물어서, 에 그래요 하고 말했어요… 이상한 얼굴을 했어요. 하지만 그런 여자 전 싫어요. 매우 차가운 사람 같아요. 집안을 빙빙 둘러봤어요. 이제 오지 않을지도 몰라요. 잘못한 거예요?”

“너는 못된 녀석이야…….”

“어머, 도미오카 씨가 좋아하는 언니?”

“마누라야.”

“어머머… 거짓말쟁이. 도미오카 씨의 부인은 살해당했다고 소문났어요. 저는 모두 알고 있어요.”

소녀는 고집스런 웃음을 지으며 일어났다. 재킷은 입은 채로였고 스커트는 벗고 있었다. 더러워진 짧은 슈미즈, 두꺼운 무릎이 툭 나와 있었다. 도미오카는 시선을 피하며 전기 곤로의 스위치를 돌렸다. 침대도 없고 추워서 어디에도 앉을 곳이 없었다. 책상 앞에 앉으니 책상 위에는 소녀의 콤팩트 분이 어지럽게 놓여 있었다. 싼 것이지만 굳어진 립스틱과 이가 빠진 빗이 나란히 있었다. 유키코는 이것을 보고 변함없이 바람둥이 남자라고 생각했을 것이다. 도미오카는 쓴웃음을 지었다.

"어이, 아저씨는 이제부터 일을 할 거니까 돌아가."

"저는 지금 돌아갈 집이 없어요. 어제까지 사기노미야의 양정원養静園에 가 있었는데요, 도망쳤어요. 조금도 재미없는 걸요. 항공우편의 봉투붙이기만 해서 손이 이렇게 동상에 걸렸어요. ─저는 아저씨를 떠올리고 도망쳐왔어요. 집으로 돌아가면 저는 다시 쫓겨날 거예요… 여기 외에 다른 곳에 갈 곳은 없어요."

"양정원이라니, 뭐야?"

"저와 같은 불량한 애들이 가는 곳이에요. 파란색 빨간색 얼룩덜룩한 가로줄 무늬가 테두리에 붙은 봉투를 붙여요. 처음에는 예쁘고 재미있었지만 질렸어요. 이발소의 간판 같은 모양이 눈 안에 쓰레기처럼 쌓여서, 모두 색맹이 된다고 걱정했어요."

도미오카는 머릿속이 복잡했다. 생활 모든 것에 지쳐 있다고 말해도 좋았다. 다시 옛날과 같은 조용한 관리생활이 그리워졌다. 평범한 생활이라고 깔보고 있었던 그 당시의 생활이 도미오카에게는 지금 스스로도 가장 아름다운 시대였다고 생각되었다. 그 평범한 관리생활 시절에도 여러 고민스런 일이 있었지만, 그 당시의 고민은 지금과 같은 추한 것은 아니었다. 어쩌면 짜증을 내며 심하게 괴로웠던 적도 있었을 것이다. - 그때부터 10년 정도의 세월이 지나갔다. 하지만 현재로는 도미오카는 짜증낼 힘도 없을 정도로 소진해 있는 자신을 마음으로 느끼는 것이었다. 자신의 생활이 곰팡이처럼 시시해짐과 동시에, 그 곰팡이에 붙어오는 곰팡이와 같은 인간의 삶을 도미오카는 차가운 타인의 눈으로 단지 바라보고 있을 뿐이었다. 잔딜이 난, 아직 화장분이 잘 먹지 않는 소녀의 뻔뻔스럽게 잠자는 모습을 보고 도미오카는 패전 후 사회의 한 구석의 색채를 보는 듯한 기분이 들었다. 이 소녀는 지쳐 있다.

하지만 도미오카에게는 지금 이 소녀도 귀찮은 존재였다.

"어이, 내가 보내줄 테니 집으로 돌아가는 게 어때?"

"싫어요. 전 여기에 있고 싶어요."

"어째서 가지 않는 거니?"

"그렇게 방해된다는 투로 말하지 말아요. 오늘은 밖이 매우 추워요. 역에서 자는 것보다 여기가 나아요. 전 아무것도 안

할 거니까, 여기에 있어도 되죠?”

“안 돼. 아저씨가 보내줄 테니까 오늘은 돌아가는 게 좋아.”

도미오카는 쌀쌀맞게 말했다. 소녀는 눈을 감은 채로 한참 말없이 있다가 벌떡 일어나 묵묵히 머리맡에 어질러진 스커트를 입고 작은 보따리를 들고 복도로 나갔다. 거칠게 문을 닫았기에 도미오카는 뒤돌아보았다. 음울한 것을 남기고 간 듯한 기분이 들어서 도미오카는 소녀가 사라진 뒤에도 한참 거기에 서 있었지만 도저히 어떻게 할 수 없는 기분이었다. 소녀의 젊음이 소녀에게 있어서는 어떤 도움도 되지 않을 것 같았다. 고독하고, 무지하고, 신경질적이고, 히스테릭하고, 무엇을 생각하고 거리를 떠돌 것인가. 도미오카는 도저히 이해할 수 없는 작은 악마였다. 언젠가는 그 소녀도 감옥으로 들어가든지 아니면 자살할 것이다… 구역질이 나듯 화가 나서 도미오카는 거기에 깔려 있는 이불을 찼다.

관에 들어갔을 때 과자처럼 얄팍해진 구니코의 사체를 도미오카는 문득 떠올렸다. 이불을 차면서 구니코의 추억으로 눈이 아팠다. 그 여자도 죽어버렸다. 무엇 하나 행복하지 않다가 낡은 헝겊 조각처럼 되어 죽어버렸다. 관에 넣어 못을 박을 때의 헤어지는 순간이 지금에서야 깊은 감상感傷을 불렀다.

53

유키코는 가벼운 것만 챙겨서는 아주머니에게는 아무 것도 말하지 않고 집을 나왔다. 이제 두 번 다시 이 집으로는 돌아오지 않을 작정이었다. 자신의 생활을 잡아 떼버릴 듯한 강한 마음가짐으로 유키코는 우선 택시로 도미오카의 아파트를 찾아갔지만, 정신이 어떻게 된 듯한 이상한 여자애를 만나서 유키코는 마음이 변했다. 도미오카의 아파트를 나와 대기시켜 놓은 택시를 타고 유키코는 시나가와 역으로 가서 거기에서 시즈오카행 기차에 탔다. 특별히 목적지도 없었기에 그냥 시즈오카까지의 표를 샀던 것이다.

변덕스런 여행과 같은 멍한 마음으로 유키코는 추운 해질 녘의 차창을 바라보았다. 시즈오카까지 가서 본가에 가볼까 하고도 생각했지만 그것도 시시했다. 아는 사람을 만난다는 것이 내키지 않았다.

미시마三島에 도착한 것은 8시경이었다. 거기에서 전차를 타고 수선사修善寺로 가볼 마음이 생겨 유키코는 그물선반에서 짐을 내려 하차해 보았다. 밤이 이슥한 탓일까, 도쿄의 교외를 걷는 듯한 평범한 마을이었다. 나이 든 여관 안내인의 안내로 산취장山吹荘이란 작은 여관으로 안내되었다. 비교적 새롭고 목재도 변변치 못한 것이었지만, 유키코에게 있어서는 어디라도 괜찮았다. 유키코는 외투도 벗지 않고 도미오카한테 바로 전보를 써서 보냈다.

숙박하는 사람도 그다지 없어 보이는 조용한 여관이었다. 열쇠를 채운 트렁크를 선반 위의 작은 벽장에 보관하고 여관의 도테라로 갈아입고 목욕물에 들어갔지만, 유키코는 조금도 안정되지 않았다. 60만 엔의 돈을 가지고 도망을 나온 꺼림칙함이 있었지만, 유키코는 이바도 나리무네도 무섭다고는 생각하지 않았다. 60만 엔의 행복이 있다고 하더라도 지금은 60만 엔의 돈으로는 살 수 없는 행복이었다. 모든 것이 너무 늦은 감이 있었다.

목욕을 하고 나와서 옮겨진 식사 앞에 앉아 봐도 이 마음의 허기는 채워지지 않았다. 유키코는 거리로 나와 추운 바람을 맞으면서 걸었지만, 어디까지 가더라도 어두운 길이었기에 거리의 과일가게에서 귤을 사서 여관으로 돌아왔다. 아무리 해도 도미오카가 와주었으면 해서 유키코는 다시 전보를 써서 일하는 사람에게 부탁했다. 여관에서 이상하게 생각해도 상관없다는 마음으로 일하는 사람에게는 일부러 연인을 기다리고 있는 듯이 이야기하기도 했다. 손을 맞잡고 즐거운 생활을 할 수 있을 거라고 생각했는데 지금으로서는 돈을 갖고 있는 그 행복도 유키코를 한층 더 괴롭히는 고독감으로 쫓아왔다.

밤이 이슥해져도 유키코는 언제까지나 잠들지 못했다. 풀

냄새가 심한 시트에 누워 끼이익 끼이익 하며 오래된 나무의 소리를 듣고 있자니, 도미오카에 대한 사모가 불같이 격렬하게 타올라왔다. 유키코는 밤중에 두세 번이나 일어나서는 벽장문을 열고 작은 가방의 존재를 확인해봤다.

밤늦도록 짜증스런 잠의 연속이었다.

도미오카가 나가오카長岡의 산취장으로 온 것은 유키코가 네 통째의 전보를 친 뒤였다. 유키코는 마침 저녁을 먹고 있었다.

"손님입니다."

지배인이 앞서 말하자 그 뒤에서 모자도 쓰지 않은 채 초라한 외투만 입은 도미오카가 들어왔다. 화난 듯한 얼굴을 하고 앉자마자 말했다.

"오지 않으면 죽겠다는 전보는 비상식적이야."

도미오카가 순순히 와준 것이 유키코는 기뻤다. 이 이틀간의 불안을 도미오카와도 나누고 싶었던 것이다. 유키코는 곧 술을 주문했다. 현금에 신이 나 들떠서 도미오카가 목욕을 하고 나오는 것을 기다릴 수 없는 마음이었다. 하녀에게 비웃음을 사면서도 유키코는 웃기지도 않은데 웃고만 있었다.

도미오카가 목욕을 하고 나와서 식사를 하며 물었다.

"언제 여기로 왔어?"

"어젯밤. 전보를 받고 놀랐죠?"

"응. 옆집 부인이 깜짝 놀랐어."

"와주길 너무 바랐어요. 이런저런 이야기를 하고 싶어서이지만, 저는 이바의 집에서 나왔어요."

도미오카는 그다지 놀란 모습도 아니다.

"어떻게 할 작정이야?"

"어떻게 하다뇨, 견딜 수 없는 생활이어서 나온 거예요. 저는 나쁜 짓을 하고 나온 거예요……."

유키코는 장난을 친 아이 같은 천진함으로 60만 엔의 교회 돈을 훔쳐서 집을 뛰쳐나온 이야기를 했다.

"지금쯤 이바가 경찰에 신고한 건 아닐까?"

"신고하진 않았을 거예요. 모두 이상한 짓을 하고 있으니까. 돈벌이 종교예요. 나를 경찰에 신고하면 그 교회의 비리가 나올 텐데요. ―쓸데없는 짓을 하진 않을 거예요. 60만 엔 정도는 그 사람들에게는 자동차 한 대 부순 거와 같아요… 어떤 자본도 없이 번 부정한 돈이라니까요……."

"언젠가 벌을 받을 거야……."

"오히나타교의 벌이라면 신이 부재하니까 상관없어요. 이바가 그 집을 저한테 준다고 생각하면, 이 정도의 돈은 아무것도 아니죠……."

"그렇구나. 종교란 게 적중하면 큰 돈벌이가 되는구나."

도미오카는 두세 잔 술에 취해 조금씩 기분이 풀어졌다. 유키코에게는 나리무네와 이바의 험담을 하고 자신이 한 짓을 가볍게 생각하고픈 마음도 있었다. 도미오카는 유키코와의 이 러한 긴 교제를 숙명과 같이 생각했다. 오세이도 구니코도 먼 저 죽었다. 단 이 여자만이 살아 있다. 그것도 믿음직스럽게 열심히 살고 있다고 생각하자, 이번에는 자신을 이 여자가 몰 아붙이고 있는 듯한 느낌이었다.

세상사람 모두 가지도 못하고 헤매다 방황한다는 기도를 떠올리고, 유키코는 내일 이바에게 붙잡히더라도 오늘 방황하 는 편이 훨씬 즐겁다고 자포자기한 심정이었다. 식사가 끝나 고 하녀가 탁자를 치울 때에도 술만은 몇 병인가 가져오게 했 다.

"이카호의 일을 생각하면 서로 길게 살았다고 생각해."

"그 뒤부터는 사족蛇足이 있지……."

"그럴까요… 하지만 당신에게는 변화가 많은 생활이었지 않아요? 오세이 씨란 인물이 나타난 일도 그렇고……."

도미오카는 답도 하지 않았다.

"오세이 씨가 그렇게 죽지만 않았다면, 매우 행복했을 거라 고 생각해요. 당신의 얼굴을 보면 오세이 씨의 망령이 붙어 있 는 듯해서 억울해요. 술에 취해서 말하는 것은 아니지만, 이렇 게 둘이서 무엇이든 말할 수 있는 날은 없었죠? 저는 오세이 씨가 미워요. 지금도 매우 증오하고 있어요. 미운 여자였다고 생각하고…….”

“오세이의 이야기를 하려고 날 여기로 부른 거야?”

“아뇨, 그렇지 않아요. 그런 일은 생각지도 않았어요… 하지만 당신을 볼 때마다 어두운 얼굴을 하고 있는 당신의 몸 어딘가에 아직 그 여자의 망령이 붙어 있다고 생각했어요. ―이카호에서 왜 우리들은 기분 좋게 죽지 않았던 걸까요?”

“지금도 죽을 수 있어?”

“그래요, 당신은?”

“죽을 수 없어…….”

“그래요… 그렇죠, 저도 죽을 수 없다는 생각이 드네요.”

“서로 죽을 필요는 없어졌어. 세월이 그렇게 잘도 배려해주었어.”

“어머, 그건 무슨 의미예요?”

“무슨 의미라니, 그다지 이유는 없어.”

“이대로 당신과 함께 있어도 된다는 의미?”

“함께? 그렇지. 그건 벌써 무리일지도 모르지. 나는 내일 돌아갈 작정으로 여기에 왔어…….”

유키코는 술에 취한 탓인지 눈앞이 흐릿하게 물기에 젖어 눈물이 뚝뚝 가슴에 떨어졌다.

“왜요?”

함께 하는 것은 무리라는 말을 듣자 유키코는 입술을 일그러뜨리며 흐느끼며 물었다.

"결국, 당신에게는 폐만 끼쳤어. 어째서 같이 할 수 없냐고 물어도 이래서 그렇다는 이유는 없어. 이런 세상이야. 당신이 교회의 돈을 훔쳐서 왔다는 말을 듣고 왠지 미안한 마음도 들지만, 당분간 아내도 여자도 필요 없어. 자신의 일도 조금은 열심히 해 보고 싶은 마음이 생겼어. 괴로운 생활에도 익숙해졌고 그 아파트도 가까운 시일 내에 이사하게 될 거고. 이대로 우리 둘, 기분 좋게 헤어지지 않겠어?"

유키코는 60만 엔의 돈다발이 갑자기 무거운 고리처럼 쿵 하고 머리 위로 떨어져온 듯이 가슴이 너무 아팠다.

54

기분 좋게 헤어지지 않겠어? 라고 들은 유키코는 도미오카의 얼굴을 쳐다봤다. 마누라도 여자도 필요 없다고 하는 무정한 말은 예를 들어 어떤 생각이 있다고 하더라도 자신 앞에서 할 수 있는 말은 아니지 않을까 하고 유키코는 한참을 말없이 있었다.

도미오카는 평소와 달리 이상하게 취했다.

탁상 위에 팔을 괴고 잔을 입술에 갖고 가면서 유키코를 보았지만 그 눈은 공허했다. 일찍이 없는 차가운 눈빛을 보며 이

것이 남자가 가지고 태어난 표정이진 않을까 하고 생각되었
다. 뺨은 야위어 있었다. 이마에 늘어뜨린 머리를 쓸어 올릴
때마다 그 손으로 머리카락을 쥐어뜯는 버릇, 눈가는 처지고
도테라의 가슴을 풀어헤치고 검붉은 가슴을 철썩철썩 치고 있
는 것도 유키코에게는 지금까지 도미오카에게 없었던 것을 본
듯한 기분이 들었다. 도미오카를 지금 처음 본 듯한 기분으로
가만히 보고 있자니 여자를 유혹하는 듯한, 숨이 막힐 듯한 남
자의 체취를 느꼈다. 이 체취가 여자를 유혹하는지도 모른다
고 생각하며 유키코는 도미오카에게 잔을 내밀었다. 자신도
취했다.

유키코는 엉망으로 취하고 싶었다. 돈을 갖고 도망 나온 정
열을 이해해줄 수 없다고 한다면, 자신의 오늘 아침 생각은 짧
은 생각이었던가… 어차피 도미오카와 같이 살 수 있다고 해
도 원만하게 살 수 있을 거라고는 생각하지 않았지만 유키코
는 도미오카를 놓아줄 마음이 없었다.

취기가 오름에 따라서 유키코는 피부 전체가 복어의 독이
라도 먹은 듯이 찌릿하게 저려왔다. 취해서 도미오카에게 독
설을 죄다 퍼붓고 싶었다. 유키코는 그 취기 속에서 정신을 차
릴 때마다 다시 인도차이나의 추억을 이야기했다.

"예, 저는 결코 당신처럼 절망하지 않아요. 살아서 가능한
한 당신은 맘대로 여자를 만들면 되요. 하노이의 캠프에서 저

는 베라미라는 소설을 읽었어요. 당신은 그 속의 주인공이에요… 하지만 그 주인공은 집도 없는 풍운아로 여자를 이용해서 출세하지만 당신은 여자만을 이용하고 있어요……."

도미오카는 그런 소설은 읽지도 않았지만 여자를 이용한다는 유키코의 말에 화가 났다. 유키코의 팔을 잡아당겼다.

"그런 걸 말하려고 나를 여기로 불렀어? 나는 당신이 천만 엔의 돈을 갖고 왔다고 해도 그것을 노릴 남자가 아니야. 교회의 돈을 훔쳐서는 대단한 얼굴을 하고 있다니… 그렇게 내가 보고 싶었다면 왜 이바한테로 갔어?"

"어머, 무슨 말을 하는 거예요. 자기도 함부로 하면서……."

도미오카는 붙잡았던 유키코의 손을 놓았다.

"너도 가능하면 남자를 이용해서 사는 게 나아."

도미오카는 벌렁 드러누워서 눈을 감았다. 갑자기 유에에 도착하여 크레만소다리 옆의 그랜드호텔에 묵었던 날이 떠올랐다. 유에의 산림국으로 마르콘 씨를 찾아가서 유에에서 며칠을 보낸 적이 있었다. 재목종자의 양도를 부탁하러 갔던 것뿐이지만, 그 그랜드호텔에서 으스대고 있었던 자신이 지금은 볼품없이 영락한 모습으로 여자가 훔쳐온 60만 엔을 살며시 노리고 있는 것이다… 도미오카는 마음속으로 자신을 히죽 비웃었다. 유키코의 말처럼 여자를 이용하는 것인지도 모른다고 생각되었다.

도미오카는 이즈음 이전 농림성의 친구의 배려로 남쪽 끝 야쿠시마屋久島로 가보지 않겠느냐는 이야기가 있었다. 본래대로 관리로 돌아가는 것은 도미오카로서는 맘이 내키지 않았지만 달리 어떤 방법도 없으면 다시 본디의 오래된 둥지로 돌아갈 수밖에 없었다.

그것과 두 곳 정도 더 일이 있었는데, 하나는 와카야마和歌山의 다카이케초高池町에 있는 임업시험장에서 기사로 근무하는 일이었다.

도미오카는 다카이케초의 임업시험장으로 가기보다는 남쪽 끝의 고도인 야쿠시마의 영림서營林署로 가고 싶었다. 다카이케초의 임업시험장이 마음이 내키지 않는다면 같은 와카야마의 이도군구도산초伊都郡九度山町의 고야高野영림서에도 네가 갈 곳은 있다고 그 친구는 추천해주었다. 모두 안 되면 부탁하러 가겠다고 말하고 헤어졌지만, 도미오카는 도쿄에서 주저주저하고 있기보다는 용기 내어 한 번 더 산속으로 들어가는 것도 괜찮을 것 같다고 생각했다. 그러나 남쪽 끝의 야쿠시마로 가는 것은 좋지만 병든 아내와 부모를 버리고 가기에는 상당한 준비가 필요하다고 생각했다. 하지만 지금은 구니코도 죽고 부모도 마쓰이다로 돌아가 버렸다. 지금은 무엇 하나 거치적거리는 것이 없었다. 내일부터라도 친구는 도미오카의 야쿠시마행의 사령을 내줄 것이다.

야쿠시마가 어떤 곳인지 도미오카는 전혀 몰랐다. 원생림原
生林의 야쿠삼나무의 산지라는 것밖에 도미오카는 알지 못했
다.

마치 무인도처럼 느껴졌다. 친구는 야쿠시마는 영림서만으
로 보존되고 있는 섬으로 인심은 순박하지만 한 달 내내 비가
계속 내리는 섬이라서 각오가 필요하다고 웃으며 말했다.

다시 관리로 돌아가는 것이라면 와카야마의 고야산 근처로
가기보다는 야쿠시마가 괜찮겠다고 생각했다. 지도를 보니 다
네가시마種子島와 가깝고 둥근 섬이었다.

도미오카는 눈을 감고 한참 야쿠시마행을 생각하고 있었
다. 유키코가 자신의 옆구리 쪽으로 가까이 다가와서 뭔가 장
황하게 말했지만 도미오카는 꾸벅꾸벅 졸고 있었다.

유기코는 도미오카의 곁으로 가까이 기서는 도미오카의 가
슴에 얼굴을 묻고 말했다.

"어떻게 그렇게 마음이 멀어진 거예요? 어떻게 그렇게 갑
자기 차가워진 건가요? 이바한테로 가서 화가 난 거예요?"

"아니, 이제 화가 나고 안 나고가 아니야. 종전 후, 모두 이
런 기분이 되어버렸어… 자신을 기준으로 해서 판단하는 힘을
잃어버렸어. 목적은 자신이 만드는 것이 아니고, 주위가 만들
어주게 되었어… 이 나라가 우리들을 만들게 되었어. 옛날의
꿈을 좇아서 당신이 지금 갖고 있는 돈으로 둘이서 당분간 재

있게 산다고 해도 어떻게도 되지 않아. 뿌리가 없는 부초 같은 우리들이지만 그래도 둘이가 무엇이 되리라고는 생각지 않아…….”

“죽으면 되요. 이카호에서 죽을 것을 죽지 않았어요. 돈을 다 써버리면 죽으면 되요. 당신은 저에게 죽어달라고 말했잖아요?”

“죽는 것은 아파.”

도미오카는 갑자기 ‘악령’ 속의 자살 방법의 부분을 생각해 냈다. 큰 집 정도의 대반석이 머리로 떨어져 온다고 하면 아플까 어떨까… 백만 관百萬貫의 돌을 상상하고 그 아래에 서면 아플 거라고 공포에 떤다. 돌, 그것에는 고통이 없지만 돌에 대한 공포로 고통을 느낀다. 도미오카는 지금은 어떠한 수단의 죽음도 겪고 싶지 않았다.

“죽는 것은 매우 아픈 것이야.”

“죽으면 아프지도 않잖아요?”

“아니, 잘 죽으면 괜찮지만, 잘 죽지 않는다면 아프지…….”

“아픈 것은 참을 수 있어요. 당신이 날 미워하는 것이 더 참을 수 없어요.”

유키코는 도미오카의 도테라의 옷깃을 잡고 세우듯이 흔들었다.

“싫어하진 않아. 좋아하니까, 이제 이쯤에서 서로 사는 방법을 바꾸자고 하는 거야… 당신은 이바한테로 돌아가는 것이 좋고, 그 돈으로 뭔가 일을 하는 것도 좋겠지. 유키코, 세상이란 것은 그런 식으로 바뀌었어. 우리들의 로맨스는 이제 종전과 동시에 사라졌어. 이 나이에 언제까지나 소녀처럼 꿈을 꾸는 것은 그만둬야 해. 나도 당신과 떨어져 있으면 때때로 당신과의 꿈을 꾸고 일종의 엑스터시를 느낀 적도 있어. 인간은 그런 거야.─그럼 이쪽을 봐줘. 오늘 밤은 천천히 이야기해 보자구. 서로 이상한 이별은 하고 싶지 않아. 당신을 미워해서 헤어지는 것이 아니야. 싫었다면 이런 곳에 태연스레 오겠어?"

도미오카는 벌떡 일어나서 식은 술병의 술을 잔에 따랐다.

하녀가 이부자리를 봐주러 왔다.

도미오카는 데운 술을 주문했다. 하녀가 이부자리를 펴는 동안 두 사람은 가장자리의 의자에 앉아 있었다. 차가운 바닥이었다.

이불이 펴지는 동안 두 사람은 탁상 위에 마주하고 말없이 앉았다. 드디어 방 안 가득 이불이 깔리고 마룻바닥에 화로와 낮은 상이 한쪽으로 치워지고 거기에 술상이 차려졌다. 화로에는 재가 더해져 푸른 불꽃을 피우고 있었다.

두 사람은 화로를 사이에 두고 앉았다.

"아무 말이라도 해줘요."

"그렇게 재촉해도 대단한 이야기도 없어… 죽고 사는 것에서도 이제 우리 두 사람 모두 졸업해도 되잖아."

"자기 마음대로네요."

"어째서?"

"어떻다는 것은 아니지만, 저는 죽을 마음으로 나왔어요."

"죽을 마음이라고? 그건 안 되지. 정말 안 되는 거야… 마타이전인가, 좁은 문으로 들어가라, 멸망으로 가는 문은 크고 그 길은 넓고, 이것으로 들어가는 자는 많으니. 생명에 이르는 문은 좁고 그 길은 좁고 이것을 발견하는 자는 적으니… 즉, 두 사람 모두 이미 멸망으로 가는 문 앞을 지났어. 나는 앞서 말했던 돌의 공포는 질색이야."

"그럼, 저는 혼자 죽겠어요."

도미오카는 히죽히죽 웃으면서 냉혹한 표정을 하고 작은 목소리로 말했다.

"그렇게 하든지. 맘대로 해."

55

다음 날 아침 두 사람은 한낮이 가까워져서 눈을 떴다. 도미오카는 침상에서 신문을 읽고 있었다. 2월이 되자마자 국철의 동맹파업을 보도한 기사가 크게 나왔다. 도미오카는 흥미도 없어 그 신문을 머리맡에 던지고 크게 하품을 했다. 유키코는 흰 커튼의 더러워진 곳을 가만히 보고 있었다. 도미오카는 이대로 그 방으로 돌아가겠지만 자신은 어디에도 돌아갈 수 없다고 생각하자 외로워져서, 아침의 노란 햇빛을 받으며 유키코는 자신의 손을 이불에서 꺼내서 바라보았다.

도미오카는 베개를 껴안고 엎드려서 담배를 뽑아 피웠다.

"몇 시쯤 여기를 떠날 거예요?"

"글쎄 2시쯤 전차를 타려고 해."

"꼭 돌아가야만 해요?"

"당신은?"

"나는 어디로 돌아가야 하는 거예요? 어디에도 갈 곳이 없잖아요?"

도미오카는 담배를 피우며 가만히 그 연기를 보았다. 유키코는 이바한테 돌아가는 것은 싫었다. 언제나 돌아갈 수 있는 기분으로 나왔다면, 이렇게 도미오카에게 매달릴 필요는 없는 것이다. 바람을 피웠다고 하고 냉큼 이바한테로 돌아가면 된다. 죽을 맘은 없었지만 이바한테로 갈 맘이 없다는 것이 유키코에게는 중요했다. 이제 뭐 하나 말할 기분이 아니었다. 적어도 하루 더 여기에 있어주었으면 했지만 유키코는 도미오카에 대해 살며시 포기하고 있었다. 오늘의 이별을 진짜 이별이라고 생각하자 자연스레 눈물이 흘렀다.

도미오카는 유키코가 울고 있는 것을 알았지만 모르는 척했다. 도미오카에게도 유키코의 마음은 반사되어 왔다. 도미오카는 담배를 재떨이에 비벼 끄고 유키코의 옆으로 가서 유키코를 끌어안았다.

어젯밤은 이상하게 취해서 두 사람은 서로 이야기하며 잠들었지만, 역시 그렇게 깨끗하게는 진짜 이별을 결행할 수 없는 두 사람이기도 했다.

"지금 이렇게 우리 둘은 함께 껴안고 있는데도 이제 두세 시간이 지나면 다시 타인보다도 더한 나쁜 이별을 하는 거네요."

유키코가 외로운 듯이 도미오카의 가슴속에서 말했다. 배멀미의 느낌처럼 울적한 두 사람이었다.

"당신도 힘을 내."

"네."

"말하지 않으려고 했지만, 나도 슬슬 다시 직장으로 돌아가야 해."

"어머!"

"그래서 일주일 정도 지나면 부임지로 갈 작정이야. 가고시마鹿児島에서 배를 타고 가는 거야. 야쿠시마라는 국경의 섬이지."

"야쿠시마, 그런 곳이 있어요?"

"거기 영림서에 자리가 있어서 5, 6년, 혹은 평생 거기로 가서 산속에서 살 작정이야……."

유키코는 도미오카의 어깨를 껴안고 울었다.

"싫어요! 그런 먼 곳으로 가다니… 그럼 나도 데리고 가요."

"그렇게는 안 돼. 외로운 섬이야. 첫째로 당신은 그런 곳에서 5, 6년이나 살 수 있는 사람이 아니야. 1년에 한 번 정도는 도쿄에 올 수 있을 거니까, 그때는 다시 만날 수 있어. 당분간 할 수 있을지 어떨지 모르겠지만 산속에 들어가 보고 싶어."

유키코는 멍하게 있었다. 그럼에도 도미오카의 뒤를 쫓아서 야쿠시마라도 갈 자신의 모습을 상상했다.

"그럼 당신의 집에 있었던 그 소녀와 다시 같이 사는 건 아니에요?"

유키코가 갑자기 물었다.

"소녀?"

"예, 당신 방에서 예쁜 소녀가 잠자리에 들어가 있었어요."

"아아, 그건 근처 술집 딸이야. 불량소녀지."

"마음 준 거 아니에요? 오세이 씨처럼요……."

"바보!"

"혼자서 그런 먼 곳에 갈 당신은 아니라고 생각하는데……."

"혼자야. 혼자서 간다고."

"혼자죠. 하지만, 괜찮아요. 남자는 어떻게든 맘 붙일 데가 있지만, 여자란 어디에도 안주할 곳이 없어요."

"이바한테로 돌아가……."

"그것이 나에게는 제일 낫다고 생각하고 있죠?"

"달리 어떤 방법이 있어?"

"나는 이제 절대로 이바한테는 돌아가지 않아요. 안 그러면 이번 일은 장난 같잖아요? 바보로 만들지 말아요. ─저는 당신이 혼자가 되었으니 이번에야말로 당신과 결혼하고 싶다고, 골똘히 생각하고 도망 온 것이에요. 물론 일본으로 돌아오고 나서 저도 당신도 많은 일이 있었어요. 지칠 대로 지쳐서 안 되는 일도 있었지만, 두 사람 모두 같은 죄를 지었어요. 애써서 넓은 문 앞을 지나왔다면 역시 저와 당신은 따로 따로 되지 말고 좁은 문을 찾아서 둘이서 노력해야 해요. ─당신은 옛날 꿈을 그리워하진 않는다고 말하지만, 저와 헤어져서 절 꿈속에서 보는 것은 당신이야말로 로맨티스트로 옛날 일을 잊지 못하는 거 아니에요? 어째서 혼자가 된 당신이 나와 헤어지려고 하는지 전 모르겠어요. 싫다면 싫다고 확실히 말해요… 그리고 저는 당신이 말한 대로, 이바한테로 돌아갈지도 모르고 돌아가지 않을지도 몰라요. ─결혼할 수 없는 것이 저에겐 이상해요"

도미오카는 말없이 있었다. 오세이의 문제가 마음속에서 아직 정리되지 않았다고 확실히 말할 수 없었다. 야쿠시마로 가게 되면 월급으로 오세이 남편의 변호인도 구할 수 있을 것이다. 생각해 보면 오세이는 유키코와 자신의 문제의 희생자이기도 하다. 거기까지 명확히 말하면 유키코는 화낼 것이다. 애매하게 자신의 기분을 흘려버리는 것밖에 방법이 없다.

둘은 결국 목욕을 하고 늦은 아침식사의 탁자에 앉았다. 마침 이카호 때부터 1년째가 되는 날이었다. 도미오카는 경대 앞에 쭈그리고 앉아 머리를 빗으면서 거울 구석에 눈을 고정시키고 자신을 보는 유키코의 성난 눈과 부딪혔다.

"행복한 것 같네요."

"그런가."

"저와 인연이 다해서 개운해졌어요?"

"그렇지."

"냉정한 사람이군요. 옛날부터……."

"내가?"

"예, 당신이요. 전 지금에야 가노 씨가 불쌍해서 견딜 수가 없어요."

"그립나?"

"예, 그리워요, 왜 죽었을까요. 죽은 사람만 손해지요."

"그러니 무리를 해서라도 사는 편이 나아."

"이제부터 좁은 문을 찾아봤자 늦어요."

"늦지 않아."

"그럼, 돈 10만 엔 정도 갖고 갈래요?"

“10만 엔 줄 거야?”

“적어요?”

“아니, 그렇지는 않아.”

“20만 엔이라도 괜찮아요.”

“남의 돈이라고 크게도 선심 쓰는군.”

“원래, 쉽게 번 돈이잖아요… 종교란 재밌을 만큼 돈이 들어오니까요.”

“좁은 문으로 들어가는 입장료잖아.”

“그렇죠…….”

유키코가 벽장에서 보스턴백을 끌어내려 열자 도미오카는 경대 위에 빗을 놓아두며 말했다.

“아무것도 필요 없어. 직장을 갖게 되면 아무것도 필요 없어. 너에게야말로 소중한 돈이잖아.”

“어째서 소중하다는 거예요? 나는 돈 따윈 필요 없어요.”

“그렇지는 않아. 돈이야말로 인간에게는 가장 큰 우군이지.”

“당신이 혼자서 야쿠시마로 가는 마음을 전 이해해요. 맞을지 어떨지 몰라도 반드시 그럴 거예요… 오세이 씨의 일이 당신 가슴에 아직 걸리는 거죠? 그렇지 않으면 부인의 일인가요.”

도미오카는 거실을 등지고 앉았다. 하녀가 뜨거운 차를 가져왔다. 도미오카는 하녀에게 전차의 시간을 물었다.

56

도미오카가 돌아간다고 하자 유키코도 헛되이 여관에 남아 있을 생각이 없었다. 두 사람은 여관을 나와서 함께 전차를 타고 미시마로 가서 그리고 도쿄행의 기차를 탔다.

갈 곳이 없는 유키코도 이대로 버려둘 수는 없어서, 도미오카는 결국 자신의 방으로 유키코를 데리고 돌아갈 수밖에 없다고 생각했다. 두 사람은 시나가와品川에서 내렸다.

야마노테센山の手線의 전차 플랫폼에서 서로 웃어버렸지만, 유키코는 그대로 도미오카의 방으로 따라갔다.

이즈伊豆와 달리 도쿄의 추위는 뼈에 사무칠 정도였다. 왁자지껄한 생활의 폭풍우가 휘몰아치고 두 사람 모두 다시 어두운 기분으로 떨어져 버렸다.

방으로 돌아오자 농업잡지에서 엽서가 와 있었다. 농업기사의 추억 원고를 조금씩 분할하여 싣고 싶다는 의향이 쓰여 있었다. 도미오카는 밝은 기분이 되었다.

전기 곤로를 자유롭게 쓸 수 없자 유키코는 짐을 두고 근처의 탄 배급소에 비싼 탄을 얻으러 갔다. 도미오카는 원고를 꺼내서 팔락팔락 넘기며 읽기 시작했다. 옆방의 부인이 조금 전

이바 씨라는 분이 오셨었다며 그의 명함을 들고 왔다.

도미오카는 그 명함을 포켓에 넣었다. 유키코에게는 보이고 싶지 않았다. 드디어 유키코가 탄 외에도 여러 가지 물건을 사서 얼굴이 빨갛게 되어서는 돌아왔다. 한 되짜리 술병도 들고 있었다. 도미오카는 유키코를 가엾게 생각했다.

아이처럼 환영을 안고 사는 여자의 마음이 도미오카를 주눅 들게 했다. 여러 가지 모순에 봉착했다. 도미오카는 자연스레 여자를 배반하고 온 길이 스스로도 이해되지 않았다. 여자의 습관에 공포를 갖고 있었다. 이것은 내 속에 있는 나에게로의 공포라고, 도미오카는 범죄자가 느끼는 것과 같은 가책을 느꼈다.

여자는 어떤 일이 있어도 뒤를 돌아보려고 하지 않는다. 오로지 아이 같은 천진함으로 남자를 유혹한다.

이바가 여기로 왔었다고 하면 이 방도 안전하지 않다. 야쿠시마행을 결행하지 않으면 안 된다. 그것에 관해서는 유키코를 어떤 식으로 정리해갈 것인가가 도미오카에게는 문제였다.

"당신은 다시 옛날의 관청에서 일할 생각 없어? 부탁해 봐도 괜찮을 거 같은데. 혼자서 방을 빌려서 느긋하게 살아보면 어때? 공부도 할 수 있고 다시 결혼 상대도 찾을지도 모르잖아……."

유키코는 빤히 도미오카를 봤다.

‘이제 그 이야기는 하지 마세요.’

그런 표정이었다. 유키코의 어쩔 수 없는 기분은 어제도 내일도 필요하지 않았다. 단지 현재만이 그녀였다. 게다가 60만 엔의 돈이란 것이, 꽤나 유키코를 대담하게 했다. 어떻게든 헤치고 나갈 돈이 있기 때문이었다. 자칫 잘못되면 유키코는 혼자서라도 야쿠시마에 갈 작정이었다. 이 남자의 체취로부터 지금은 떨어질 수 없게 되었다.

이바에게도 가노에게도 없는 남자다운 체취에 유키코는 광인처럼 들러붙어 가고 싶었다. 지금 여기서 도미오카와 헤어질 정도라면 시나가와 역에서 곧바로 이바에게 돌아갔을 것이다.

유키코는 이 방에서 옛날부터 살았던 듯한 익숙함으로 식사 준비를 했다. 도미오카는 힐 수 없이 포켓의 명함을 꺼내서 유키코에게 보였다.

"어머, 이바가 왔었어요? 언제 왔어요? 어떻게 여기를 알고 있는 걸까요?"

유키코는 놀랐다.

"이상하네……."

"신이니까 여기를 알았겠지."

"농담은 그만두고, 어떻게 알았을까. 당신이 있는 곳은 누구에게도 말하지 않았어요."

"오세이 사건이 있었을 때 알았던 거 아닐까?"

"아니요, 모를 거예요. 그런 일이 있었다는 걸 안다고 해도 여기를 알 리가 없어요."

유키코는 이바의 출현이 전혀 이해되지 않았다. 도미오카는 뭔가에 내몰리고 있는 듯한 기분이 들었다.

"그럼 어쨌든 저는 어디에 있어도 괜찮은 몸이니까, 야쿠시마까지 데리고 가주시지 않겠어요? 싫다면 혼자서 가겠어요. 한두 달 만이라도 데리고 가주세요. 그렇게 된다면 저도 납득할 수 있을 거라고 생각해요."

도미오카는 유키코를 남쪽 끝까지 데리고 갈 마음은 없었지만 이바의 출현에 의해서 그러한 모험도 해볼 마음이 생겼다.

다음 날 아침 일찍 친구 집에 가서 급히 야쿠시마행 준비를 해줄 것을 부탁하고 돌아와서 마루노우치의 농업잡지 편집부로 원고를 가지고 갔다.

편집부에서는 얼굴을 아는 기자의 출근을 1시간 정도 기다렸다. 출근한 기자는 이상한 말을 했다. 어제 아침, '칠 이야기'라는 것을 쓴 도미오카의 주소를 물으러 온 자가 있었다고 말했다. '아아, 그랬구나'하고 도미오카는 짐작이 갔다. 유키코가 자신의 '칠 이야기'라는 원고가 실린 농업잡지를 사서 읽은 이야기를 했기에 이바가 그 잡지로 자신의 주소를 찾게 되었던 것이라고 이해되었다.

유키코는 하루 종일 밖에 나가 있기로 했다. 유키코는 짐을 들고 두세 편의 영화를 보았다. 도미오카가 없는 사이에 이바가 집으로 와서는 자신을 데려갈지도 몰랐다. 유키코는 오세이 남편의 변호인을 부탁할 돈도 낸 지금 어떤 욕심도 없었다.

밤늦게 도미오카가 있는 곳으로 돌아왔다. 다시 내일이 되면 유키코는 짐을 들고 밖으로 나갈 것이다.

일주일 정도 이런 생활이 계속되었다. 일주일째에 이바한테서 도미오카에게로 만나고 싶으니 장소를 지정해달라는 속달이 왔다. 하지만 마침 그날에 도미오카의 취임이 정해졌다.

도미오카는 속달을 찢어버렸다. 유키코도 한편으로 그 일을 걱정하고 있었던 것 같지만, 도미오카의 야쿠시마행이 정해진 이상 이바의 위협적인 속달은 걱정할 필요도 없다고 생각했다.

도미오카는 여러 곳으로 인사를 다니거나 원고를 수정하거나 하며 이즈에서 돌아와서 2주일째에 겨우 방도 비우고 짐을 정리하여 부임지로 보냈다.

도미오카는 도쿄를 떠날 때까지, 아직도 유키코를 어떻게든 남겨두고 가고 싶다고 생각하고 있었지만, 오세이 남편의 변호인 비용도 내준 마당에 자신 혼자서 떠날 수는 없었다. 흘러가는 대로 맡기는 수밖에 없었다. 남쪽에서 캠프생활을 했을 때처럼 흘러가는 대로 맡기는 정신은 버릇이 되어버렸다. 말레이인의 재목 운반이 어떤 불운한 일을 만나면, 아파, 보레, 보앗트라고 했지만, 이 '할 수 없다'고 하는 말만큼 현재 도미오카에게는 안이한 말은 없는 것이다.

정말 어쩔 수 없었다. 자신은 유키코의 돈에 손도 대지 않았지만 처음부터 끝까지 유키코가 내뱉고 있는 비천함이 도미오카에게는 괴로웠다. 신문에서 떠들고 있던 2월의 동맹파업은 금지되었지만, 세상은 점점 뒤숭숭해졌다. 도미오카는 일종의 관념만으로 도쿄에서 생활하는 것은 어렵다고 생각했다. 자신의 생활 속에 여러 오해가 생겨오는 것도 이 현대의 도쿄 생활이었다.

여러 가지 차질 속에서 도미오카는 자신 한 몸을 간수하기도 어려웠다. 다른 인간으로서 재출발하기에는 다시 한 번 어딘가로 장소를 옮겨보지 않으면 안 되었다. 언제나 수동적인 고뇌 속에 자신과 사회의 어긋남을 느끼고 있었다. 여기저기 회전하는 벨트의 속도로 도미오카 곁을 세상은 떠내려가고 있었다. 불안한 제3기의 전쟁 기운마저 빠지직빠지직 연기가 나고 있었다. 도미오카는 이 정신없는 상태 속에서 유키코와 오래된 인연을 계속하는 것을 견딜 수 없는 마음이었다. 그 때문에 그 오래된 인연은 끊으려고 해도 끊어지지 않고 도미오카의 생활 속에 곰팡이처럼 자라나버렸다.

두 사람이 도쿄를 떠난 것은 2월의 중순이었다. 밤 기차를 탔다.

<h1 style="text-align:center">57</h1>

Ilale diable au corps이다. 악마가 나에게 씌워져 있다. 가노가 다랏트에서 자주 사용하던 말이었다. 그 악마가 누구냐고 물으면 가노는 유키코를 턱으로 가리켰다.

기차를 너무 오래 타서 지루한 여행이었다. 도미오카는 지루함도 없이 잘도 게걸스럽게 흘리며 먹고 있는 유키코가 이해되지 않았다.

교토에는 아침에 도착했다. 유키코가 없으면 도미오카는 하루 정도 교토에 내려보고 싶은 마음이었다.

유키코는 가지고 다닐 수 없는 돈을 가진 탓인지, 교토에서도 플랫폼에 내려서 먹을 것을 사왔다. 차창으로 고개를 내밀고 보고 있으니 외투를 껴입은 등에서 이제 한창 때가 지난 여자의 초라함이 보였다. 담배도 사온 것 같았다. 흘깃 이쪽을 돌아본 유키코의 얼굴은 매우 창백하고 메말라 있었다.

오사카, 고베를 지나서 마이코舞子의 해변을 통과할 때 둔하게 회백색으로 빛나던 바다가 차창에 희게 반사되어 왔다.

유키코는 외투의 깃을 세우고 깊은 잠에 떨어졌다. 하카다

博多정차의 삼등차는 꽤나 붐볐다. 통로에도 앉아 있는 사람이 있었다.

여러 가지 음식의 껍데기와 사람의 열기로 스팀도 없는 한낮의 차 안은 푹푹 찌고 있었다. 도미오카는 잘도 자는 유키코의 얼굴을 기가차서 바라보았다. 이 4, 5일의 동거로 눈 밑은 삼각형으로 거무스레하게 되었고 입술은 갈라져서 붉은 기가 근육 속에 굳어졌다. 눈썹은 서 있었고 작은 콧등에는 기름이 올라와 있었다. 때때로 눈꺼풀이 신경질적으로 깜빡깜빡 움직였다.

악마가 잠들어 있다. 하지만 악마는 잠든 척을 하며 도미오카의 눈이 가는 곳을 잘 알고 있는 것이다. 잠든 채로 유키코는 웃었다. 도미오카는 당황하여 눈을 피했다.

"또 나에게 뭔가 말하려고 했죠?"

그렇게 말하며 눈을 뜨고 유키코가 무릎의 귤을 까기 시작했다. 메마른 겨울의 녹슨 논과 굴뚝이 된 자갈더미의 공장지대와 산과 강과 바다가 시끄러운 기차의 바퀴에 새겨지며 뒤로 달려 사라져갔다.

하카다에 도착한 것은 밤이 이슥해서였다. 비가 내리고 있었다.

두 사람은 지쳐 있었지만, 곧 가고시마행으로 갈아탔다. 더욱 지쳐서 모든 것이 마비되어버렸으면 했다. 유키코는 조금씩 불안해져왔다. 밤비는 빛나며 더러워진 유리창에 내리고 있었다. 유키코는 몇 번이나 도막도막의 꿈을 꿨다. 사이공에서 지린을 거쳐서 란비안 고원으로 가는 다랏트로의 자동차의 동요를 느꼈다.

눈이 떠질 때마다, 빗속을 달리는 밤 기차의 현실이 유키코에게는 불안해져온 것이다. 의외로 일본도 넓게 생각되었다. 도미오카는 병자와 같이 잠에 빠졌다.

긴 여로이기도 했다. 도쿄를 멀리 떨어져서 보니 이바와 생활했던 추억이 갈기갈기 찢겨져 있었다. 구마모토에서 비가 조금 개었다. 차 안의 얼굴도 차례차례로 변해 갔다. 말도 규슈 사투리가 되었다. 주위에는 두 사람과 관련된 것이 아무 것도 없었다. 유키코는 지친 발을 도미오카의 다리 위로 쭉 펴고 눈을 감았다.

어디에서도 위험은 덮쳐오지 않을 거라고 생각하니 유키코는 이바의 화난 얼굴이 우습게 생각되었다. 여기까지 와버렸으니 이제 나를 돌려보낼 수도 없을 거야… 더욱 더 '오히나타 교의 번창을 기원합니다'라고 말하고 싶은 참이었다.

시모는 앞으로도 두꺼운 화장을 하고 그 금고 앞에 떡하니 앉아 있을 것이었다. 유키코는 때때로 머리 위 그물 선반의 보스턴백에 주의했다. 지금 자신이 의지할 것은 이 보스턴백 하나뿐이었다.

가고시마에 도착한 것은 아침이었다. 억수 같은 비였다. 택시의 안내를 받아서 항구 가까이에 센고쿠마치千石町라고 하는 곳의 작은 여관으로 안내되었다.

2층 창에서 막을 친 듯한 큰 사쿠라지마桜島가 보였다. 사쿠라지마는 비 때문에 자주색으로 흐려져 있었다.

유키코는 피곤하여 바다 냄새가 나는 다다미에 다리를 뻗었다.

도미오카가 하녀에게 야쿠시마로 가는 배는 언제 나가냐고 물었다. 비와 폭풍우가 계속되면 며칠 동안 배는 나가지 않는다는 답이 돌아왔다. 야쿠시마로 가는 배편을 알아봐달라고 부탁하고 도미오카는 외투를 입은 채로 다다미에 누웠다.

잠결에 사쿠라지마가 보였다. 바다는 칠과 같은 푸른색을 하고 있고 작은 배가 뒤섞여 선착장에 모여 있었다. 도미오카는 차를 가지고 온 하녀에게 맥주를 부탁했다.

"꽤나 먼 곳에 왔군요. 여기에서 다시 배를 타고 하룻밤 걸린다니, 유배당하는 것 같아요. 혼자라면 저는 오지 못했을 거예요."

"4년이나 5년 정도, 앞으로 살게 될 거야."

"그렇죠……."

"어때? 돌아간다면. 여기라면 딱 좋은데."

"아직도 그런 말을 해요?"

"당신이 혼자서는 올 수 없었을 거라고 말하니까."

"당신과 둘이니까 왔잖아요… 저를 불쌍한 여자라고 생각하지 않아요?"

"은혜를 입으면 어떻게 할 수가 없어."

근처에서 라디오가 시끄럽게 볶는 듯이 울어댔다. 유키코는 외투를 벗고 여관의 도테라를 어깨에 걸치고 비바람 부는 복도 밖을 바라보았다.

"은혜를 입는 것이 아니에요. 저는 그런 인색한 마음은 없어요. 하지만 당신도 아무도 없는 것보단 낫잖아요? 저는 야쿠시마에서 살 수 없다면 여기로 와서 요리집의 하녀를 해도 좋아요. 여자란 그런 거예요. 버려지면 다시 그건 그렇다고 정리하고 이런 곳에서 해나갈 마음도 있는 거고요……."

"아무도 버린다고 말하지 않았어."

하녀가 맥주를 가져왔다.

거품 인 맥주를 쭈욱 한숨에 들이켜고, 도미오카는 처음으로 숨을 내쉬었다.

하녀는 이틀 정도 배가 나가지 않는다고 알려주었다. 이런 곳에서 이틀이나 묵는 것은 따분했지만, 배가 나가지 않는다면 할 수 없었다. 도미오카도 복도로 나와서 비바람 부는 바다 위를 바라보았다.

"야쿠시마로 가는 거 잡지사에는 말했어요?"

“응.”

“이바가 화내겠지요?”

“쫓아올까?”

“설마… 그 정도의 돈은 아니에요.”

“아니, 꽤나 큰 돈이야… 혹시 경찰에 의뢰를 했을지도 몰라.”

“괜찮아요.”

괜찮다고 말하면서 유키코는 방으로 돌아와 자신도 맥주를 마셨다. 차가운 맥주가 속으로 스며들었다. 하지만 왠지 기분이 나빠졌다.

“사모님, 목욕은 어떠세요?”

하녀가 목욕을 알려주었다.

사모님이라고 불려져, 유키코는 누구에게도 그런 말을 들은 적이 없었기에 갑자기 눈을 크게 뜨고 도미오카를 쳐다보았다.

“사모님, 먼저 목욕하고 오시죠.”

도미오카가 비웃듯이 말했다. 도미오카는 기진맥진해 있었다. 목욕하러 갈 기운도 없었다. 배 회사로 가서 배표를 사서 배가 나갈 날을 물어보고 온다며, 도미오카는 여관의 우산을 빌려서 밖으로 나갔다. 알려준 배 회사 쪽으로, 넓고 황량한 길을 따라 바다 쪽을 향하여 걸었다. 처음으로 자기 혼자서라도 타고 가고 싶은 마음이 들었다. 파란 페인트가 칠해진 가건물의 배 회사로 가자 여관에서 말했던 것처럼 이 폭풍우가 그치지 않으면 출항하지 않는다고 하면서도 아마도 낼모레쯤에는 나갈 거라고 했다. 도미오카는 야쿠시마까지의 2등표를 두 장 사서 승선명부에 유키코의 이름을 적었다.

돌아오는 길, 시끌벅적한 거리로 나와서 도미오카는 위스키를 샀다. 여관으로 돌아오자 유키코가 이불에 누워서 창백한 얼굴을 하고 덜덜 떨고 있었다.

"어떻게 된 거야?"

"추워서 자꾸만 떨려요. 의사를 불러주지 않을래요……."

유키코는 도미오카의 팔을 잡고 작게 떨었다. 감기라고 해도 모습이 이상했다. 입술에 피가 번져 있었다. 이마에 손을 댔지만 대난한 얼은 아니있다. 하지만 만약 이 어관에서 앓아 눕는다면 어떻게도 되지 않았기에 도미오카는 여관에 부탁해서 의사를 불러 왔다. 이불을 석 장이나 덮어주었지만 유키코는 그래도 춥다며 떨었다. 의사는 좀처럼 오지 않았다. 도미오카는 감기약을 서러 밖으로 나갔다. 불길한 예감이 들었다.

감기약을 먹이고 뜨거운 차를 주었다. 아직 떨고 있었다. 1시간 정도 지나 젊은 의사가 들어왔다. 하녀의 도움을 받아서 옷과 속바지를 벗기고 진찰을 했다. 의사는 캠퍼와 비타민 주사를 주었다. 이틀 정도 휴양하면 나을 거라고 해서 도미오카

는 안심했다. 어쩐지 죽은 구니코의 병상病狀과 닮은 듯한 느
낌을 받았다. 도미오카는 유키코의 얼굴에서 그런 기운을 느
꼈다.

유키코는 진정제를 맞고 깊이 잠들었다. 자신이 만나는 하
나하나의 일이 도미오카에게는 숙명적으로 단단한 문에 밀어
붙여지는 듯이 느껴졌다. 구니코가 잠들었을 때도 의사는 2, 3
일이면 나을 거라고 말했다. 하지만 결과적으로는 2, 3일이 지
나도 좋아지지 않았다. 이 여관은 공습 후에 세워진 가건물답
게 다섯 채 정도의 집이었지만 의외로 손님은 많아서 벽을 사
이로 옆에서 계속 시끄러운 웃음소리가 끊이지 않았다. 자신
들의 방 만이 우울했다.

도미오카는 도테라로도 갈아입지 않고 유키코의 머리맡에
서 위스키의 마개를 열고 마셨다. 비바람은 점점 심해졌고, 집
이 때때로 바람에 흔들렸다. 저녁 가까이 되자 전기도 들어오
지 않는 방의 어둠이 무거웠다. 사쿠라지마가 너무 크게 창에
퍼져 있는 탓일까, 방 안에 사쿠라지마가 넘어져올 것 같은 압
박을 느꼈다.

<h1 style="text-align:center">58</h1>

그냥 막연하게 여기까지 왔다고 느끼던 참이었기에, 도미

오카는 유키코의 발병에 상당히 충격을 받았다.

이틀째는 쾌청했다.

비는 활짝 개었지만 바람이 강한 날이었다. 하녀는 데루쿠니마루照国丸라는 배가 아침 9시에 출항한다며 새벽 쯤 화롯불을 옮기러 왔을 때 알려주었다. 하지만 유키코의 병은 전혀 낫지 않았다. 곤히 잠들어 자면서도 기침을 했다. 그 기침을 듣고 있자니 도미오카는 자신의 살갗을 문지르는 듯한 느낌을 받았다. 그 고통은 조금씩 치통에도 닮아왔다.

복도의 창으로 밖을 보니 사쿠라지마가 석유색으로 물든 차가운 새벽하늘에 녹아 있었다. 해안가에는 빈약한 목조가옥의 창고가 늘어서 있었고 지붕 위의 배의 돛대가 미닫이문처럼 보였다. 아직 길 위에는 등불이 켜져 있었고 그 길가의 일그러진 그림자 위로 새벽딜이 희게 빛났다. 도미오카는 아직 어디나 조용한 항구 마을의 새벽을 가만히 바라보았다. 오늘 아침 이대로 출발하기에는 어려울 거라고 생각했다. 작정하고 배 하나를 늦출 수밖에 없다고 생각하고 머리맡의 화로로 가서 엉거주춤하게 담뱃불을 붙였다. 유키코는 눈을 뜨고 있었다.

"어때? 기분은……."

유키코는 웃으려고 해도 웃을 수 없는 것인지, 눈을 크게 뜬 채로 도미오카의 얼굴을 아래에서 올려다보고 있었다. 도미오카는 유키코의 이마에 손을 대보았다. 의외로 차가웠다. 그 크게 뜬 눈은 뭐라고 말할 수 없는 외로움이 담긴, 익숙하지 않은 표정이었다. 도미오카는 갑자기 가여움이 북받쳐 무릎을 꿇고 유키코의 얼굴 위에 자신의 얼굴을 가져갔다.

"배를 늦추었으니까 괜찮아. 지금부터 표를 다시 끊어올 거니까 안심하고 자둬. 안절부절 해본들 지루하니까… 괜찮아, 피곤해서 그래, 비를 맞은 것이 안 좋았나봐."

도미오카는 말을 자르듯이 천천히 말했다. 유키코는 눈을 뜬 채로 끄덕였다. 도미오카는 유키코의 손을 잡고 자신의 얼굴에 댔다. 다랏트의 프랑스인 외과의원에서 유키코가 가노에게 찔린 상처 때문에 수술에 입회했던 때의, 마침 그때의 눈빛이라고, 도미오카는 인도차이나에서의 추억이 소용돌이치듯이 가슴으로 밀려왔다. 그 병원에서 호수의 새벽하늘을 바라보면서 두 사람의 숙명적인 일종의 여정에 관해 공포에 가까운 구토를 일으킨 것을 떠올렸다. 다른 하늘 아래에서 만난 여자이기 때문에 이런 식이 된 것은 아닐까 하고 반성도 해 보았다. 하지만 베트남인 하녀에 대한 인연은 어떠한가 하고 물어보면, 이것도 또 여정旅情일까 하고 도미오카는 자신을 살며시 냉소했다. 연한 갈색 피부를 한 하녀 니우의 앳된 모습이 도미오카의 가슴에 뜨겁게 탄 흔적으로 눌러 붙어 있었다. 두 번 다시 서로 만날 일이 없는 여자이기에 도미오카는 죽은 오세이와 더불어 니우가 그리웠지만, 지금 생각해 보면 인도차이나에서의 생활이 여수旅愁로 생각될 만큼 좋았던 것은 아니었다. 사형을 선고받은 인간이 그때부터 누구라도 착해지듯이, 사무치는 외로움으로 사람의 정을 그리워하는 것과 같은 것이다. 일본 군대의 독재정권 속에서 무엇 하나 자유스런 고독은 허락되지 않았다. 정신의 메마름으로 인해 유키코의 몸을 찾은 자신의 방종이 오늘 여기에 그 결과를 가져온 것이라고 생각하며 도미오카는 보상의 기분을 담아서 강하게 유키코의 손을 잡았다.

"당신 혼자서 배 타는 거 아니에요?"

유키코가 나약하게 말했다.

"바보! 혼자서 배를 탈 거라고 생각했어?"

유키코는 아이처럼 끄덕었다. 도미오키는 피붙이 같은 맘으로 유키코의 눈가에 흐르는 눈물을 손가락으로 닦아주었다. 괜찮다는 마음을 담아서 강하게 유키코의 손을 두세 번 잡아주고 나서 그 손을 떼고 차를 들고 들어온 하녀에게 시간을 물었다.

"7시경입니다."

하녀는 손목시계를 보다가 시계에 귀를 가져다댔다.

도미오카가 계단 아래로 내려가니 현관의 시계는 7시를 조금 넘기고 있었다. ―도미오카는 배 회사로 갔다. 표 교환을 부탁하고, 4일 정도 늦춰서 다시 여기에서 취항하는 데루쿠니마루를 타기로 정했다. 간 김에 항구로 어슬렁어슬렁 나와 보니 흰 데루쿠니마루가 큰 굴뚝에서 연기를 뿜었고 배의 기중기는 재목을 걸어놓고 있었다.

선착장에는 승객 상대의 과일가게가 늘어서 있었다. 규슈의 끝에 와서 과일가게의 사과더미를 보자 도미오카는 이상한 기분이 들었다. 유키코를 위해 1관50) 정도 사과를 사서 녹색으로 물든 바구니에 넣어 배 가까이까지 가보았다. 선객은 벌써 줄을 이루고 늘어서 있었다. 승객들은 하나같이 유리로 된 작은 금붕어 어항을 안고 있었다. 데루쿠니마루는 마치 인도차이나를 다니는 배 같았다. 그러한 착각으로 도미오카는 오늘 아침 이대로 유키코와 이 배를 탔다면 얼마나 즐거운 여행이었을까 생각했다. 하지만 이 쾌적한 배는 야쿠시마까지의 항로로, 그 이상은 이번 전쟁으로 경계가 정해져 버렸던 것이다. 이 배는 야쿠시마에서 한 발자국도 나갈 수 없다. 남국의, 그 황색 바다로 향하는 항로로 향해서는 안 되는 것이다. 선착장은 승선객과 짐 나르는 인부로 혼잡을 이루었고, 선창에는 볏짚 부스러기와 나무토막과 사과 껍질이 마구 흩어져 있었다.

이 패전도 이른바 조금씩 빚을 갚아가는 일본의 혁명이었

---

50) 1관 : 메이지 시대에는 10전(錢)을 1관(貫)이라 했음.

다. 도미오카는 기중기가 아슬아슬하게 말려 올라가는 것을 멍하니 바라보았다. 출항을 알리는 고동이 울리고 피리소리가 들렸다. 아이와 여자가 승선객을 전송하러 온 군중 속을 헤집고 테이프를 팔러 다니고 있었다. 도미오카도 빨간 테이프를 하나 샀다. 옛날 복장을 한 사무장이 배의 트랩을 건너서 선창으로 내려왔다. 승선이 개시되고 트랩 곁에는 흰옷의 보이와 순사가 섰다.

승객은 하나같이 많은 짐을 들고 배 안으로 밀려들어갔다.

드디어 9시 조금 넘어서 두 번째의 고동이 울리고 배는 느슨하게 안벽을 떠나기 시작했다. 선창에서 전송하는 사람들은 떠들썩했고 배의 갑판에서는 짐을 내린 승객이 조금씩 늘어서서 나왔다. 많은 테이프가 작은 새처럼 선창에서 배로 날아갔다. 빨강, 히양, 코발트, 노랑, 초록의 테이프의 무지개기 바람을 품은 듯 크게 흔들렸다. 도미오카는 선창을 향해서 손을 흔드는 예닐곱 살로 보이는 소년을 향해서 빨간 테이프를 던졌지만, 그것은 사무원으로 보이는 여자의 이마에 맞아서 그 여자가 양손으로 도미오카의 테이프를 받았다. 피부가 검고 초라한 복장의 여자였지만 예쁘장한 얼굴을 하고 있었다. 색 바랜 파란 재킷을 입고 있었다. 여자는 테이프를 끊어지지 않게 높이 들고 있었다. 도미오카는 배의 느린 움직임에 끈기가 없어진 탓인지 도중에 테이프를 놓고 선창에서 배 회사 쪽으로 돌아왔다. 어디에도 목적은 없고 다가갈 길이 없는 듯한 기분이 들었다. 생각난 듯이 다시 바다를 뒤돌아보자 의외로 배는 작아져 있었다. 테이프가 어질러진 선창에는 아직 전송 나온 사람들이 손을 흔들고, 모자를 흔들고, 손수건을 흔들고 있었다. 흐릿한 바닷물에는 눈이 시릴 듯한 빨강과 노랑의 테이프가 떠 있었다.

도미오카는 사람에게 물어서 우체국으로 갔다.

야쿠시마의 영림서로 전보를 치고, 도미오카는 엽서를 사서 마쓰이다의 양친에게 가고시마까지 와서 배를 기다리고 있다는 소식을 적었다. 넓은 우체국은 비교적 비어 있었다. 육각의 피라미드형 책상 앞에서 도미오카는 비치되어 있는 펜을 잡았는데 갑자기 자신의 옆에서 젊은 여자가 전보 용지에 도쿄라고 쓰는 것을 보고 도쿄가 그리워졌다.

'이 여자도 도쿄로 전보를 치고 있구나.'

'도쿄'라는 대도시가 도미오카에게는 세계의 끝과 같이 멀게 느껴졌다.

도미오카에게 있어서 도쿄는 그리운 땅이었다. 오세이의 사건이 없었더라면 이러한 자살과도 같은, 절망적으로 세상을 버린 사람과의 경계에는 있을 일도 없었을 것이다. 청소를 마친 아침 우체국의 광선은 바다 밑처럼 조용하고 평화로웠다. 옆의 여자는 격자문의 창구로 전보를 치러 갔다. 구두의 뒷굽

이 매우 심하게 닳아 있었다. 검은 외투도 낡았다. 도미오카는 엽서를 우체통에 넣고 우체국을 나왔다.

59

여관 가까이서 작은 시계가게를 발견한 도미오카는 진열한 곳으로 다가가서 한동안 시계를 바라보았다. 모두 스위스시계의 이미테이션이었지만, 3천 6백 엔이라고 정찰이 붙은 것이 마음에 들어 야쿠시마의 기념으로 하나 구매하고 싶어졌다. 도미오카는 가게로 들어가서 진열한 것들 중에 시계를 보여달라고 했다. 인도차이나에서 산 시계는 이카호에서 오세이의 남편에게 팔아버렸다. 그리고 쭈욱 시계 없는 불편한 생활이었기에 도미오카는 시계가 갖고 싶었다. 하나를 잡아서 귀에 대자 초침이 똑딱똑딱 하고 맑은 소리를 냈다. 형태도 둥글고 얇았기에 도미오카는 마음먹고 그 시계를 샀다.

여관으로 돌아오자 유키코는 기다린 모양으로 울 듯한 얼굴을 했지만, 도미오카가 들고 있는 사과 바구니를 보자 안심한 듯이 이불에서 손을 내밀었다. 도미오카는 재빨리 유키코의 머리맡에 앉아서 칼로 사과를 깎아주었다.

"간 김에 배를 보고 왔는데 꽤나 좋은 배야. 야쿠시마로 다니기에는 제일 좋은 배일 거야. 배에 타는 사람이 모두 금붕어 어항을 갖고 있었어. 야쿠시마에는 금붕어가 없는 걸까……."

사과를 깎으면서 도미오카는 보고 온 배 이야기를 했다.

"흰 배야. 사치인 줄 알지만, 당신이 병이 나서 일등석으로 바꾸었어. 식사는 나오지 않으니까 두 끼 정도는 준비하는 편이 좋다고 해. 그런데 도중의 다네가시마種子島에는 의사도 많다고 하는데, 야쿠시마에는 의사가 없다고 하더라고……."

"그런 곳이에요?"

"어, 조금 걱정이야……."

"배에서 몸 상태가 좋지 않게 되면, 그 다네가시마라도 좋으니까 나를 두고 가요."

"다네가시마에서 내릴 정도라면 가고시마 쪽이 편리해. 아무래도 형편이 나쁠 것 같으면 여기서 입원하거나 작은 여관이라도 찾거나 해서 이 다음 배로 천천히 뒤따라와도 괜찮아. 가고시마는 도시여서 무엇을 해도 편리한 곳이야."

유키코는 사과를 깎는 도미오카의 손을 보다가 팔에 찬 새로운 줄의 시계가 눈에 들어왔다.

"시계, 샀어요?"

"어, 방금 여관 근처에서 샀어."

"보여줘요……."

도미오카가 왼쪽 팔을 내밀자 유키코는 가만히 시계의 문자판을 봤다. 이카호에서 판 시계와 어딘지 모르게 닮았다. 유키코는 좋은 시계라고 말했다. 별도로 가격을 묻지 않았기에 도미오카도 말하지 않았다. 잡지사에서 받은 돈의 나머지로 산 것이라 도미오카는 조금도 비굴하지 않았지만, 유키코는 그 시계를 꽤나 고가의 것으로 생각했는지 어쩐지 석연치 않은 표정이었다.

"탔다면 지금쯤 벌써 바다 위겠군요… 파도는 많이 일었어요?"

"바람은 강했지만 조용한 바다였어. 마치 외국배의 출항처럼 테이프를 던졌어."

"어머! 아름다웠겠군요."

"아니, 촌스런 느낌이었어. 그것도 외국에 갈 수 없는 하나의 노스탤지어겠지……."

인산의 이른바 외로움과 나약함을 꾸미는 장식 테이프가 도미오카의 눈꺼풀 속에서 팔락팔락 거리고 있었다. 유키코는 이상하게 시계에 집착했다. 고가의 시계를 산 도미오카가 무정하게 느껴졌다. 도미오카가 사과를 깎아서 반을 주었다.

유키코는 잇몸이 시큼하도록 깨물었지만 사과는 의외로 퍼석했으며 맛도 없었다. 도미오카도 사과를 사각사각 베어 물었다.

"맛없는 사과네……."

그렇게 말하고 도미오카는 사과의 심을 칵 하고 뱉었다. 여관에서 키우는 것인지 닭이 시끄럽게 울었다. 다시 비가 흩뿌리기 시작했다.

오전에 의사가 주사를 놔줬다. 유키코의 가슴과 등을 진찰하면서 젊은 의사는 도미오카에게 말했다.

"X레이를 한 번 찍어보면 제일 좋을 텐데요."

유키코는 서늘해짐을 느꼈다. 여행길에서 잠들어버리는 것은 지금의 유키코에게는 견딜 수 없는 것이었다. 여기까지 와서 도미오카와 헤어질 것이었다면 도쿄에 남는 편이 나았다고, 유키코는 이번의 병이 왠지 목숨을 앗아갈 병인 것 같아 괴로웠다. 이런 불안한 병에 걸릴 거라면 귀환했을 때에 걸렸더라면 더 나았을 것이다. 유키코는 젊은 의사가 도미오카에게 쓸데없는 것을 말하지 않았으면 좋을 텐데 하고 생각했다.

도미오카에게도 유키코에게도 견디기 힘든 4일간이 지났다. 그 4일 동안 매우 친밀하게 두 사람의 좋은 지인이 되어준 사람은 젊은 의사였다. 중일전쟁으로 중국의 중부지방에서 야전의사로 일했던, 나이는 의외로 도미오카와 몇 살 차이가 나지 않았지만 아직 독신으로 아버지의 병원을 돕고 있는 의사였다. 독신이라 그런지 꽤나 젊어보였다. 후쿠오카의대를 나온 것도 알게 되었다. 음악을 좋아하고 전축도 스스로 만들어 레코드를 모으는 일이 취미라고 여관의 하녀가 말해줬다. 젊은 의사는 히카比嘉라는 이름으로, 선대는 류큐琉球 출생이라고 했다. 어느 날 근처의 라디오 음악에 귀를 기울이면서 히카는 가만히 귀를 기울이며 즐거운 듯이 눈을 가늘게 떴다.

"나는 이 곡을 좋아해요"

도미오카는 어딘가에서 들은 듯한 음색이라고 생각하며 귀를 기울였다. 유키코는 주사를 맞은 엉덩이를 잠옷의 소매로 비비면서 라디오 소리를 들었다. 도미오카도 유키코도 그 곡이 어떤 것인지 몰랐다.

"누구의 곡이에요?"

유키코가 솔직하게 물었다.

"드보르 작의 '신세계'입니다."

의사는 그렇게 말하며 천천히 주사기를 챙기고 세면기에서 손을 씻었다.

도미오카는 음악을 좋아하는 의사를 부러워하면서, 이런 규슈의 끝에서 좋은 의사를 만날 수 있었던 것을 기쁘게 생각했다. 의사답지 않은 땅딸막한 체격이었지만 부드럽고 가는 눈과 희고 아름다운 치열이 인상적이었다. 도미오카는 야쿠시마의 영림서에 직장을 갖고 부임해가는 도중이라고 말하고 한동안 인도차이나의 임야국에 군속으로 갔었다고 이야기했다.

의사는 도미오카가 영림서로 간다는 것을 듣고서 갑자기 호의를 보이며 자신도 옛날에는 홋카이도제국대학으로 갈 작정이었다고 소년 시절의 이상을 이야기하기도 했다. ─야쿠시마는 의사가 없는 곳이라 불안하니, 만일의 경우에는 전보를 칠 테니까 야쿠시마로 진찰하러 와줄 수 없는지 도미오카가 물어보자 무슨 일이 있어도 가겠노라고 말해주었다.

"야쿠시마에 의사가 없다는 것은 들었습니다. 하지만 거기에는 영림서 관계의 의사가 산속에 있을 겁니다. 저도 이전에 야쿠시마에서 개업할 것을 생각했던 적도 있었지만 전기도 없고 일 년 내내 비가 내리는 곳이라 듣고 겁을 먹었지요. 레코드를 들을 수 없는 것이 슬퍼서 그대로 상상만으로 끝냈습니다. 이즈음은 영림서 쪽에서 며칠 간격으로 전기를 공급하고 있는 것 같더군요… 어쨌든 인간이란 자기본위로, 의술은 인술이라고 입으로는 말해도 레코드 하나 들을 수 없는 섬 생활은 역시 저는 안 됩니다.―이번에는 한번 기회를 봐서 찾아가 보겠습니다… 하지만 솔직히 말씀드리면 저는 아무래도 부인의 몸 상태로는 습기 많은 곳은 좋지 않을 거라고 생각합니다만… 직장이라 하면 어쩔 수 없지만, 가능한 높은 산 쪽에 사택을 선택하셔서 규칙적인 일과를 만들어 생활해야 합니다… 어쨌든 시간이 없어서 아무래도 느긋하게 진찰하지 못했으니 섬으로 가시면 엽서라도 좋으니까 나날이 용태를 알려주십시오."

히카는 환자에게 불안을 갖지 않게 하는 어조로 꼭 주의해야 할 것을 말해주었다. 유키코는 드보르 작의 '신세계'라는 곡은 이미 잊어버렸지만 '신세계'라는 단어만은 귀에 강하게 남았다. 자신들의 새로운 출발을 점쳐 받은 듯한 느낌이 들어서 유키코는 히카의 청순한 태도에 호의와 존경을 가졌다. — 도미오카는 '죄와 벌'이었는지, 그 속의 인간이란 누구라도 동정 없이는 도저히 살아갈 수 없는 것이라고 말한 도스예프스키의 말을 떠올리며 이 의사에게서 혁명 전의 러시아적 인물을 느끼고 있었다. 갑작스런 때에 약과 주사의 재료까지 준비해주었다. 4일째의 아침 데루구니마루로 도미오카와 유키코가 자동차를 타고 갈 때에는 생각지도 못하게 히카가 모자도 외투도 잊고 전송하러 달려와 주었다. 여행길에서 누구 하나 테이프를 던져줄 사람 없는 두 사람에게 있어서는 의외였다. 젊은 의사의 배웅을 받으리라고는 도미오카도 유키코도 예상치 못했다.

일등석 선실에는 상하 2단의 침대가 있고, 모포도 희고 새 것이었다. 긴 의자 앞에는 탁자와 의자가 있고 벽에는 거울과 물병이 끼워 넣어져 있었다. 다다미 4장 반 정도의 넉넉하고 넓은 방이다. 유키코가 아랫단의 침대에 눕자 안으로 들어온 히카는 가방에서 주사를 꺼내 알코올로 닦고 유키코의 팔에 영양제를 놔주었다. 유키코는 그 차가운 의사의 손의 감촉을 언제까지라도 잊지 못했다. 첫사랑과 같은 따스한 기분이었다.

유키코는 갑판으로 나갈 수 없었지만, 도미오카는 히카를 보내고 방을 나와서 배가 움직이기 시작하고 한참이 지나도록 방으로 돌아가지 않았다.

일등 갑판에 서 있던 도미오카는 히카가 던진 녹색 테이프를 언제까지나 잡고 있었다. 북적북적 거리는, 완구상자를 뒤집어놓은 듯한 선창이 멀어질 때까지 끊어진 테이프를 도미오카는 머리 위에서 흔들고 있었다. 히카는 선창에서 떨어진 곳에 서서 흰 손수건을 흔들고 있었지만, 잠시 허리를 약간 굽히고는 성큼성큼 걸어서 선창을 떠나갔다. 가방을 흔들듯이 하고 걸어가는 의사의 뒷모습이 도미오카에게는 믿음직스럽게 보였다.

배가 바다 위로 나간 탓인지, 약한 햇살이 비친 아침 사쿠라지마는 의외로 작았고 보라색으로 건강하게 보였다. 여관방에서 본 사쿠라지마는 막을 쳐놓은 듯이 크게 보였지만, 바다 위에서 보는 사쿠라지마는 장식품처럼 작게 보였다. 삼등실 승객은 동굴 같은 선실에서 나와 넓은 갑판의 나무 의자에서 햇빛을 쐬고 있었다. 갑판의 곳곳에 기념품으로 보이는 금붕어 어항이 놓여 있었고, 어느 어항에서나 금붕어가 금색으로 빛나고 있었다.

바다 위는 잔잔했다.

그늘진 바람은 외투를 찌르듯이 차가웠지만 햇빛을 쐬려고 나오니 햇살이 따끈따끈했다. 눈 위의 큰 굴뚝에서는 더러워진 연기가 금방 서쪽으로 쏠리고 있었다. 햇살을 받은 흰 바다 위로 도미오카는 손에 남아 있는 녹색 테이프를 바람에 날렸다. 수개월 동안 닳아서 줄어든 것 같은 마음의 고통이 넓은 바다 위로 나오자, 발아래와 어깨에 엉겨 붙어 있던 운명의 사슬을 날려버려 줄 것 같은 상쾌한 기분이었다. 침묵한 바닷물을 보고 있으니 수다에는 열 번의, 침묵에는 한 번의 후회가 있다고 하는 격언을 도미오카는 육상과 해상을 비교하며 생각하게 되었다.

유키코는 등에 울리는 배의 동요를 기분 좋게 느끼고 있었다. 움직이며 달리고 있는 배의 흔들리는 기분은 인도차이나에서 돌아올 때의 기분과 똑같았다. 그 의사의 부드러운 동작과 말, 약 냄새 강한 체취가 유키코에게는 이상히게 잊혀지지 않았다. 가노와 닮은 용모이기도 했다. 이런 뒤죽박죽인 감정을 갖고 있는 자신의 마음이 유키코에게는 스스로도 납득이 되지 않았지만, 유키코는 야쿠시마의 산속에서 맞이할 히카와의 위험한 만남에 대한 상상을 언제까지라도 소의 되새김처럼 즐겁게 그리고 있었다.

60

다네가시마에 도착한 것은 2시경이었다.

희게 빛나는 바다 위에 있는 황색의 나지막한 섬이 창 저쪽으로 보였다. 도미오카는 담배를 피면서 그 길게 뻗어 있는 외로운 섬을 바라았다. 유키코는 깊게 잠들어 있었다. 도미오카는 왜인지도 모르게 멀리 왔다고 생각되었다.

저 멀리에서 작은 항구에 어지럽게 뒤섞인 작은 배가 뿌옇게 보였다. 바닷가의 집 지붕이 흰색과 검은색의 종이접기 같은 것도 도미오카에게는 진귀한 풍경이었다.

배는 천천히 다네가시마의 서쪽 항구로 들어갔다. 밤 9시경까지 이 배는 다네가시마에 정박할 거라고 했다. 밤 9시까지 이 항구에서 움직이지 못한다고 선원으로부터 들은 도미오카는 조금 따분해졌다. 이런 곳에서 우물쭈물 거리지 말고 종점에 빨리 도착하고 싶었다.

다네가시마는 멀리에서 보면 무인도처럼도 보였다. 어쩐지 전지에서 오랜만에 적敵이 없는 것 같은 느낌이어서 무인도에는 감흥이 일지 않았다. 하지만 이 오스미51)의 해상에 점재點在하고 있는 많은 섬들 중에서 다네가시마는 유일하게 문명을 가진 섬이라고 들었다. 지금 자신은 이 섬보다도 더 무인도로

---

51) 오스미(大隅) : 옛 지명의 하나로 가고시마(鹿児島) 현의 남동부.

가고 있었다. 도미오카는 가까워지는 섬의 항구를 멍하게 보았다. 민둥산과 같은 섬이다. 매우 길고 넓은 섬이면서도 높은 산이 없는 탓인지 지금에라도 해수에 잠겨버릴 듯한 나지막한 섬이다.

"저기, 어디에 도착한 거예요?"

유키코가 누운 채로 물었다. 도미오카는 창에 턱을 괸 채로 말했다.

"다네가시마에 도착했어."

"괜찮은 곳이에요?"

"응, 아담한 곳이야. 일어나서 볼래?"

"보지 않아도 돼요… 어차피 여느 항구와 똑같겠죠."

"의외로 시끌벅적한 항구야. 작은 배가 많이 있어. 인도차이나의 어디였던가, 여기와 닮은 곳이 있었던 것 같은데."

"인도차이나와 닮았어요?"

"아니, 닮진 않았지만 이런 부락이 있었던 것 같아서. 일본인이 만든 항구는 어디든 음산하고 외로워……."

덜컹덜컹 심한 소리를 내며 닻이 내려갔다. 배가 조금씩 항구의 작은 선창에 다가갔다.

마중 나온 사람들일까, 밝은 선창에는 개미의 집단처럼 많은 사람들이 배를 맞으러 나와 있었다.

배가 가까워지자 마중 나온 사람들의 각각의 모습이 확연히 보였는데, 복장은 도쿄나 가고시마와 다르지 않았다. 젊은 여자 중에는 요즘 유행인 빨간 재킷을 입고 있는 자도 있었다. 여자들 모두가 파마를 한 것 같고, 젊은 남자는 기름으로 빛낸 리젠트 머리 모양을 했다.

드디어 선교船橋가 내려지자 사과와 어항을 가진 승객들이 줄을 지어 선교를 내려갔다. 좁은 선창은 파도에 흔들렸고 등실등실 개미의 집단이 달리는 듯이 보였다. 도미오카는 외투를 어깨에 걸치고 일등실 갑판 위로 나갔다.

한참 보고 있으니 언덕배기의 마을 쪽으로 군중은 줄줄이 사라져갔다. 흰 모래사장과 같은 길이 석양에 둔탁하게 반사되었다. 목조의 관청 같은 곳과 운송점, 3층 건물의 오래된 여관과 술집 같은 곳이 안벽을 따라서 어지럽게 뒤섞여 보였다.

무엇 때문에 이런 곳에 밤 9시까지 배가 정박하는 걸까, 도미오카는 이해가 되지 않았다. 짐을 싣는다고 해도 선창에는 그리 대단한 짐도 나와 있지 않았다.

두 사람 모두 상륙은 하지 않고 배 안에서 밤까지 보냈다. 저녁이 되자 배 갑판에 반짝이는 전광장식이 켜지고 확성기에서 소란스럽게 유행가가 흘렀다.

게다를 신은 사람들이 갑판과 복도를 달렸고 술집 여자의 교성도 들렸다. 몇 번이나 도미오카와 유키코의 방문을 열고 안을 들여다보는 사람도 있었다. 도미오카도 유키코도 이런 무례함에는 놀라고 말았다.

"야쿠시마도 이런 곳일까……."

유키코가 모포에 파고들면서 불안스럽게 말했다. 무슨 블루스라는, 사람의 마음을 내던져 버린 듯한 유행가가 몇 번이나 갑판에서 울려댔다.

다음 날 아침 8시경, 야쿠시마가 보이기 시작했다.

도미오카와 유키코는 안보安房의 항구에 상륙한 것이다. 배는 미야노우라다케宮の浦岳의 앞바다에 도착했다. 해안은 파도가 험하고 항구도 없어서 앞바다에 정박하여 작은 배가 선객을 날랐다. 도미오카는 오스미 제도 구석의 점과 같은 빽빽한 고도를 바라보았다.

'여기가 내가 도착할 둥지였나.'

도미오카는 감개무량했다.

파랗게 물들 것 같은 바다 위에 벨벳과 같이 울창한 짙은 녹색의 산들이 갠 하늘을 향해 기립해 있었다.

다네가시마의 서남 32해리, 면적은 500평방 킬로, 섬의 꼴은 둥글고 거의 들쑥날쑥 없이 수평적 지세. 섬의 중앙에는 규슈지방 제일의 고산 미야노우라다케 1935미터가 솟아 있다. 나가타다케永田岳, 구로미다케黑味岳, 이른바 야에다케八重岳의 군락을 이루고 수직적 지세의 변화가 심하다. 해발 1000에서 1500미터의 산등성이에 야쿠시마 삼나무가 번성한다.

도미오카 주머니 속의 메모에는 야쿠시마의 간단한 설명이 기록되어 있다. 다네가시마와는 비교가 되지 않는 검고 둥근 섬이다. 오랜만에 섬의 짙은 녹색을 바라보자 도미오카는 상쾌한 기분이 들었다. 고도로 흘러온 느낌은 조금도 없었고, 오히려 심신 모두 닦여진 듯한 수림의 초대를 느끼는 것이었다. 도미오카는 갑판으로 나와서 차가운 바닷바람을 맞으며 지금 눈앞 저만치에 서 있는 섬을 질리지도 않다는 듯이 바라보았다. 다네가시마는 엎드려 누운 섬이었지만 야쿠시마는 바다 위에 서 있는 섬과 같았다. 어스름한 새벽 바다 위에서 갑자기 이런 섬을 만난다면 아마도 기분 나쁠 거라고 생각되었다.

밝은 검푸른 바다 위에 밀림의 섬이 떠 있는 것만으로도 자연의 불가사의였다. 배는 거룻배를 놓아버리자 다시 엔진소리를 시끄럽게 내기 시작했다. 해상은 파도가 매우 거칠었다.

이 거친 파도 위를 작은 거룻배는 나뭇잎과 같이 파도에 떠밀리면서 미야노우라의 외로운 안벽으로 저어서 다가가려고 하고 있었다.

유키코도 천천히 일어나서 머리를 빗었다. 포기한 듯한 표정으로 모포 주름 속에 콤팩트를 끼워 넣고서 유키코는 헝클어진 머리를 매만졌다. 귀찮다는 듯이 기름기 없는 머리를 하나로 해서 손수건으로 묶었다. 너무나도 피곤한 듯이 크림을 얼굴에 문질렀다. 흰 페인트를 바른 벽에 바다에서 반사된 햇빛이 창유리를 넘어서 아지랑이처럼 흔들흔들 움직였다.

유키코는 고집스럽게 창으로 밖을 보려고 하지 않았다. 다네가시마도 보지 않았으니 어떤 육지라도 좋은 것일지도 몰랐다. 도착한 것 같기에 몸치장을 한다는 귀찮은 태도였다. 도미오카는 유키코의 그 귀찮아하는 모습을 몸이 좋지 않기 때문이라고 생각했다.

10시경, 안보의 앞바다 쪽에 도착했다.

작은 거룻배가 큰 파도에 흔들리면서 도미오카가 탄 배를 목표로 하여 저어왔다. 언제부터인지 약하게 비가 내리고 있었다.

도미오카는 환자인 유키코의 어깨를 감싸 안듯이 하고 경사가 심한 선교를 내려갔다. 흰 윗도리를 입은 남자가 선교 아래쪽에서 유기고를 맞으려는 모습으로 기다리고 있었다. 선교는 높이 들어올려지거나 낮게 파도 속에 빨려 들어가거나 해서 매우 위험했다. 겨우 남자의 손을 붙잡고 유키코는 작은 거룻배 속으로 미끄러져 내렸다. 짚으로 싼 짐 옆에 유키코는 쭈그리고 앉았다. 짐 사이에서 보이는 바다 저쪽으로 갑자기 마귀와 같이 울창한 키가 큰 작은 섬이 보였다. 유키코는 눈을 크게 뜨고 한동안 그 섬을 가만히 바라보았다. 무인도 같았다. 아무것도 없는 것 아닌가 하고 마음으로 중얼거리면서 유키코는 그 검고 키 큰 섬에 일종의 압박감을 느꼈다.

드디어 거룻배는 큰 파도를 타고 휙 하고 본선本船을 떠났다. 거룻배는 속이 울렁거릴 정도로 흔들렸다. 약한 비는 언제부터인지 장대비가 되어 거룻배 안의 몇 명의 손님들은 푹 젖어 있었다. 유키코는 도미오카의 외투를 머리에 덮어쓰고 있었다. 무릎 아래가 얼어갔다. 어두운 외투 아래에서 유키코는 심하게 기침을 했다.

고양이 이마 정도의 좁은 후미에 거룻배가 들어오고 나서야 배의 동요는 겨우 잠잠해졌다. 흰 모래톱이 비로 씻은 듯이 젖어 있었다. 후미 속은 초록색의 투명하고 맑은 물로 바다 밑의 바위와 해초와 빈 깡통의 빛까지 확연히 보였다.

흰 모래톱의 상류는 강이 되어 있는 듯이 보였고 높은 제방 위에는 신기할 정도로 메카닉한 큰 현수교가 아치처럼 걸려 있었다.

모래사장에서 네다섯 명의 사람이 거룻배를 맞이했다. 그 속의 두 사람은 영림서의 사람으로, 도미오카를 맞으러 나온 사람들이었다. 한 사람은 우산을 썼고 한 사람은 레인코트를 입었다.

거룻배 요금을 지불하고 도미오카가 흰 모래사장으로 뛰어내렸다. 그리고 유키코를 젖은 외투 채로 껴안아서 내려주자 영림서에서 마중 나온 사람이 도미오카가 있는 곳으로 사박사박 모래를 밟으며 달려왔다.

“피곤하시죠? 부인, 병중이시라고 하시던데…….”

도시 사람과는 또 다른 소박한 눈빛을 한 중년의 남자가 우산을 유키코의 위로 씌워주었다. 제방 위까지는 모래땅이 계속되었다. 유키코는 꽤나 피곤해 몇 번이나 모래사장에 서서 한숨을 쉬었다. 숨이 찼고 전신이 활활 불길을 뿜는 듯했다.

현수교 위에 험준하게 솟아 있던 산들은 언제부터인가 우윳빛 안개 속으로 모습을 감추었다.

제방으로 올라가 긴 현수교를 건너서 견청정見晴亭이란 간판이 나와 있는 안보여관安房旅館이란 곳에 안내되었다. 여관은 구릉 위에 있었고 좁은 콘크리트의 언덕길에는 현수교의 두꺼운 로프가 몇 겹이나 철근의 지주로 지탱되어 있었다.

쌀 배급소와 운송을 겸하고 있는 여관은 여관답지 않은 모습의 음산한 가세었다. 어두운 봉당에 신발을 벗고 비로 긴적이는 마루 계단을 올라가서 2층 방으로 갔다.

어디에도 흙벽이 없는 판자벽의 소박한 여관이었다.

도미오카는 재킷을 입은 젊은 하녀에게 부탁하여 유키코를 위해서 곧 이부자리를 마련하게 했다. 비는 더욱 심해졌고 복도에서 보이는 바다와 산은 모두 안개 속에 경치를 감추었다. 한치 앞도 보이지 않는 흰 안개의 벽이었다.

그 흰 안개 속에서 정원 앞의 목욕탕의 연기가 노랗게 흘렀다.

이불을 깔아놓은 밝은 쪽의 방에서 도미오카는 마중 나온 사람들과 명함을 교환했다. 미지근한 차와 흑설탕의 차과자를 가져왔다.

"여기는 비가 많다고 하더군요."

도미오카가 담배를 한 대 물고 성냥을 가져오며 물었다.

"예, 한 달 거의 비이지요. 야쿠시마는 삼십오 일은 비라고 할 정도이니까요……."

레인코트를 입고 있던 남자가 말했다. 레인코트를 벗자 의외로 젊은 남자였다. 학자다운 느낌이 들었다.

61

레인코트를 입고 있던 남자는 다쓰케田村라고 했다. 우산을 쓰고 있던 중년은 노보리토쯮戶라는 이름이었다.

두 사람 모두 사무관으로, 산 쪽의 일은 아닌 모양이었다. 매일 산에서 광차鑛車가 두 번 왕복하고 있다고 했다. 도미오카를 위해서 작은 관사도 준비해둔 모양이었지만, 환자가 있어서는 결국 불편할 것이니까 대엿새 정도는 여기 여관에 있는 편이 나을 거라고 했다. 도미오카도 그럴 맘이었다. 하지만 무얼 해도 적적했다.

비는 괴로울 정도로 계속 내렸다. 우윳빛의 굵은 비였다.

두 사람이 돌아가고 나서 도미오카는 고에몬 가마솥52)의 때가 낀 탕에 들어갔다가 한참 뒤 자신도 침상으로 들어갔다. 너무 피곤했다. 유키코는 기침이 멈추지 않는지 얼굴을 새빨갛게 하고 계속 기침을 했다. 유키코는 기침약을 먹고 어두운 방 안에서 눈을 떴다.

두 사람 모두 일종의 형벌을 받고 여기에 버려진 듯한 느낌이 들어서 유키코는 여기서 자신이 죽어버리는 것은 아닐까 하는 예감이 들었다. 죽는다면 단숨에 죽고 싶었다. 이 비는 매일 내릴 비라 했고, 이 섬에서의 앞으로의 생활을 견딜 수 있을 것 같지도 않았다. 가만히 귀를 기울이고 있자니 귀 안에까지 비가 내리는 듯했다.

유리문이 없고 장지문만 있는 방은, 그 장지의 종이가 살마다 봉지처럼 무겁게 처져 있었다. 이불은 한 장씩, 요는 풀냄새가 나고 베개는 나무의 뿌리 같이 단단했다.

알루미늄의 울퉁불퉁한 주전자의 물은 화로에 넘쳐흘렀지만, 재가 조개껍질처럼 단단한 탓인지 재티도 일어나지 않았다. 유키코는 그 방의 적적함을 삼켜버릴 듯한 뜨거운 김을 바라보았다. 판자벽의 도코노마에는 국화 같은 꽃이 꽂혀 있었

---

52) 고에몬(五右衛門) 가마솥 : 이시카와 고에몬(石川五右衛門)이 뜨거운 가마솥에서 사형되었을 때에 사용되었다는 속설에 기초하는 말. 가마솥 밑에 직접 불을 때는 무쇠 목욕통. 탕 안에 들어갈 때 위에 띄운 나무 뚜껑을 가라앉혀 깔고 앉아서 목욕을 함.

고, 그 위에는 거는 램프가 세 개 매달려 있었다. 아무것도 없는 옛날 생활로 돌아온 듯한 방의 분위기였다. 도미오카는 코를 골며 잘 자고 있었다. 코를 골 정도로 마음이 평화로운 것이 부러울 정도였다.

계속 갈 수도 되돌아갈 수도 없는, 빗소리의 시끄러움에 유키코는 아아 하고 한숨을 쉬었다. 몸이 나아지면 여기에서 생활하지 못하는 것이 아닐까 하고 생각되었다. 하지만 이대로 도쿄로 돌아간댔자 희망적인 것이 있을 리 없었다.

밤이 되어 램프가 켜졌다.

저녁식사가 운반되어져 왔다. 빨간 게 조림, 채소 같은 것은 아무 것도 없었다. 유키코는 40도 정도의 열이 나서 땀을 흠뻑 흘렸다. 갈아입을 옷도 없어서 여관의 풀냄새 나는 유카타를 빌려서 입었다.

도미오카는 서툰 손놀림으로 유키코의 팔에 주사를 놓아주고 처음으로 느긋하게 환자의 머리맡에서 술을 마셨다. 술안주가 될 만한 것은 아무 것도 없었다. 작은 뚜껑 사이로 밥만이 가득하게 삐져나와 있었다. 쌀이 그리 풍요하지 않을 곳인데 이상한 일이라며 도미오카는 쓴웃음을 지었다.

술은 고구마소주로, 코에 갖다대자 진한 냄새가 났다. 두 병이나 주전자에 부어놓아서 도미오카는 고구마소주라고는 생각지 않았다. 하녀에게 청주는 없냐고 묻자 이 섬에는 없다고 말했다.

아무것도 없다고 하면 어쨌든 참을 수 있는 걸까, 그 소주에도 도미오카는 얼큰하게 취했다. 어제까지의 일은 모두 술기운에 잊고 쭈욱 여기서 살고 있는 듯한 착각마저 일었다. 비는 폭풍우에 가까운 기세가 되었다. 물받이로 통하는 거친 물소리가 타악기처럼 들렸다. 여기에서는 어떤 사상도 필요 없었다. 단지 살아가기 위해서 여기에 있는 것만 같아서 도미오카는 아무것도 생각지 않고 술을 마셨다. 어떤 땅도 신이 지배하고 있다. 비가 내리거나 바람이 부는 것도 모두 신의 의지대로이다. 가혹한 이 빗속에서, 이 섬의 사람들은 소박하게 살아가며 싸우고 있는 것이다. 비에 져서는 살아갈 수 없는 것이다. 하지만 그렇다고 해도 어떻게 이렇게 비가 심하게 내리는 것일까. 석의가 있는 비의 소란스러움이 도미오가의 마음을 쑤셔왔다.

여자는 아팠고 열 속에 거품을 품고 있었다. 냉혹한 신의 세계였지만, 그 힘에 져서는 안 된다. 여기까지 흘러온 이상은 이제 여기가 도미오카에게 가장 좋은 땅이 되지 않으면 안 된다고 생각했다. 이제 여기까지 들어온 이상 기적은 없다. 하지만 어쩌면 이 여자도 여기서 죽을지 모른다. 도미오카는 긴 세월 두 사람의 노고를 생각하자 취기 속에도 눈물이 고여 왔다. 자신과 같은 남자에게 도대체 이만큼의 정열을 바친 인간이 어디에 있을까. 오세이는 오세이 대로 제멋대로 죽었다. 니우는 따라오지 않았다. 구니코는 가난함에 패했다. 하지만 유키코만은 병과 싸우면서도 여기까지 자신과 함께 와주었다. 선착장에서 영림서에서 마중 나온 사람에게 "부인"이라는 말을 듣고, 도미오카는 그때 갑자기 관리생활을 길게 하고 있는 건강한 가족을 떠올렸다. 유키코가 맘대로 지운 아이의 얼굴이 지금에서야 자신을 책망하듯이 가엾고 그리워서 견딜 수가 없었다.

유키코는 때때로 열로 신음하며 의사의 이름을 불렀다. 도미오카는 안타까운 마음이 들어서 이마에 있는 젖은 수건을 때때로 갈아주었다. 내일까지 기다려보고 만약 안 된다면, 히카에게 전보를 쳐보리라 생각했다.

끈적한 다다미, 안개를 분사한 듯한 판자벽, 모든 것이 도미오카에게는 불길해서 견딜 수가 없다.

그 다음 날, 비는 그쳐 있었지만 장마처럼 어스름한 아침이었다. 도미오카는 영림서로 가서 부임인사를 했다. 서장은 미야자키로 출장 중이어서 노보루토의 안내로 임층林層의 지도와 서류를 보고, 간 김에 서 근처의 소학교 옆에 있는 관사를 보러 갔다. 여기도 벽이 없는 가건물 건축으로, 밭 전田자 모양의 작은 집이었다. 정원에는 몇 명이 키울 수 있을 것 같은 상록교목이 젖가슴과 같이 가지를 늘어뜨리고 있었다. 파랗고 작은 열매를 맺은 파초의 잎도 번성해 있었다. 겨울 풍경이라고는 생각할 수 없는 녹색의 아름다움이었다. 다시 비가 잔잔한 안개와 같이 내렸다. 내일 산에 오르기로 하고 노보루토에게 가고시마로의 전보를 부탁한 뒤 낮 시간에 도미오카는 여관으로 돌아왔다.

유키코의 열은 아직 내리지 않았다. 도미오카는 히카에게 배운 대로 페니실린 주사를 시도했다. 기분이 확연히 좋아진 듯한 유키코는 농담처럼 말했다.

"당신 곁에서 죽으면 더 이상 바랄 게 없어요."

"죽는 것은 아무것도 아니야. 언제라도 죽을 수 있어. 여기까지 와서 약한 소릴 하는 사람이 어디 있어."

"시끄러운 비네요……."

"이제 약해졌어."

"한 번만, 맑은 하늘을 보고 싶어요……."

옆방에서는 모임이라도 있는 것인지, 네다섯 명 정도가 이야기하는 소리가 후스마 너머로 들렸다. 가랑비 속에서 확연하게 산맥이 보였다. 벼루를 세운 것 같은 모습이었다. 도미오카는 환자의 이마에 놓였던 수건이 삶은 것처럼 뜨거운 것에 놀라 섬뜩하여 그 수건을 한동안 쥐고 있었다.

여관 사람은 친절하게도 고춧가루를 개어서 가슴에 붙여보면 어떻겠냐고 했다. 도미오카는 하녀에게 고춧가루를 사오게 하여 그것을 개어서 종이에 올리고 유키코의 가슴 위에 붙여 보았다. 시간을 보고 그 종이를 떼어내 보자 피부가 빨갛게 되어 있었다.

도미오카는 그 피부에 얼굴을 가져가서 기도했다. 다시 한 번 우리들을 태어나게 해주세요.

<h1 style="text-align:center">62</h1>

한 숨씩 유키코가 거친 호흡을 할 때마다, 도미오카는 땀으로 삶아지듯이 뜨거운 유키코의 손을 잡고 가만히 다다미에 머리를 붙이고 그 호흡을 셌다.

어리석은 자여. 오늘 밤 너의 영혼 빼앗기니, 그러면 네가 가진 것은 누구의 것이 될 것인가… 도미오카는 기도하는 중에 이런 말을 떠올렸다. 불길한 느낌이 들었다. 어디서 읽은 문장이었는지는 잊었지만 지금 돌연히 이러한 말이 눈에 떠올랐다. 여자의 손을 가만히 잡고, 그녀의 죽음을 원하는 듯한 그 생각을 털어버리려고 조급해 하면서 도미오카는 때때로 "유키코! 유키코!"하고 환자의 귓가에서 작게 불렀다. 유키코는 열에 부은 눈을 엷게 뜨고는 힘없이 주위를 바라봤다. 도미오카는 유키코의 심장에 귀를 대보았다. 비교적 고른 소리를 냈다. 손의 맥박도 잡아보았다. 도미오카는 그렇게 하고 있는 사이에 자신이 먼저 미칠 것만 같았다. 귓속에까지 빗소리는 가득히 넘쳐서 막힐 것 같았다. 이러한 밤에는 너무나도 란비안 고원의 어느 날로 돌아간 듯한 기분이 들었다. 이 두 사람은 기묘한 인연이었다. 도미오카는 요 몇 년의 파란 종횡한 전쟁 속에서 어딘가에 자신의 인간다움을 잃어버리고 온 듯한 기분이 들었다. 자신이라고 하는 인간은 언제나 텅 빈 가슴을 갖고 있는 듯이 생각되었다. 살아 있는 몸의, 그 몸짓의 그림자에 숨어서 비어 있는 가슴으로 걷고 있는 귀신같았다. 자기 자신도 자신인 게 도미오카는 기분 나빴다.

유키코를 가엾게 여기기보다도 우선 도미오카는 스스로를 주체 못하고 있었다. 여하튼 저녁까지도 비는 그치지 않았다.

저녁때까지 유키코는 깊이 잠들어 있었다. 열도 조금 내린 것 같있다. 4시간마다 주사를 놓은 페니실린의 약효가 들은 것인지도 몰랐다. 그래도 유키코의 생명에 조금이라도 이 약이 반응했다는 것이 도미오카에게는 기뻤다. 도미오카는 완전히 지쳐버렸다. 밤이 되어 다시 고구마소주를 유키코의 머리맡에서 마셨다. 조금씩 취해가는 중에 곁에서 입을 벌리고 잠들어 있는 꼬질꼬질한 환자의 모습이 미워 보였다. 이 여자의 운명에 자신이란 것이 반영되어 있다면 그것은 과거의 추억만이 아닐까 하고, 이런 곳까지 도망쳐온 것 같이 쫓겨 온 자신들의 생각이 미친 사람들같이 생각되었다. 추억이란 놈에게 여자는 언제까지나 연연하고 있는 것이다. 추억과 운명이란 것을 여자는 언제나 착각하고 있다… 도미오카는 옛날 유키코에게 '당신은 어차피 네리마練馬 무의 산지에서 태어났으니' 하고 독설을 퍼부은 일이 있었지만, 풀어진 잠든 얼굴은 바람둥이같이 보였다. 가노는 미야케三宅 아무개 여배우와 닮았다고 말한 적이 있지만, 가만히 보고 있자니 가부키 배우의 집에서 태어난 재주 서툰 딸처럼 이상하게 지루한 얼굴이기도 했다.

도미오카는 냄새나는 소주를 계속 마셨지만 정신은 여느 때보다도 한층 생생해졌다. 하녀가 괜찮냐고 묻기에 도미오카는 감긴 눈으로 괜찮다고 말했다. 취기는 추억이라든가 운명이라든가, 애매모호한 것은 까맣게 잊게 해줬다. 풀무와 같은 심한 바람이 전신에 스미듯 통해 갔고 그는 자신을 안주로 자신을 관찰하고 있었다.

이런 곳에 오지 않아도 좋았을 것을, 도쿄에서 걸식할 마음은 없었기 때문이다… 예술은 몸에 이롭다고 하지만, 심산에 들어가서 선인仙人과 같은 일이 몸에 배이든지 아니든지다. 유키코를 동반하여 여자의 추억의 반주자인 것처럼 행동하지만 유키코가 들고 온 돈에도 다소의 매력이 있었는지도 모른다. 어쨌든 신의 돈이니까 신통한 공덕은 있음에 틀림없다. 신은 잔혹할 정도로 공평하다… 빗물받이에서 흐르는 빗소리를 듣고 있자니 도미오카는 밤새도록 술이 마시고 싶어졌다.

여자를 사랑하는 힘은 이제 완전히 없어져 버렸다고, 도미오카는 일고여덟 병의 빈 술병을 도코노마床の間에 늘어놓고 여자의 시시함을 완전히 알고 있는 듯한 개운함으로 유키코의 침상 기슭에 기진하여 주저앉아버렸다. 새벽이 되자 목이 타듯이 말랐다. 코피라도 나는 것은 아닐까 하다가, 도미오카는 더듬어서 화로의 주전자를 잡고 입에 댔다. 비는 가랑비가 된 걸까, 빗방울이 뜸한 소리가 났다.

시계를 보자 4시에 가까웠다. 도미오카는 알코올램프에 불을 켜고 주사바늘을 꺼냈다.

도미오카는 머리가 빙빙 돌았다.

이것도 하나의 습관이다. 간호사의 심리는 이런 것일까 하고 생각했다. 환자에 대해서 배우 무관심하면시도 습관적으로 밤중에라도 일어난다. 단지 그것뿐이지만 환자는 당연한 듯이 얼굴을 찡그리며 괴로운 표정을 짓는다.

"기분은 어때?"

"예, 꽤 좋아요."

"비가 그쳤네."

"비가 너무 많이 내리는 곳이라니, 전 질려버렸어요……."

"응……."

"정말 끈질긴 비예요."

"당신이 추억을 즐기는, 뭐 그런 거와 비슷하지 않아?"

"그렇네요… 그럴지도 모르죠."

"두 사람 모두 거죽이 벗겨진 토끼일까?"

유키코는 미소 지었다.

주사바늘을 정리하고 도미오카는 눅눅해진 담배에 불을 붙여 푸우 하고 맛없는 듯이 피우면서 도코노마의 빈 술병에 손을 뻗었다.

오세이의 환영이 눈앞에서 어른거렸다. 도미오카는 한 병 한 병, 빈 술병에 입을 댔다.

"그렇게 마시고 싶어요?"

"응, 마시고 싶어."

"나도 병들지만 않았더라면 마시고 싶었을 거예요. 그건 그렇고, 어째서 우리 둘이서 여기로 올 마음이 되었던 걸까요?"

"직장이 생겨서 할 수 없었어."

"어째서 이런 먼 곳에 직장을 가지지 않으면 안 되었나요?"

"도쿄에선 먹고 살 수 없었으니까. 당신이야말로 조금 나아지면 도쿄로 돌아가… 응?"

"돌아가서 뭘 해요?"

"그건 몰라. 당신이 무엇을 할지……."

유키코는 눈을 감았다. 아픈 상처를 건드린 듯한 느낌이 들어 자신의 병이 뭔가 특수한 것인 듯했다. 히카가 X레이를 찍

자고 자주 말했지만 유키코는 찍지 않았다. 이동용 기계가 있
다고 말해주었지만 유키코는 자신의 가슴 속이 보이는 것이
싫었다.

"몇 시쯤인가요?"

"벌써 새벽이야. 5시이야. 여기는 일 년 내내 비가 내리는
섬일까?"

"어떨까요."

"산속으로 들어가서 일하는 것 외엔 방법이 없어. 관사도
어제 보고 왔는데 당신 혼자 있을 수 있을지 어떨지… 내가 산
으로 들어가 버리면 일주일 정도는 곁을 비우게 될 텐데……."

"나도 산으로 가면 안 돼요?"

"아무래도 그건 곤란하지."

"그렇겠죠. 하시만 비만 내리지 않으면 지도 매우 좋은 곳
이라고 생각해요. 이렇게 매일 비가 내리지는 않겠죠… 이런
때 가노 씨가 있어주면 좋을 텐데……."

"저승으로 부르러 가지?"

"부르러 가서 돌아오지 못하면 당신, 안심하려고요?"

"안심하지. 여자는 어디에나 있으니까."

"그렇죠. 여자란 그런 거죠. 어떤 훌륭한 여자라도 남자가
보면 그런 것이죠… 근본적으로 다르니까요. 여자는 어디에나
있으니까 억울해요."

"억울하면 빨리 건강해져. 건강해져서 남자와 싸워. 여자의 최대의 무기로 싸우는 거야……."

"얄밉게 말하는 사람이네. 옛날부터 독설가였지만, 여자 국회의원 같은 사람들이 들으면 화낼 거예요."

"여자 국회의원… 나는 여자 국회의원을 여자라고도 뭐라고도 생각지 않아. 그런 것이 있는 것조차 잊고 있었어."

아멘(확실히)[53]이다. 유키코는 화를 내면서 가슴으로 손을 뻗어서 도미오카의 손을 찾았다.

63

언제까지나 여관에서 지낼 수는 없었기에 4일째 되는 날에 비가 그치는 것을 기다려 유키코는 관사까지 들것으로 옮겨졌다. 섬사람들은 무슨 일인가 하고 옮겨져 오는 들것을 엿보았다.

오랜만에 보는 푸른 하늘이었다. 햇빛도 나고 있었다. 양측에서 뻗어 있는 수목이 햇빛에 반짝반짝 빛났다. 눈을 뜨고 있지 못할 정도로 눈부신 하늘색이었다. 겨울 하늘이라고는 생각할 수 없을 정도로 푸르고 따뜻한 색이었다.

구불구불한 길을 들것은 파도가 되어 옮겨져 갔다. 사람 소

---

53) 아멘 : 유대교·그리스도교·이슬람교 예배에서 동의·긍정·소원을 표시할 때 쓰는 말로 '참으로' '확실히'의 뜻.

리가 없는 곳에서 눈을 뜨자 닭이 시끄럽게 민가로 도망쳐갔다. 마을다운 마을도 없는 부락의 집들은 조금 덧문을 열고 있을 뿐으로, 마치 인도차이나의 베트남인 부락과 쏙 닮았다. 유키코는 머리를 좌우로 돌리면서 이상한 듯 주위를 바라보았다. 집들이 덧문을 닫았다. 상록교목을 닮은 큰 나무 터널을 지나자 곧 도미오카의 목소리가 들렸다.

"야, 수고하셨어요……."

현관문이 삐걱거리며 열렸다. 들것이 비틀거리며 집 안으로 들어갔다. 천장의 널빤지는 더러웠고 나무 벽에는 신문지가 붙어 있었다. 유키코는 여기가 관사구나 하고 눈을 크게 떴다.

도미오카는 낮부터 광차로 산에 가기로 되어 있었다. 하룻밤 산에서 자고 내일 저녁, 도미오카는 돌아온다. 아이가 있는 전쟁미망인 여자를 가정부로 부탁해놓아서 그 여자가 혼자인 유키코를 돌봐주기로 했다.

어디서 났는지 비교적 깨끗한 체크무늬 목면 이불이 깔려 있었고 가고시마에서 산 모포가 요가 되어 있었다. 다다미는 테두리가 없는 보즈다다미坊主疊였고 상자화로에서는 새로운 알루미늄 주전자가 더운 김을 뿜어내고 있었다.

여관에서 도착한 점심을 마치고 도미오카는 각반을 두르고 산행 준비를 하고 나갔다. 모자를 쓰고 더러워진 레인코트를 걸치고 숨이 죽은 배낭을 어깨에 메었을 때는 여지없이 산림관의 모습이었다. 스키복으로 몸을 감싼 노모루토가 맞으러 왔기 때문에 도미오카는 가정부에게 집안일을 부탁하고 나갔다. 정말 드물게 좋은 날씨였다.

"이렇게 날씨가 좋은 날은 거의 없습니다. 기분이 상쾌하네요. 부인, 죽이 다 되었는데 드시겠습니까?"

가정부는 혈색이 좋지 않은 얼굴을 하고 있었다. 몸에 회충이라도 있는 듯 푸르뎅뎅한 눈이었다. 도와이 노부都和井のぶ라고 했다. 남편이 전사한 지 9년이 된다고 했다.

유키코는 식욕이 조금도 없었다.

단지 눈을 뜨고 덧문의 틈으로 푸른 하늘을 바라보고 있을 뿐이었다. 도미오카가 농담처럼 어디에도 여자는 있다고 말한 한마디가 신경이 쓰였다. 저 남자는 이대로 유들유들하게 살아남을 것이다. 하지만 유키코는 이제 앞으로 몇 년이나 살게 될지 모른다고 마음속으로 생각했다. 가까운 산에서 산비둘기가 울었다. 벼루의 맨살을 보는 듯한 자색의, 깎아 선 산이 덧문 사이로 보였다.

"고스기타니小杉谷는 상당히 먼가요……?"

유키코가 노부에게 물어보았다. 뽕깡54)의 즙을 짜고 있던

---

54) 뽕깡 : 귤의 한 종류. 열매는 단맛과 향기가 풍부함. 참고로 인도가 원산. 중국·
  타이완에 많음. '뽕'은 인도의 지명.

노부는 부은 듯한 얼굴을 들고 말했다.

"그렇죠, 2시간 반 정도는 걸리지요. 도중에 다추다케太忠岳까지가 1시간 정도이니까요… 그렇다고 해도 지금 고스기타니는 굉장한 눈이라고 하니까, 거기 가면 주인님은 추우실거예요."

표고 700미터의 고스기타니의 척벌斫伐 부근은 평균기온이 16도로 떨어지고 12월부터 봄 3월경까지는 눈이 쌓이는 곳이다.

험준한 고산이 이어진 탓일까, 하루 종일 맑고, 흐리고, 비가 내리는 것이 교대로 오는 곳으로, 태풍의 통로에 해당하는 탓인지 야쿠시마는 일 년 내내 호우가 찾아오고 마을 재정은 궁핍하여 치수대책이 순조롭게 행해지지 않는 곳이다.

섬의 주요한 재원은 5월의 닐치와 김자와 고구마와 임업이다.

야쿠시마는 야쿠스기로 유명한 곳이지만, 이 삼나무 재목은 하천을 이용하여 하구로 내보낼 수 없기 때문에 전부 광차 운반으로 하지 않으면 안 된다.

일 년 내내 비와 안개로 덮여 있는 곳의 삼나무는 연수가 꽤나 지난 탓인지 물에 뜨지 않는다. 광차로 내보낸 삼나무의 원목은 배로 실을 때 하나라도 바닷물에 잠기게 하면 그대로 뜨지 않는 힘없는 중량을 갖고 있다.

"이런 따뜻한 곳에 그렇게 눈이 내리나요?"

"네, 고스기타니는 3월경까지 스키를 탈 수 있는 곳이에요."

"당신은 올라간 적이 있나요?"

"아니요, 도중의 다추다케까지만 가봤어요."

갑자기 하늘이 어두워져 왔다.

벼루처럼 우뚝 선 산봉우리에 안개가 깔리기 시작했다. 유키코는 그 산봉우리의 안개의 움직임을 보고 있는 사이에 뭐라 할 수 없는 슬픔을 느꼈다. 이러한 경치만으로는 자신과 같은 인간은 살 수 없다고 생각했다. 한 번 호화스러움을 안 유키코는 천장의 더러움과 신문지를 바른 나무 벽을 견딜 수 없는 것이었다. 도쿄로 돌아가면 모든 문명이 움직이고 있다. 하지만 이케부쿠로의 창고와 같은 집의 생활은 어떠했는가… 죠라는 남자의 추억이 지금에 와서야 그럽게 유키코의 눈에 떠올라 왔다. 큰 베개를 안고 와준 죠가 베갯머리 이야기로—'그리운 그대여. 지금은 시들어버렸지만, 옛날에는 루비색 매우 선명한 이 꽃, 어느 날 당신과 보낸, 즐거운 추억에 닮아 나의 마음에 고하나니' 가지고 온 라디오의 스위치에서 새어나오는 '물망초'라는 노래를 불러주었던 것이었다.

그 작은 라디오에 눈이 간 도미오카가 댄스곡이라도 들려달라고 말했지만, 유키코는 일부러 다이얼을 전쟁 재판 쪽으로 돌렸다.

"귀하, 그때 어떤 생각이셨습니까?"

2세의 발음으로 하는 정중한 말투가 라디오에서 흐르자 도미오카는 그런 라디오는 가슴이 아프니까 미국 재즈라도 들려 달라고 졸랐다. 유키코는 언짢아하며 말했다.

"저와 당신도 포함되어 있어요, 이 재판에는. ─저도 이런 재판 따위 듣고 싶지 않지만, 하지만 현실에서 재판받는 사람들이 있다고 생각하면, 저는 전쟁이란 것의 생태를 들어두고 싶다는 생각이 들어요."

유키코는 죠를 만난 때가 10년이나 옛날같이 느껴졌다. 지금쯤 그 외국인은 고향으로 돌아갔을지도 모른다. 두 사람의 대화는 충분하지 않았지만, 서로의 육체가 서로의 마음을 이해하고 있었다. 도미오카가 냉소적으로 말했을 때, 유키코는 "딩신이 인도차이나에시 니우를 사랑한 것과 같아요."라고 빈박했다.

생각하는 사이에 유키코는 옛날의 모든 것이 그리워졌다. 죠와의 관계에서는 서로 마음을 탐색할 필요가 없는 명랑함이 있었고, 책임을 서로 이야기할 심각함을 갖지 않고서 끝난 편안함이 있었다고 생각했다.

64

광차의 기관차에 운전수와 나란히 앉은 도미오카는 요란하게 굉장한 소리를 내며 좁은 레일 위를 밀며 올라가니, 자신의 몸이 마치 공중에 뜬 것 같았다. 눈 밑으로 날이 개서 푸른 안보강이 밀림 깊숙이 구불구불 빛났다. 오늘 생긴 가슴 주머니의 명함에 있는 농림기관農林技官이란 직함이 도미오카에게는 어쩐지 낯간지러웠다.

"이봐요, 한 대 피지 않을래요?"

운전수는 놀란 듯이 도미오카를 바라보았다. 눈 밑은 낭떠러지였다. 풀고사리와 닮은 헤고라는 식물이 도미오카에게는 신기했다. 이 풀고사리는 다랏트의 구석에도 어디에나 자라나 있었다. 일본의 양치류와 닮았다. 도미오카는 담배에 불을 붙여서 핸들을 쥐고 있는 운전수의 손에 쥐어주었다.

오른 쪽 강바닥에 있는 안보安房의 부락이 조금씩 수림 속으로 사라져갔다. 광차는 공중을 달리고 있는 것 같았다. 기관차 뒤에는 네 바퀴의 무연 광차가 연결되었다. 그 넉 대의 광차에는 쌀가마니와 채소와 우편과 소금 가마니가 실려 있었고, 산으로 가는 영림서의 나무꾼 대여섯 명이 추운 듯이 가마니에 앉아 있었다. 노보루토도 거기에 타서 큰 소리로 이야기하고 있었다.

야쿠시마의 영림서 관할이 되어 있는 토지는 2만 헥타르 정도였지만, 모두 관유림이었다. 인도차이나의 개인 사유지로도 모자라는 좁은 넓이의 작은 섬이어서, 토지 없는 곳에서 토지를 찾는 것과 같이 이 좁은 2만 헥타르도 현재의 일본에서는 얻기 어려운 보고일 것이다. 조선과 대만과 류큐열도, 사할린, 만주, 이 패전에서 모든 것을 잃고 몸통만이 된 일본은 지금에 와서는 부엌의 구석구석까지라도 파내서 대가족을 먹여 살리지 않으면 안 되는 것이다.

"산은 춥겠지요?"

"올해는 전국적으로 눈이 많았다고 합니다. 산에도 굉장한 눈이 내려서 모두 드문 일이라고 말하고 있습니다."

"겨울 준비를 하고 올 걸 그랬네요."

"산으로 가면 입을 것은 있습니다."

"저기, 이 섬은 동서로 어느 정도 되나요?"

"글쎄요. 동서 6리里, 남북 3리 27초町라고 합니다만… 가고시마에서 97마일 떨어져 있다고 합니다. 안보는 따뜻한 곳이지만 산 위는 상당히 춥습니다."

군대 말투로 운전수가 설명했다. 왼쪽 산맥은 눈이 시리도록 빨간 흙빛을 하고 있는 곳이었다. 광차는 한참을 산 위를 올라왔다. 내뱉는 입김이 하얗다.

산 위에 어두운 차양과 같은 비구름이 깔리기 시작했고, 큰

방울의 비가 내렸다. 뒤를 돌아보자 광차의 무리는 레인코트를 걸치거나 우산을 펼치거나 했다.

다추다케에 도착했을 때는 심한 비바람이 되었다. 광차 위에 천막을 덮기 위해 정차하게 되었는데 굉장한 추위였다. ― 고스기타니에 도착한 것은 저녁이었는데 산은 어두웠고 진눈깨비 같은 것이 내리고 있었다. 우뚝 솟은 큰 삼나무가 울창하게 자랐고 군락과 같이 척벌소斫伐所의 오두막이 있었다.

도미오카는 영림서의 사무실에 뛰어 들어가 스토브를 쬐었다. 노보루토로부터 사무실의 사람들을 소개받았다. 오늘은 공교롭게도 발전소의 고장으로 인해 천장에 큰 램프가 매달려 있었다.

사무관 사카이酒라는, 벌써 백발인 노인이 말했다.

"옛날에는 여기도 거의 조선인 노동자뿐이었지만 지금은 전부 일본인으로, 만주, 조선에서 귀환한 자들로 바뀌었습니다. 공산당 신문이 다섯 부 정도 이 섬으로 보내집니다. 이런 섬에서도 조금은 민주주의의 바람이 불어서 복잡해졌습니다. ―세상은 상당히 바뀌었지요… 목소리 큰 사람이 힘 좋은 사람입니다. 우리들 노인은 이제 이 산 위에서는 필요하지 않게 되었습니다. 도미오카 기관도 먼저 나무를 베기보다도 변론가가 되지 않으면 안 되지요."

사카이 노인은 웃으면서 그렇게 말하고 도미오카한테서 담배를 한 대 얻어 화롯불로 불을 붙였다. 유리문이 어두워졌다. 낮은 차양에는 고드름이 달린 곳도 있었다.

65

사이공의 마을을 벗어나면 길은 자연스레 캐데인 마을로 들어갔다. 여기에는 일본 군대가 많이 있었다. 여기에서 비엔호아 마을로 들어가는 사이, 사탕수수밭과 과수원, 야자, 빈랑나무가 무성한 몇 개의 작은 부락을 빠져나와서 동나이강에 걸쳐진 긴 철교를 두 개나 건넜다. 그리고 나서 아름다운 비엔호아 마을이었다. 작은 호텔로, 유키코와 가노와 도미오카 세 사람은 거기에서 일박을 했다. 프랑스인의 호텔로, 메종 쁘아종이란 이름이었다. 간판에는 물고기의 꼬리만이 크게 그려져 있었다.

마침 공습이 있어 발전소가 불탄 뒤였기 때문에 세 사람은 화염목이 활짝 핀 해질 무렵의 정원에서 식사를 했다. 어딘가의 정원수에서 기묘한 야생 새가 울었다. 숨이 막힐 듯한 꽃냄새가 났다. 정원의 잔디는 황혼 빛이 바닥에 물든 듯한 초록색이었고, 유키코의 흰 구두가 나무 탁자 아래에서 도미오카의 발과 놀고 있었다.

찌듯이 더운 잠들기 힘든 밤으로 멀리서 식용 개구리의 기분 나쁜 울음소리가 들렸다. 유키코는 가만히 눈을 아래로 뜨고 생각하는 중에 자신의 가슴을 덮쳐온 도미오카의 몸의 무게에 숨쉬기 힘들어졌다.

매우 고요한 방 밖에서 조용히 열쇠를 돌리는 소리가 났다. 드디어 문이 열렸고 밖의 빛 속에서 키 큰 도미오카가 문 안의 어둠으로 사라져 버렸다. 흰 모기장 안에서 유키코는 일부러 심하게 부채를 부쳤다. 두 사람의 입술 속에는 앞서 잔디에서 마신 백포도주의 향기가 고여 있었다. 이 호텔에는 두 그룹 정도 군인도 묵고 있었다. 유키코와 도미오카는 소리 하나 내지 않고 가만히 서로의 눈을 어둠 속에서 쳐다보고 있었다. 짐승의 빛나는 눈에 전쟁은 너무 먼 일이었다. 두 사람만의 은밀한 애정이 깊숙한 두 사람의 생각을 말하고 있었다.

창밖에서 커다란 나무 열매가 떨어지는 소리가 났다. 두 사람은 그 소리에도 놀랐다. 우물 바닥에나 있을 듯한 조용한 고원의 비엔호아 호텔에서의 하룻밤은 유키코에게 있어서는 꿈속에까지 나타났다. 길게 자란 도미오카의 앞머리 감촉이 지금도 가만히 생각해 보면 손바닥 안에서 느껴져 왔다.

다음 날 두 사람은 아무렇지도 않은 얼굴로 자동차로 다우지아이에서 분기점 지린을 지나 약 40킬로의 리본과 같은 관도官道에서 흔들리고 있었다. 구석에는 유키코와 가노가 나란히 앉았고, 베트남인 운전수와 도미오카가 운전대에 나란히 앉았다. 가노는 묘하게 기분이 좋지 않았다. 정연한 고무나무 숲 속을, 강렬한 태양이 새어드는 녹색 터널 속을, 자동차는 지린고원을 달렸다.

임업시험소가 있는 뜨랑봄에서 잠시 내려 거기서 도미오카와 가노는 각각의 볼일을 보았고 다시 자동차는 굉장히 외로운 회백색의 구불구불한 관도를 덜컹덜컹 소리를 내며 달려갔다. 이 근처에서는 자주 야생 코끼리가 나온다고 베트남인 운전수가 말했다. 거대한 방란나무가 시꺼멓게 군생하고 있는 기분 나쁜 산림지대였다.

유키코는 미소 지으면서 그 꿈을 좇았다. 이제 두 번 다시 그 청춘은 돌아오지 않는다… 그 당시의 것은 이제 돌아오지 않는다. 도미오카도 유키코도 지금은 이렇게 남쪽 끝의 야쿠시마까지 와 있고 두 사람은 그로부터 몇 살인가 나이를 먹었다.―유키코는 귓가에 술렁거리는 빗소리를 수해樹海의 수군거림처럼 들었지만, 그것이 창유리에 안개를 뿌리고 있는 빗소리란 걸 알게 되자 낙담하여 나락으로 떨어지는 느낌이었다.

노아의 홍수처럼 집 자체가 푹 침수하게 된 것 같았다. 눈을 감자 자신의 피부 근육 사이를 통해 심장 소리가 너무나도 확연하게 귀에 들렸다. 그리고 때때로 그 심장 소리는 멈췄다가 다시 쿵쿵 움직였다. 귀를 베개에 대자 심장 소리가 사람 발소리처럼 크게 울렸다.

주위의 공기를 쓰윽 하고 칼로 베고 싶은 듯이 갑갑한 비였다.

유키코는 쭈욱 하고 팔다리를 펴봤다. 자신의 관은 어느 정도의 크기일까, 불길한 공상을 했다. 그러다가 마음속으로 어제 산으로 간 도미오카의 귀가를 기다리며 유키코는 전신이 기다림에 집중되었다.

히카도 좀처럼 오지 않았다. 유키코는 왠지 시즈오카로 편지를 부치고 싶어졌다. 계모한테 편지를 쓰고 싶다고 생각하는 사이에 마음이 변했다. 가정부인 노부는 유키코의 음식에 관해서는 조금도 연구해볼 마음이 없는 듯, 풀처럼 된 맛없는 죽과 우메보시 하나에 때때로 날달걀을 접시 위에 데루루 올려서 내올 뿐이었다. 어쩐지 노부와 도미오카가 서로 짜고 있는 듯한 착각에 빠졌다. 유키코는 이 여자에게서 해방되지 않으면 안 된다고 생각했다. 살해당할 것 같은 생각이 들었다.

머리맡에서 가만히 책을 읽고 있는 노부의 모습을 유키코는 때때로 눈을 떠서 바라보았다. 전사한 남편과 헤어져 9년간이나 고독을 지켜온 여자답게 너무나도 의지가 강해 보였다. 그에 비해 가슴과 턱 주위는 기름이 떠서 보기 좋은 여자의 피부를 하고 있었다.

무엇을 읽고 있는 걸까, 유키코는 그 책은 뭐냐고 묻고 싶었지만 소리를 내는 것이 내키지 않았다. 모포 위로 땀 배인 손을 쏘옥 내어 바라보았다. 유키코는 이대로 자신의 목숨이 다함을 스스로 조용히 느낄 수 있었다.

노부가 책을 거기에 놓고 현관으로 나갔다. 책은 도미오카가 안보여관에서 빌려온 가정의학의 고서였다. 오늘은 안개비 때문에 흐린 탓일까, 벼루와 같이 서 있던 야에다케는 보이지 않았다. 유키코는 현관으로 나간 노부의 흰 발바닥이 마음에 걸렸다. 여기 여자들은 언제나 맨발이었다. 모래땅을 걷기 때문일까, 여자들의 발바닥은 의외로 아름다웠고 따로 물로 발을 씻지도 않고 그대로 방 안으로 들어왔다.

자신이 이대로 죽어버리면 도미오카는 여기에서 노부와 결혼하여 살게 될지도 모른다… 유기코는 그런 가능성이 있는 미래를 예상할 수 있었다. 두 사람이 그렇게 맺어져가는 과정을 상상하는 사이에 유키코는 가슴팍에서 심하게 끈적끈적한 것을 뿜어올렸다. 숨을 쉴 수 없을 정도의 괴로움으로, 유키코는 빙빙 몸을 움직였다. 양손을 코와 입으로 가져갔지만 뿜어 올린 끈적끈적한 것은 멈추지 않았다. 숨도 쉴 수 없었다. 목소리도 나오지 않았다. 이불도 모포도 베개도 뿜어 올린 피로 물들었다.

유키코는 이대로 죽는 것은 아닐까 하고 생각했다. 분열한 냉정한 자신이 또 한 사람의 자신 곁에 앉아서 열심히 사신死神에 매달려 있는 것이었다. 사신은 유키코의 분신 앞에 현존하고 있다… 이 여자의 육체에서 모든 것이 사라지고 있는 것이라고 말하고 사신은 승리의 춤을 추고 있는 듯했다. 가슴속에서 사라지는 것들 중에서 유키코는 희미하게 가노가 부르는 소리를 들은 듯하여 머리를 살며시 흔들었다. 지금까지의 생활 속에서 미련으로 보일 정도로 유키코의 마음에 남은 것은 하나도 없었다. 지금 자신의 곁에 도미오카가 있어준다고 해도 이미 자신만 탄 기차는 저세상으로 달려가려고 하고 있었다. 마지막 생명을 관류하는, 화살과 같이 빠른 육체의 파괴작용은 도대체 어디에서 소리를 내고 무너져가는 걸까. 유키코는 자신의 죽음의 시작을 알고 싶었다. 괴롭게 허덕였다. 물이 마시고 싶었다. 무모할 정도로 건강했던 때의, 그 긴 여행의 가지가지가 무지개처럼 멈추지 않고 눈에 어른거렸다. 미지의 세계로 가는 불안과 분열과 혼란이 유키코의 열 개의 손가락 속에 피아노 건반을 치는 듯한 표정으로 표현되어 있었다. 텅 빈 폐 속에 질척질척한 피가 넘치고 있는 것 같은 불쾌함이었다.

누군가가 머리맡에서 그림자를 팔랑팔랑 보이고 있었다. 그 그림자가 성가셔서 유키코는 피범벅이 된 얼굴을 들어서 그것을 피하려고 했다. 하지만 그 그림자는 인류파멸의 번개와 같은 어두운 빛을 켜고서 유키코의 이마에서 팔랑팔랑 움직이고 있었다.

노아와 롯의 심판이 빗소리 속에서 시끄럽게 다가오듯이, 유키코는 그 울림의 동굴 저쪽에서 누구에게도 사랑받지 못했던 한 여자의 허무함이 메아리가 되어 돌아오는 외로운 모습을 보았다. 실격한 자신은 이제 여기서는 무엇 하나 돌릴 수가 없었다. 그때의 자신은 어떻게 했던가… 인도차이나에서의 여러 가지 추억도 지금은 떠올리기 귀찮아져 유키코는 끈적끈적한 피를 괴롭게 목 안으로 눌러 되돌리면서 산 채로 매장당하는 사람처럼 '아아 살고 싶어.'라고 울부짖었다. 유키코는 죽고 싶지 않았다. 머릿속은 얼음과 같이 차고 맑았지만 몸은 자유롭게 되지 않았다.

66

산 위는 드물게도 역수 같은 비였다. 도미오카는 마을로 내려가는 것을 하루 늦추고 사무소의 스토브를 쬐면서 산사람들 대여섯 명과 고구마소주를 마셨다. 마을로 내려가서 관사로 돌아갈 용기는 없었다. 유키코의 병상은 걱정할 일도 아니라고, 술의 취기가 더해짐에 따라서 박정해졌다.

도미오카는 야에다케의 모습이 인도차이나의 앙코르톰의

바이용과 닮았다고 생각하며 그때의 이야기를 주절주절 이야기했다.

"산의 돌 표면에는 거대한 사람 모습을 한 돌이 쌓인 탑이 솟아 있는데, 방마다 돌기둥이 기우뚱해서 대들보는 내려앉아가고 산의 돌, 폐허 앞마당에는 거대한 나무가 쓰러져 가던 옹벽을 지탱하고 있어서 여기의 삼나무 미이라와 조금도 다르지 않아. 왕궁에는 남녀 생식기를 접합한 시바의 상징이 올려져 있는데, 링가라고 했던가… 여러 가지로 문명은 발달해가지만, 이 시바의 대자재천[55]은 인간 최대의 문명이지. 이 자재천 시바의 비밀 속에서 원자폭탄도 생긴 것이겠지……."

산사람들은 이야기를 좋아했다. 멀리 외지의 산림을 시찰한 적이 있는 도미오카의 옛날이야기에 귀를 기울이며 스토브 위에 끓고 있는 주전자 속에서 소주병을 몇 병이나 건져 올렸다.

도미오카는 고구마소주 냄새에도 지금은 익숙해졌다. 도쿄에서 마시는 소주와는 달리 머리도 아프지 않고 맛도 의외로 좋았다. 이야기는 언제부터인가 여자 이야기로 옮겨졌다. 주방 일을 보는 아주머니와 아가씨들이 깔깔 웃으면서 마른 오징어를 찢거나 마른 고등어에 간장을 뿌리거나 해주었다. 도

---

55) 대자재천(大自在天) : 인도 신화에 등장하는 파괴의 신 시바(shiva)가 불교에 수용되어 얻은 이름.

미오카는 흥건히 취했다. 귓가에 손목시계를 가져다 봐도 그 초침 소리가 들리지 않을 정도로 취해 있었다. 취하지 않으면 마음이 견딜 수가 없었다. 마음이 견딜 수 없는 것이 아니라, 어쩌면 몸이 견딜 수 없었는지도 모른다. 키가 작은 여자의 통통한 손목의 퍼런 살에 힐끔힐끔 눈이 갔다. 도미오카는 한동안 여자의 살결을 만져본 적이 없었다. 젊은 여자의 두꺼운 목둘레와 살찐 허리, 발등이 보라색인 것까지 마음속으로 욱신거리며 다가왔다. 젊은 여자는 감색 바탕의 몸뻬에 녹색 재킷을 입고 있었다. 산에는 눈이 쌓였고 오두막 밖으로 나가자 비는 진눈깨비처럼 머리에 아픈 빗방울이었다. 이런 추운 산 위의 생활에서 젊은 여자는 양말도 신지 않고 오두막에서 오두막으로 일하러 다녔다.

아무도 없으면 안아서 눕히고 싶은 탄력 있는 여지의 몸이 도미오카에게는 방해가 되지 않았다. 스스로도 이러한 기분이 된 것은 오랜만이었다. 여자의 얼굴은 어딘가 오세이를 닮았다. 하지만 과거는 이제 모조리 재가 되어 여기까지 왔다. 도미오카는 다단식 침대로 된 3층 침대로 올라가서 휙 하고 가죽 잠바를 벗고 모포 위에 누웠다. 여자의 웃음소리는 언제까지나 도미오카의 귀에 달라붙은 듯이 울렸다.

도미오카는 잠시 괴로운 잠을 청하고 5시쯤 눈을 떴다. 램프가 켜져 있었다. 계단 아래에서 도미오카를 부르는 사람이 있었다. 난간에서 보니 마을에서 전화가 왔다고 했고, 부인이 위독하다고 알려주었다. 도미오카는 가죽 잠바를 걸치고 사다리를 내려와서 스토브 옆에서 산에서 신는 구두를 신었다.

"광차는 나가지 않지요?"

"나갑니다. 내려가는 것은 그냥 흘러가는 것이라서, 누군가를 붙여주겠습니다."

서무일을 하는 노인이 응해주었다. 이제 주위는 완전히 해가 저물었다. 산 오두막에도 깜박깜박 램프등이 명멸하고 있었다. 비는 언제부터인지 눈으로 바뀌어 있었다. 도미오카는 레인햇 위에 젊은 여자에게 빌린 숄을 둘러서 얼굴과 목을 감고 좁은 광차에 탔다. 마침 내일 입항하는 배로 가고시마로 돌아가는 학생과 채를 잡아주는 젊은 나무꾼으로 광차는 가득 찼다. 휴대용 석유등을 도미오카와 학생 둘이서 교대로 들고 나무꾼이 그 빛으로 채를 누르는 것이다.

광차는 천둥과 같은 소리를 내며 급히 산길을 내려갔다. 광차는 때때로 떠올랐다. 그 스피드를 지키면서 젊은 나무꾼은 "어, 뒤집어지네."라며 두 사람을 놀라게 했다. 한치 앞도 보이지 않는 어둔 계곡을 이은 레일을 석유등 빛이 씽씽 흘러갔다. 안보의 마을에는 장대비가 내리고 있었다.

도미오카가 겨우 관사로 돌아왔을 때는 이미 10시경이었다. 유키코는 죽어 있었다. 도미오카도 유키코도 처음 보는 얼굴들이 예닐곱 명이나 달려와서 유키코의 임종을 지켜주었다. 도미오카는 주위 사람들에게 인사하고 유키코의 머리맡에 앉아서 램프 빛 속에서 부은 듯한 유키코의 얼굴을 한참 쳐다보았다. 누군가가 도미오카의 흠뻑 젖은 잠바를 벗겨주었다.

유키코의 손은 아직 가슴에 모아지지 않았다. 도미오카는 아내 구니코에게 한 것처럼 굳어가는 유키코의 손을 살며시 가슴에 모아주었다. 차가운 손은 마른 피로 더러워져 있었다. 얼굴만 가정부가 닦아주었을 것이다. 도미오카는 유키코의 손에 붙어 있는 피를 보고 갑자기 눈에 북받쳐 오르는 뜨거운 눈물로 목이 메었다. 오세이의 죽음, 구니코의 죽음, 지금 다시 유키코의 죽음이다. 도미오카는 유키코의 몸을 심하게 흔들어 보았다. 유키코의 육체는 어떤 반응도 없었다. 달려와 준 사람들은 한 사람 떠나고, 두 사람 떠나고, 우산을 펴서 돌아가는 소리가 창가의 길을 통해서 들렸다.

"언제쯤부터 이상했나요?"

노부는 유키코가 몇 시쯤부터 이상해졌는지 확실히 몰랐다. 그때 가정의학책을 보고 있자니 자기가 어떤 곳을 보고 있는지 모두 알고 있는 듯한 기분 나쁜 눈빛으로 환자가 노부 쪽을 뚫어지게 보고 있었던 것이다. 노부는 임신하고 있었다. 아이를 낳고 싶지 않았기 때문에 우연히 환자 머리맡에 있던 가정의학책을 보고 있었다. 그 안에는 합리적인 여러 가지 방법이 쓰여 있었다. 노부는 이제부터 가고시마로 나가서 이런 의사를 만나려면 어느 정도의 돈이 필요할까 하고 계산하면서 멍하니 생각에 빠져 무심히 환자의 얼굴을 내려다보았다. 눈을 뜬 환자의 부은 얼굴이 노부에게는 흠칫할 정도로 무서운 얼굴로 보였다. 인연도 연고도 없는 이런 환자 곁에서 자신 혼자 붙어 있는 것에 더는 배길 수 없어서, 노부는 몰래 맨발로 빗속에 자신의 집으로 돌아갔던 것이다.

노부는 적당히 둘러댔다. 하지만 듣는 쪽도 둘러대고 있다는 것을 알았어도 이렇게 된 이상 어떻게 할 방법이 없다고 포기해버렸다. 유키코는 이 섬으로 죽으러 왔던 것이었다. 도미오카는 문상에 와 준 사람들을 돌아가게 했다. 노부에게만 있어달라고 할 생각이었지만, 노부도 안색이 좋지 않아 보여 돌아가게 했다.

유키코는 상당히 괴로워했던 것으로 보였다. 주위의 피를 도미오카는 보았다.

도미오카는 무엇을 할 기력도 없었다. 다른 방의 화로에서 김을 내며 끓고 있는 물을 쇠대야에 옮기고, 거기에 수건을 적서 도미오카는 유키코의 얼굴을 닦아주었다. 언제나 머리맡에 두는 핸드백에서 립스틱을 꺼내 입술에 발라주었지만 조금도 번지지 않았다. 수건으로 눈썹 주위를 닦고 있을 때, 도미오카는 무심히 유키코의 눈을 치켜 올리듯이 하여 열어보았다. 유키코의 입술이 갑자기 움직인 듯했다. "이제 조용히 쉬게 해줘요……."라고 말하는 듯했다. 비는 괴로울 정도로 나무지붕을 두드렸다. 도대체 어떻게 하란 말이냐고 도미오카는 천장으로 뚫고 나올 것 같은 시끄러운 소리에 내몰린 듯한 기분이 들었다. 유키코의 눈은 살아있는 것처럼 빛나고 있었다. 신경이 쓰여서 다시 한 번 도미오카는 유키코의 눈을 들여다보았다. 램프를 옆으로 가져와서 가만히 유키코의 눈을 보았다. 애원하고 있는 눈이었다. 도미오카는 그 죽은 사람의 눈에서 무량한 항의를 듣고 있는 듯했다. 핸드백에서 빗을 꺼내 꽤나 길어진 죽은 사람의 머리를 빗겨 묶어주었다. 죽은 사람은 지금에야 말로 무엇 하나 원하지 않는다. 되는 대로 맡길 뿐이다.

손목시계는 12시를 가리키고 있있다.

비는 한시도 쉬지 않고 거친 소리를 내며 밤새 내렸다. 날이 새고 나서 도미오카는 심한 설사를 했다. 숨쉬기도 힘든 변소에 쭈그리고 앉아서 도미오카는 양손바닥으로 얼굴을 가리고 아이처럼 오열하며 울었다. 인간은 도대체 무엇일까. 무엇이 되려고 하는 걸까… 여러 과정을 거쳐서 인간은 매정하게 이 세상에서 사라져간다. 한 줄은 신의 자식이고, 또 한 줄은 악마의 친구이다.

철망뿐인 변소의 창으로 빗방울이 들이쳤다. 촛불이 발아래에서 흔들렸고 이 세상의 지옥을 생각하게 하는 아랫배의 고통이 변소 냄새와 함께 도미오카의 살을 짝짝 잡아 찢는 듯했다.

이 좁은 틀 안에서 한 발자국도 나갈 수 없는 불가능함을 도미오카는 자신에게로의 보복이라고 생각했다. 그 불가능함은 일종의 겟세마네에까지 이르렀다. 유키코의 죽음, 그 자체가 재난과 같은 것이어서, 유키코의 죽음의 목적은 도미오카에게는 의외로 가엾고 불쌍하기도 한 것이었다. 이것으로는 도쿄에서 자동차에 치이는 것과 아무런 차이가 없었다. 길게 앓고 죽었다면 아직 수난적受難的인 꿈을 죽은 사람에게서 생각할 수 있을까… 도미오카는 아랫배를 쥐고 기듯이 하여 방으로 돌아와 허리에 모포를 감았다. 어디가 북향인지는 몰랐지만, 도미오카는 벽 근처로 베개를 가져가서 죽은 사람을 반듯하게 눕혔다. 새 이불 위에 다네가시마의 가위가 얹어져 있었다.

이 섬 안에서는 두 사람 모두 아는 사람이 없었지만, 섬에 도착하고 나서 몇 명인가 사람들은 도미오카가 부재중에 유키코의 죽음을 지켜봐주었다. 도미오카는 이상한 것을 느꼈다. 인간은 어디서 이러한 재난을 맞게 될지 모른다. 하지만 임종을 지켜봐준 사람들의 재난도 사람 사는 세상의 모순이라고 생각했다. 도미오카는 부엌에서 오늘 밤 노부가 사온 소주를 꺼내 와서 따뜻하게 하여 마셨다. 죽은 여자를 다른 방에 두고 누구 한 사람 친구도 없이 마시는 술은 종교적인 상쾌함으로 도미오카의 가슴속을 시끌벅적하게 해줬다.

지금 자신도 언젠가는 저 모습으로 갈 것이라고 도미오카는 생각하고 있었지만, 지금 유키코와 함께 죽을 맘은 없었다. 취하면 취할수록 마음은 조금씩 삭막해졌다. 간절한 인간적인 마음의 삭막함이 도미오카에게는 구원이었다. 술의 취기가 전신에 감돌고 도미오카는 자신의 생명 그 자체에 감사하며 횡재한 듯한 흥분을 느꼈다. 때때로 공간에서 죽은 사람의 영혼이 빛나는 듯한 기분이 들어 도미오카는 가만히 편편한 침상을 바라보았다. 죽은 사람은 조용했고 움직이지 않았다.

세 명의 여자 중에서 유키코가 제일 자신의 곁에 달라붙어 있어 주었다고 생각했다. 하지만 이 차가운 유키코의 몸에는 어떤 반응도 없는 깃이다.

두 사람의 지난 추억이 취한 뇌리를 스치자 도미오카는 눈이 뜨거워졌다. 조금씩 취기가 올랐다. 뱃속이 탈이 날 정도로 소주를 마셨다. 아무것도 먹지 않아서 취기는 빠른 속도로 전신을 돌았다. 도미오카는 혼잣말을 하면서 술을 마셨다.

바람이 불었다. 유키코의 머리맡 촛불이 꺼졌다.

도미오카는 비틀거리면서 새로운 초에 불을 켜서 머리맡에 두러 갔다. 가면처럼 표정이 없는 죽은 사람의 얼굴은 고독에 내던져진 얼굴이었지만, 보는 사람이 외로울 거라고 생각할 뿐이라며 도미오카는 유키코의 얼굴에 손을 대보았다. 하지만 곧 살아 있는 몸이 아닌 죽은 사람의 비정함이 도미오카의 손을 뿌리쳤다. 도미오카는 새로운 손수건도 거즈도 없었기에 종이다발을 지붕처럼 펼쳐서 유키코의 얼굴에 덮었다.

67

한 달이 지났다. 도미오카는 일주일 정도 휴가를 내고 가고시마로 나가봤다. 비가 적은 활짝 마른 봄을 앞둔 가고시마는 마치 별세계 같았다. 우선 도미오카는 이전 묵었던 여관에 도착했다. 그동안 일하는 사람들은 완전히 바뀌어 있었다. 유키코와 묵었던 바깥쪽의 방으로 안내되었다. 우연이었기 때문에 도미오카는 이상한 느낌이 들었다.

비에 젖어 고장 난 시계를 산 집에 맡기러 갔지만, 수리하는 주인이 다쳐서 누워 있다고 하여 도미오카는 할 수 없이 다른 시계가게로 갖고 갔다. 돌아오는 길에 도미오카는 의사인 히카한테 들러보았다. 히카는 집에 있었다. 도미오카를 기억하고 있었다. 약 냄새가 가득한 방에서 도미오카는 유키코의 죽음을 보고했다. 히카도 어쩐지 불안한 병상이어서 X레이를 찍어보고 싶었다고 말해주었다.

환자인 유키코가 없는 두 사람 사이는 도미오카에게는 어쩐지 괴롭기도 했다. 도미오카는 이 한 달 완전히 술에 빠져 다른 사람처럼 얼굴이 변해 있었다. 담배에 끊임없이 불을 붙였다. 방이 자욱해졌다. 커피가 왔다. 도미오카는 오랜만에 문명을 만난 것 같은 기분이 들어서 향기로운 커피에 입술을 가져갔다.

"부인이 좋아하셨던 드보르 작의 '신세계'를 틀게요."

히카는 그렇게 말하고 수제手製 전축에 레코드를 걸어주었다.

레코드를 들으면서 히카는 도미오카에게 훨씬 이전부터 유키코의 몸이 좋지 않았고 스스로 몰랐던 것은 아닐까 하고 아무렇지도 않게 말했다.

"어떻습니까, 당신도 한 번 진찰해볼까요? 주량도 상당하시지요?"

히카는 웃으면서 말했다.

음악을 듣는 것만으로 도미오카는 마음이 안정되었다. 히카가 저녁에 들를 곳이 있다고 하여 도미오카는 재회를 약속하고 의원医院을 나왔지만, 어디로 갈 목적도 없었다. 인생은 제각각 타인의 참견을 용서하지 않는다. 다양한 아라베스크를 갖고 있는 것이라고, 도미오카가 먼 섬에서 생각했던 의사 히카에게로의 그리움도 지금은 조금 식어 있었다. 정상적이고 규칙 바른 의사였다. On ne se soigne jamais trop … 몸을 지키는 일에 끝은 없다. 도미오카는 중고서점에 들러서 소설책이라도 사서 돌아가고 싶다고 생각했다. 읽어보고 싶은 것은 졸라였다. 다랏트의 임야국에서 일하고 있던 혼혈아 타이피스트가 졸라의 '목로주점'을 빌려줬던 것을 떠올렸다.

해가 지고 있는 시끌벅적한 천문관天文館 거리로 나와서 도미오카는 영화관 하나하나를 바라보며 돌았다. 좁은 왕래에는 혼혈아적인 인종이 강물처럼 북적대며 흘러가고 있었다. 이런 문명은 현재의 도미오카에게는 귀찮기까지 했다. 뒷골목으로 들어가서 도미오카는 여자가 있는 요릿집에 들어가 보았다. 여자들은 기름져 번들거리는 화장을 하고 있었다. 도미오카는 빨간 이브닝드레스를 입은 여자가 마음에 들었다. 그 여자가 따르는 맥주를 마셨다. 맥주가 이렇게 맛있는 것이라고는 생각지 못했다. 비가 내리지 않는 향기롭게 마른 밤기운에 오랜만에 상쾌해졌다. 여자는 실처럼 가는 눈을 하고 있었지만, 두터운 눈꺼풀 밑에서 엿보이는 눈은 때때로 요염하게 빛난다. 우윳빛 손등을 하고 있었다. 하지만 색전등 아래에서 보는 여자의 빨간 옷은 꽤 때가 타 있었다. 기타 치는 사람이 빨간 네커치프를 목에 감고 좁은 좌석으로 들어왔다.

여자는 사투리가 진한 빠른 말투로 기타를 치는 사람을 쫓아냈다. 그 악센트가 어쩐지 유키코를 닮았다. 비가 젖어드는 흙 아래에 토장을 한 유키코의, 그때의 모습이 도미오카의 가슴에 눌러 붙어 있었다. 그렇다고 해도 그 강한 하나의 생명은 없어졌다. 그리고 다시, 여기에도 모든 유혹의 보리는 싹을 뽑아내고 있었다. 성性에 질리지도 않는, 정서에 유혹당하는 아담… 신은 무수하게 씨앗을 뿌렸다. 수확은 단지 '자연히' 되는 힘에 의해서 자라는 것뿐. 도미오카는 눈 깜짝할 사이에 반 다스 정도의 맥주를 비우고 여자를 따라 2층으로 올라갔다.

밤이 깊어 도미오카는 여자가 보내서 여관으로 돌아왔지만, 의외로 진실한 여자인 듯 여관에 맡긴 것 이외에 도미오카의 지갑 안은 아직 꽤나 두둑했다. 모두 유키코가 남기고 간 그때의 돈이었다. 도미오카는 마른 침상으로 양복을 입은 채로 기어들어가서 돌처럼 무거워져가는 자신의 생각을 쫓았다.

야쿠시마로 돌아갈 기력도 없다. 하지만 유키코의 토장한 유해를 저 섬에 혼자 남겨두고 갈 수도 없다. 그렇다고 해도 지금에 와서 도쿄로 돌아간들 무엇이 있을까…….

도미오카는 마치 뜬구름 같은 자신의 모습을 생각하고 있었다. 그것은 언제 어디로 사라지는지도 모르게 사라져갈 뜬구름이다.

하야시 후미코의 영화화된 작품들(연대순)

1. 밥(めし)

1951년/도호(東宝)/흑백/97분

■출연 : 우에하라 겐(上原謙), 하라 세쓰코(原節子), 시마자키 유키코(島崎雪子) 외.

결혼 5년차로 권태기를 맞은 부부 곁으로 남편의 조카 사토코(里子)가 들어와 살게 된다. 이 일로 인해 부부 사이는 더 혼란스러워지지만 하나의 전기를 맞이하게 된다.

개봉 후, 큰 흥행 성공을 거두었다. 하야시 후미코의 미완 소설을 영화화한 것으로 니루세 미키오(成瀬己喜男) 감독에 의해 민들이진 하아시 후미코 원작의 첫 작품이다.

2. 번개(稲妻)

1952년/다이에 도쿄(大映東京)/흑백/93분/16mm

■출연 : 다카미네 히데코(高峰秀子), 미우라 미쓰코(三浦光子), 무라타 지에코(村田知英子) 외.

모자(母子)가 나란히 걸어가는 행복한 느낌의 걸작이다.

아버지가 각기 다른 네 명의 아이가 있는 모자가정의 이야기. 이기주의적인 장녀, 자주성이 결여된 차녀, 한심하기 짝이 없는 장남 등, 그런 가족으로부터 탈출을 시도하는 막내딸의 시점으로 일가를 그리고 있다. 극히 평범한 일상생활의 섬세한 묘사를 맛볼 수 있다.

3. 처(妻)

1953년/도호(東宝)/흑백/96분

■출연 : 우에하라 겐(上原謙), 다카미네 미에코(高峰三枝子) 외

'밥(めし)' '부부(夫婦)'에 이은〈부부 시리즈 3부작〉.

　회복되지 않는 부부 사이를 객관적으로 바라본 이례적인 작품. 다카미네 미에코(高峰三枝子)는 이전의 화려한 부잣집 딸 역에서 연기 변신을 하여 타성에 젖은 아내를 열연했다. 또 우에하라 겐(上原謙)은 부부 시리즈 3부작을 통해서 우유부단한 남편을 재미있게 연기했다는 평을 얻었다.

4. 만국(晚菊)

1954년/도호(東宝)/흑백/102분

■출연 : 스기무라 하루코(杉村春子), 사와무라 사다코(沢村貞子), 호소카
와 지카코(細川ちか子) 외.

　나루세 감독 특유의 영탄적 묘미를 보이고 있는 작품이다. 옛날에는 게
이샤로 일했지만 지금은 돈놀이를 하며 살고 있는 중년 여자에게 옛날 동료
들이 얽히며 일어나는 제각각의 에피소드가 유머와 함께 잔잔한 애수를 불
러일으킨다. 네 명의 중년 여자가 펼치는 게이샤역이 작품에 깊은 맛을 더하
고 있다는 평가를 받고 있다.

5. 뜬구름(浮雲)

1955년/도호(東宝)/흑백/124분

■출연 : 다카미네 히데코(高峰秀子), 모리 마사유키(森雅之), 오카다 마리코(岡田茉莉子) 외.

거장 오쓰 야스지로(小津安二郎)가 "나는 만들 수 없는 장르"라고 말했을 정도로, 나루세 감독의 대표작으로 영화사에 찬연하게 빛나는 명작중의 명작. 땅 끝까지라도 남자를 쫓아가는 히로인 유키코를 연기한 다카미네 히데코(高峰秀子), 남자의 어리석음을 호연한 도미오카 역의 모리 마사유키(森雅之). 두 사람의 긴장감 감도는 관계를 훌륭히 연출한 스타일은 하나의 정점에 이르렀다고 할 수 있다.

6. 방랑기(放浪記)

1962년/다카라즈카영화(宝塚映画)/흑백/124분

■출연 : 다카미네 히데코(高峰秀子), 다카타 기누요(田中絹代), 가토 다이스케(加東大介) 외.

하야시 후미코의 자전적 소설을 영화화했다. 나루세 감독에 의한 자유분방한 여성을 소재로 한 작품으로서는 '아라쿠레(あらくれ)'(1957년)에 이은 작품이다. 후미코를 연기한 다카미네 히데코(高峰秀子)는 원작자 하야시의 특징을 훌륭하게 표현했으며 고난을 겪으면서도 소설을 써가는 심지 깊은 여성을 호연했다.

작가 하야시 후미코(林芙美子, 1903年12月31日~1951年6月28日)연보

1903년(출생) : 행상을 하고 있던 미야타 아사타로(宮田麻太郎)와 하야시 기쿠(林キク) 사이에 혼외자(婚外子)로 출생한다. 하야시 후미코의 출생에 관해서는 자전적 소설이라 불리는『방랑기放浪記』에 다음과 같은 문장이 있다.

"나는 메이지 37년 12월 31일에 야마구치현(山口県)의 시모노세키시(下関市)에서 태어났다. 다나카쵸(田中町)의 판금집 2층에서 태어난 것이다. 어머니는 가고시마(鹿児島)의 사쿠라지마(桜島) 출신이고, 아버지는 시코쿠(四国) 이요(伊予)의 슈소군(周桑郡)출신이다. 어머니는 온천여관을 운영했고, 아버지는 그때 종이장사로 사쿠라지마에 갔던 것 같다. 나는 8살에 아버지와 헤어져, 어머니가 데리고 온 오카야마(岡山) 고지마군(児島郡) 출신인 의붓아버지를 맞이하게 된다. 의붓아버지는 행상인으로 여기저기 지방을 떠돌았다."

『방랑기』의 히로인에 실제의 후미코를 대응시켜 보면,『방랑기』가 유일한 단서였던 감도 있으나, 최근 모지(門司)의 외과의사 이노우에 다카하루(井上隆晴)에 의해 1903년 모지시(門司市) 오아자오바야시에(大字小林江) 55번지(현·기타큐슈시 모지구)에서의 출생이 제기되어 거의 정설화되었다.

1916년(13세) : 히로시마현 오노미치(広島県尾道) 오노미치시립(尾道市立) 제2심상소학교 5학년에 편입한다. 양친은 행상을 계속하여 일곱 번이나 주거지를 바꾸면서도 오노미치에서의 생활은 1923년 4월까지 6년 동안 계속된다.

1918년(15세) : 4월 하야시 후미코의 문학적 재능을 발견한 국어교사인 고바야시 마사오(小林正夫), 이마이 시게사부로(今井篤三郎)의 권유로 오노미치고등여학교(尾道市立高等女学校, 現 広島県立尾道東高等学校)에 입학한다.

1922년(19세) : 졸업한 하야시 후미코는 메이지대학(明治大学) 학생 오카노 군이치(岡野軍一)를 따라 상경하여 카페에서 일하며 동거. 이듬해 오카노는 귀향하므로 일방적으로 약혼을 파기 당한다.

1923년(20세) : 혼고에서 대화재를 당한 후미코는 시코쿠에서 양친과 만나 다음해 단신으로 상경, 지카마쓰 슈코(近松秋江) 집에서 2주 동안 하녀 일을 하게 된 것을 비롯하여 여공, 판매원, 사무원, 여급, 파출부로 전전하면서 『방랑기』의 원형이 된『노래일기』를 쓰기 시작, 시와 동화를 발품을 팔아가며 판매한다.

1924년(21세) : 다시 상경하여 작가 지카마쓰 슈코의 집에서 살다가, 그 집을 나와 여공, 판매원, 하녀, 여급으로 일하면서도 계속 시를 쓴다. 시인이며 배우인 다나베 와카오(田辺若男)와 동거하게 된다. 다나베을 통하여 도모타니 시즈에(友谷静枝), 하기와라 교지로(萩原恭次郎), 오카모토 준(岡本潤) 등의 아나키스트 시인들과 친해져 7월에 도모타니와 시지(詩誌)『두 사람二人』을 창간. 후미코의 시는 드디어 시집『창마를 보고蒼馬を見たり』로 다듬어졌다.

1925년(22세) : 연인이었던 다나베와 헤어진 후미코는 시인인 노무라 요시야(野村吉哉)와 동거, 세타가야(世田谷) 태자당에 살게 된다. 옆집에는 쓰보이 시게하루(坪井繁治), 에이 부부가 살았고 히라바야시 다이코(平林たい子)도 멀지 않은 곳에서 살고 있었다.

1926년(23세) : 후미코는 나가노현 출신으로 미술을 공부하던 데쓰카 로쿠빈(手塚緑敏)을 알게 되고 결혼생활에 들어가게 되어 2기 방랑에 종지부를 찍는다.

1927년(24세) : 데쓰카와 고엔지(高円寺)에서 호리노우치의 묘호지 경내로

이사한 하야시 후미코의 날들은 『풍금과 물고기 마을風琴と魚の町』, 『청빈의 서淸貧の書』에서 자세하게 그려져 있다. 가난하기는 해도 데쓰카의 소박하고 큰 애정으로 하야시 후미코는 방랑의 날들로부터 멀어져간다. 조용하고 행복한 마음이었으나, 하야시 후미코는 더 이상 시를 쓸 수 없게 된 것을 자각한다. 하야시 후미코에게 있어서 시는 오욕에 넘친 날들의 외침이었고 구토였다. 그러한 시 정신을 살리기 위해서는 굶주림과 성욕에 번민하며 지낸 방랑의 날들이야말로 가장 걸맞았던 것이라 할 수 있을 것이다.

1928년(25세) : 7월에 극작가이며 미인전의 작가인 하세가와 시구레(長谷川時雨)에 의해 종합 문예지 『여인예술女人藝術』이 창간되어 8월호에 하야시 후미코의 「기장밭黍畑」의 시가 실리고 10월호부터 『방랑기』의 연재가 시작되었다. 『노래일기』를 계절에 맞추어 발표하는 형태로 하여 제1회를 「가을이 왔구나-방랑기秋がきたんだ─放浪記」라 명명한 것은 시구레(時雨)의 남편인 미카미 오토키치(三上於菟吉)였다.

1929년(26세) : 6월에는 첫 번째 시집 『창마를 보고』가 시인 마쓰시타 후미코(松下文子)의 원조로 자비출판 된다. 이시가와 산시로(石川三四郎), 쓰지 준의 서문이 붙은 그것은 『기억 속의 모습』(1933)과 나란히 후미코의 두 권 밖에 없는 시집이며 『방랑기』의 원형이라고도 할 수 있다.

1930년(27세) : 7월 개조사(改造社)에서 『방랑기』가 발행되자마자 베스트셀러가 되어 하야시 후미코는 일약 인기 작가가 된다. 『방랑기』는 몇 번이고 가필, 개정, 삭제를 거쳐 현재의 형태로 바뀌어간다. 원래는 지쳐 굶주림으로 괴로워하면서 여관에서 배를 깔고 엎드려 다 닳은 몽당연필 끝을 혀로 핥아 가며 노트에 써내려간 일기였다. 『속 방랑기』와 함께 60만 부가 팔렸다.

1931년(28세) : 하야시 후미코는 『방랑기』의 인세로 한 달간 중국·만주를 여행하고, 11월에는 시베리아 경유로 혼자서 유럽을 여행하여 1932년 7월까지 파리에서 체재했다. 그때 한 달 동안 런던 체재를 경험했던 것은 「지붕 밑의 의자」, 「파리 일기」에 상세하게 기록되어 있다.

1937년(34세) :『하야시 후미코 선집』전 7권이 개조사에서 간행. 12월에 남경 함락에 임하여 「마이니치신문毎日新聞」의 특파원으로서 파견된 후미코는 그 후에도 종군 펜부대의 일원으로서 상해, 북만, 조선, 남방으로 가 명실 공히 제일선의 작가로서 활약한다.

1938년(35세) :『하야시 후미코 장편 소설 전집』전 8권이 중앙공론(中央公論)에서 발표되었다.

1940년(37세) : 조선에 강연 여행.

1941년(38세) : 만주 국경으로 위문.

1942년(39세) : 보도반원으로 남방 파견.

1943년(40세) : 태어난 지 얼마 안 되는 남자 아이를 양자로 맞아들임.

1944년(41세) : 데쓰카와 함께 혼인신고를 한다.

1951년(48세) : 6월 29일 오전 1시, 심장병을 앓고 있던 하야시 후미코는 주치의의 충고를 듣지 않고『주부의 벗主婦の友』의 「나의 맛 나들이私の食べあるき」라는 기획으로 외출했다. 그리고 밤 10시가 지나 귀가하여, 가족과 단란한 시간을 보낸 후 잠자리에 들었다. 그러나 11시를 지나자 갑자기 후미코가 고통스러워했고, 새벽1시에는 다시 돌아오지 못할 사람이 되었다. 그녀 나이 마흔여덟이었다. 7월 1일의 장의에는 작가와 저널리즘 관계자 사이에 섞여 아이를 들쳐 업고 찾아온 젊은 여성과 일반 여성들이 2000여 명에 달했다고 한다.

작품 『뜬구름』의 해설

우선, 『뜬구름』의 줄거리를 간단히 간추려보면 다음과 같다.

여주인공 고다 유키코(幸田ゆき子)는 타이피스트를 꿈꾸며 상경하나, 형부의 동생 이바 스기오(伊庭杉夫)에게 강간당하고 만다. 유키코는 이바와의 관계에서 벗어나려고 인도차이나의 다랏트로 간다. 거기서 산림기사인 도미오카를 만난다. 그러나 패전으로 인해 일본으로 돌아온 두 사람에게 꿈만 같던 다랏트의 날들은 멀어져가고, 삭막한 현실만이 앞에 있었다. 유키코는 생활을 영위해나가는 방편으로 미국 병사에게 몸을 팔기도 하고, 이바(伊庭)의 정부가 되기도 한다. 그러면서도 그녀는 계속 도미오카를 찾고, 결국엔 그와 함께 규슈 야쿠시마(屋久島)로 간다. 그렇지만 예기치 않게도 젊은 유키코에게는 죽음이 가까이 와 있었다. 비가 내리는 어느 날, 도미오카의 부재중에 유키코는 피를 토하고 동굴 속에 묻힐 것 같은 공포와 두려움으로 떨다 끝내 혼자서 죽음을 맞이하게 된다.

이 『뜬구름』은 1949(쇼와24)년 11월부터 1951(쇼와26)년 4월까지 약 3년간 월간잡지 「풍설風雪」과 「문학계文学界」에 연재하면서 완성된 작품이다. 정력적인 활동가인 하야시 후미코에게 하나의 지침을 열어준 대작으로, 만년의 작품계열 속에서도 중요한 지위를 점하고 있다.

'꽃의 생명은 짧고 힘든 날만이 많으니 花の命は短くて, 苦しきことのみ多かりき'라는 말로 유명한 하야시 후미코는, 자유분방하게 살아왔다고 알려진 것과는 달리 작가의 내실은 빈곤과 고독의 투쟁이었다고 할 수 있다. 후미코 문학은 그녀 스스로 겪어온 빈곤과 역경, 그리고 유랑의 경험 등을 토대로 한 생생한 표현과 실감나는 인물묘사가 특징이다. 이러한 필치는 『뜬구름』에서도 여실히 드러나고 있다.

하야시 후미코의 문학에서 『방랑기』를 초기의 대표작으로 한다면, 만년에는 『뜬구름』을 들 수 있을 것이다. 그것은 작가의 일생에 비추어 말하자면, 스스로의 의지로 밑바닥 인생을 살아온 『방랑기』의 여주인공과, 이리저리로 흘러가며 살아가는 『뜬구름』의 고다 유키코와의 삶의 격차는 크다고 할 수 있다.

낯선 땅 다랏트에서 도미오카와 격정적인 연애를 체험하며 아름다운 청춘을 보낸 유키코에게 있어서 전쟁의 폭풍우가 몰아치고 난 뒤 일본에서 맞은 '전후(戰後)'는 허탈감으로 엄습해온다. 유키코는 어두운 시선으로 패전 후의 일본을 바라본다. 새로운 시대의 도래와 함께 번잡하게 돌아가는 세상의 풍경도 그녀의 눈에는 지치고 가난한 풍경으로 비칠 뿐이다. 어쩌면 그녀의 눈에 비친 전후 일본의 모습은 자신의 현실이 투영된 모습이었는지도 모른다. 다랏트에서의 도미오카와 나눈 사랑도 추억 속에 아련하고 지금 눈앞에 있는 현실은 구차하고 삭막하기만 하다. 유키코의 가난한 생활과 애절한 심정이 전후의 일본을 말해주는 듯하다.

그러나 작가 하야시 후미코는 비참한 환경에서도 있는 그대로의 자신을 받아들이며 꿋꿋이 살아가는 여자로서의 유키코를 그리고 있다. 거기에는 작가의 타고난 낙천주의의 경향도 엿보인다. 안타까울 정도로 슬픈 유키코의 삶에도, 초라해진 도미오카의 모습에도, 왠지 시대의 파도를 넘어가려는 인간의 분투가 느껴진다. 유키코와 도미오카를 통하여 '인간의 운명'이란, '인생'이란 허무하다는 것이 작가가 우리에게 전달하려고 했던 메시지였는지도 모르겠다.

『뜬구름』에서 여주인공 고다 유키코가 쓸쓸히 젊은 생을 마감했듯이, 작가 하야시 후미코도 이 작품을 탈고한 후 얼마 있지 않아서 마흔여덟이라는 나이에 영원한 안식을 얻게 된다. 작가 하야시 후미코는 '뜬구름'이란 의미심장한 제목에 손에 잡히지 않는, 느끼지도 못하는 사이에 스쳐 지나는 인생

(人生)을 그리려고 했는지도 모르겠다. 결론적으로, 이 소설은 하야시 문학의 결산이라고 할 수 있다. 내용면에서도 또 스케일의 방대함에서도 『뜬구름』은 하야시 후미코의 작품 중에서는 물론, 일본 쇼와 문학사에 남을 걸작이라고 감히 말하고 싶다.

『뜬구름』의 선행연구 목록

(1) 하야시 후미코『뜬구름』-유키코의〈전락〉을 둘러싸고(林芙美子『浮雲』-ゆき子の〈転落〉をめぐって)/마나카 히로미(間中 宏美)/「국문메지로国文目白」(45) 2006.2

(2) 〈허무〉에서 재생을 찾아-하야시 후미코『뜬구름』론(2)(〈虚無〉からの再生を求めて-林芙美子『浮雲』論(2))/하야 미즈키(羽矢 みずき)/「립쿄대학대학원 일본문학논총立教大学大学院日本文学論叢」(5) 2005.11

(3) 남방징용작가 하야시 후미코의 발자취-말레이, 네덜란드령 인도의 여정과『뜬구름』의 인도차이나 여정(南方徴用作家 林芙美子の足取り-馬来·蘭印行程と,『浮雲』の仏印行程/가토 아사코(加藤 麻子))/「무사시대학 인문학회잡지武蔵大学人文学会雑誌」36(3)(通号 142) [2005]

(4) "열대"의 환영-하야시 후미코『뜬구름』에 관하여--야쿠시마, 인도차이나와 전후일본("熱帯"の幻影--林芙美子『浮雲』について-屋久島, 仏領インドシナと戦後日本)/마키노 요코(牧野 陽子)/「세조대학경제연구成城大学経済研究」(158) 2002.11

(5) 하야시 후미코와 쇼와, 제20회『뜬구름』을 뒤덮는 어둠(林芙美子と昭和 第20回「浮雲」おおう「暗さ」)/가와모토 사부로(川本 三郎)/「대항해 大航海」(通号 35) 2000.08

(6) 하야시 후미코 『뜬구름』론(林芙美子 『浮雲』論)/다카야마 교코(高山
京子)/「문학과 교육 文学と教育」(通号 39) 2000.06

(7) 두 개의 인도차이나/ 두 개의 야쿠시마―하야시 후미코(『뜬구름』론 2つ
の「仏印」/2つの「屋久島」―林芙美子『浮雲』論)/하야　미즈키(羽矢
みずき)/「립쿄대학일본문학 立教大学日本文学」(通号 81) 1998.12

(8) 『뜬구름』특집-하야시 후미코의 세계―작품의 세계(『浮雲』特集=林芙
美子の世界―作品の世界)/쓰카다 미치에(塚田 満江)/「국문학 해석
과 감상 国文学 解釈と鑑賞」 63(2) 1998.02

(9) 하야시 후미코『뜬구름』론―공생의 모색이 의미하는 것(林芙美子「浮
雲」論―共生の模索が意味するもの)/고노 모토키(河野 基樹)/「일
본문학연구日本文學論究」(通号 50) 1991.03

(10)『뜬구름』하야시 후미코―근대문학이 그리는 사랑과 성〈특집〉(「浮雲」
林芙美子 近代文学が描く愛と性〈特集〉―作品の描く愛と性)/가
와구치 아케미(川口 明美)/「국문학 해석과 감상 国文学 解釈と鑑賞」
52(10) 1987.10

(11) 전후문학사 속의 여류문학―하야시 후미코『뜬구름』의 위치(근대여류
문학 특집)―근대여류문학의 계보(戦後文学史のなかの女流文学―
林芙美子「浮雲」の位置 近代女流の文学 特集―近代女流文学の
系譜)/오쿠보 쓰네오(大久保 典夫)/「국문학 해석과 감상 国文学 解
釈と鑑賞」37(3) 1972.03

(12) 뜬구름〈하야시 후미코〉(현대여류문학의 매력 특집)-명작감상-'여자'
의 삶을 조명하다 (浮雲〈林芙美子〉(現代女流文学の魅力 特集)-
名作鑑賞-"おんな"の生き方に光をあてる)/구마사카 아쓰코(熊坂
敦子)/「국문학 해석과 교재의 연구國文學 解釈と教材の研究」 13(5)
1968.04

(13) 뜬구름의 사람-스승 하야시 후미코(浮雲の人-師・林芙美子)/시바
키 요시코(芝木 好子)/「신조新潮」 50(10) 1953.10 외 다수

하야시 후미코의 주요 작품

○『방랑기放浪記』1930年(쇼와5년)

○ 시집『창마를 보고蒼馬を見たり』1930年

○『풍금과 물고기 마을風琴と魚の町』1931年(쇼와6년)

○『청빈의 서清貧の書』1931年

○『울보 아이泣蟲小僧』1934年(쇼와9년)

○『굴牡蠣』1935年(쇼와10년)

○『번개稲妻』1936年(쇼와11년)

○『소용돌이 うず潮』1947年(쇼와22년)

○『만국晩菊』1948年(쇼와23년)

○『뜬구름浮雲』1949年(쇼와24년)

○『갈색 눈茶色の眼』1949年

○『밥めし』1951年(쇼와26년) 절필

뜬구름 浮雲

초판 1쇄 발행일 • 2008년 3월 28일
　　2쇄 발행일 • 2011년 6월 30일

지은이 • 하야시 후미코
역　자 • 이상복·최은경
펴낸이 • 박영희
표　지 • 김혜정
펴낸곳 • 도서출판 어문학사
　　　　132-891 서울특별시 도봉구 쌍문동 525-13
　　　　전화: 02-998-0094 / 팩스: 02-998-2268
　　　　홈페이지: www.amhbook.com
　　　　e-mail: am@amhbook.com
　　　　등록: 2004년 4월 6일 제7-276호

ISBN 978-89-6184-033-0 03830
정　가 • 12,000원

※ 잘못 만들어진 책은 교환해 드립니다.